Gaby Wohlrab

Die geheime Gabe

Erschienen bei Verlag Vier Raben
2020

Kontakt:
verlagvierraben@aol.com
Gaby Wohlrab auf Facebook
Blog: gabywohlrab.blogspot.com

Umschlaggestaltung: Gaby Wohlrab
Coverfoto: iStock.com/master1305

Die geheime GABE

GABY WOHLRAB

1

»Dieser hier hat tatsächlich die Dreistigkeit besessen, mir ein Loch ins T-Shirt zu schleimen.« Angewidert deaktivierte Luan sein Schwert. Augenblicklich erlosch das Leuchten und übrig blieb nur der unauffällige schwarze Knauf, den er am Gürtel arretierte. Zu seinen Füßen pulsierten die gelblichen Überreste der drei Kreaturen. Die letzten Rückstände des Sekrets lösten sich bereits zischend auf und keiner der Menschen wäre an diesem Sommertag auf den Gedanken gekommen, dass gerade mehrere Mutanten ihr widerwärtiges Leben in einer unbelebten Seitengasse auf staubigem Kopfsteinpflaster ausgehaucht hatten.

Gabriel hob eine Augenbraue. »Was musst du auch Armani zur Arbeit anziehen.«

»Es war blau.«

»Wie viele blaue T-Shirts besitzt du? – Nein, sag nichts … es war das Einzige von vierunddreißig, das wirklich genau den Blauton deiner Augen getroffen hat. Welch herber Verlust.« In einer dramatischen Geste legte Gabriel die Hand aufs Herz und er psalmodierte mit tragischem Unterton: »Gefallen in Ausübung seiner Pflicht wird es nun Abschied nehmen müssen von dem gestählten Körper, den umhüllen zu dürfen es stets mit Stolz und Ehrfurcht erfüllte. Auf ewiglich wird es uns im Gedächtnis bleiben als guter Freund, wie er selten zu finden ist: Treu, sauber, bügelfrei.«

»Goldlöckchen, ich liebe deine poetischen Aussetzer. Und ich erwarte, dass du das toppst, sollte mal ein Anzug ins Gras beißen. Der wäre dann übrigens genau in der Farbe meiner Haare.«

»Rabenfedernschwarz. Das wird episch. Eigentlich hättest du dir denken können, dass das letzte Vieh ätzend war. Kann man ihm nicht verübeln, wenn man bedenkt, von wem es vergangene Nacht seine Nahrung bezogen hat.«

»Politiker können sich durchaus ebenfalls als Albtraum erweisen«, gab Luan mit einem Grinsen zurück. »Ich bin geneigt zu sagen, dieser spezielle hatte es vielleicht sogar verdient, ein bisschen ausgesaugt zu werden.«

»Lass das den Boss nicht hören, sonst zieht er in Erwägung, einen anderen zu schicken.«

Luan zuckte die Schultern. »Ich bin ehrlich gesagt nicht scharf auf diesen Auftrag.« Er setzte sich in Bewegung und Gabriel folgte ihm, nachdem er noch einen prüfenden Blick die Gasse hinuntergeworfen hatte.

»Warum? Ich kann mir Schlimmeres vorstellen, als ein Mädchen zu überwachen.«

Luan schnaubte. »Das Mädchen ist ein Job, nichts anderes. Mich nervt bloß, dass unser Südspanientrip deswegen ins Wasser fällt. Und dass du vermutlich zu Jason ins Team musst, bis ich sie vom Hals habe.«

»Südspanien läuft uns nicht davon, und Jason halte ich aus. Hast du schon Infos, wie lange sich die Sache hinziehen wird?«

»Nein, es blieb bei der einen Meldung von heute Vormittag. Jonas musste sich ja unbedingt fast umbringen lassen, keine Ahnung, wann der sie mir wieder abnehmen kann.«

»Darfst du drüber reden?«

»Natürlich nicht. Ist alles streng geheim.«

»Okay, dann hau mal raus.«

»Von Anfang an wurde ein Wahnsinnsaufriss gemacht, dabei hat die Kleine in all den Jahren nichts anderes zustande gebracht, als sämtliche Erwartungen zu enttäuschen. Seit sie zum Studieren hierhergezogen ist, sind wir dran, für langweilige Mädchen den Bodyguard zu geben. Bis ich vor Ort bin, kümmert sich der Boss sogar selbst drum.«

»Das klingt, als solltest du das verdammt ernst nehmen.«

»Du weißt, dass ich meinen Job immer ernst nehme. Sie musste als Zweijährige miterleben, wie ihre Eltern von einer Horde Mutanten umgebracht wurden. Seitdem behalten wir sie im Auge. Auch wenn wahrscheinlich Wattwürmer beobachten mehr Ergebnisse bringen würde.«

Gabriel runzelte die Stirn. »Sie steht unter Beobachtung, weil ihre Eltern getötet worden sind? Ich meine, das ist tragisch, aber bestimmt nicht so außergewöhnlich.«

»Nein. Deshalb nicht. Sie hat direkt nach dem Mord etwas gezeichnet, von dem sie nichts wissen konnte. Unsere Leute wurden gerufen, weil man Drakier-Aktivitäten gemeldet hatte. Für die Eltern war es zu spät, doch Isabell konnten sie retten. Sie hat alles mitbekommen, erst den Tod der Eltern, dann, dass die Drakier eliminiert wurden. In ihrem Profil ist verzeichnet, die toten Monster lagen bei ihr im Kinderzimmer und hatten sich noch nicht völlig aufgelöst, da nahm sie ein Stück bunte Kreide und zeichnete etwas an die Wand. Sie malte immer und immer wieder das gleiche Motiv: Das Quantrém.«

Ungläubig starrte Gabriel ihn an und blieb unvermittelt stehen. Luan packte ihn am Arm und zerrte ihn zur Seite.

»Kein Grund, sich von einem Radfahrer plattbügeln zu lassen.«

»Hast du jetzt wirklich Quantrém gesagt?«

»Jep, hab ich. Keine Panik, ich hab alles im Griff.«

***

Zwei Stunden später betrat Luan, frisch geduscht und umgezogen, das *Abwärts*, eine Studentenkneipe, in die zahlreiche Partygänger nach einer durchfeierten Nacht gespült wurden. Sie konnten wählen zwischen pappigen Brötchen mit Bockwurst und pappigen Brötchen mit Kartoffelsalat, was der Inhaber in einem Anflug schwarzen Humors *Leichenschmaus* und *Letzte Ölung* genannt hatte. Jetzt in den Abendstunden interessierte sich keiner für pappige Brötchen, es duftete auch nicht nach Kaffee. Der Geruch von abgestandenem Bier und süßlichen Cocktails mischte sich zusammen mit billigem Aftershave zu etwas, das die feinen Geruchsnerven eines Jaskiers vor Herausforderungen stellte. Luan suchte sich einen Platz in der Ecke. Für einen Freitagabend war ungewöhnlich wenig los, was vermutlich damit zusammenhing, dass die Semesterferien begonnen hatten und einige Studenten bereits in ihre Heimatstadt oder in den Urlaub gefahren waren. Er hatte sich unsichtbar gemacht, was auf Dauer anstrengend war, und so wusste Luan, dass seine Laune gegen Ende des Abends genauso mies sein würde wie seine Kopfschmerzen. In solchen Situationen beneidete er die Drakier um ihre Dreistigkeit, mit der sie sich bei den Menschen und ihrer Lebensenergie bedienten. Andererseits blieb ihm nichts anderes übrig, wollte er sich auf die Zielperson konzentrieren. Ein oder zwei Mal hatte er, als er in ähnlicher Umgebung eine Observierung durchführte, auf Tarnung verzichtet. Er erinnerte sich nur allzu gut, dass währenddessen immer irgendeine Aushilfsbarbie mit einer erstaunlich plumpen Ausrede zu ihm an den Tisch gekommen war, um ihn zuzutexten. Als sich der angetrunkene Freund eines der Mädchen mit klaren Mordabsichten auf ihn gestürzt hatte, war er ihm richtig dankbar für die Unterbrechung gewesen.

Luan ließ seinen Blick durch die Kneipe schweifen. Die Kleine war noch nicht hier, aber Jonas' Aufzeichnungen zufolge hatte sie sich um 21.00 Uhr an diesem Ort mit Freunden verabredet und sein Boss hatte ihm über den Viewer bestätigt, dass sie ihre Wohnung verlassen hatte. Ab hier würde er übernehmen. Er ging in Gedanken noch einmal die übermittelte Botschaft durch, an die eine kurze Videosequenz des Mädchens angehängt war. Im Lauf der Zeit hatte er genau herausgefunden, welche Details man sich einprägen musste, um eine Person auch unter widrigen Umständen zweifelsfrei identifizieren zu können. Irgendwann fiel ihm auf, dass ein paar Mädchen am Nebentisch ungewöhnlich oft in seine Richtung sahen, sich durch die Haare fuhren oder die üblichen Anzeichen von Nervosität zeigten – natürlich fühlten sie seine Präsenz. Das lästige Phänomen kannte er zur Genüge und er fragte sich, wie lange es dauern würde, bis die Erste auf ihn zumarschierte. Das hatte immer etwas von einem Eisenspan, der unweigerlich von einem Magneten angezogen wird, oder von einem dieser Insekten, das in die betörende Trichterfalle einer Orchideenblüte stürzt. Miss Frontalairbag räkelte sich bereits auf ihrem Stuhl.

Süße, bleib bloß sitzen.

Die Tür öffnete sich und eine Gruppe von drei Mädchen und zwei Jungs übertrat die Schwelle. Die Neuankömmlinge schoben sich durch den schmalen Gang und besetzten einen Tisch ganz in seiner Nähe. Ein Mädchen war beim Hereinkommen von seinen Freunden fast völlig verdeckt gewesen, so dass ihm lediglich langes braunes Haar aufgefallen war, und nahm nun mit dem Rücken zu ihm Platz. Doch hatte er ein paar leise Wortfetzen aufgeschnappt und das genügte. Die Stimme war mit der auf der Sprachnachricht identisch.

Luan erhob sich und glitt zwischen den Tischen hindurch, um sich eine strategisch besser geeignete Position zu suchen. Kaum hatte er sich geräuschlos gesetzt, da drehte sie den Kopf leicht in seine Richtung. Verwirrt registrierte er, dass sie ihm direkt in die Augen sah. Sie stutzte für einen Moment, um dann sofort wieder den Blick abzuwenden. Interessiert lehnte er sich nach vorn. Für einen Menschen war sie hübsch und es überraschte ihn, dass ihm dieser Gedanke überhaupt in den Sinn kam. Entscheidend war, wie oft sie ihn mit Lokalitäten wie dieser nerven würde, wo er nicht darum herumkam, seine Tarnung anzuwenden. Und da er bestimmt etliche Stunden täglich in ihrer Wohnung abhängen musste, konnte er nur für sie hoffen, dass sie keinen grauenvollen Musikgeschmack besaß. Mittlerweile beherrschte er es, Geräte auf subtile Art lahmzulegen.

Das Angenehme am Nichtsichtbarsein war, dass man auf diese Weise ungeniert Leute beobachten konnte, die sich in ihrer Unwissenheit völlig ungezwungen verhielten. Also starrte er sie an. Auffällig waren ihre großen braunen Augen, und wenn sie lachte, bildeten sich niedliche Grübchen in den Wangen. Ihr Lachen klang warm und herzlich und fast hätte er den Lapsus begangen, mit seinem Stuhl näher heranzurutschen. Ein Anfängerfehler, keinesfalls durfte man Gegenstände verschieben. Gerade als er über ihren Mund nachdachte, erntete er einen wütenden Blick, der ihn überrascht blinzeln ließ. Sie konnte ihn unmöglich bemerkt haben. Sicherheitshalber hob er eine Hand und drehte sie mit gespreizten Fingern. Er nahm seinen Körper auf die gleiche Weise wahr, wie er auch jedes Wesen seiner Spezies wahrnahm, wenn dieses sich vor den Menschen verbarg – deutlich sichtbar, wenngleich nicht vollkommen scharf. Kein Zweifel, er hatte sich erfolgreich getarnt. Er versuchte die Gespräche zu analysieren, was sich als schwierig erwies, denn Isabell hatte keine allzu laute Stimme. Der Kerl neben ihr, ein ätzender Rothaariger, schrie dafür umso durchdringender. Einmal legte er besitzergreifend seinen Arm um sie und machte einen dämlich anzüglichen Witz, den sogar jemand Gutmütiges wie Gabriel bissig kommentiert hätte. Zufrieden stellte Luan fest, dass Isabell ein wenig gequält lächelte und der Nervensäge einen kumpelhaften Stoß mit dem Ellenbogen verpasste. Er überlegte kurz, ob es sich lohnte dichter heranzukommen, um mehr als nur ein paar Gesprächsfetzen aufzufangen; den Reaktionen der anderen nach schien sie ziemlich witzig zu sein. Doch die Unterhaltung drehte sich inzwischen um den neuesten Kinofilm, noch dazu um einen mit Aliens. Unfassbar aufregend. Er bezweifelte, dass er während seines Auftrages etwas Spannenderes erleben würde als Isabell in Unterwäsche. Aus ihrem Profil war hervorgegangen, dass sie all die Jahre über nie mehr das Quantrémsymbol gezeichnet und zudem kein anderes auffälliges Verhalten gezeigt hatte. Wieso auch immer sie es damals getan hatte, ihre Erinnerung daran war wie ausgelöscht.

Nach einer weiteren Runde Bier für die Jungs und klebrig aussehender Cocktails für die Mädchen, bei deren Anblick er sich fragte, wie Isabell ihre Figur hielt, brachen die fünf schließlich auf. Jetzt galt es, schnell zu sein, denn er wollte möglichst mit ihnen durch die Tür nach draußen. Vor dem *Abwärts* blieb er neben Isabell stehen und wartete, bis sie sich von ihren Freunden verabschiedet hatte.

Sie ging zu Fuß, da ihre Wohnung nicht weit entfernt war. Er wusste, dass sie in einem der mehrstöckigen Sandsteinbauten wohnte. Direkt nebenan war eine Pizzeria, deren Gäste in einer lauen Sommernacht wie dieser vermutlich noch den Abend mit einem Glas Wein an einem der Tische vor dem Haus ausklingen ließen. Er würde sich nicht einmal besonders anstrengen müssen, leise zu sein, selbst ohne Tarnmodus hätte keiner auf ihn geachtet. Diesmal ließ er Isabell Vorsprung. Er wusste, wann er aufholen musste, um zusammen mit ihr durch die Eingangstür zum Treppenhaus zu schlüpfen. Kurz tastete er nach dem Ersatzschlüssel in seiner Hosentasche – er würde ihn höchstwahrscheinlich nicht brauchen. Bei dieser schweren, sich langsam schließenden Tür, dürfte es reibungslos klappen, lediglich bei der engen Wohnungstür im ersten Stock war etwas Geschicklichkeit erforderlich.

Als er feststellte, dass die Kleine weiterhin schnurstracks nach Hause marschierte, ließ er sich erleichtert zurückfallen. Er verschwand in einer dunklen Nische, um gleich darauf in seiner sichtbaren Gestalt auf die nächtliche Straße zu treten. Mit den Fingerkuppen rieb er sich die Schläfen, hinter denen es schmerzhaft pochte. Jahrtausende der Anpassung halfen nichts, ohne Wirtsenergie hatte er heute bereits nach ein paar Stunden einen Schädel wie nach einer durchzechten Nacht. Einfach großartig. Wenige Minuten später blieb ihm nichts anderes übrig, als erneut unsichtbar zu werden, und er holte auf. Seine Bewegungen waren elegant, sicher, nahezu lautlos und er wusste, dass sie es selbst bei der waghalsigsten Klettertour gewesen wären – dies war schlichtweg das Ergebnis jahrelanger Ausbildung und jeder Menge Talent. Isabell stoppte neben der Pizzeria vor der geschnitzten Doppelflügeltür des alten Mietshauses und kramte im Schein der Straßenbeleuchtung nach dem Schlüssel. Wie eine Katze schlich er näher. Die Gäste der Pizzeria unterhielten sich geräuschvoll genug, sodass es überhaupt kein Problem war, sich hinter Isabell zu positionieren. Er hätte die Kleine mit dem ausgestreckten Arm berühren können.

Isabell fuhr zu ihm herum, die Augen zu schmalen Schlitzen verengt. »Wag es, und du sprichst eine Oktave höher!«

Verblüfft wich er zurück und hob beschwichtigend die Hände. »Du … kannst mich sehen?«

Sogar bei schummriger Beleuchtung erkannte er, dass sie ihn ansah wie einen Geistesgestörten. »Nein, ich tue nur so«, fauchte sie.

»Wie schau ich aus?«, fragte Luan.

»Wie ein verzweifelter Stalker – oder meinst du auf einer Skala von eins bis zehn?«

Luan merkte, dass ihm höchst unprofessionell der Unterkiefer heruntersackte. Es war komplett unmöglich, dass ein Mensch ihn wahrnehmen konnte. Dass er nicht antwortete, schien sie noch mehr in Rage zu bringen.

»Pass mal auf! Vorhin, da hab ich noch gehofft, dass du ein Zuhause hast! Als du mir nachgeschlichen bist, dachte ich, du suchst deinen Betreuer …« Sie stach mit dem Finger in seine Richtung. »Was also willst du von mir!«

»Du hast –« Er unterbrach sich mitten im Satz. Wenn er jetzt nachhakte, ob sie ihn bereits in der Kneipe gesehen hatte, würde sie ihn einweisen lassen.

Sie verschränkte abwartend die Arme vor der Brust. *Abbruch*, schoss ihm durch den Kopf. *Komplettes Desaster.* Er wusste, er würde diesen Fall abgeben müssen. Und genauso wusste er, dass er das unter keinen Umständen wollte, die Herausforderung reizte ihn viel zu sehr.

»Tut mir leid, dass ich dich erschreckt habe.« Er entschloss sich für die Wahrheit oder immerhin für einen Teil davon. »Ich fand dich einfach … süß.«

Sie verdrehte tatsächlich genervt die Augen. »Du hast mich zwei Stunden lang angeglotzt. Selbst wenn du zu schüchtern bist, um eine abzukriegen: Das ist echt die falsche Taktik.«

»Kann ich es wiedergutmachen? Ich bin nicht der Arsch, für den du mich hältst. Morgen Nachmittag, 16.00 Uhr, die Mucha-Ausstellung? Und anschließend gehen wir ins *La Vie*? Ich verspreche, ich werde nicht glotzen. Kein einziges Mal. – Zumindest nicht so, dass es dir peinlich sein muss.« Er legte seinen ganzen Charme in sein Lächeln. Eigentlich müsste sie jetzt dahinschmelzen. Er merkte ihr an, dass es in ihr arbeitete. Karten für Mucha waren schweineteuer, und sie war Studentin. Und das *La Vie* war das edelste Restaurant der Stadt.

»Ich weiß nicht recht, wie ich es dir sagen soll, aber ich fürchte, mein Mitgefühl reicht nicht aus, um einem einsamen Kerl wie dir ein wenig menschliche Wärme zu schenken.«

Autsch. Luan empfand die verbale Ohrfeige fast körperlich. Vielleicht stand sie ja auf Frauen, das würde alles erklären.

»Noch dazu sind so harmlos wirkende Typen oft diejenigen, die Leichenteile im Vorgarten verbuddelt haben«, legte sie nach. Täuschte er sich oder hatte sie tatsächlich ein boshaftes Glitzern in den Augen? Er wusste, dass er sich zum Affen machte, aber er konnte jetzt nicht einfach aufgeben.

»Hör zu, wir machen einen Deal: Wenn du dir ganz sicher bist, dass du mir niemals eine Chance geben wirst, dann sag jetzt zu mir: Verschwinde, ich will dir nie mehr begegnen, und du siehst mich nie wieder. Wenn du herausfinden willst, ob ich mehr zu bieten habe, als dumm zu gucken, dann triff dich morgen mit mir. Du kannst mir immer noch den Champagner ins Gesicht schütten und schreiend davonlaufen.«

Sie musterte ihn von oben bis unten. »Also gut«, erwiderte sie mit der Andeutung eines Lächelns. »Du kannst morgen bei mir klingeln. Ich komm runter.«

***

»Sie hat dich *gesehen*? Und du ziehst das trotzdem durch?«, stieß Gabriel ungläubig hervor.

»Ich wüsste nicht, dass das verboten ist. Und leg lieber das Gemüsemesser weg, so wie du damit rumfuchtelst, erstichst du dich jeden Moment selbst.«

Gabriel schnaubte und kippte die fertig geschnippelten Paprika in einen Topf, aus dem zarte Dampfwolken emporstiegen. Diese Küche war der Traum jedes Sternekochs und der Herd sah für Luan immer ein wenig aus, als würde er gleich den Warpantrieb zünden und abheben.

»Es kann nicht verboten sein, weil es so etwas nicht gibt. Aber es gehört zu den …«

»Direktive 23b, unvorhersehbare Komplikationen. Ich weiß.« Luan trommelte mit den Fingern auf den lackweißen Küchentisch. »Der Boss ist unverzüglich in Kenntnis zu setzen, und dann übernimmt jemand anders.«

»Wo ist das Problem? Du wolltest doch sowieso … sag, dass

das nicht wahr ist!« Ein Grinsen breitete sich auf seinen Zügen aus und stoppte gerade so vor den Ohren. »Dich hat's erwischt. Ich fasse es nicht.«

»Es fehlt nur noch, dass du dir auf die Schenkel klopfst«, stellte Luan trocken fest. »Ich kann dich beruhigen, so schnell wird das nicht passieren, und schon gar nicht bei einem Menschen. Für einen solchen ist sie immerhin … interessant.«

»Ah, verstehe. Deshalb hast du so lange vor dem Kleiderschrank gestanden, nachdem ich befürchtet hatte, dass du im Badezimmer ertrunken bist. Du hast ein hübsches blaues T-Shirt rausgesucht.«

»Die Auswahl schränkt sich zunehmend ein. Wieso kochst du überhaupt jetzt schon das Abendessen?«

»Das hatte ich dir vorhin zweimal gesagt. Weil Annina vorbeikommt. Ich hatte versprochen, für alle zu kochen.«

Luan runzelte die Stirn. »Das war *heute*!«

»Ja, das war heute. Vorübergehende Amnesie ist ein klassisches Zeichen dafür, dass sie dir ziemlich im Kopf herumspukt.«

»Völlig absurd.« Luan verschränkte die Arme im Nacken und lehnte sich demonstrativ lässig zurück. »Ich kann dir sagen, was mich beschäftigt: Ich entwerfe Strategien, um sie effektiv zu beschatten, ihr eigenartiges Verhalten erfordert schließlich ausgeklügelte Maßnahmen … kannst du aufhören, so dumm zu grinsen?«

»'tschuldigung, ich bin es nur nicht gewohnt, dass du so einen verklärten Blick aufsetzt.«

Luan stieß ein Knurren aus und setzte sich aufrecht hin. »Allmählich frage ich mich, ob dir die Gemüsedämpfe zu Kopf gestiegen sind, da du meinen Analyseblick so fehlinterpretierst.«

»Vermutlich.«

Luan verdrehte die Augen. »Okay, hier ein paar Eckdaten: Körbchengröße 70C, 167 groß, Gewicht 58 Kilo, Schuhgröße 38, gesunder Allgemeinzustand. Zwei kleine verblasste Narben, eine am Schlüsselbein und eine über der linken Brust. Willst du Details?«

»Wow. Du hast sie wirklich gründlich studiert.«

»Eigentlich habe ich sie eher angestarrt.«

»Du hast sie angestarrt, als sie dich sehen konnte?«
»Ich hatte grad nichts Besseres zu tun.«
»Grundgütiger. Mein Freund sabbert stundenlang ein Mädchen an. Immerhin hat sie das nicht abgeschreckt, so zerknautscht und fertig, wie du vorhin heimkamst.«
»Was erwartest du, wenn ich die Nacht vor ihrem Fenster auf der Straße verbringe.«
»Du warst nicht mal bei ihr in der Wohnung?«
»Schon vergessen? Sie hat mich geseeehen. Langsam frage ich mich, wer von uns die Nacht nicht gepennt hat.«
»Du lässt nach, mein Freund. Früher kamst du besonders dann bei Mädchen in die Wohnung, *wenn* du sichtbar warst. Jetzt kannst du sie wie ein Opa mit einer Wolldecke über den Knien mit der Cam beobachten.«
Luan gab einen Laut von sich, der irgendwo zwischen einem Schnauben und einem Knurren angesiedelt war. »Ich hab die Zeit genutzt und Tür und Fenster überprüft, da ist alles nach Anordnung abgesichert.« Er blickte auf den Viewer an seinem Handgelenk. »Immerhin kann ich sie dir zeigen. Sie hat grad Besuch von einer Freundin, du erkennst sofort, welche Isabell ist.«
Gabriel setzte sich zu ihm und nahm den Reif entgegen. Er aktivierte den Projektionsmodus und hielt ihn dicht über die helle Tischplatte, damit sich das 2D-Bild, das nun vor ihm in der Luft schwebte, vergrößerte und scharf darstellte. »Ich seh einen pinkelnden Mops vor der Haustür … okay, falsche Kamera … jetzt.« Gabriel betrachtete eine Zeitlang die Übertragung, dann deaktivierte er die Abspielung und gab Luan den Viewer zurück. »Ich versteh recht gut, was du meinst … Was hast du nun mit ihr vor? Dein Köder mit der Ausstellung ist jedenfalls ziemlich gewagt, nachdem sie so auffällig wurde. Im Grunde dürftest du sie zu ihrer Sicherheit nicht mehr nach draußen lassen.«
»Tja, alternativ halte ich sie gefangen und setze aufs Stockholm Syndrom. – Nein, erst muss ich mal ihr Vertrauen gewinnen, sie springt mir sonst ab. Also zieh ich das heute wie geplant durch.« Er fuhr sich durch die Haare und versuchte dabei ein möglichst zuversichtliches Gesicht zu machen. So unvorstellbar

es war, er schloss nicht aus, es komplett zu versemmeln. Das Mädchen war eine harte Nuss und reagierte überhaupt nicht so, wie er es von weiblichen Menschen gewohnt war. Gabriels skeptischer Blick war nicht gerade hilfreich. Aber Zweifel hatten in seinem Plan keinen Platz, also schob er sie von sich und klopfte seinem Freund auf die Schulter. »Koch dein Essen. Ich kümmere mich um Isabell.«

***

Luan hatte die Claragasse mehrfach umrunden müssen, bis er endlich für sein BMW M6 Coupé einen Parkplatz fand, der wenige Meter von Isabells Wohnung entfernt war. Möglicherweise würde er hier einen Strafzettel bekommen, aber solange er später nicht ohne Auto dastand, kümmerte ihn das nicht. Er checkte den Viewer auf irgendwelche Nachrichten. Es war ein stummer Hinweis vom Boss an alle eingegangen, dass im Sektor 27 Aktivitäten mehrerer Drakier der Stufe Zwei gemeldet worden waren. Sicherheitshalber überprüfte er das mit dem Tectron – der Aufspürer erfasste sie nicht, also steckten sie noch mitten in der Verwandlung. Er nahm sich vor, das regelmäßig zu kontrollieren und schob den kleinen Stab in die Tasche der Jeans zurück. Ansonsten war nichts vorgefallen, was wirklich Anlass zur Beunruhigung gegeben hätte, jegliche Aktivität im größeren Umkreis der Wohnung lag weiterhin bei null. Als er an den letzten Zwischenfall mit amoklaufenden fleischgewordenen Albträumen dachte, musste er grinsen. Im Grunde machte es ziemlichen Spaß, einen Dreier ins Jenseits zu befördern – wenn der nicht gerade im Sterben sein Shirt vollschleimte.

Er wartete eine Weile, bis Isabells Besuch aus der Haustür getreten war, dann stieg er aus. Mit einem Tippen rief er die Uhranzeige auf – immer noch zehn Minuten zu früh. An die Motorhaube gelehnt, schlug er sich die Zeit damit tot, Passanten zu beobachten. Eine Frau um die vierzig mit schlecht blondierten Haaren überquerte mit zwei Möpsen an der Leine die Straße. Einer der keuchenden Vierbeiner blieb mitten auf der Fahrbahn stehen und rammte seine Beinchen in den Boden. Schimpfend pflückte sie ihn vom Asphalt, bevor ein Kleinwagen ihn plattfahren konnte, und klemmte ihn sich unter den Arm. Ihr missmutiger Blick hellte sich sofort auf, als sie an Luan vorbeikam. Sie grüßte und zögerte, als überlegte sie, ein wenig Konversation zu betreiben; letztlich entschied sie sich aber doch, mit ihren hechelnden Hunden abzuziehen. Erleichtert sah Luan sie in Isabells Haus verschwinden. Mit einem Ruck löste er sich von der Motorhaube und schlenderte auf die grüne Tür zu.

I. Herzsprung

stand mit gleichmäßiger Handschrift auf dem Klingelschild geschrieben. Luan drückte den Knopf und wartete. Als kurz darauf das Summen des Türöffners ertönte, schob er die Haustür mit der Schulter auf und verharrte nun unschlüssig vor dem mit Wandkacheln gefliesten, schmuddeligen Flur. War der Türöffner nun schlichtweg das Zeichen, dass sie ihn gehört hatte, oder bat sie ihn doch nach oben? Er entschied sich abzuwarten und wenig später hörte er eine Tür zuschlagen und das Knarzen der ausgetretenen Holzstufen.

Isabell kam in einem kurzen weißen Spaghettiträger-Kleid auf ihn zu und sofort analysierte er ihre Bewegungen, um ihre momentane Haltung ihm gegenüber herauszulesen. Mit einem Lächeln hielt er ihr die Tür auf. Indem er sie vor sich auf die Straße treten ließ, konnte er flüchtig ihre Rückansicht betrachten, ohne dass sie ihm dafür an die Gurgel ging. Es lohnte sich definitiv. Da drehte sich auch schon zu ihm um und lächelte. Ein gutes Zeichen, dazu brauchte man keine Spezialausbildung.

»Ich weiß noch immer nicht, wie du heißt. Ich bin Isabell.«

»Luan.« Er gab dem Impuls nach, ihr tief in die Augen zu sehen. Sämtliche weiter unten befindlichen Alternativen waren sowieso verfänglich und es war ein sinnvoller strategischer Schritt, um künftig die Nächte vor dem Fenster zu vermeiden.

»Du tust es schon wieder«, bemerkte sie, wandte aber den Blick nicht ab.

»Was tue ich schon wieder.« Es war keine wirkliche Frage, denn ihm war sehr wohl klar, was sie meinte.

»Mich anstarren.«

»Das nennt man flirten und es ist viel kultivierter als starren. Ich wusste nicht, dass das ebenfalls unerwünscht ist.«

Immer noch hielt sie seinem intensiven Blick stand. »Ist es nicht. Wenn du es verträgst, dass du eine Sieben bekommst.«

»Was?« Er blinzelte verdutzt.

»Du hattest mich gefragt, wie du aussiehst. Und ich gebe dir eine Sieben auf einer Skala von eins bis zehn.«

Überrascht zog er seine Brauen zusammen. »Eine Sieben?«

»Du klingst so, als würdest du mich gleich nach einer Brille fragen.« Um ihren Mund zuckte es. »Es gab ein paar Punktabzüge.«

»Ja, genau gesagt, drei. Du stehst auf mickrig, unscheinbar und abstoßend?«

Sie lachte. »Ich werde es dir irgendwann verraten.«

»Ich bestehe darauf. Möchtest du mit dem Auto zur Kunsthalle oder zu Fuß?« Er deutete auf sein Cabrio. Isabell schenkte dem Wagen kaum Beachtung.

»Wir laufen die zehn Minuten, es muss ja Vorteile haben, so zentral zu wohnen.«

Während sie nebeneinanderher schlenderten, ertappte Luan sich beim Grübeln, was sie wohl an ihm auszusetzen haben mochte. Er konnte beim besten Willen keinen Makel finden. Außer, sie hatte eine bizarre Vorliebe für Gnome.

Bis sie die Eintrittskarten lösten, hatte sie ihm das erzählt, was er bereits aus ihrem Profil wusste: Sie würde zum Wintersemester an der Akademie ein Kunststudium beginnen und war gerade auf der Suche nach einem Studentenjob, um ihre Wohnung zu finanzieren. Luan hatte dabei ein seltsames Gefühl beschlichen, das er nicht näher definieren konnte. Es hatte damit zu tun, dass die Organisation nicht nur für alle Kosten aufkam, sondern ihren Mitgliedern jede Menge Luxus ermöglichte.

Er hatte Isabell von der Seite beobachtet, wie sie mit geröteten Wangen von ihren Lieblingsmalern berichtete und sich zu der Idee beglückwünscht, sie ausgerechnet mit der Mucha-Ausstellung geködert zu haben.

»Danke für die Einladung«, sagte sie, als sie wenig später das

Foyer durchquerten und auf die ersten Exponate an einer schwarzgestrichenen Wand zusteuerten. »Ich hoffe bloß, dir gefällt das hier wirklich und du erträgst es nicht nur.«

Luan betrachtete eine Serie signierter Druckgrafiken.

»Tut es«, antwortete er und meinte es ehrlich. Es war ihm nicht bewusst gewesen, dass ihm etliche Motive schon irgendwo als gefälliger Aufdruck auf Massenware begegnet waren, er hatte nur keine Ahnung gehabt, von welchem Künstler sie stammten. Er hörte ihr interessiert zu, als sie ihm einzelne Bilder erläuterte, und verstand, was sie so faszinierte. Um diese Zeit gab es kaum Besucher, niemand verstellte ihnen die Sicht, und bis auf den obligatorischen Wachmann, der gleichgültig in einer Ecke auf einem Stuhl saß, waren sie oft die Einzigen in einem der würfelförmigen, durch offenstehende Glastüren verbundenen Räume. Erstaunt stellte er irgendwann fest, dass sie sich bereits seit über einer Stunde durch die Ausstellung bewegten und er sich kein bisschen gelangweilt hatte. Er beugte sich mit Isabell gerade über eine niedrige Vitrine mit Schmuckexponaten, da klingelte sein Smartphone. Rasch fischte er es aus der Hosentasche. Um Isabell zu verheimlichen, dass er über einen Armreif kommunizierte, hatte er den Viewer auf lautlos gestellt und ihn fürs Erste ignoriert. Es war Gabriel.

»Verdammt, liest du deine Nachrichten nicht? Getarnte Drakier sind in der Ausstellung, mehrere Zweier, das kam vorhin rein. Seid ihr außer Gefahr?«

Luan fühlte sich, als hätte er einen Schlag in den Magen erhalten. »Nein.«

»Es wird keiner von uns rechtzeitig da sein und ich weiß nicht, wo die Drakier stecken, du musst improvisieren. *Chu'diz*.«

Er hatte aufgelegt.

»Alles in Ordnung?« Er sah Isabells besorgte Augen auf sich gerichtet.

»Ja.« Sein Hirn arbeitete fieberhaft. Der Anblick der Zweier würde Isabell einen Schock versetzen und die Dreckskerle würden auf ihre Emotionen reagieren wie Haie auf Blut. Innerhalb von Sekunden würden sie komplett mutiert sein, und dann hatte

Isabell ein Problem größer als ein Fußballfeld. Sich sofort unsichtbar zu machen und die Zweier der Reihe nach zu erledigen, war nicht diskret genug machbar. Dennoch ärgerte es ihn gewaltig, diese Gelegenheit verstreichen zu lassen. Zweier zu beseitigen verstieß nicht gegen das Abkommen, es war eine Frage der Zeit, bis sie diese Übergangsphase abgeschlossen hatten und völlig außer Kontrolle gerieten. Er brauchte ein Ablenkungsmanöver, und zwar ein richtig gutes. Luan griff sich ans Herz.

»Doch … nicht … gut«, röchelte er und sackte halb zusammen. Isabell stieß einen leisen Schrei aus und war sofort bei ihm, um ihn zu stützen. Luan fiel ein, dass sie bedeutend schneller herauskamen, wenn er nicht ganz so übertrieb und den Fußboden ausließ, also wankte er zur Durchgangstür, immer die Hand auf der Brust und mit schmerzverzerrtem Gesicht. Er ließ es zu, dass Isabell seinen Arm packte und um ihre Schultern legte.

»Kannst du laufen? Soll ich einen Arzt rufen? Wo ist der verdammte Wachmann …« Erfreut stellte Luan fest, dass sie reichlich hysterisch klang.

»Raus … Luft …«, ächzte er und war heilfroh, dass Isabell keine Ahnung von Medizin hatte. Er war sich nicht sicher, was genau er eigentlich simulierte.

Als er an den Schildern erkannte, dass der Ausgang nicht mehr weit war, spürte er es. Da war dieses Prickeln im Nacken, das auf eine Präsenz der gleichen Art hindeutete, bei der bereits die Mutation eingesetzt hatte. Unauffällig sah er sich um, während er sich – von Isabell gestützt – unter den interessierten Blicken der wenigen Anwesenden durch den Raum schleppte. Dort drüben, vor dem Durchgang zum Souvenirshop, war einer von ihnen. Der Kerl drehte sich mit irre flackernden Augen zu ihnen um, die Nasenflügel gebläht, und eine geschlitzte Zunge zuckte zwischen den Lippen hervor. Sonnenklar, dass dieser nicht bis zur Nacht warten würde, um die Mutation abzuschließen. Luan blieb nur, entsetzlich zu stöhnen, um so Isabells Aufmerksamkeit auf sich zu lenken. Erleichtert schaute er in ihr erschrockenes Gesicht, als sie an dem Drakier vorbei die letzten Meter zum Ausgang zurücklegten und nach draußen stolperten.

»Wie geht es dir jetzt?«, fragte Isabell.

»Viel besser. Können wir raus aus der Sonne?« Er steuerte mit ihr die nächstbeste Seitengasse an und nahm mit leichtem Bedauern den Arm von ihrer Schulter. »Danke für die Hilfe.«

»Hast du das oft?«, wollte sie wissen.

»Nein, das nicht.« *Obwohl es echte Vorteile hat.* »Schwaches Herz.«

»Das tut mir total leid«, murmelte sie und sah ihn mitleidig an. »Du bist da sicher sehr eingeschränkt.«

»Na ja, es passiert bloß ab und zu.«

»Aber es ist scheußlich, wenn man manches nicht so kann wie andere!«

»Äh, ja. Ist es.«

»Ist es dir heute zu anstrengend, essen zu gehen? Ich würde das wirklich verstehen, wir können es verschieben.«

»Das krieg ich hin, das ist nicht anstrengend. – Entschuldige bitte kurz …« Er zog sein Smartphone heraus und schickte Gabriel eine Textnachricht.

Sind draußen. Alles okay. Hab jetzt einen Herzfehler.

Er wollte das Phone schon wegstecken, da kam eine Antwort zurück. Fünf sich schlapplachende Smileys. Er verdrehte die Augen. Großartig.

»Fertig.« Er schenkte Isabell sein strahlendstes Lächeln. »Zum *La Vie* müssen wir aber leider mit dem Auto fahren.«

»Natürlich«, erwiderte sie sofort und sah ihn mit diesem verständnisvollen Ausdruck an … den gleichen hatte er bei Menschen beobachtet, die ihren vor sich hin brabbelnden Großvater im Rollstuhl durch die Gegend schoben. Grundgütiger.

»Nein, wirklich, alles bestens. Ich finde nur, diesmal lohnt sich das Auto.«

Den ganzen Weg zum Parkplatz spürte er, dass er sie mit dieser Herzgeschichte getroffen hatte. Er musste sich eingestehen, dass ihm das einerseits gefiel, andererseits meldete sich bereits zum zweiten Mal an diesem Nachmittag dieses ungewöhnliche, ziemlich unangenehme Gefühl und er tat sein Möglichstes, um sie fröhlich zu stimmen. Er hoffte bloß, er würde nicht mehr auf diesen dämlichen Trick zurückgreifen müssen, vermutlich würde sie es dann irgendwann vergessen. Ansonsten konnte er immer noch ein Medikament erfinden, das ihn heilte.

Wenig später saßen sie in dem BMW M6 Coupé Cabrio, und er rangierte aus der engen Parklücke. Er liebte das Geräusch des schnurrenden Motors und dass der Wagen in etwa vier Sekunden von null auf hundert kommen konnte. Derartige Extras zählten definitiv zu den Vorteilen seines Jobs.

»Du stehst auf solche Autos?«, fragte sie und er registrierte, dass sie ihn musterte.

»Jep. Eigentlich gehört er gar nicht mir. Er ist ein Firmenwagen.«

»Oh, ich hatte mich schon gewundert.«

»Wie jemand in meinem Alter zu so einem Teil kommt?«

Aus den Augenwinkeln sah er sie nicken.

»Wäre es so schlimm, wenn es meiner wäre?«

»Kommt drauf an. Solange du kein rücksichtsloser, reicher Schnösel bist, ist eine Angeberkarre ganz in Ordnung.«

In letzter Sekunde entschloss er sich, nicht noch durch die Ampel zu wischen, bevor sie auf Rot umsprang.

»Angeberkarre, ja? Manchmal kann man nichts dafür, dass man Kohle hat.«

»Aber für den Rest. Wer Geld hat, trägt auch Verantwortung.«

Luan überlegte, ob fiese Aliens erledigen in ihren Augen als wertvoller Beitrag zum Wohl der Gesellschaft durchging. Die Wahrheit war, dass er im Grunde einfach auf den Nervenkick stand. Zwar sah er seinen Job als wichtige Aufgabe an, doch er hatte nie besonders über Verantwortung nachgedacht.

»Du hast da wohl recht«, gab er zu.

»Bei welcher Firma arbeitest du denn?«

»Ich jobbe bei *Alsecure*, das ist ein Unternehmen für individuelle Problemlösungen.« Er wusste, dass die Beschreibung so ätzend langweilig nach Wirtschaftsunternehmen klang, dass normalerweise niemand nachfragte und schon gar keine angehende Kunststudentin.

»Nie gehört.«

»Kein Wunder.« Er musste grinsen. Alsecure war eine Ableitung von Alien Security und die Bezeichnung eigentlich aus einem internen Witz entstanden.

»Hast du da einen Schreibtischjob? – Ach so, klar, entschuldige bitte. Hab nicht dran gedacht«, murmelte sie und wurde tatsächlich rot.

Er brauchte eine Sekunde, bis er begriff. »Ähm, es gibt da haufenweise Papierkram.«

Wenn eine Operation aus dem Ruder gelaufen ist, wir jede Menge Leichen von Zweiern haben, die sich leider nicht so rücksichtsvoll wie die Dreier einfach in Luft auflösen und wir das Chaos irgendwie vertuschen müssen.

»Immerhin zahlen sie gut.«

***

Während er versuchte geistreich zu sein, überlegte Luan im *La Vie* fieberhaft den nächsten Schritt. Er ließ seinen ganzen Charme spielen, was allerdings auf Isabell keinen erkennbaren Eindruck machte, jedenfalls hatte sie dasselbe süße Lächeln auch für den Kellner übrig. Sie hatte ihm ein paar Details aus ihrem Leben erzählt und er hatte ihr ein paar Lügen aus seinem aufgetischt. Insgesamt war es recht zufriedenstellend gelaufen, und als sie das Nobelrestaurant verließen, hatte er das Gefühl, etwas Boden gutgemacht zu haben. Der Grund mochte sein, dass sie den gleichen Humor teilten und es verwunderte ihn, wie leicht es mit ihr war, ein Gespräch in Gang zu halten und über den üblichen Smalltalk hinauszugehen. Ein paarmal hatte er sich bremsen müssen, etwas Persönliches preiszugeben. Es gab äußerst wenig Leute, denen er absolut vertraute und nur Gabriel, dem er sich völlig öffnete. Dass Isabell ihn nachher in ihre Wohnung bat, war dennoch fast so unwahrscheinlich wie die Geburt einer dreiköpfigen Giraffe, dabei hätte er tatsächlich gern ihre Zeichnungen gesehen. Da es direkt vor dem alten Sandsteinbau keinen freien Parkplatz gab, begleitete er sie das letzte Stück zu Fuß. Luan entschloss sich einfach für die Wahrheit.

»Ich frag mich die ganze Zeit, wie deine Bilder aussehen. Es interessiert mich wirklich. Ich hab als Kind das Malen geliebt, bloß als ich in der Schule eine Eins auf einen Hund bekam, der leider ein Pferd hätte sein sollen, hab ich es aufgegeben.«

Isabell lachte. »Das ist schade! Allerdings wirkst du nicht unbedingt wie jemand, der es spannend findet, stundenlang vor einem Blatt Papier zu sitzen.«

»Du verkennst mich. Aber du hast mir ja schon diese Sieben gegeben, die mein Selbstbewusstsein grausam beschädigt hat. Eigentlich müsstest du das jetzt wiedergutmachen.« Sie blieben vor der alten Eingangstür stehen und er wog ab, ob ein Blick tief in die Augen nun eine gute Idee oder doch etwas over the top war. »Ernsthaft, ich würde wahnsinnig gern deine Arbeiten sehen. Wir lassen die Briefmarkensammlung aus und ich verschwinde danach auch gleich wieder, versprochen.«

»Ich glaube, deinem Selbstbewusstsein tut ein wenig Realität ganz gut.« Sie musterte ihn mit einem nachdenklichen Blick. »Na schön, dann komm mit hoch. Ich weiß nicht, ob du dir nicht zu viel davon versprichst. So außergewöhnlich sind meine Sachen nicht.«

Isabell hätte nicht genau sagen können, was letztlich den Ausschlag gegeben hatte, diesen ihr vor Kurzem noch völlig Fremden in ihre Wohnung zu lassen. Doch er hatte sie heute mehr als einmal überrascht. Er war nicht nur ein bemerkenswert guter Zuhörer, er schien durchaus auch eine tiefgründige Seite zu besitzen. Sie fühlte sich verstanden, wie es bei wenigen Menschen auf Anhieb der Fall war – und das ausgerechnet von jemandem, den sie anfänglich als vollkommen oberflächlich und arrogant abgehakt hatte.

Luan wirkte seltsam deplatziert in dem lächerlich kleinen Zimmer, das mit den billigen weißen Regalen, verkratztem Uralt-Schreibtisch und einem Zweiersofa nebst Tischchen bereits am Ende seiner Stellkapazität angelangt war. Isabell holte eine an die Wand gelehnte großformatige Mappe und legte sie auf dem Schreibtisch neben einem Skizzenblock ab.

»Das war die Bewerbungsmappe für die Aufnahmeprüfung«, erklärte sie und klappte sie auf. »Du kannst gern selbst durchblättern.«

»Wow …« Vorsichtig drehte Luan eines der Blätter nach dem anderen um und ließ sich Zeit, alles genau zu betrachten. »Du bist wirklich gut.«

»Sagt der, der einen Hund von einem Pferd nicht unterscheiden kann«, zog Isabell ihn mit einem Lächeln auf.

»Hast du den alten Olivenbaum vor Ort gezeichnet? Es ist unglaublich schön, wie das Licht durch die Äste fällt.«

»Leider nein, ich war noch nie im Süden. Ich hab mir die Motive auf dem Rechner zusammengesucht. Bei den Portraits arbeite ich auch mit Fotos, ich kann niemanden bitten, tagelang Modell zu sitzen.«

Luan sah aus, als würde er etwas sagen wollen, was er aber dann doch unterließ. Isabell war froh darüber. Die meisten Leute hakten nach und reagierten letztlich mit Unverständnis, weil sie ihre Ferien zu Hause verbrachte. Dabei war die Erklärung simpel: Ihrer Pflegefamilie hatte einfach das Geld für Urlaube gefehlt und sie selbst hatte ihre geringen Ersparnisse für teures Zeichenmaterial ausgegeben, anstatt mit Freunden zu verreisen. Luan deutete auf den Skizzenblock.

»Darf ich mir den mal ansehen?«

Sie nickte. Zu spät fiel ihr ein, dass sie gestern Nacht noch eine rasche Kohleskizze angefertigt hatte, deren Existenz er durchaus missverstehen konnte. Luan schlug das Deckblatt zurück.

»Das bin ich!« Verblüfft sah er Isabell an.

»Ich mach das öfters … also, einfach eine Skizze aus dem Gedächtnis …«, versuchte sie das Vorhandensein des Portraits herunterzuspielen.

»Tatsächlich.« Er grinste so wissend, dass sie die Augen verdrehte. Da war sie wieder, diese Überheblichkeit, wegen der sie ihn hätte schütteln können. Genau deshalb hätte sie nie zugegeben, dass seine Gesichtszüge sie fasziniert hatten und sie ihn gern porträtieren würde. Dabei lag es nicht einmal daran, dass er zweifelsohne schön war. Perfektion konnte langweilig sein. Er hatte gestern verletzlich gewirkt, als sie ihm eine Abfuhr erteilt hatte, und eben dies hatte sie auf dem Papier festzuhalten versucht. Da war etwas hinter der Fassade, das sich lohnte, näher betrachtet zu werden. Aus rein künstlerischer Sicht.

»Deine Portraits haben eine Seele«, sagte er zögernd. »Ich würde gern wissen, wie du mich malst, wenn du das nicht nur flüchtig aus dem Gedächtnis tust.«

Isabell dachte nach. Er sollte unter keinen Umständen auf den Gedanken kommen, dass sie sich für ihn interessierte, denn das war vollkommen abwegig. Bloß war es mehr als verlockend, nicht immer nur nach zweidimensionalen Vorlagen zu zeichnen. Und der Ton seiner Augen war wirklich außergewöhnlich, sie könnte ihn als Reflex in den Haaren wiederholen. So blau musste das Meer im Süden sein, sie würde Indigo, dunkles Ultramarin, Kobalt, Azur und etwas helles Grauviolett dafür nehmen. Wenn sie es gut hinbekam, musste es beim Betrachter Erinnerungen wecken und das Gefühl einer warmen Brise auf der Haut …

»Du würdest mir Modell sitzen? Einschließlich Wadenkrampf und eingeschlafenen Füßen? Ich warne dich, es ist totlangweilig.«

»Würde ich, ja. Vorausgesetzt, du versorgst mich mit Kaffee.«

»Kaffee ist immer da. Ich tauch manchmal versehentlich meinen Pinsel in die Tasse ein.« Sie verzog das Gesicht. »Acrylfarben schmecken echt nicht gut.«

»Klingt auch nicht sehr gesund. Gut, was stellst du dir vor? Ich bin offen für alles, mit oder ohne Klamotten, im Stehen, Sitzen oder Liegen, wonach dir grad ist.«

Isabell fragte sich, ob er es bewusst anzüglich formuliert hatte, allerdings blickte er vollkommen unschuldig drein.

»Ich dachte an etwas mit viel Rosa.«

»Rosa?«

Der entsetzte Ton in seiner Stimme entlockte ihr ein Schmunzeln. »Wohl doch nicht offen für alles. Nein, was du anhast, ist gut. Jeans und blaues Shirt. Morgen?«

»Ich bringe Frühstück mit«, bestätigte Luan.

***

Luan klingelte gegen zehn Uhr, nachdem sie ihm erklärt hatte, dass sie in den Ferien nie vor neun Uhr aus dem Bett kam. Mit einem fröhlichen Grinsen lehnte er im Türrahmen und schwenkte eine Tüte mit köstlich duftenden Croissants. Sofort fiel ihr auf, dass er tatsächlich wieder ein Shirt trug, das den Blauton seiner Augen unterstrich, und sie überlegte, wie viele von den Dingern er besaß.

»Die musste ich grad gegen zwei Möpse verteidigen«, berichtete er, während er ihr durch den quadratischen Flur in die winzige Küche folgte und das Gebäck auf einem Klapptisch neben einer Schale Obst ablegte.

»Ich glaube, die eigentliche Gefahr ist meine Vermieterin. Wenn sie es schafft, dich in ein Gespräch zu verwickeln, kommst du nicht so schnell davon.«

»Ja, es war ziemlich knapp.«

Mit einer Geste forderte sie ihn auf, auf einem von zwei Plastikstühlen Platz zu nehmen. Vorsichtig ließ sie sich über Eck nieder und strich den Rock ihres Sommerkleids glatt. Dabei bemühte sie sich, trotz der Enge mit ihren Knien nicht an seine sorglos ausgestreckten Beine zu stoßen, was fast aussichtslos war. Sie zog die Kaffeekanne aus einer wild röchelnden Maschine, schenkte das Gebräu in zwei Henkelbecher und schob ihm einen hin.

»Du nimmst dir einfach, was du dazu brauchst, ja?«

»Danke, ich mag ihn schwarz.« Er biss zufrieden in ein Croissant und lehnte sich entspannt zurück. Isabell gab auf, ihm unter dem Tisch auszuweichen. »Eigentlich müsste ich jetzt *dich* malen«, stellte er fest. »Die Sonne fällt in dein Haar und lässt es leuchten, als wäre da ein Kranz aus Licht. Und deine Augen haben goldene Sprenkel. Ich bin nicht sicher, mit welchen Farben ich sie wiedergeben könnte.«

»Ocker, Siena und Umbra vermutlich«, überlegte Isabell und hoffte, einen möglichst sachlichen Tonfall zu treffen. Keinesfalls wollte sie den Eindruck vermitteln, für seine Komplimente empfänglich zu sein.

»Wenn es von dir ein Bild gäbe. Wie würdest du dich gern sehen?«

»Du meinst, Stil, Hintergrund, Farben …«

Er nickte.

Isabell nahm sich eine Weintraube und kaute nachdenklich darauf herum. »Auf gar keinen Fall würde ich Rot tragen. Ich mag die Farbe nicht, sie erinnert mich so an Gewalt und Tod. Vielleicht … kennst du Waterhouse? Wie er die Wassergeschöpfe malt?« Sie fühlte Hitze in ihre Wangen steigen und hoffte, dass man es nicht zu sehr sah.

»Du würdest dich gern als Najade oder Nixe sehen?« Luan lächelte, aber es lag keinerlei Spott darin. Sie hatte gefürchtet, er würde sich über sie lustig machen.

»Ähem, ja. Und ich fasse es nicht, dass ich dir das erzählt habe.«

»Was ist falsch daran? Außer dass so ein Fischschwanz erschreckend unpraktisch ist, wenn man im ersten Stock wohnt.«

Sie unterhielten sich noch eine Zeitlang und wechselten schließlich ins Wohnzimmer, wo Isabell alles, was sie brauchte, auf dem Schreibtisch ausgebreitet hatte. Luan setzte sich auf ihre Bitte hin ihr halb zugewandt auf einen Hocker.

»Wenn es dir recht ist, mach ich erst ein paar Fotos, ich kann dann auch mal arbeiten, während du nicht da bist. Du musst dir eine echt bequeme Position suchen, weil du dich gleich länger nicht bewegen darfst.«

Isabell wollte gerade beginnen, als es direkt an der Wohnungstür klingelte. Sie legte die Kamera ab und beeilte sich zu öffnen. Draußen stand ein Paketbote. Der Mann rührte sich nicht und sprach kein Wort, sondern musterte sie, als würde er auf eine bestimmte Reaktion warten. Irgendetwas an ihm wirkte verkehrt.

»Ja?«, fragte sie und in diesem Moment fiel ihr auf, dass er gar kein Paket in der Hand trug. Sie sah, dass seine Augen sich zu Schlitzen verengten. Hastig murmelte er etwas, das sich nach *falsche Adresse* anhörte, drehte sich um und lief die Treppe hinunter.

Isabell schloss die Tür und rempelte beim Umdrehen Luan an, der so lautlos hinter sie getreten war, dass sie ihn nicht bemerkt hatte. »Ups, Entschuldigung!« Einen Augenblick lang war sie irritiert von dem Ausdruck auf seinem Gesicht, den sie nicht zu deuten vermochte.

»Bin gleich wieder da.« Bevor Isabell zweimal hätte blinzeln können, hatte er die Tür aufgerissen und war hinterhergestürmt.

Ein wenig beunruhigt wartete sie kurz, hörte jedoch nur das Zufallen der Tür zur Straße. Sie hoffte, er wusste, was er sich zumuten konnte – dieses Tempo hätte sie nicht einmal einem Gesunden zugetraut, geschweige denn einem Herzkranken wie ihm. Sie lehnte die Haustür an und beschloss, rasch das benutzte Geschirr abzuspülen, bis Luan zurückkam. Gerade war sie fertiggeworden, da vernahm sie das leise Knarren der Wohnungstür und er tauchte mit einem entschuldigenden Lächeln in der Küche auf.

»Was war das denn?«, wollte sie wissen.

Luan zuckte die Schultern. »Nichts von Bedeutung.«

»Der war irgendwie unheimlich. Ich hatte das Gefühl, mit dem stimmt was nicht. Bist du dem deshalb nach?«

»Der hat bei uns … was nicht ausgeliefert. Das wollte ich aufklären, man erwischt die Kerle immer so schlecht.«

»Oh, hoffentlich nichts Wichtiges.«

Luan schnappte sich seine Kaffeetasse vom Tisch und nahm einen Schluck. »Äh, nö, nur ne … Kaffeemaschine. Hab die mal gewonnen.«

»Ach so.« Sie zog die Stirn in Falten. »Wo, bitte, gewinnt man Kaffeemaschinen?«

Luan warf einen Blick auf die vor sich hin zischende kleine Maschine. »Brauchst du eine? Du kannst sie gern haben, wir benutzen eigentlich einen Vollautomaten.«

»N-nein, danke, ich hab ja eine.«

»Deine sieht aber aus, als würde sie jeden Moment ihr Leben aushauchen.«

»Ich kann mir nicht einfach eine Kaffeemaschine schenken lassen!«, gab sie entrüstet zurück.

Luan seufzte. »Pass auf, ich hab nicht wirklich Verwendung dafür, ich hab die eher versehentlich bekommen.«

»Versehentlich?«

»Eigentlich hab ich nur diese blöden Rabattpunkte eingelöst.«

Isabell blinzelte verdutzt. »Du sammelst Herzchen?«

»Herzchen?« Luan wirkte etwas aus dem Konzept gebracht. »Ich sammle keine Herzchen! … Äh, meinetwegen, so genau hab ich mir das nicht angeschaut. Ja, sammle ich wohl.«

***

»Du hast *was*?« Gabriels Stimme klang erregt.

»Ihn eliminiert. Ich kann nicht lauter sprechen, ich bin bei ihr im Bad. Ich kann sie nicht mehr alleinlassen, es ist brandheiß. Ich weiß nicht, woher diese Säcke die Vermutung hatten. Wir müssen unbedingt Jonas dazu befragen. Wenn der Typ davongekommen wäre, wüssten sie jetzt, dass Isabell einen Unsichtbaren sehen kann. Du musst dich drum kümmern, dass er unauffällig entsorgt wird. Ich musste improvisieren. Und es eilt, drunten steht nun tatsächlich ein Paketdienstauto, du musst sämtliche Spuren hierher verwischen.«

»Hab schon verstanden. Wie weit bist du denn mit ihr?« Luan sah förmlich Gabriels Grinsen vor sich. »Sonst kannst du auf dem Abstreifer vor ihrer Tür pennen.«

Luan gab ein Knurren von sich. »Ich brauch deine Hilfe. Die Wohnung ist mir für sie zu gefährlich und zu mir nach Hause kommt sie garantiert nicht mit.«

»Sag bloß, sie widersteht immer noch deinem Charme.«

»Du vergisst, dass wir Privates vom Geschäftlichen trennen sollen.«

»Miese Ausrede, es ärgert dich wahnsinnig, dass sie dir nicht sofort verfallen ist.«

»Hör einfach zu, ich hab einen Plan. Folgendes: Ich hab Rabattpunkte gesammelt und …«

»Bitte, *was?*«

»Diese Herzchen … würdest du bitte aufhören zu lachen?«

Gabriel japste ins Telefon. »Du willst sie ins Bett bekommen, indem du sie mit einem Kochtopfset beeindruckst?«

»Blödmann. Es ist das Glaubwürdigste, was mir einfiel. Sie denkt eh schon, ich hätte eine Kaffeemaschine gewonnen.« Er stöhnte.

»Allmählich tust du mir wirklich leid. Also gut, ich höre.«

***

Luan nahm wieder auf dem Hocker Platz. Es gelang ihm sich äußerlich zu entspannen, ohne dass sie Verdacht schöpfte, was tatsächlich in ihm vorging. Es war ein gewisses Risiko, seinen Vorgesetzten nicht über Isabells sonderbare Fähigkeiten zu informieren. Glücklicherweise war diesem in den wenigen Stunden, die er Isabell persönlich observierte, nichts Verdächtiges aufgefallen. Doch sollte Luan sie jetzt nicht aus der Wohnung bekommen, musste er den Fall abgeben – ihre Sicherheit ging vor. Im Grunde verschaffte ihm sein Plan lediglich einen Aufschub von einigen Tagen. Danach musste er sie so weit haben, dass sie bei ihm einzog, er gefährdete sonst ihr Leben. Der Kerl vorhin war die Vorhut gewesen, der nur die Lage hatte checken sollen. Ein zweites Mal würde nicht nur einer vor der Tür stehen.

Er betrachtete Isabell, die inzwischen damit fertig geworden war, seine Konturen mit Bleistift vorzuskizzieren und nun hochkonzentriert eine erste Farbschicht auftrug. Ab und zu runzelte sie die Stirn und manchmal huschte ein winziges Lächeln über ihre Züge. Er hätte gern gewusst, welche Details sie in diesen Momenten malte, aber er störte sie nicht. Als sein Smartphone klingelte, zuckte sie zusammen. Luan wusste, wer der Anrufer war und zog es aus seiner Hosentasche. *Showtime.*

»Luan Sideras.«

»Erledigt«, sagte Gabriel am anderen Ende. »Für die Sauerei, die du da angerichtet hast, schuldest du mir was.«

»Ernsthaft? Und wohin?« Er verfiel in einen enthusiastischen Tonfall.

»Ist alles gebucht, wie du gesagt hast. Und jetzt hoffe ich für dich, dass sie anbeißt.«

»Nein, das geht nicht, ich bin grad nicht zu Hause … Nein, kann ich nicht. Wieso gleich? … Aha. Nein, Sie müssten zu folgender Adresse: Marienstraße 18, erster Stock, und bei Herzsprung klingeln.« Luan warf einen fragenden Blick zu Isabell, die bestätigend nickte. »Gut, in zehn Minuten.« Er steckte das Smartphone in die Jeans zurück. »Ich hab tatsächlich eine Reise gewonnen.« Er ließ in seiner Stimme exakt die richtige Mischung aus Überraschung und Begeisterung mitschwingen.

»Gratuliere! Wohin denn?«

»Santorin. Extrem geile griechische Insel. Soweit ich verstanden hab, muss ich noch heute fliegen.«

»Oh.« Isabell ließ den Pinsel sinken und Luan hoffte, dass sie nicht nur deshalb enttäuscht klang, weil sie ihre Malvorlage entschwinden sah. »Aber wieso noch heute? Das ist merkwürdig.«

»Mein Fehler. Ich hatte wohl vor Wochen schon eine Karte mit ner Info bekommen und nicht so genau angeguckt. Und bei Werbenummern geh ich oft nicht ran. – Kennst du Santorin?«

»Ja, klar. Einer meiner Traumorte, wo ich unbedingt mal Zeit zum Malen verbringen will. Steht auf meiner To Do-Liste ganz weit oben.«

Ich weiß.

»Strahlend weiße Gebäude mit blauen Kuppeln und im Hintergrund das Meer. Unglaublich schön.«

Zufrieden stellte Luan fest, dass sie sich reichlich sehnsüchtig anhörte. »Warte, ich zeig dir mehr.«

Die Zeit bis zum Eintreffen Gabriels verbrachte er damit, sie mit den Fotos zu ködern. Diesmal klingelte es erst unten an der Haustür und Isabell betätigte den Türöffner, nachdem Gabriel etwas durch die Sprechanlage genuschelt hatte. Luan öffnete. Fassungslos starrte er auf einen bärtigen Mann im pinkfarbenen Herzkostüm. Das plüschige Riesenherz sprang mit den Worten »Eine fröhliche Welt mit Ihrer Rabattwelt!«, in den Flur und ergriff Luans Hand, um sie überschwänglich zu schütteln. »Herr Sideras? Als einer unserer treuesten Kunden sind *Sie* der glückliche Gewinner unserer Aktion *Kleben zum Erleben*.«

Luan entzog ihm seine Hand und warf einen besorgten Seitenblick auf Isabell, die mit offenem Mund erst das Plüschherz und dann ihn anschaute.

»Wir von der Firma Rabattwelt belohnen die fleißigsten Sammler, indem sie automatisch an einem Gewinnspiel teilnehmen, und *Sie* wurden ausgelost! Voraussetzung ist, dass der glückliche Gewinner sein Einverständnis gibt, dass mit seinem

Foto geworben werden darf … Bitte dem Anlass entsprechend glücklich lächeln …«

Gabriel drängte sich neben Luan, zückte ein Smartphone, und schoss ein gemeinsames Bild. Luan war sich sicher, dem Anlass entsprechend eine Miene aufgesetzt zu haben, mit der er überall als Serienmörder durchging.

»Oh, und das ist bestimmt die glückliche Freundin, die die Reise mit Ihnen antreten darf!«

»I-ich?«, fragte Isabell verdutzt.

»Aber ja …« Gabriel lächelte so breit, dass Luan fürchtete, der falsche Bart würde abfallen. »Grundbedingung, dass der Hauptgewinn *Reise für ›Zwei Herzen – eine Insel‹* stattfindet, ist folgender: Zwei Personen fahren noch heute in ein erstklassiges Hotel mit Vollpension nach Santorin. Hier sind die Tickets.« Mit der übertriebenen Geste eines Magiers zauberte er einen pinkfarbenen Umschlag aus einer Tasche des Herzkostüms und drückte ihn Luan in die Hand. »Alles Weitere steht dabei. Ich darf mich nun von Ihnen beiden herzigen Herzen verabschieden und wünsche einen wundervollen Aufenthalt. Und immer daran denken! *Kleben zum Erleben!«* Er blinzelte Isabell zum Abschied zu.

Luan packte Gabriel am Ärmel, bevor dieser noch einen Spruch über Herzchen und Rabatte anbringen konnte. »Ich begleite Sie raus.« Er schob seinen Freund mit einem grimmigen Lächeln zur Tür. »Ich bring dich um«, murmelte er ohne die Lippen zu bewegen. Dann schlug er die Tür hinter ihm zu.

»Was war das?«, fragte Isabell, die offensichtlich zwischen Lachen und Entsetzten schwankte.

Mein persönlicher Albtraum.

»Hm, wie es aussieht, geht diese Reise nur zu zweit.« Luan öffnete den Umschlag und pinkfarbene Herzchen rieselten zu Boden. Er überflog den Text, den Gabriel in dieser kurzen Zeit erstaunlich gut hinbekommen hatte. Dann sah er Isabell an und ignorierte das seltsame Kribbeln in der Magengegend. »Es … es wäre nur für dieses Wochenende.« Wie hoch war die Wahrscheinlichkeit, dass sie mit einem rabattmarkenklebenden Idioten mitkommen würde?

»Du willst mich mitnehmen? Aber … kennst du denn niemand anderen?«

Herzchenklebende Freaks haben keine Freunde.

»Äh, doch, bloß … mein bester Freund arbeitet dieses Wochenende.« Vor seinem inneren Auge erschien Gabriel grinsend im Herzkostüm. Er hielt inne, als ginge er die Reihe seiner Freunde in Gedanken durch. »Und die anderen sind im Urlaub oder haben was vor. Du bist also meine einzige Chance, dass die Reise nicht verfällt.«

»Ich weiß nicht recht«, sagte Isabell. »Das … ist bestimmt ein Doppelzimmer.«

»Nicht unbedingt, aber falls doch, schieben wir die Betten auseinander. Isabell! Ich war schon mal in Griechenland, das Licht ist unglaublich, du könntest fotografieren und malen, so viel du willst! Abends kann man auf der Terrasse sitzen und über das Meer blicken. Wusstest du, dass manche Forscher Atlantis dort vermuten? Angeblich ist es durch einen Vulkanausbruch im Meer versunken.« Etwas atemlos sah er sie an.

»Dir liegt viel daran, die Reise nicht zu verpassen, nicht?« Sie nagte auf ihrer Unterlippe herum.

»Sehr viel.«

»Um Missverständnisse zu vermeiden, der Trip würde für mich sein wie … Zelten mit einem Kumpel. Oder …« Sie suchte nach einem passenden Vergleich.

»Ich hab schon verstanden. Das geht absolut in Ordnung.« *Herausforderung angenommen.*

»Na schön. Wie lange hab ich Zeit zu packen?«

***

Sie machten aus, dass Isabell in Ruhe ihre Sachen zusammensuchen sollte, während er vorgab, nach Hause zu fahren, um sich seinerseits reisefertig zu machen. Selbstverständlich wartete sein Gepäck bereits im Kofferraum. Bevor er sein BMW M6 Coupé startete, um es um die Ecke zu parken, schickte er Gabriel eine Textnachricht.

Hat geklappt.

Sekunden später brummte sein Smartphone. »Ich will das nicht für dich entscheiden«, begründete Gabriel seinen Anruf. »Es ist wegen Jana.«

»Wer ist Jana?«, fragte Luan verblüfft.

»Deine Wette mit Marlon. Runde eins geht an dich, sie sieht aus, als würde sie notfalls vor unserer Haustür campieren, bis sie dich endlich zu sehen kriegt. Und sie hat ein Höschen in den Briefkasten gesteckt. Betty hat es gefunden.«

»Schon gut, mir fällt es wieder ein. Wimmle sie ab. Und erzähl Marlon, ich hätte die Wette verloren.«

»Sicher? Marlon wird das so feiern. Ich kann sie locker vertrösten, dann kannst du dich später um sie kümmern.«

»Nein.«

Am anderen Ende herrschte kurz Stille. »Wow«, sagte Gabriel gedehnt. »Dir ist es tatsächlich ernst.«

»Red keinen Scheiß. Ich steh inzwischen als herzkranker Vollidiot da, der rentnermäßig Rabattherzchen klebt, das ist dir schon klar!«

»Weißt du, es ist das erste Mal, dass du dich mal bemühen musst. Ich denke, das tut dir gut.«

2

Luan wusste, dass es für Isabell der erste Flug ihres Lebens war. Er hatte ihr den Fensterplatz überlassen und ihre Begeisterung amüsierte ihn. Mit großen Augen wandte sie sich ihm zu.

»Wir fliegen über den Wolken! Es sieht wie Watte aus da draußen! Wollen wir Platz tauschen? Dann kannst du es besser sehen, es ist schließlich deine Reise.«

Luan schüttelte den Kopf. »Ich bin oft genug geflogen, lass nur.«

»Du warst aber noch nie auf Santorin?«

»Nein, nie.« Es war gelogen und sonderbarerweise machte es ihm etwas aus. Dabei wollte er sie in dem Glauben lassen, ihm eine absolut wichtige Reise ermöglicht zu haben und es war Teil seines Jobs, anderen etwas vorzumachen. Er kannte dieses Hotel, es gehörte der Organisation, und er freute sich jetzt schon auf Isabells Gesicht, wenn er es ihr zeigen konnte. Es lag malerisch ganz oben am Hang einer der fünf Vulkaninseln Santorins, die den versunkenen Kraterkessel, Kaldera genannt, halbmondförmig umschlossen. Schneeweiße Häuser klebten ineinander verschachtelt am Fels und zwischen ihnen schlängelte sich ein steiler Fußweg bergauf. Belohnt wurde man mit einem phantastischen Blick über die in der Sonne glitzernde Bucht.

***

»Von da drüben noch …« Isabell hob ihre Kamera und versuchte eine der leuchtend blauen Kuppeln der Häuser von einem anderen Blickwinkel aus einzufangen. Sie hatten etwa die Hälfte der Treppen zurückgelegt und Isabell hatte beschlossen, das Fotografieren als Alibi zu ein paar Pausen zu benutzen. Sie beobachtete Luan genau. Momentan schien er keine Probleme mit den vielen Stufen zu haben, aber sie verkniff sich das Nachfragen, denn ihr war durchaus aufgefallen, dass ihm seine Herzschwäche peinlich war. Glücklicherweise war im Service der Transport des Gepäcks zum Hotel enthalten gewesen. Sie wusste nicht recht, wie er auf ihr Angebot reagiert hätte, seines mitzutragen.

Als sie den Aufstieg geschafft hatten, blieb Isabell überrascht vor der letzten Villa stehen. Sie war im landestypischen Stil erbaut, doch nirgends war der Hinweis auf ein Hotel angebracht.

»Bist du sicher, dass das hier die richtige Adresse ist? Das kann unmöglich ein Rabattmarkengewinn sein, das Haus schaut privat und noch dazu ziemlich nobel aus.«

Luan kramte einen Schlüssel aus seiner Hosentasche, der am Flughafen für ihn hinterlegt gewesen war, und entsperrte die Tür.

»Passt«, sagte er und trat ein. Isabell folgte zögernd und betrachtete staunend ihre Umgebung. Sie befanden sich in einer kleinen, lichtdurchfluteten Empfangshalle, von der aus zwei Flure abzweigten. Die gegenüberliegende Wand bestand aus Glas und gab den Blick zum Meer frei.

»Wahnsinn! – Aber es gibt keine Rezeption.«

»Auf dem Schreiben stand die Zimmernummer«, erklärte Luan und sah sich suchend um. »Hier geht´s lang.«

Sie folgten dem rechten Flur und betraten das Zimmer mit der Nummer Drei. Der komplett in Weiß gehaltene Raum war riesig. Eine breite gläserne Schiebetür stand offen und draußen blitzte blaues Wasser.

»Mit eigenem Pool«, sagte Luan zufrieden.

»Ja …« Isabell schluckte. *Und mit Doppelbett.* Eines von der Sorte, die sich nur mit einer Kettensäge teilen ließ. Das Zimmer war edel eingerichtet, aber es besaß keine zusätzliche Schlafmöglichkeit, es gab lediglich eine zierliche Sitzgruppe, auf der man nur als Mops bequem liegen konnte. Ansonsten komplettierten ein lackweißer Kleiderschrank, ein moderner Schreibtisch und ein Sideboard samt Flachbildfernseher die Einrichtung. Isabell öffnete eine weitere Tür, hinter der sich ein luxuriöses Badezimmer mit Whirlpool verbarg.

Luan zog eine Tür des Kleiderschrankes auf. »Die haben unser Gepäck bereits komplett eingeräumt«, stellte er fest. »Willst du eine Runde in den Pool oder erst was essen?«

»Ich weiß nicht … Pool«, sagte Isabell etwas überfordert. Sie überlegte, ob sie das Doppelbett zur Sprache bringen sollte, und entschied sich schließlich dagegen. Vermutlich war es albern, sich daran aufzuhängen, sie schliefen so oder so gemeinsam in einem Raum. Diese Vorstellung machte sie immer noch nervös.

»Gute Wahl«, ließ Luan verlauten und fischte eine Badeshorts heraus, mit der er Richtung Terrasse spazierte. Isabell schaute ihm verdutzt nach. Er würde sich jetzt nicht direkt am Pool umziehen? Sie suchte im Schrank nach ihrem Bikini und vermied es nach draußen zu sehen. Dann schlüpfte sie zum Umziehen und Eincremen ins Bad. Kritisch betrachtete sie sich anschließend im Spiegel. Sehr wohl fühlte sie sich in dem knappen Outfit nicht, sie hatte es nur gekauft, weil Nico mit ihr shoppen gewesen war und darauf bestanden hatte. Zumindest hierbei hatte sie ihn nicht enttäuscht. Letztlich hatte gar nichts etwas daran ändern können, dass es einfach nicht funktioniert hatte.

Du bist nicht beziehungsfähig, du hast Angst, dass dir einer zu nahekommt. Und dann, nach diesem einen Abend … Sie versuchte, die Erinnerung abzuschütteln, doch die Worte hatten sich tief in ihr Gedächtnis gebrannt.

Den Bikini hatte sie nie getragen, doch nun hatte sie die Wahl zwischen ihm und einem uralten Badeanzug. Zögernd zupfte sie die Dreiecke des Oberteils zurecht und machte sich auf den Weg nach draußen. In der Türöffnung hielt sie fasziniert inne und blinzelte ins Licht. Der Pool war so gebaut, dass er nahtlos ins Meer überzugehen schien, das zweihundert Meter unter ihnen in einem unglaublichen Blau funkelte. Dieses Hotel war ein Traum. Sie hatte ein billiges Massenquartier erwartet, aber hier trennte sogar ein Sichtschutz aus Milchglas die Terrasse von den anderen Wohnungen ab, sodass man völlig ungestört war. Hoffentlich würde Luan nicht bald bereuen, sie mitgenommen zu haben, das Ambiente war eher für ein verliebtes Pärchen gedacht. In der Nähe des Pools luden zwei elegante Liegen zum Sonnenbaden ein, außerdem beschattete eine direkt an die Hauswand gebaute Pergola einen Tisch mit zwei Stühlen. Bougainvilleas hatten das Gerüst erklommen und ließen ihre Ranken malerisch herabhängen. Luan kam an den Rand des Pools geschwommen und stützte mit einem Lächeln die Unterarme auf den Steinfliesen ab. Isabell fiel auf, dass seine Augen tatsächlich fast die gleiche Farbe hatten wie das Meer. Die Sonne brachte die Wassertropfen im schwarzen Haar zum Funkeln und kleine Rinnsale liefen über die gebräunte Haut. Was Isabell von ihm zu sehen bekam, wirkte ziemlich durchtrainiert. Sie unterdrückte den Impuls, ihre Kamera zu holen und diesen perfekten Moment festzuhalten – mit Sicherheit hätte Luan ein solches Verhalten falsch interpretiert.

Er musterte sie in aller Ruhe. »Was man mit Upcycling so aus einer Krawatte hinbekommen kann.« Sein Lächeln wurde breiter.

Isabell fühlte, wie Hitze in ihr hochstieg, und hoffte inständig, nicht rot geworden zu sein. Wieso brachte diese Bemerkung sie so aus dem Gleichgewicht, dass sie ernsthaft erwog, einfach rasch ins Wasser zu springen, um sich diesem intensiven Blick zu entziehen? Dann stellte sie sich vor, wie das Bikinioberteil womöglich anschließend im Pool dümpelte. Also setzte sie ihre unschuldigste Miene auf und trat betont langsam an den Beckenrand.

»Ich hoffe, es ist nicht zu viel für dich«, konterte sie.

Luan gefror einen Wimperschlag lang das Lächeln auf dem Gesicht, er fing sich jedoch blitzschnell. »Ich geh davon aus, du würdest mich reanimieren, mit allem, was dazugehört. So gesehen könnte es sich lohnen.«

Jetzt erst wurde Isabell sich ihrer Anspielung bewusst und war sicher, sich hummerrot verfärbt zu haben. »Es tut mir leid! Ich wollte nicht andeuten, dass du …«

»Los, komm rein. Ich verspreche dir, mein Herz wird einen Bikini aushalten, ich hab schon knappere überlebt.«

***

»Bereust du es, dass du mitgekommen bist?« Luan stellte diese Frage nach dem Abendessen, das ihnen von einem sich äußerst distinguiert gebenden Kellner auf der Terrasse serviert worden war.

Isabell schüttelte den Kopf. »Absolut nicht.« Es war die Wahrheit. Sie hatte zwar beim Kofferpacken mit ihrer Entscheidung gehadert und war kurz davor gewesen, doch noch einen Rückzieher zu machen, aber dann hatte sie beschlossen, ihrem Bauchgefühl zu vertrauen. Sie lächelte Luan zu. »Ich würde heute Abend wahnsinnig gern ans Meer, ich hab es noch nie aus der Nähe gesehen. Ich weiß, der Sonnenuntergang soll von hier oben am schönsten sein – allerdings wären wir bis dahin sicherlich zurück. Meinst du, das wäre machbar?«

»Klar.«

Ihr war das leichte Zögern nicht entgangen und sie ahnte den Grund. »Es macht dir auch bestimmt nichts aus, das ganze Stück den Berg runter- und vor allem wieder raufzulaufen?«

Luan stöhnte auf. »Bitte, tue mir einen Gefallen. Verhalte dich ganz normal mir gegenüber.«

Isabell biss sich auf die Lippen. »Du versprichst mir, dass du Bescheid gibst, wenn dir etwas zu viel wird. *Bevor* du dich übernimmst.« Sie berührte seine Hand. »Wirklich, das muss dir nicht peinlich sein«, fügte sie leise hinzu.

Luan atmete tief durch. Sie vermutete, dass er schrecklich unter seinem Handicap litt, denn er lächelte ziemlich gequält. »Keine Sorge«, brachte er schließlich gepresst hervor. »Du wirst allerdings auf dieser Inselseite keinen Badestrand finden, hier gibt es nur die Steilküste.«

»W-wenn es nicht zu steil ist«, rutschte es ihr heraus. Sie schwieg betreten, denn genau das hatte er nicht hören wollen.

»Nein. Ist es nicht.«

Voll Mitgefühl betrachtete sie ihn. Er wirkte fast schon verzweifelt und sie hatte ein schlechtes Gewissen, ihn um diesen Ausflug gebeten zu haben.

***

Nachdem Isabell ins Badezimmer verschwunden war, checkte Luan den Viewer am Handgelenk auf Hinweise ungewöhnlicher Aktivitäten in der Nähe. Die Jaskier waren weltweit vernetzt und normalerweise waren die Griechen recht zuverlässig. Obwohl

Luan davon ausging, dass Isabell sich auf Santorin in Sicherheit befand, gab es ein nicht zu unterschätzendes Problem: Früher oder später würde es dem Falschen auffallen, dass sie seinesgleichen im getarnten Zustand sehen konnte. Das Vernünftigste wäre nun gewesen, sie einzuweihen, damit sie lernen konnte, seine Spezies in dieser Form zu erkennen und nicht auf sie zu reagieren. Nur würde genau das die oberste Direktive verletzen: Es musste absolut alles unternommen werden, um Menschen keinerlei Hinweise auf die Existenz der Kier zu geben. Die Strafe bei einer Verletzung dieser Richtlinie beinhaltete für einen Jäger die sofortige Suspendierung und eine Untersuchung durch die Inari. Und sie konnte etliche Jahre Gefängnisaufenthalt nach sich ziehen.

Die einzige wichtige Nachricht, die auf dem Smartphone hereinkam, stammte von Gabriel.

Krankenbesuch bei Jonas. Nichts Neues. Ihm ist nichts Außergewöhnliches an Isabell aufgefallen. Noch kein Ergebnis, wer hinter Mordversuch auf ihn steckt.

Luan überlegte. Demnach musste es sich also um einen merkwürdigen Zufall handeln, dass Isabell getarnte Kier erstmalig hatte erkennen können, als er selbst sie observierte. Ihm waren solche Zufälle generell verdächtig, aber es gab keinen Grund, Jonas' Beobachtungen anzuzweifeln. Luan war immer noch sicher, dass der Bote getestet hatte, ob Isabell ihn tatsächlich sehen konnte, und es war ihm schleierhaft, wie sie die Aufmerksamkeit der Drakier auf sich gezogen hatte. Sie hatte fast ständig unter Beobachtung gestanden, lediglich nach Jonas' Unfall hatte es eine Lücke in der Überwachung gegeben, in der ein entsprechender Vorfall möglich gewesen wäre. Er musste das in Erfahrung bringen, allerdings würde Isabell jeden Moment auftauchen, das Wasser der Dusche rauschte nicht mehr.

Checke Protokolle auf Drakier-Aktivität am Tag des Unfalls und krieg raus, ob irgendwo ein Mädchen erwähnt wird.

tippte er in sein Smartphone.

Gabriels Antwort ließ nicht lang auf sich warten.

Erledigt, während du faul am Strand liegst oder endlich Sex hast. Nichts.

Luan stieß ein unwilliges Brummen aus.

Danke. Weder noch.

textete er zurück. Dann löschte er routinemäßig den Nachrichtenverlauf und hob den Blick.

»Fertig«, sagte Isabell, die mit hochgesteckten, noch feuchten Haaren aus dem Bad aufgetaucht war. »Ich hoffe, du hast dich nicht gelangweilt.«

***

Jetzt in den Abendstunden wimmelte es auf den Straßen von Menschen. Die meisten waren Touristen auf der Suche nach einem Restaurant oder einem der romantischen Aussichtsplätze. Etliche Mädchen waren dabei, die ihn unverhohlen musterten, doch er nahm sie nur am Rande wahr. Unwillkürlich zog er einen Vergleich. Isabell gewann um Längen und er suchte nach dem Grund. Klar, sie sah heiß aus in den kurzen Shorts und dem weißen Spitzentop, das einiges an gebräunter Haut zeigte. Aber das allein be deutete nichts, schöne Mädchen hatte er viele gehabt. Gabriels Bemerkungen fielen ihm ein und er runzelte unwillig die Stirn. Sein bester Freund lag diesmal komplett falsch. Wobei er zugab, dass diese Challenge ihm sehr viel mehr Spaß machte als erwartet.

Mit einem Lachen drehte Isabell sich zu ihm um. »Weißt du, dass du eine Gefahr für die Öffentlichkeit darstellst? Das ist jetzt schon die Zweite, die gegen irgendetwas gelaufen ist, weil sie dich angestarrt hat.«

»Tatsächlich? Keine schlechte Bilanz in zehn Minuten.«

Isabell stupste ihren Ellbogen in seine Rippen. »Angeber. Wahrscheinlich führst du Buch drüber: Mädchen, die meinem Charme erliegen.«

»Die beiden hier lagen ja nicht. – Vorsicht, Stufe!« Isabell hatte einen flachen Trittstein übersehen und er fing gerade noch ihren Sturz ab.

»Ups, danke!« Sie wirkte etwas verlegen, als sie sich von ihm löste.

Er grinste. »Ich nehme mal an, das war kein subtiler Versuch, dich in meine Arme zu werfen.«

»Ich gönne dir deine Wunschträume.«

»Gib Bescheid, wenn du einem armen Kerl seinen bescheidenen Wunsch zu erfüllen gedenkst.«

»Sag mal …« Isabell stemmte die Hände in die Hüften. »… baggerst du mich grad an?«

»Das würde ich niemals wagen. Ich wollte nur klarstellen, dass ich dich jederzeit wieder auffange.«

Sie bedachte ihn mit einem misstrauischen Seitenblick, aber ihm war das Zucken ihrer Mundwinkel nicht entgangen, bevor sie sich abwandte und den Weg weiter bergab lief. Mit ein paar Schritten hatte er sie eingeholt. Während sie sich durch die Menge schoben, hielt er Ausschau nach Angehörigen seiner Spezies. Sicherheitshalber kontrollierte er die Anzeige seines Tectron-Sticks, den er auf stummen Alarm gestellt hatte. Keine Meldung. Dabei gab es hier einiges, was Mutanten anzog. Luan entspannte sich erst, als sie die Stadt am Hang hinter sich ließen und ein relativ einsames Stück Weg durch Felsgestein vor sich hatten, das sich in Serpentinen steil hinab zum Meer schlängelte.

Isabell blieb zögernd stehen. »Wir müssen eigentlich nicht runter, ich werde allmählich müde.«

Luan fing ihren Blick ein. »Wir haben da etwas besprochen. Und wenn du müde wirst, werde ich dich tragen. Du wirst hier und jetzt dieses Meer sehen.«

Isabell schluckte. »Also gut«, murmelte sie. Dann lächelte sie ihn an. »Ich glaube, heute verdienst du dir die Siebeneinhalb.«

In der überzeichneten Parodie eines Verführers zog er eine Augenbraue hoch und verlieh seiner Stimme ein dunkles Timbre. »Du beginnst endlich zu erkennen, wie umwerfend ich bin?«

Sie lachte laut auf und tippte ihm mit einem Finger auf die Brust. »Ich achte nicht so auf Äußerlichkeiten. Aber man kann Aussehen und Charakter nie ganz trennen. Und das war grad ziemlich süß von dir.«

Sie befanden sich fast am Ziel. Luan fühlte dieses leichte Prickeln im Nacken und roch die Mutanten eher, als er sie sah.

Sofort fuhr seine Hand zur Waffe am Gürtel. Um sie herum gab es nur blanken Fels und Gestrüpp – wieso zum Henker turnten diese Dreckskerle gerade hier durch die Klippen? Er atmete tief ein. Ganz sicher war da dieser typische, kaum wahrzunehmende Geruch, der einem Menschen nicht auffiel. Der Intensität nach durften es nicht mehr als zwei Dreier sein und sie steckten ein gutes Stück rechts von ihnen hinter einem der großen Felsbrocken. Was tun? Luan spielte in Sekundenbruchteilen mehrere Szenarien in seinem Kopf durch. Aller Wahrscheinlichkeit nach würde er mit ihnen fertig werden – das Problem war Isabell. Er konnte unmöglich verhindern, dass sie die Biester sah … Der spitze Schrei einer Frau unterbrach seine Überlegungen. Luan war beinahe erleichtert, dass sie sich bereits Opfer gesucht hatten. Eindringlich sah er Isabell an.

»Du bleibst hier, duckst dich und rührst dich nicht, egal, was du hörst. Verstanden?«

»Aber …«

»Vertrau mir.« Er tarnte sich und sprang über den ersten der Felsen, die Isabell die Sicht versperrten. Im Grunde musste er nur dem Lärm folgen, die Frau kreischte inzwischen fast ununterbrochen. Er wählte den direkten Weg, was nicht ganz einfach war, denn stellenweise ging es steil bergab. Nachdem er eine hochaufragende Gesteinsformation überwunden hatte, sah er sie: Zwei Drakier in ihrer hässlichen Form, die sich an einem Pärchen zu schaffen machten. Sie lagen zuckend auf ihnen, hatten ihre lippenlosen, wulstigen Mäuler auf deren Münder gepresst und zogen Energie ab. Zwischen ihnen kauerte ein junges Mädchen, das nicht wie die beiden von den Monstern zu Boden gedrückt und ausgesaugt wurde. Mit zittrigen Fingern versuchte sie etwas in ihr Handy einzutippen, doch es entglitt ihren Händen. Ihr Wimmern steigerte sich zu schrillen Lauten, die wie die Schreie eines verletzten Tieres klangen. – Keine verwunderliche Reaktion, es musste bizarr wirken, die Angreifer weder sehen noch hören zu können. Luan empfand das vertraute Gefühl der Euphorie, als er sich auf die Mutanten stürzte. Den ersten erledigte er mit einem gezielten Stich seines Schwerts, dieser kam gerade noch dazu, ihn verdutzt anzuglotzen. Der zweite ließ von seinem Opfer ab und fuhr mit einem Brüllen herum, das sabbernde Maul weit aufgerissen. Luan musste zu ihm aufsehen, da er zu einem drei Meter hohen Scheusal mutiert war, mit Stacheln am ganzen Körper und einem mehrgliedrigen Schwanz, ähnlich dem eines Skorpions.

»Zeig, was du drauf hast!« Er musste ihn so rasch wie möglich weglocken, fort von seiner Beute und vor allem fort von Isabell. Dieses Exemplar stand kurz vor einem Blutrausch, die Stacheln an seinem Körper hatten sich aufgerichtet und zuckten.

Noch konnte Luan es nicht wagen, einen Stich anzubringen, er wusste nicht, welche Fähigkeiten das Vieh besaß, möglicherweise würde es ihn grillen wie ein Hühnchen, wenn er ihm unbesorgt zu nahekam. Leichtfüßig tänzelte er seitwärts, immer darauf bedacht, kein einfaches Ziel zu bieten. Das Monster kam grunzend hinterher und stieß dabei mit dem giftstachelbewehrten Schwanz nach ihm.

»So wird das nichts mit uns.« Nach dessen fünften gescheiterten Versuch zog Luan eine Wurfscheibe aus der Hosentasche. »Ich hab nicht stundenlang Zeit.« Das Sikah war nur ein Blitz in der Luft, dann bohrte es sich in das Auge des Monsters. Das brüllte auf und schleuderte eine Ladung ätzenden Schleims aus seinen Nüstern, der in alle Richtungen spritzte.

Na, geht doch, dachte Luan, während er sich zur Seite warf und abrollte, um dann nach vorne zu schnellen und das Schwert mit voller Wucht ins Herz des Drakiers zu stoßen. Mit einem Gurgeln brach der Mutant zusammen.

Luan begutachtete sein Shirt und starrte die Überreste der sich bereits auflösenden Kreatur böse an. »Warum krieg ich immer die Schleimer?« Er riss sich das Hemd vom Leib, bevor das Sekret die Haut verätzen konnte, wischte das Sikah damit so gut es ging sauber und ließ den besudelten Stofffetzen fallen. Bevor er sein Schwert deaktivierte, brachte er es noch einmal zum Aufflammen und Aschepartikel rieselten zu Boden. Als er seine Waffen verstaute, bemerkte er ein aufgerissenes Tütchen zwischen den Steinen. Er schnaubte. Wie es aussah, hatten die drei Magic

Mushrooms konsumiert – ein Fest für die Drakier, die sich aus den speziellen Emotionen einen besonderen Kick zogen.

Das rothaarige Mädchen hatte inzwischen aufgehört zu schreien, es kauerte wimmernd am Boden, die Arme um den Körper geschlungen, und wiegte sich vor und zurück. Der junge Mann und die Blonde, die von den Mutanten angegriffen worden waren, rührten sich nicht. Luan untersuchte die beiden. Ihre Augen starrten blicklos zum Himmel. Nach einem solchen Schock würde es locker eine Stunde dauern, bis sie wieder ansprechbar waren. Zwar konnte er es nicht mit letzter Gewissheit sagen, aber möglicherweise hatte das Mädchen so viel Energie verloren, dass dieser Albtraum wie in einer Dauerschleife ablief und sein Verstand dauerhaft verwirrt sein würde.

Gerettet, dachte er. *Bloß war das jetzt noch ein Leben?* Er ging auf die kleine Rothaarige zu und wurde sichtbar. Vorsichtig berührte er sie an der Schulter.

»Es ist alles vorbei«, sagte er sicherheitshalber auf Englisch. »Verstehst du mich?« Sie hob den Kopf und schaute ihn mit panisch aufgerissenen Augen an. Er versuchte es in sämtlichen Sprachen, die ihm einfielen, kehrte dann aber zu Englisch zurück. Schließlich nickte sie. »Du hattest üble Halluzinationen«, fuhr er fort. »Ihr solltet die Finger von diesem Zeug lassen. Ich ruf jetzt einen Arzt für euch oder wer immer hier aufzutreiben ist.« Sie glotzte ihn verstört an. Luan seufzte. Er stellte sich etwas abseits von ihr und wählte die Nummer der griechischen Zentrale. »Luan Sideras hier. Zwei Opfer nach Dreierattacke, Schweregrad C, eine traumatisierte Zeugin.« Anschließend gab er die Koordinaten durch und war dabei ein paar weitere Fragen zu beantworten, als er Schritte hörte.

»Du solltest wegbleiben!«, sagte Luan schärfer als beabsichtigt.

Isabell kam näher. »Ich hab mir Sorgen um dich gemacht, die Schreie haben sich schlimm angehört. Du kannst von mir nicht erwarten, dass – oh.« Mit einem verwirrten Ausdruck im Gesicht blieb sie stehen und besah sich die Szene. »Was …?«

»Drogen. Die waren total durchgeknallt und werden noch eine Weile neben der Spur sein. In hoffentlich einer halben Stunde trifft irgendein Rettungsdienst ein. Wenn es dir nichts ausmacht, warten wir so lange.«

Es dauerte vierzig Minuten, bis endlich mehrere Jaskier in hellenischer Rotkreuzmontur mit Tragen erschienen. Nach einem kurzen Austausch brach Luan mit Isabell auf. Sie hatte sich bis zum Eintreffen der Rettungskräfte rührend um die Rothaarige gekümmert.

»Ich hoffe, sie kommen wirklich wieder in Ordnung«, sagte Isabell bedrückt.

»Du hast die Meinung des Arztes gehört, er schien Erfahrung zu haben.«

Und er hat gelogen.

»Aber der Junge und die Blonde sahen grässlich aus! Richtig unheimlich.«

Luan nahm ihre Hand. »Versuch nicht mehr dran zu denken. Es nützt niemanden was, wenn du dir den Abend verdirbst. Morgen sind alle drei wieder gut drauf.«

Isabell blickte ihn forschend an. Dann nickte sie langsam. »Du hast vermutlich recht. – Sag mal … Wieso hast du eigentlich dein Shirt weggeworfen?«

Er hatte auf diese Frage gewartet und die passende Lüge parat. »Vollgekotzt. Das Mädel war wirklich am Ende.«

»Und ich hielt es für den verzweifelten Versuch, mich zu beeindrucken.«

»Die Gelegenheit hatte ich heut schon im Pool und hab's wohl vergeigt. Mein Wahnsinnskörper hatte anscheinend keine besondere Wirkung auf dich.«

»Erkennbar daran, dass ich bei deinem Anblick nicht ohnmächtig niedergesunken bin? Wäre das der Standard, den du gewohnt bist?«

»Ein einfaches, minutenlanges Starren wäre das Minimum gewesen.«

Sie lachte hell auf.

»Wenn du das nicht magst, wäre Schnappatmung eine echte Alternative, wobei das nicht unbedingt zu meinen Favoriten zählt.«

»Verständlich«, erwiderte Isabell und ihre Mundwinkel zuckten. Ihrer Miene nach zu urteilen stellte sie sich gerade eine Horde schnappatmender Mädchen vor, die ihn im Pool anschmachteten. Dann wurde sie plötzlich ernst.

»Für dich ist das so normal … ist dir nie der Gedanke gekommen, dass du jede Menge Herzen brichst?«, fragte sie leise und entzog ihm ihre Hand.

Luan schaute sie betroffen an. »Ich hab nie drüber nachgedacht.«

Er war froh, dass sie gleich darauf das Meer erreichten und dieses Thema nicht weiter vertieften. Er hatte es stets für selbstverständlich erachtet, dass Mädchen ihn umkreisten wie Motten das Licht, und es war ihm egal gewesen, wer sich daran verbrannte. Vermutlich hätte er es nicht einmal bemerkt.

Er starrte auf die glitzernde Wasserfläche hinaus. Vielleicht hatte Isabell recht, und er kam in dieser Sache nach menschlichen Maßstäben nicht sonderlich gut weg. Wieso war es ihm so wichtig, dass sie gut von ihm dachte?

Sie hielten sich nicht lange an der kleinen Bucht auf, da sie zum Sonnenuntergang den Ausblick auf der Terrasse nicht verpassen wollten. Isabell hatte die Dauer des Rückwegs genau berechnet und er wusste, dass sie seinetwegen die Stufen nach oben kroch, als besäße sie ein Holzbein. Nicht zum ersten Mal haderte er mit seinem Einfall, ihr den Herzkranken vorzuspielen. Als sie nebeneinander auf der Terrasse standen, vergaß er diesen Schnitzer. Das Leben als Jäger bot zahlreiche Privilegien und eines davon war, in vielen Ländern exklusive Urlaubsdomizile in Anspruch nehmen zu können. Die Sicht von hier oben war atemberaubend, die weißen Häuser schienen im Schein der versinkenden Sonne rosa aufzuglühen, goldene Tupfer aus Licht erhellten die Straßen, und das Meer schimmerte in sanften Tönen von Blau bis Rosa. Luan studierte unauffällig Isabells Profil. Nachdem sie versucht hatte, die Stimmung mit ihrer Kamera einzufangen, war sie nun völlig in der Betrachtung des Schauspiels versunken. Er fragte sich, ob ihr bewusst war, wie schön sie war.

Als sich schließlich die Nacht niedersenkte, war es nach wie vor sehr warm, doch inzwischen strich eine leichte Brise über die Haut. Luan liebte diese lauen Nächte im Süden. Normalerweise wäre jetzt die passende Zeit für eine ausgedehnte Laufrunde gewesen, denn er fühlte sich alles andere als körperlich ausgelastet. Die Drakier waren fast zu einfach auszuschalten gewesen und er merkte, dass er immer noch unter Strom stand. Isabell wandte sich ihm zu.

»Danke für alles. Es ist so wunderschön hier.« Sie fuhr sich durchs Haar. »Ähm, ich geh mal kurz nach innen, weil ich unbedingt eine Freundin anrufen muss, ich hab Mia versprochen, mich zu melden.«

Luan nickte. Er starrte noch eine Weile auf das dunkle Meer hinaus und schwang sich schließlich mit einem Longdrink in der Hand in den Liegestuhl. Er dachte an die Nacht, die vor ihnen lag. Ursprünglich hatte er ein Zimmer mit Doppelbett für eine gute Idee gehalten, aber jetzt war er sich nicht mehr sicher. So richtig vorangekommen war er nicht mit ihr, und irgendetwas sagte ihm, dass Isabell zu diesem Zeitpunkt auf Verführungsversuche nicht besonders gut anspringen würde, vermutlich würde er damit eher das Gegenteil erreichen. Gerade überlegte er, ob er diese Nacht abhaken und eine eiskalte Dusche nehmen sollte, da bekam er mit, dass beim Telefonieren sein Name fiel. Er hatte bemerkt, dass sie vorsorglich die Schiebetür zugezogen hatte, nur war diese offensichtlich nicht ganz eingerastet und zurückgefedert. Obwohl sie die Stimme bewusst gesenkt hatte, genügte ihm die spaltbreite Öffnung. Luan verspürte wieder dieses seltsame, unangenehme Gefühl, das er im Zusammenhang mit Isabell bereits kannte. Er blendete es aus. Bedenken zu haben war absurd, zumal das, was sie über ihn zu sagen hatte, nützliche Hinweise enthalten und ihn weiterbringen konnte.

»… nein, hab ich nicht gemacht«, sagte Isabell gerade, und Luan fragte sich sofort, was sie damit meinte. – »Ja, warte, er ist irgendwo mit drauf … Foto kommt. – Schrei mir doch nicht so ins Ohr!« Luan konnte sich ein Grinsen nicht verkneifen und schwenkte entspannt das Eis in seinem Glas. – »Jaaaa, schon.

Aber darum geht es doch gar nicht. Manchmal denke ich, er hat einfach ein extrem aufgeblasenes Ego und dann wiederum bin ich nicht sicher, ob er das irgendwie braucht, so als Ausgleich, du weißt schon … Ich meine, es hinterlässt ganz bestimmt Spuren, wenn man immer eingeschränkt ist.« Luan verschluckte sich fast an seinem Gin Tonic. – »Was? NEIN! Nein, natürlich nicht! – MIA! Freilich weiß ich es nicht mit Sicherheit und ich hoffe für ihn, dass ich mich täusche. Es geht mich auch gar nichts an. Überleg mal, wie schwer es sein muss, jemanden zu treffen, der darauf zu verzichten bereit ist.« Luan schoss kerzengerade in die Höhe. Er fühlte sich, als hätte er eine Faust in den Magen gerammt bekommen. *Das konnte sie jetzt nicht ernsthaft annehmen! Oder doch?* – »Doch. Wenn man jemanden wirklich liebt, ist das vermutlich möglich. Ich … ich glaube zumindest, ich könnte das. Es täte mir bloß unglaublich leid für ihn. Stell dir vor, du findest den Partner, mit dem du alt werden willst, und dann … dann macht dein Herz nicht mit und ihr dürft nie miteinander schlafen. Und du fühlst dich dabei noch schuldig, weil du derjenige bist, der nicht kann.« Luan stöhnte auf. *Grundgütiger. Die kalte Dusche war komplett überflüssig.* Er hörte sie auflachen und es gab ihm den Rest. »Du darfst gern versuchen, es rauszukriegen, er ist ja auch ziemlich süß. Sollte es jemals so weit kommen, versprich mir, dass du vorsichtig bist. Überfordere ihn nicht. – Nein, ehrlich, das ist in Ordnung. – Weil ich es garantiert nicht vorhabe.«

Als Isabell kurz darauf auf der Terrasse erschien, hatte er sich vollkommen im Griff. Zumindest wusste er jetzt, dass sie die Eine war, und zwar die Eine, die absolut nicht auf ihn stand. Was wiederum die abgefahrenste Ironie des Schicksals war.

Sie verbrachten den übrigen Abend mit Gesprächen und Isabell war ein wenig beschwipst, weil sie zu viele Cocktails probiert hatte. Irgendwann hatte sie die Idee, noch einmal in den Pool zu springen. Normalerweise hätte Luan es für einen extrem guten Einfall gehalten, jedoch für sein inneres Gleichgewicht wäre ihm momentan Isabell im Burkini anstatt Isabell im Bikini lieber gewesen. Sie alberten im Wasser herum und vermutlich lag es am

Alkohol, dass Isabell lockerer war als sonst. Sie startete ein paar absolut vergebliche Versuche ihn unterzutauchen und der Körperkontakt schien sie nicht im Geringsten zu stören. Ihn beschlich der bittere Verdacht, dass sie ihn allmählich tatsächlich als guten Kumpel einordnete. Die Versuchung war groß, sie einfach zu küssen, doch ihre Worte von vorhin hallten in seinem Kopf. Sie wollte ihn nicht.

Weit nach Mitternacht gingen sie zu Bett. Er ließ ihr den Vortritt im Bad, und als er ebenfalls fertig war, hatte sie bereits das Licht gelöscht und sich unter der dünnen Seidendecke wie ein Kätzchen zusammengeringelt. Im Schein des Mondlichts war sie schemenhaft zu erkennen; sie wandte ihm den Rücken zu, drehte jetzt aber den Kopf.

»Gute Nacht«, murmelte sie.

***

Beim Erwachen nahm Isabell wahr, dass eine angenehme Wärme sie einhüllte. Noch hielt sie die Lider geschlossen in der Hoffnung, den Moment der völligen Klarheit ein wenig hinauszuzögern. Sie empfand Geborgenheit und leise seufzend versuchte sie, sich weiter nach rechts zu wälzen. Dabei stieß sie auf Widerstand und sie spürte etwas unter ihrem Bein. Ihre Hand ertastete einen Körper. Sie begriff, dass sie engumschlungen mit jemandem lag, und riss erschrocken die Augen auf. Luan! Sofort rückte sie von ihm ab. Er hatte sich auf dem Rücken ausgestreckt und grinste sie an, die Augen blau funkelnd wie das Meer.

»Hast du …?«, nuschelte sie und brach verwirrt ab.

»Was hab ich … und wieso *ich*?«, gab Luan zurück. »Du bist doch diejenige, die sich mir aufgedrängt hat.«

»Das hab ich ganz sicher nicht!«, verteidigte sie sich empört.

»Hast du nicht? Wer lag dann grad auf wem? Und wo, bitteschön, befindest du dich? Auf deiner oder meiner Seite des Bettes?«

Isabell blinzelte und ihre Wangen wurden warm. Es ging ihr auf, dass sie seinen Teil des Bettes völlig vereinnahmt hatte. *Was war sonst noch geschehen?*

»Ich erinnere mich nicht«, sagte sie vorsichtig. »Gibt es irgendetwas, das ich wissen müsste?«

Luan gab merkwürdige Geräusche von sich, die sie erst nach Sekunden als unterdrücktes Gelächter identifizierte.

»Was ist so komisch?«

»Dein Gesicht grad. Keine Panik, es ist nichts passiert, was dir peinlich sein müsste.«

»Das … ist jetzt relativ«, bemerkte Isabell misstrauisch.

»Tatsächlich fing es wohl mit einem richtig miesen Traum an. Du hattest ziemliche Angstzustände, warst aber nicht wirklich wachzukriegen, kein Wunder, du hattest dich ja durch die halbe Cocktailkarte getrunken.«

»Da war nicht viel Alkohol drin! Ich hab auch kein bisschen Kopfweh!«

»Mag sein. Jedenfalls hab ich dich in den Arm genommen und beruhigt.«

»Oh. – Ja, Albträume hab ich manchmal.« Sie hoffte inständig, dass das alles war.

»Es hat dir wohl gefallen, denn du hast dich wie ein kleiner Tintenfisch um mich gewickelt.«

Isabell stöhnte auf. »Und … dann?«

»Kein dann. Es gibt in so einer Situation von meiner Seite aus nicht mal ansatzweise ein Dann. Du hast einfach bloß zufrieden auf mir gepennt.«

Isabell stieß einen erleichterten Seufzer aus. »Entschuldigung«, schob sie nach.

»Kein Ding. Es hat mich nicht gestört. Außer, dass es verdammt heiß war. Ich meine, es hatte einen gewissen Heizofeneffekt.«

»Wieso hast du mich denn nicht weggeschoben?«

Luan sah sie ernst an. »Weil du im Schlaf geweint hattest. Du hast öfters solche Albträume?«

»Ja«, flüsterte Isabell. »Es ist jedes Mal derselbe Traum. Aber ich erinnere mich hinterher nicht mehr richtig daran. Nur an viel … Rot.«

»Rot? Wo kommt das vor?«

»Es ist überall. Im … Zimmer. Ich bin ganz klein und ich male.« Sie sah ihn verdutzt an. »Diese Szene ist neu. Ich male an eine Wand.«

»Vielleicht bist du sonst immer aufgewacht, bevor du an der Stelle warst. Was malst du?«

»Keine Ahnung. Aber es … es ist mir wichtig. Ich bin mir ziemlich sicher, dass ich stets das Gleiche male.«

»Möglich, dass dein Unterbewusstsein dir etwas mitteilen will. Mitunter träumt man so lange dasselbe, bis man die Botschaft verstanden hat. Oft geht es darum, Verborgenes hervorzuholen, damit man es verarbeiten kann. Danach verschwindet diese Art von Traum und kommt nicht wieder. Hast du dich nach einem schlimmen Traum schon mal so gefühlt, als wäre alle Freude gegangen?«

»Einmal«, sagte sie langsam und dachte nach. »Es ist noch gar nicht so lange her und war absolut entsetzlich. Normalerweise schrecke ich nur völlig panisch hoch und kann dann nicht mehr einschlafen, aber der hat mich so verfolgt, dass ich sogar von diesem Gefühl träume.«

Erinnerst du dich, wann genau du diesen Albtraum hattest? War das bei dir in der Wohnung?«

»Ich weiß nicht, ich bring die Träume durcheinander. Vielleicht war ich daheim, vielleicht war ich auch zu Besuch bei meinen Eltern. Wieso fragst du?«

»Nicht wichtig.«

»Woher weißt du so viel über Träume?«

Luan zuckte mit den Schultern. »Irgendwo gelesen, es hat mich einfach interessiert.«

Isabell war heilfroh, dass Luan sie nicht wegen ihres Verhaltens aufzog. Ihr Auftritt als menschlicher Tintenfisch war ihr so peinlich, dass sie versuchte, dieses Bild irgendwie aus ihrem Kopf zu verbannen und nicht darüber nachzudenken.

Nach dem Frühstück erkundeten sie die Insel. Sie nahmen einen Mietwagen und klapperten etliche Sehenswürdigkeiten ab. Diesmal hatte Isabell ihre Zeichensachen dabei und ab und zu hielten sie an, sodass sie ein paar kurze Skizzen anfertigen konnte. Meistens allerdings begnügte sie sich damit, Fotos zu schießen, die sie irgendwann als Vorlage verwenden würde. Auf keinen Fall wollte sie Luan zumuten, stundenlang an einem Fleck auszuharren, wo es doch so unglaublich viel zu entdecken gab. Sie hatten geplant am Nachmittag ins Hotel zurückzukehren, wo Isabell vorhatte, das phantastische Panorama nach der Natur zu malen.

Luan lenkte den Wagen in einen Seitenweg. Isabell wunderte sich schon lange nicht mehr, dass er ein Gespür für versteckte, malerische Orte zu haben schien. Auch diesmal war es so. Steinchen knirschten unter den Rädern, als sie den immer enger werdenden Weg bergauf hoppelten. Er parkte hart am unbefestigten Hang in einer Ausbuchtung und sie gingen das letzte Stück zu Fuß. Nach einer Kurve erreichten sie ein Anwesen, das verborgen hinter einer hohen Bruchsteinmauer lag, und näherten sich einem für die Gegend vom Stil her untypischen Eisentor. Dahinter befand sich ein traumhafter Garten, der ebenfalls ungewöhnlich für die hiesige Flora war. Der Besitzer musste einen ziemlichen Aufwand betrieben haben, unzählige exotische Pflanzen auf dem eher kargen Vulkanboden anzusiedeln, und nun grünte und blühte alles so verschwenderisch, dass Isabell der Gedanke an den Garten Eden durch den Kopf schoss.

»Wunderschön.« Unwillkürlich sprach sie mit gesenkter Stimme. »Ich hätte so etwas nie erwartet, es passt so gar nicht zu der üblichen Vegetation.«

»Das Ding ist privat, man findet nur her, wenn man einen Tipp bekommt. Leider darf man das Grundstück nicht betreten.«

»Das macht nichts, mir genügen die Fotos von außerhalb. Ich mag, dass das Tor auf den Bildern mit drauf ist, der Kontrast ist so faszinierend. Die Textur ist völlig unterschiedlich, aber die Formen der Schlingpflanzen und Blätter finden sich in den Linien der eisernen Verstrebungen wider, erkennst du es?« Sie zückte ihre Kamera und schoss eine Serie.

Zurück im Hotel, lud sie die Aufnahmen sofort auf ihren Laptop. Sie hatte sich auf der Terrasse in den Schatten der pinkfarbenen Bougainvilleas zurückgezogen und war so vertieft, dass sie Luan erst hinter sich bemerkte, als er ihr ein Glas Wasser auf den Tisch stellte.

»Danke«, murmelte sie. »Wann wird denn das Abendessen serviert? Ich wollte gern noch mit dem Malen anfangen.«

Er beugte sich interessiert über den Bildschirm. »Ich geb dir recht, dieses Tor hat was. – Egal, wir essen, wann immer du möchtest. Am besten verlegen wir es auf Sonnenuntergang, dann kannst du das Licht noch nutzen.«

»Wenn es dir wirklich nichts ausmacht?«

»Tut es nicht, keine Sorge.«

Die nächsten Stunden verbrachte Isabell damit, den Ausblick aufs Meer mit Aquarellfarbe festzuhalten. Sie wusste, sie schaffte es nicht, das Bild am gleichen Tag zu vollenden, aber den Rest würde sie bei Gelegenheit ergänzen. Als die Schatten länger wurden und sich die Lichtverhältnisse zu sehr veränderten, kehrte sie unter den geschützten Platz unter den Bougainvilleas zurück. Sie legte das unfertige Bild zur Seite, zog ein weiteres Blatt auf einer festen Unterlage auf und suchte auf dem Laptop nach einem anderen Motiv. Konzentriert malte sie das Tor mit dem Garten dahinter. Nach einer Weile holte sie ihren Skizzenblock hervor. Mit groben Strichen hielt sie das Tor fest, mittlerweile ohne auf die Vorlage zu achten; dabei benutzte sie verschiedene Techniken und wechselte die Stifte. Es entstanden in schneller Abfolge Kohle-, Rötelzeichnungen und Bleistiftskizzen. Irgendwann hielt sie erschöpft inne. Luan war neben sie getreten. Zu spät bemerkte sie, dass er sie angesprochen hatte, doch sie war zu versunken gewesen, als dass der Sinn des Gesagten zu ihr durchgedrungen wäre. Sie sah zu ihm auf und erschrak fast über den Ausdruck in seinem Gesicht. Wortlos nahm er ihr den Skizzenblock aus der Hand und blätterte ihn durch.

»Was hast du da gezeichnet?«, fragte er endlich.

»Das Tor. Glaube ich«, erwiderte Isabell unsicher. »Ich weiß nicht genau, es … es sind nur Skizzen, ich hab erst mit dem Aquarell angefangen, das war ziemlich naturalistisch, aber ich hatte das Gefühl, dass irgendetwas falsch war und ich wusste nicht recht, was. Also hab ich es immer stärker abstrahiert, ich wollte wissen, wo der Fehler liegt. Es … wirkt jetzt ganz fremdartig und gleicht dem ursprünglichen Motiv in keiner Weise. Das ist mir noch nie passiert. Es sieht gar nicht mehr aus wie dieses Tor.«

»Nein«, sagte Luan. »Es sieht tatsächlich nicht mehr aus wie das Tor.«

Isabell runzelte die Stirn.

»Vergiss es, nicht wichtig. Hier oben …« Er deutete auf eine Stelle, die sie ausgespart hatte. »… wieso hast du diesen Teil freigelassen?«

Isabell stieß einen tiefen Seufzer aus und betrachtete das stark vereinfachte Zeichen, das nur noch aus wenigen ineinander verschlungenen Linien bestand. »Wenn ich das wüsste. Mir sind alle Linienverläufe klar. Nur weiß ich einfach nicht, was dort hingehört. Ich will das noch unbedingt rauskriegen.«

»Dann lass ich dich mal machen.«

Isabell arbeitete verbissen weiter an dem Zeichen, aber sie war nicht in der Lage, es zu Ende zu malen. Sonderbarerweise fühlte sie sich ausgelaugter als nach tagelangem Büffeln für eine Klausur, so als hätte sie eine enorme geistige Leistung vollbracht. Irgendwann stellte sie fest, dass ihr Magen heftig knurrte und die Sonne bereits tief am Horizont stand. Mit schlechtem Gewissen schaute sie zu Luan hinüber, der am Rand des Pools saß und etwas in sein Smartphone tippte. Als würde er ihren Blick spüren, sah er auf und lächelte.

»Fertig?«, erkundigte er sich.

»Nicht wirklich«, antwortete Isabell. »Aber ich gebe auf für heute.«

»Wann müssen wir morgen das Zimmer räumen?«, wollte Isabell wissen und rutschte möglichst an den äußeren Rand ihres Bettes, was Luan mit einer hochgezogenen Augenbraue quittierte.

»Gegen zehn Uhr, dann haben wir genügend Zeit, zum Flughafen zu kommen. – Fall nicht raus. Glaubst du ernsthaft, etwas mehr Distanz hält dich davon ab, dich wieder an mich ranzumachen?« Er sagte es mit einem entwaffnenden Grinsen und Isabell setzte einen gespielt missbilligenden Blick auf und wedelte mit einem Finger.

»Um es endgültig klarzustellen: Sollte ich etwas Derartiges tun, bin ich absolut nicht bei Sinnen.«

Luan grinste noch breiter und Isabell stellte fest, dass sich dabei tatsächlich Grübchen in seinen Wangen bildeten. »Du hast dir nur noch nicht eingestanden, dass ich dich magisch anziehe.«

»Das da ist das Einzige hier, was sich von dir magisch anziehen lässt …« Sie packte ihr Kissen warf es nach ihm. Er pflückte es lässig aus der Luft und stopfte es sich hinter den Kopf.

»Ein grober Fehler, seine Waffen aus der Hand zu geben. Jetzt hol es dir zurück.« Abwartend verschränkte er die Hände im Nacken.

»Ich sag dir gleich, ich kämpfe nicht mit fairen Mitteln. Wie kitzlig bist du?«

»Was? –« Er schaute vollkommen verdutzt aus.

»Nun ja, die meisten Leute ticken hier aus …« Sie rutschte hinunter zu seinen Füßen und bewegte ihre Finger über seine Fußsohlen, was ihn mit einem unterdrückten Laut hochschnellen ließ. Sofort stürzte sich Isabell auf ihr Kissen, presste es an sich und rollte von ihm weg auf ihre Seite des Bettes. Mit einem triumphierenden Blick schob sie es sich hinter den Kopf.

Das Funkeln in Luans Augen verhieß nichts Gutes.

»Ich lerne schnell.« Er packte ihr Handgelenk. Isabell keuchte auf, als seine Fingerspitzen über ihre Handfläche strichen und die Arminnenseite langsam nach oben wanderten.

»Bitte!«, quiekte sie und wand sich.

»Bitte was? Bitte mehr davon?«

»Nein!«, japste Isabell, kaum noch fähig, sich deutlich zu artikulieren. »Hör auf!«

Sie war überrascht, dass er sie umgehend losließ.

Ihr Atem ging hektisch. »Du hast gewonnen«, ächzte sie.

»Ich weiß.« Forschend betrachtete er sie. »Es steht dir, wenn du so atemlos im Bett liegst.«

»Du bist unmöglich!«

»Es steht dir sogar, wenn du rot wirst.«

»Du lebst gerade sehr gefährlich.« Sie sprang aus dem Bett und verschwand aus seinem Blickfeld. Möglichst geräuschlos öffnete sie die kleine Tür zur Minibar, griff hinein, und bewaffnete sich mit zwei Händen voller Eiswürfel. Fast lautlos pirschte sie sich an.

»Ich würd mal sagen, eine Herde Elefanten macht nicht halb …«

Isabell wartete nicht ab, was eine Herde Elefanten seiner Meinung nach so tat. Mit einem Satz war sie neben ihm auf dem Bett und kippte ihm das Eis auf den nackten Bauch. Er fuhr mit einem leisen Aufschrei hoch, warf sie auf den Rücken und glitt mit einer blitzschnellen Bewegung über sie. Zwar presste er sie nicht mit seinem vollen Gewicht in die Matratze, doch konnte Isabell sich kaum noch rühren. Ganz nah beugte er sich zu ihr hinab, sein Mund berührte fast ihr Ohr, so dass sie seinen Atem spürte.

»Du wolltest eine zweite Runde«, flüsterte er und sie bekam eine Gänsehaut. Sie fühlte, wie er sich ein wenig hochstemmte und dann schob sich eine Hand unter ihr Trägertop und verteilte mehrere Eiswürfel auf ihrem Bauch. Isabell kreischte und zappelte, während dieser unverschämte Kerl die Situation offensichtlich genoss. Er bebte vor Lachen und blieb mit seinen Fingern dort, wo sie nicht hingehörten, um das Eis in Position zu halten. Schließlich, nach einer gefühlten Ewigkeit, gab er sie frei und ließ sich zufrieden grinsend auf den Rücken fallen. Isabell entfernte hektisch die Reste des schmelzenden Eises und wälzte sich ohne nachzudenken über ihn.

»Du!«, war alles, was sie empört hervorbrachte.

Er sah sie mit einem unschuldigen Augenaufschlag an. »Ich wollte nur anmerken, dass du schon wieder ohne erkennbaren Grund auf mir herumliegst. Muss ich mir Sorgen machen?«

Isabell starrte ihn an. Mit einem erschrockenen Keuchen schwang sie sich von ihm herunter, als wäre er plötzlich in Flammen aufgegangen. Sie strich ihr feuchtes Top glatt und überlegte verzweifelt eine geistreiche Antwort, die ihr nicht einfallen wollte.

Genau in diesem Moment rettete sie der Klingelton ihres Smartphones. Sie fischte es von der Ablage neben sich und erkannte verdutzt die Nummer ihrer Eltern. Ein Gespräch um diese Uhrzeit war ungewöhnlich. Kaum hatte sie die Verbindung hergestellt, drang die aufgeregte Stimme ihrer Mutter an ihr Ohr.

»Schatz, geht es dir gut?« Isabell bejahte und ihre Mutter sprudelte weiter. »Gott sei Dank warst du heut nicht zu Hause! Deine Vermieterin hatte deine Handynummer nicht und deshalb die aus dem Mietvertrag angerufen. In deiner Wohnung hat es gebrannt! Wo bist du denn überhaupt? Du kannst momentan nicht heim! Vielleicht …«

»Mama, warte! Ich bin eh grad in Griechenland. Alles bestens! – Es hat gebrannt?«

»Du bist *wo*?« Die Stimme rutschte eine Oktave höher und klang, als hätte Isabell ein Areal im südamerikanischen Urwald genannt, in dem es noch Kannibalen gab. »So weit weg! Wieso hast du gar nichts davon erzählt und wie lange bist du dort?«

Isabell unterdrückte ein Stöhnen.

Weil ich den Kerl eben erst kennengelernt habe und euch nicht beunruhigen wollte.

»Es war spontan, Mia hat sämtliche Daten darüber. Ich komm morgen schon wieder. Ist es schlimm? Was ist mit den Leuten im Haus?«

»Denen ist nichts passiert, das Feuer wurde entdeckt, bevor es auf andere Wohnungen übergreifen konnte. Es ist in der Küche ausgebrochen, aber der Ruß ist überall und für die nächste Zeit sind die Räume nicht bewohnbar. Vielleicht kann Mia dich aufnehmen?«

»Was ist mit meinen Bildern?«

»Genaues muss man erst feststellen, ich fürchte jedoch, die sind gar nicht mehr da.«

»Was?«

»Ja, anscheinend war es eigentlich ein Einbruch mit Brandstiftung, und soweit ich erfahren habe, sieht alles recht leergeräumt aus.«

Isabell schnaubte wütend. »Ich glaub es nicht! Welcher Irre klaut denn Sachen aus einer Studentenbude und legt Feuer? Weißt du, ob ich noch was zum Anziehen habe?«

»Kind, ich bin nicht sicher, wir waren ja nicht selbst vor Ort. Auf alle Fälle müsste man alles zigmal waschen, damit der Brandgeruch rausgeht. Wenn ausreichend gelüftet wurde, darf man die Wohnung wieder betreten, dann kannst du nachgucken. Aber Hauptsache, dir ist nichts passiert. Melde dich doch, sobald du zurück bist! Und gib Bescheid, wo du unterkommst.«

»Ja, ist gut. Bitte mach dir keine Gedanken! Gute Nacht.«

Mit einem Aufstöhnen beendete Isabell die Verbindung. »Nicht zu fassen!«

»Hab's gehört, ähm, deine Mutter redet ziemlich laut.«

»Sie schreit immer so ins Telefon, als müsste sie von Deutschland aus auch ohne Netzanschluss noch in Australien zu hören sein.« Isabell raufte sich in einer verzweifelten Geste die Haare. »Meine Bilder sind weg! Das ist der Supergau! Das ist einfach nur furchtbar! Das ist …« Sie merkte, wie ihr Tränen der Wut übers Gesicht liefen.

»Jetzt wart mal ab. Ich vermute, irgendein Spinner hat die mitgehen lassen und will die verticken. Ich bin überzeugt, dass die wieder auftauchen.«

»Du glaubst doch nicht, dass die Polizei sich um geklaute Bilder einer angehenden Studentin kümmert.«

»Ich hab Kontakte zu allen möglichen Leuten. Du beschreibst mir morgen genau, wie die aussehen, und ich lass danach suchen, ja?«

»Wirklich? Das ist echt nett.« Isabell fuhr sich mit dem Handrücken übers Gesicht und lächelte zaghaft.

»Wo willst du denn die nächste Zeit über wohnen? Bei dieser Mia?«

»J-ja. Na ja, sie hat ein Zimmer in einem Studentenwohnheim. Etwa schuhschachtelgroß. Aber zur Not geht es.«

»Du kannst zu mir. Ich habe Platz ohne Ende.«

»Auf gar keinen Fall.«

»Wo ist dein Problem? Ich habe bis jetzt all deinen

Annäherungsversuchen widerstanden, du brauchst dir also um meine Tugend absolut keine Sorgen machen.«

Isabell musste lachen. »Ich denke darüber nach.«

***

Sobald Isabell eingeschlafen war, verzog Luan sich auf die Terrasse und wählte Gabriels Nummer.

»Nicht, dass ich deine liebliche Stimme nicht vermisst hätte, aber in letzter Zeit wird das zur Gewohnheit, dass du mich anrufst«, sagte Gabriel und gähnte. »Ich dachte, wir hätten vorhin das Wichtigste geklärt und du hast dich inzwischen abgeregt. Ich hab alles im Griff.«

»Daran zweifle ich nicht. Na ja, eigentlich will ich bloß reden.«

»Weil du nicht klarkommst, dass sie deinem Charme immer noch nicht erlegen ist? Ich mein, ihr habt ja sogar ein Doppelbett! Wie viele Steilvorlagen brauchst du denn noch?«

Luan knurrte eine unverständliche Antwort, was seinen Freund zum Lachen brachte. »Vielleicht solltest du die Herzkarte ausspielen.«

»Danke, eine Mitleidsnummer ist nicht, was mir vorschwebt. Außerdem … Ich habe nachgedacht. Lange. Es könnte sein, dass du nicht ganz unrecht hattest.«

»Was übersetzt heißt, ich hatte absolut recht.«

»Willst du es schriftlich oder genügt dir ein Ja?«

»Warte einen Moment.« Gabriel seufzte theatralisch. »Ich genieße einfach diesen Augenblick.«

»Das ist nicht komisch. Es fühlt sich anders an als sonst, irgendwie ernsthafter. Und ich will, dass Isabell das Gleiche fühlt.«

»Nur mal interessehalber, du würdest ihren Körper verschmähen, wenn sie sich dir unernst an den Hals wirft?«

»Das wohl nicht. Zumal sich ihr Körper echt gut anfühlt.«

»Ah! Das klingt doch vielversprechend!«

»Von wegen. Sie ist auf mir eingeschlafen. Und ich habe währenddessen sämtliche mathematischen Formeln auf ihre Richtigkeit überprüft, irgendwie musste ich mich ja auf die Reihe kriegen.«

»Uh.« Gabriel sog scharf die Luft zwischen den Zähnen ein. »Das ist hart.«

»Du sagst es. Es kommt noch schlimmer. Gestern hat sie mir mit einem Lächeln das Herz rausgerissen. Ich musste mir anhören, was sie ihrer Freundin am Telefon über mich anvertraut hat. Danach habe ich kurzzeitig erwogen, mich von der Klippe zu stürzen. Die grausame Zusammenfassung lautet: Ich bin ein bemitleidenswerter und aufgeblasener Arsch, der es im Bett nicht bringt. Und jetzt topp das.«

Luan rechnete es Gabriel hoch an, dass er sich bemühte, nicht zu lachen. Es gelang ihm nur sehr bedingt. »Und ich hab gehofft, ihr habt zumindest eine wilde Knutscherei hinter euch.«

»Wäre nur machbar, wenn ich zusammenbreche und es auf Mund zu Mund Beatmung anlege. Und ich würde es dann nicht heiß nennen. Höchstens verzweifelt.«

»Hat sie gar keine positive Meinung von dir?«

»Doch, sie findet mich *süß*. Ich meine, fluffige Kätzchen sind süß. Oder niedliche Hundewelpen auf dicken Stummelbeinchen.«

»Alles klar, ich habe verstanden. Scharf wäre gut. Süß ist … nicht gut.«

»Wieso hab ich das Gefühl, du nimmst mich nicht ernst?«

»Tue ich ja, aber das Ganze hat eine durchaus komische Seite. Ich meine, ausgerechnet du …«

»Ich weiß«, knurrte Luan.

»Jahrgangsbester, wenn auch nur knapp vor mir, und angehende Legende …«

»Nützt mir jetzt nicht wirklich was.«

»Wenn ich dir einen Rat geben darf …«

»Deshalb telefonieren wir hier ja grad.«

»Zuallererst werde ich dich erinnern, was auf dem Spiel steht. Du weißt, du bist als Jäger geliefert, sobald du eine ernsthafte Beziehung mit einem Menschen eingehst. Die genaue Definition kennst du.«

Luan schnaubte. »Ich hab nicht vor, das jemandem zu erzählen, und du ja wohl auch nicht. Sollte es überhaupt so weit kommen.«

»Schon gut, ich fand es nur angemessen, dass ich es mal erwähne. Also, falls du dich nicht bloß ärgerst, weil sie dir nicht gleich in die Arme sinkt …«

»Nein. So ist es nicht.«

»… dann sag ihr die Wahrheit über dich.«

»Ich kann ihr die Wahrheit nicht sagen, wenn ich sie schützen will! Ich wäre nicht für sie da, weil ich eingeknastet auf meinen Prozess warten würde.«

Gabriel seufzte. »Diese Wahrheit mein ich gar nicht. Obwohl du es ihr vermutlich nicht ewig verheimlichen kannst. Nein, ich meine, du hast es verinnerlicht, in alle möglichen Rollen zu schlüpfen, dass keiner mehr weiß, wer du bist. Außer vielleicht ich. Ansonsten läufst du nämlich Gefahr, dass sie sich doch noch in den Typen verliebt, den du ihr vorspielst. Und das bist dann wieder nicht du.«

Luan schluckte. »Hört sich nach einem klugen Rat an.«

»Es ist ein extrem kluger Rat. Und jetzt hau ich mich wieder ins Bett. Vermassle es nicht. *Chu'diz*, mein Freund.«

3

Der Weg zum Flughafen sowie der Flug selbst verliefen ohne Zwischenfälle. Das einzige Wesen, das zu einem geifernden, brüllend um sich tretenden Monster mutierte, war ein Kleinkind, dem sein Eis verweigert wurde. In Deutschland angekommen entdeckte Luan mehrere seiner Spezies, darunter auch Drakier. Sie waren alle nicht getarnt und so konnte es keinem von ihnen auffallen, dass Isabell sie in ihrer verborgenen Gestalt wahrzunehmen vermochte. Einer der Drakier rempelte Luan bewusst an, doch er ließ sich nicht provozieren. Solange der Typ nicht seine Mutantenshow abzog oder sonst wie gegen das Geheimhaltungsabkommen verstieß, war er tabu, auch wenn es Luan in den Fingern juckte.

Reiz es nicht zu sehr aus.

Der Drakier grinste ihn dreckig an, als hätte er seine Gedanken erraten und verschwand in der Menge. Luan war sicher, dass der Kerl im Lauf des Tages unsichtbar Touristen ausnehmen würde, aber dafür war eine andere Abteilung der Orga zuständig.

Der Rest der Rückfahrt verlief ereignislos, sah man davon ab, dass Isabell in einem Supermarkt eine Flasche Apfelsaft kaufte und Luan strahlend ein Rabattmarkenheftchen zum Sammeln in die Hand drückte. Nachdem sie ins Taxi gestiegen waren, prüfte sie ihr Smartphone auf eingegangene Nachrichten. Luan kannte den Inhalt einer der Mitteilungen schon, denn sie war fingiert. Er durfte nicht riskieren, Isabell in ihre Wohnung zurückkehren zu lassen, nicht einmal für wenige Minuten; zu ihm aufs Anwesen zu ziehen, stellte bereits ein gewisses Risiko dar. Er musste unbedingt herausbekommen, wie sie die Aufmerksamkeit der Drakier auf sich gezogen hatte und was diese mit ihr vorhatten. Inzwischen hatte er diverse Fluchtpläne für alle Fälle rund um den Globus ausgearbeitet. Doch noch wusste außer Gabriel niemand, dass Isabell wieder begonnen hatte, das Quantrém zu zeichnen, und er würde dafür sorgen, dass es so blieb.

Isabell runzelte die Stirn. »Meine Mutter schreibt, dass meine Bilder tatsächlich verschwunden sind. Und es kam eine Info von der Feuerwehr an die Vermieterin. Angeblich sind die Rußrückstände so giftig, dass man momentan nur mit Spezialausrüstung in die Wohnung darf. Ich verstehe nicht, was da in meiner Küche Schreckliches verbrannt ist!« Sie starrte wütend aus dem Fenster. »Ganz toll. Ich besitze bloß noch die Klamotten in der Reisetasche und hab keine Hausratversicherung. Kürzlich hab ich ein paar Kneipen wegen Kellnern angeschrieben – ich muss heut unbedingt mal nachhaken.«

»Du willst in den Semesterferien jobben?«

»Klar, jobben muss ich sowieso, ich hab das schon zu Hause die letzten Jahre über gemacht. Jetzt ist es halt noch dringender.«

Luan verdaute diese neue Information.

Ihr Smartphone nach Kneipen checken, Absagen verschicken, notierte er in Gedanken. Er würde Isabell ganz sicher nicht in einer Kneipe arbeiten lassen, er musste sie aus der Öffentlichkeit raushalten, bis er wusste, woher die Bedrohung kam – und wie er sie beseitigen konnte.

»Ich weiß nicht, ob es richtig ist, dein Angebot anzunehmen«, fuhr Isabell fort. »Ich hab heut früh Paul eine WhatsApp geschrieben und vorhin hat er geantwortet, dass ich bei ihm wohnen kann.«

»Paul?«, fragte Luan alarmiert und versuchte, neutral zu klingen.

»Du hast ihn mit mir im *Abwärts* gesehen. Rothaarig, etwa so groß wie du …«

»Ist mir durchaus aufgefallen. Er hat jede Gelegenheit genutzt, dich anzufassen.«

»Sagt der, der mir fast in den Ausschnitt gefallen ist. Ich komm schon mit ihm klar, es geht ja nur um ein paar Tage. Guck nicht so besorgt. Er ist ein Bekannter von Mia.«

»Das heißt, du kennst ihn kaum?«

»Mia ist die Einzige hier, die ich von klein auf kenne. Die anderen habe ich erst getroffen, nachdem ich zum Studieren hierhergezogen bin.«

»Du würdest zu einem Wildfremden ziehen?«, rutschte es Luan heraus und ihm war bewusst, wie absurd das klang.

Isabell lachte. »Ich würde mit einem Wildfremden in den Urlaub fahren. Tatsache ist, ich kenne ihn länger und besser als dich. Und ich will dich nicht ausnutzen, ich komme mir allmählich schäbig vor.«

»Du hast mir mit Santorin einen riesigen Gefallen getan.« Luan sammelte sich. »Du könntest mir noch einen tun.« Gabriels Gesicht tauchte vor seinem inneren Auge auf, was nicht gerade hilfreich war. Er senkte den Kopf und ließ seine Stimme angemessen verzweifelt klingen. Das zumindest fiel ihm leicht, denn was er jetzt tun musste, war absolut megapeinlich. »In letzter Zeit«, murmelte er, »haben sich diese Herzanfälle gehäuft. Ich hab's nicht fertiggebracht, es Gabriel zu erzählen, weil er sich immer gleich so entsetzliche Sorgen macht. Aber ich … könnte jemanden brauchen, der einfach nur da ist. Falls ich umkippe oder so. Es kann nämlich schiefgehen, wenn ich allein bin.« Er warf ihr einen Seitenblick zu. Sie sah atemlos aus, was gut war. Und zugleich so niedlich, dass er besser wieder wegsah.

»Du musst das unbedingt von einem Arzt untersuchen lassen!«

Zufrieden hörte er heraus, dass sie tatsächlich schockiert war. »Hab ich doch. Ich werd grad auf ein neues Medikament eingestellt, aber bis die Dosierung genau passt, kann es zu Zwischenfällen kommen.«

»Du bist verdammt leichtsinnig! Unter diesen Umständen müsstest du ins Krankenhaus oder zumindest unter professionelle Beobachtung! Sollte etwas passieren, weiß ich doch gar nicht, wie ich reagieren muss!«

»Es reicht, den Notruf zu wählen. Es wäre also uns beiden geholfen.«

»Wie lange dauert es denn, bis du richtig eingestellt bist?«

Luan unterdrückte ein Grinsen. »Ungefähr vier Wochen«, sagte er kläglich und versuchte, tapfer zu wirken. »Und schau mal … es hat gebrannt, während wir auf Santorin waren. Somit hab ich dir vielleicht das Leben gerettet. Dafür darf ich mir was wünschen. Du schuldest mir was. Und wenn die nur wegen unseres Urlaubs eingebrochen sind, dann ist das meine Schuld und du kannst erst recht bei mir wohnen. Ich muss was gutmachen. Du siehst … es gibt kein Entrinnen.«

Isabell seufzte. Sie griff nach seiner Hand und lächelte, aber in ihren Augen lag ein so mitleidiger, trauriger Ausdruck, dass sich ihm der Magen zusammenzog.

»Also schön«, flüsterte sie. »Du hast mich überzeugt. Ich werde gut auf dich aufpassen.«

Wie von selbst glitten die Flügel des Eisentores zur Seite und das Taxi rollte die gekieste Auffahrt zu dem modernen Anwesen in der Belgravia-Allee hoch, das Luan zusammen mit Gabriel und Jonas bewohnte. Unauffällig beobachtete er Isabells Reaktion. Der kubistische Bau mit viel Glas mitten in einem geometrisch angelegten Garten war beeindruckend und er musste grinsen, als er sah, mit welch großen Augen sie sich umschaute.

»Alsecure bezahlt wirklich gut«, merkte sie an. »Ich will mir gar nicht vorstellen, was die Miete hier kostet.«

»Dienstwohnung«, antwortete Luan automatisch, was nicht ganz der Wahrheit entsprach. Tatsächlich verfügte die Organisation über so viel Geld, dass sie ihren besten Mitarbeitern solche Häuser dauerhaft überließ. Das Taxi hielt direkt vor dem überdachten Eingangsbereich, der von Zitronenbäumchen in Terrakottatöpfen flankiert wurde. Luan beglich die Rechnung und stieg aus dem Wagen.

»Wohnung trifft es vermutlich nicht ganz«, bemerkte Isabell und trat neben ihn. »Lass mich doch meine Tasche selbst tragen!«

»Sie. Ist. Nicht. Schwer«, berichtigte Luan wohl zum gefühlten zehnten Mal an diesem Tag, schnappte sich seinen Rollenkoffer und schulterte Isabells Gepäck.

»Regel Nummer Eins: Wenn ich auf dich achten soll, dann fangen wir *jetzt* damit an. Und sie *ist* schwer – meine ganzen Zeichensachen sind drin.« Mit einem wissenden Lächeln nahm sie ihm die Tasche ab.

Luan unterdrückte einen Fluch und entriegelte die gläserne Haustür per Funk, um Isabell eintreten zu lassen.

»Nicht schlecht«, stellte sie verblüfft fest. Ihr Blick schweifte von der kleinen Empfangshalle zum Wohnbereich, den man durch eine geöffnete Flügeltür einsehen konnte. »Das ist nicht grad IKEA. Habt ihr das Haus selbst eingerichtet?«

»Haben wir«, bestätigte Luan wahrheitsgemäß, verschwieg jedoch, dass die schlichte, in Weiß gehaltene Einrichtung inklusive der prunkvollen Glaslüster von italienischen Designern stammte. Die grauen Granitfliesen mit dem darin enthaltenen Glimmer unterstrichen den edlen Look, doch um ihn nicht allzu kühl erscheinen zu lassen, hatten sie ihn mit Naturmaterialien kombiniert und raues Holz für den riesigen Esstisch gewählt.

Schritte hallten durch die Räume und Gabriel erschien. Er setzte ein äußerst charmantes Lächeln auf und stellte sich Isabell vor. Luan klopfte ihm auf den Rücken. »Nette Shirtauswahl, Goldlöckchen.«

»Nichts als die Wahrheit.« Gabriel sah an sich herunter.

Legends Are Born In June stand da mit großen weißen Lettern geschrieben. Er zwinkerte Isabell zu und erbot sich sofort, ihr die Tasche abzunehmen. Luan erkannte an seiner Art mit ihr umzugehen, dass er sie mochte – eine Tatsache, die ihn ziemlich erleichterte, wie er sich überrascht eingestand. Dafür verzieh er seinem besten Freund auch, dass der nun süffisant grinsend anbot, auch seinen Koffer die Treppen hinaufzuschleppen, was Isabell nicht zulassen wollte. Dies hatte zur Folge, dass er zähneknirschend Gabriel sämtliche Gepäckstücke überließ. Er wusste, dieser würde ihn ohne Ende bei der nächsten Gelegenheit damit aufziehen.

»Alles in ein Zimmer?«, fragte Gabriel, als sie auf der lichtdurchfluteten Galerie angelangt waren, und setzte eine unschuldige Miene auf.

»Nein!«, widersprach Isabell sofort. »Ihr habt doch ein freies Zimmer, hast du gesagt?«, wandte sie sich an Luan.

»Klar. Neben meinem Schlafzimmer. Hier.« Er stieß die Tür auf und ließ Isabell einen Raum betreten, der mit Bücherregalen, einem Glasschreibtisch und einer cremefarbenen Sitzgruppe eingerichtet war. »Das ist eigentlich so ne Art Arbeitszimmer für mich, aber besondere Gäste übernachten hier. Die eine Hälfte des Schranks ist leer, da kannst du deine Sachen einräumen. Das Bett ist nicht so groß wie meines nebenan, aber bequem.« Er deutete auf eine Verbindungstür.

»Im Vergleich zu meinem ist das die XXL-Version«, antwortete Isabell und strich mit der Hand über die seidene Decke.

Gabriel platzierte Isabells Tasche schwungvoll vor dem Schrank. »Ich bin unten, muss noch ein paar Dinge erledigen für die Party heute.« Er wandte sich an Luan. »Dein Köfferchen schaffst du ab hier alleine?« Dessen finsteren Blick ignorierend, stellte er ihm den Rollenkoffer vor die Füße und verzog sich hastig. Luan unterdrückte das Verlangen, ihm den Koffer hinterherzuwerfen und öffnete stattdessen die Schiebetür der verglasten Außenwand. Er überquerte mit Isabell die riesige Loggia, die mit bequemen Loungemöbeln ausgestattet war, und stützte die Arme auf das Geländer aus Glas und Stahl. Von hier oben aus bot sich eine hervorragende Aussicht auf den von hohen Bäumen und Büschen eingeschlossen Garten, der auf die klare Linienführung des Gebäudes abgestimmt war. Die weite grüne Fläche wurde immer wieder von geometrisch angelegten Pflanzeninseln durchbrochen. Der Pool glitzerte verlockend in der Sonne. Er war nah ans Haus gebaut, zog sich dabei aber ein gutes Stück über die Rasenfläche, um dann in einen Naturteich mit Sumpfzone überzugehen.

»Was muss man gleich noch tun, um einen Job bei deiner Firma zu bekommen?«, fragte Isabell und schaute mit einem sehnsüchtigen Ausdruck im Gesicht auf die azurblaue Wasserfläche hinunter.

Luan lachte. »Das Beste dran ist, es ist an der Stelle tief genug, man kann von oben reinspringen. Falls du nicht ganz so spektakulär nass werden willst, kannst du das zwei Türen weiter tun. Allerdings hat das Bad eine Verbindungstür zu meinem Zimmer, denk dran, die abzuschließen. Nicht, dass ich nackt reinplatze. Wenn du magst, kriegst du jetzt noch ne Führung durchs Haus.«

»Gern. Aber ich müsste vor allem wissen, wo die Waschmaschine ist. Ich hab kaum mehr was zum Anziehen.«

»Um die Wäsche wird sich Betty kümmern, sie wohnt im Nebentrakt und ist für den Haushalt zuständig. Im Übrigen hab ich eine Lösung für dein Klamottenproblem.«

»Die wäre?«

»Du bist grad knapp bei Kasse, wie ich es verstanden habe. Und ich nicht. Du kannst verdammt gut malen. Was hältst du also davon, wenn ich die Kosten für was Neues übernehme und dafür ein Bild von dir bekomme?«

Isabell dachte nach und Luan erkannte an ihrer konzentrierten Miene, dass sie sich die Entscheidung nicht leicht machte. »Also gut. Du erklärst mir genau, was dir vorschwebt, wir legen den Betrag fest und ich geh morgen shoppen.«

»Du brauchst nicht erst shoppen gehen«, antwortete Luan. »Ich hab Betty beauftragt, schon mal was zu besorgen. Ist in deinem Schrank. Wenn es dir nicht zusagt, kann sie es umtauschen.«

Isabell starrte ihn mit offenem Mund an. »Du warst dir ja sehr sicher, dass ich auf dein Angebot eingehe!«

»Ich dachte, es ist praktischer so. Jetzt guck nicht so streng, schau dir das Zeug einfach an.«

»Moment mal – heute ist Sonntag. Konntest du hellsehen oder woher –«

»Betty kriegt das auch am Sonntag hin. Online, Express, ich frag nie nach, wie sie es macht, aber sie könnte dir am Weihnachtsfeiertag auch einen Koffer mit Plutonium samt Fluchtfahrzeug besorgen.«

Isabell schluckte die Lüge. Natürlich hatte er den Auftrag bereits am Vortag erteilt und Betty hatte ihm eine erboste Mail mit angedrohter Kündigung zurückgeschrieben, was sie immer tat, wenn er ihrer Meinung nach etwas verlangte, was nicht in ihren Aufgabenbereich fiel. In Wirklichkeit hegte sie mütterliche Gefühle für ihn und war ein wenig allergisch wegen der vielen Mädchen, die er mit teuren Geschenken abzuservieren pflegte.

Luan folgte Isabell zu dem Kleiderschrank und wartete. Dieser Moment konnte noch einmal etwas heikel werden. Isabell zog dessen beiden Türen auf und trat schockiert einen Schritt zurück angesichts der gut gefüllten Fächer.

»Du bist ja verrückt! Mit wie vielen Bildern soll ich das abarbeiten?« Wahllos griff sie hinein und fischte ein glitzerndes Hängekleidchen heraus. »Die Sachen sehen teuer aus …« Sie suchte nach dem Etikett. »Sie *sind* teuer! Das da ist eines dieser Label, die ich mir in hundert Jahren nicht leisten kann! Was soll das werden? Luan, das kann ich nicht annehmen, das …«

Er unterbrach sie. »Sag mir, wer legt den Wert eines Bildes fest?«

»Der Markt bestimmt den Preis. Ich habe keinen bekannten Namen, vielleicht werde ich den nie haben, ich …«

»Für mich bedeutet ein Bild von dir mehr als das da.« Er vollführte eine Handbewegung Richtung Schrank. »Du tust mir also genau genommen einen Gefallen.«

»Ich hätte dir eines geschenkt, wenn du mich darum gebeten hättest.«

Luan lächelte sie an. »Gut, dann schenk mir eines. Und im Gegenzug lass mich dir die paar Klamotten schenken. Ich wollte dir einfach eine Freude machen nach dem ganzen Ärger.«

Isabell atmete tief durch und fing seinen Blick ein. »Kann sein, ich täusche mich, aber ich hab das Gefühl, du erwartest etwas von mir, das ich nicht geben kann«, sagte sie leise und klang ziemlich verlegen. Sie stockte und Luan wappnete sich. »Ich sollte es vielleicht klarstellen, das ist nur fair: Ich … will nichts von dir. Ich meine, was dich als Mann betrifft.«

»Ich weiß. Und jetzt mach kein Problem draus, wo keines ist. Komm, ich zeig dir das Haus. Du wirst dich noch umziehen wollen zur Party.« Es gelang ihm, das betont leichthin anzumerken, was er seiner Professionalität zu verdanken hatte. Dabei ging ihm auf, dass es einen deutlichen Unterschied machte, die Fakten zu kennen oder direkt ins Gesicht gesagt zu bekommen. Tatsächlich fühlte er sich, als hätte sie ihm eine schallende Ohrfeige verpasst.

»Welche Party überhaupt?«, fragte Isabell und folgte ihm ohne weitere Gegenargumente ins Schlafzimmer.

»Nichts Großes, einfach ein paar Freunde, wir machen das oft im Sommer. Ich vermute, Gabriel hat geplant zu grillen. Wer mag, kann tanzen und irgendeiner fällt grundsätzlich in den Pool. Oder wird gefallen. Du kannst selbstverständlich auch auf deinem Zimmer bleiben und malen oder wozu immer du Lust hast.«

Isabell lachte und blieb in der Mitte des großzügig geschnittenen Raumes stehen. »Klingt, als wüsstet ihr, wie man feiert. Nein, ich komme natürlich. Außerdem ist dein Freund wirklich nett. – Meine Güte, du hast allen Ernstes einen Kleiderschrank, der über die ganze Wandseite geht?«

»Für einen begehbaren war kein Platz«, erwiderte er und dachte an die mit einem Code gesicherte, geheime Kammer hinter dem Schrank.

Den brauchen wir für Dinge, über die du dich sehr wundern würdest.

»Und?« Gabriel hob den Kopf, als Luan die Küche betrat, und räumte die benutzten Schneidebretter in die Spülmaschine. Luan ließ sich auf einen Stuhl fallen und begann mit einem extrem scharfen japanischen Kochmesser herumzuspielen.

»Sie kommt gleich runter, sie sucht sich grad was zum Anziehen aus.«

»Eigentlich will ich wissen, ob du mit ihr weitergekommen bist.«

»Nicht wirklich.«

Gabriel schwang sich auf den Stuhl neben ihm. »Hm, frag mal mich, ob ich mit einem rabattmarkenklebenden Loser überhaupt noch zusammenwohnen will?« Er zwinkerte ihm zu.

Theatralisch legte Luan die Linke auf die Brust. »Versetze mir nur den Todesstoß.«

»Falsche Seite.«

»Was? – Ach so.« Er rutschte mit der Hand weiter nach links. »Fakt ist, sie hat mir deutlich zu verstehen gegeben, dass sie absolut nichts von mir will.«

»Autsch.« Gabriel zog eine Grimasse. »Das ist in der Tat ein Tiefschlag. Das heißt, du hast jetzt ein doppeltes Herzproblem.« Er legte ihm ein wenig hilflos die Hand auf die Schulter. »Aber so wie ich dich kenne, kriegst du das in den Griff.«

»Ich bekomme immer, was ich will, das weißt du doch.« Er grinste schief. »Dich findet sie übrigens nett. Sollte sie sich noch einmal derart äußern, muss ich dich leider die nächste Zeit im Schrank einsperren. Stell dich drauf ein.«

Gabriel lachte. »Das Mädel hat eben Geschmack.«

»Was man von dir nicht behaupten kann.« Er tat, als würde er mit Schaudern auf Gabriels Shirt blicken. »Zieh dich um.«

»Es ist ein Geschenk von Vera. Die muss es schließlich wissen.«

Luan ging nicht weiter darauf ein. Er wirbelte das Messer durch die Luft und fing es im letzten Moment auf, bevor sich die Spitze in die Tischplatte bohrte.

»Wie findest du sie?« Als er die Frage aussprach, wurde ihm bewusst, wie viel ihm Gabriels Meinung bedeutete.

»Na ja, sie schaut live so aus wie auf dem Viewer. Wirklich hübsch, war ja nicht anders zu erwarten, nachdem du auf sie abfährst.«

»Das meinte ich gar nicht.«

»Du rechnest nach den fünf Minuten hoffentlich mit keiner genauen Charakteranalyse?«

»Ich weiß nicht, was ich meine.« Luan seufzte.

In Gabriels Augen lag echtes Verständnis. »Du quälst dich, weil du nicht weißt, woran es liegt.«

»Vermutlich. Es war sonst immer so einfach.«

»Ja, aber da ging es dir nur um unkomplizierten Sex. Und der war leicht zu kriegen.«

»Tja. Isabell will nicht einmal den. Und ich habe keine Ahnung, wieso nicht.«

Gabriel sah ihn nachdenklich an. »Was ist bei ihr so anders?«

Luan überlegte. »Vielleicht, weil es sich einfach ehrlich anfühlt.«

Sein Freund runzelte die Stirn. »Ehrlich?«

Er fuhr sich fast verlegen über den Nacken. »Schräg irgendwie, ich weiß. Aber es ist ja nicht so, dass ich keinen Wert auf Ehrlichkeit lege, bloß weil ich so oft … improvisieren muss. Es sind so Dinge wie: Sie hat kein Interesse an mir und macht sich dann doch Sorgen um mein Herz. So etwas kenne ich nicht. Mein Aussehen ist ihr nicht wichtig, ich habe das Gefühl, sie interessiert sich wirklich für das, was ich tue oder sage. Sie ist kein bisschen berechnend, sie hat die Villa gesehen, ohne einen Plan zu entwerfen für immer einzuziehen, sie –«

Er wurde von einem Gong unterbrochen, der den ersten Gast am Eisentor ankündigte.

»Christoph«, sagten beide wie aus einem Mund.

Gabriel schaute zur Uhr. »War klar. Auf seinem Grabstein wird einmal stehen: *Er kam immer zu früh.*«

»Mit solch einem Nachruf möchte ich nicht in Erinnerung bleiben«, bemerkte Luan. »Öffnest du? Ich mach den Rest hier sauber.«

Als Luan einige Zeit später die letzten Handgriffe erledigt hatte und schließlich Grillgut und Salate auf ein riesiges Tablett lud, betrat Gabriel erneut die Küche.

»Kannst mitnehmen, ich komm gleich nach«, sagte Luan. »Ich will Isabell nicht allein im Haus lassen.«

»Da tust du vielleicht gut daran. Wir haben einen Drakier als Gast.«

»Was?«

»Ist eben mit Mara gekommen. Ich dachte, ich bereite dich darauf vor.«

»Schmeiß den Kerl raus!«

»Kann ich nicht, das wäre nicht sehr gastfreundlich. Mara hat ihn uns vorgestellt und erklärt, Tom sei anders. Er will nicht weiter parasitär leben und hat schon seit Längerem keine Energie mehr von Menschen gezogen, nicht mal in kleinen Einheiten.«

Luan schnaubte. »Dann ist er nicht anders, dann ist er brandgefährlich. Das ist wie ein Rauschgiftsüchtiger, dem man seinen Stoff weggenommen hat, das …«

»Mir brauchst du das nicht zu erzählen.«

»Wir haben hier ein Menschenmädchen. Wissen die beiden das? Isabell ist kein Energieriegel für den Hunger zwischendurch. Sag Mara, sie soll mit ihrem Freak abziehen – und das schnell.«

»Er macht tatsächlich einen friedlichen Eindruck. Abgesehen davon sind wir ja deutlich in der Überzahl. Es scheint ihm ernst zu sein. Normalerweise würdest du es komisch finden, wie brav er sich von Mara von einem zum anderen schleppen lässt, und –«

Sich nähernde Schritte brachten Gabriel zum Verstummen.

»Sorry, dass ich so lange gebraucht habe«, sagte Isabell. »Ich hab mit meiner Mutter telefoniert. Zu Hause ist eingebrochen worden.«

»Wie übel ist es?«, erkundigte sich Luan.

»Es kam nichts weg. Auf alle Fälle nichts Wichtiges, so genau konnte sie es noch nicht sagen. Mein Vater hat die Einbrecher rechtzeitig entdeckt, die waren vermutlich kurz bevor er heimkam übers Dachfenster rein und sind dann sofort verschwunden. Verwüstet ist also nicht wirklich was.«

»Übers Dach einzusteigen ist eher ungewöhnlich«, warf Gabriel ein.

»Ja, das meinte die Polizei auch. Vor allem, dass der Dachspeicher durchwühlt wurde. Da lagert ja nur altes Zeug, das man im Grunde nicht mehr braucht.«

»Zum Beispiel Erinnerungen, die für andere normalerweise wertlos sind«, ergänzte Luan und tauschte mit seinem Freund einen Blick.

Isabell seufzte. »Und es kamen etliche Absagen wegen meines Ferienjobs rein. Das ist mir echt ein Rätsel, es war früher nie ein Problem.«

»Tut mir leid«, log Luan.

Gabriel schnappte sich das Tablett. »Ich bringe das Futter mal unter die hungrige Meute.« Er nickte Isabell zu. »Lass dir bloß nicht den Abend vermiesen.«

»Mach ich nicht«, rief sie ihm hinterher. Sie lächelte Luan an. »Dafür hast du mir eine viel zu große Freude gemacht. Danke für die Sachen, die sind absolut mega. Ich hab noch nicht alles anprobiert, aber du hast ganz genau meine Größe erwischt. Ich gestehe, es beunruhigt mich etwas.«

Luan grinste und nahm sie in dem weichfließenden,

schulterfreien Hängekleidchen näher in Augenschein. »Auf alle Fälle siehst du umwerfend aus. Komm!«

Sie schlenderten gemeinsam in den riesigen Garten hinaus und Isabell schaute sich interessiert um. Im Schatten hoher Bäume entdeckte sie unweit des Teichs ein üppig aussehendes Buffet, außerdem waren mehrere Tische zu einer langen Tafel zusammengestellt. Luans Freunde hatten sich mit Drinks in der Hand in kleinen Grüppchen auf dem Rasen verteilt und plauderten. Einzig ein rothaariger Junge beteiligte sich nicht an den Gesprächen, stattdessen bediente er konzentriert einen Elektrogrill gigantischen Ausmaßes. Als sie näherkamen, grinste er breit und wischte sich über die Stirn, wobei er sein Haar hoffnungslos verstrubbelte.

»Das ist Christoph«, stellte Luan ihn vor. »Unser ständiger Zufrühkommer. Er darf deshalb jedes Mal strafgrillen, irgendwie muss man ihn ja beschäftigen.«

Der Rothaarige zwinkerte Isabell zu. »Diesmal bin ich wohl definitiv zu spät gekommen, sonst hätte ich dich vor Prinz Charming kennengelernt. Sollte er dir auf die Nerven fallen – ich rette dich.«

»Wird nicht passieren«, sagte Luan und begutachtete die Steaks. »Schaut aus, als wärst du hier bald fertig.«

Christoph nickte. »Hab's gleich. Haltet mir einen Platz frei, ja?«

»Klar.« Luan setzte mit Isabell seinen Weg fort. »Den hast du beeindruckt«, stellte er fest, als sie außer Hörweite waren. »Wundere dich nicht, wenn du heute noch ein paar Herzen brichst.«

»Sei nicht albern.« Sie senkte die Stimme. »Ähem, nur für den Notfall: Du musst mir unbedingt noch zeigen, wo du deine Herzmedikamente …«

»Auf gar keinen Fall sprechen wir jetzt über mein Herz«, raunte er ihr hastig zu und steuerte mit ihr an zwei Mädchen vorbei. Prompt drehte sich die Brünette um, die Isabell sofort an Keira Knightley erinnerte.

»Habe ich Herz gehört?«, fragte sie und lächelte Isabell an.

»Glaub mir, er hat gar keines. Ich bin übrigens Xenia, und das ist meine Schwester Marina. Du musst das Mädchen sein, das malt. Isabell, nicht?«

»Richtig.« Isabell erwiderte das Lächeln.

»Wundere dich nicht, dass ich es weiß, Luan kommt so gut wie nie in Begleitung auf seine Partys. Und, wie findest du ihn? Er ist ziemlich gut, oder?«

»Äh. Kommt drauf an …«, gab Isabell vorsichtig zurück.

»Er hat begnadete Hände, das sagen eigentlich alle. Ich dachte nur, du musst das doch beurteilen können.«

Luan räusperte sich. »Dazu sind wir noch nicht gekommen. Und ich fürchte, sie missversteht dich gerade.«

Marina fing plötzlich an zu kichern und Xenia starrte ihn verblüfft an. »Oh. Du hast nicht …?«

»Nein. Ich besitze so einige Talente, von denen sie noch nichts weiß.«

»Bescheiden wie immer«, merkte Xenia an und wandte sich Isabell zu. »Ich ging davon aus, er hat dir seine Bilder vorgeführt.«

»N-nein«, antwortete Isabell erleichtert. Ihr war ziemlich heiß geworden.

»Ihr entschuldigt uns«, sagte Luan und berührte Isabell am Arm, um sie zum Mitkommen zu animieren.

»Wieso hast du mir nichts gesagt?«, wollte sie wissen. »Ich nahm an, du hast das Malen aufgegeben.«

»Hab ich auch. Eine Zeitlang.«

»Du weißt schon, dass du nicht drum rumkommst, mir was zu zeigen?«

»Dachte ich mir. Schließlich bin ich der mit den begnadeten Händen. Dein Gesichtsausdruck war übrigens klasse.«

»War klar, dass du das genossen hast. Sag mal … hast du eigentlich nur Freunde, die aussehen wie Bademodenmodels?«

»Scheint so. Gute Gene offensichtlich.« Luan grinste breit und in seinen Augen glitzerte etwas, als würde er einen besonderen Witz genießen, den nur er verstehen konnte.

»Luan Sideras!« Die empörte Stimme gehörte zu einer

schlanken Blonden mit endlos langen Beinen in Hot Pants, die sich vor Luan aufbaute. Sie deutete in eine bestimmte Richtung und Isabells Blick wanderte automatisch dorthin. »Was«, zischte sie, »habt ihr euch *dabei* gedacht?«

Isabell erkannte nicht, was mit *dabei* gemeint sein konnte, denn sie sah lediglich mehrere Pärchen, von denen allerdings eines etwas abseits stand und nun betreten zu ihnen herüberschaute.

Luans Augen verengten sich und er schüttelte in einer kaum merklichen Bewegung den Kopf. »Besprich das mit Gabriel«, schnitt er ihr das Wort ab, als sie bereits wieder tief Luft holte, zweifellos um zu einem erneuten Redeschwall anzusetzen.

Das Mädchen vollführte eine aufgebrachte Geste mit der Hand, und ein Teil der perlenden Flüssigkeit in seinem Glas ergoss sich auf den Rasen. »Keine Ahnung, wo der hin ist«, sagte sie spitz, »er hat mir aufgemacht, schnell noch den Moët in die Hand gedrückt, und dann – oh.« Jetzt erst schien sie Isabell bewusst wahrzunehmen. Sie musterte sie auf eine Weise, dass diese sich fühlte, als läge sie auf einem Seziertisch. »Ach.« Der Ton ihrer Stimme war abfällig und sie wandte sich mit hochgezogener Augenbraue an Luan. »Ich fasse es nicht, dass du so weit gehst, meinst du nicht, es reicht langsam? Dass du unter der Woche die Finger nicht davon lassen kannst, meinetwegen. Aber seit wann entwickeln sich unsere Partys zur Spielwiese für deine Häschen?«

So sehr Isabell diese Worte auch bestürzten, noch mehr erschrak sie über den Ausdruck kalter Wut in Luans Gesicht.

»*Unsere* Partys? Ist ja toll, dass du dich gleich überall zuständig fühlst. Im Museum hängt zurzeit eine Einladung zum sonntäglichen Tanztee, der Altersdurchschnitt liegt so um die siebzig. Vielleicht nicht völlig dein Ding, aber garantiert häschenfrei. Ich bestell dir gern ein Taxi.«

Die Augen der Blonden wurden groß. »Bemüh dich nicht!«, fauchte sie. Schwungvoll machte sie kehrt und stolzierte über den Rasen davon. Isabell war sicher, dass ihre Unterlippe gezittert hatte.

Luan strich ihr sacht über die nackte Schulter. »Tut mir leid. Delia ist bloß eifersüchtig, das ist alles.«

»Sie hat ja gar keinen Grund«, murmelte Isabell und sah betreten zu Boden. Sie fragte sich, ob die beiden etwas miteinander gehabt hatten, zumindest wäre dies eine Erklärung für die vollkommen überzogene Reaktion Delias. Als sie aufschaute, bemerkte sie das Pärchen von vorhin, das über den Rasen auf sie zukam. Luans grimmige Miene verwunderte sie, noch dazu waren ihr die zwei auf Anhieb sympathisch.

»Wir gehen besser«, begann das Mädchen ohne Umschweife. »Tom fühlt sich heute eh nicht gut.«

Isabell betrachtete den Jungen. Schweißperlen standen auf seiner Stirn und er rang sich ein gequältes Lächeln ab. »Tut mir leid, ich wollte keinen Ärger verursachen.«

»Du verursachst keinen Ärger«, widersprach das Mädchen sofort. »Es war meine Idee und sie war vermutlich blöd.«

»Aber wieso denn?« Isabell sah von einem zum anderen. »Ich hab vielleicht was nicht mitbekommen, aber ich fände es einfach schade, wenn ihr geht. Ich bin übrigens Isabell.«

»Tom«, sagte der Junge tonlos. »Und das ist Mara. Lieb von dir, aber lass nur, ich …« Er wurde plötzlich kreidebleich und griff sich aufstöhnend mit einer Hand an den Brustkorb. Sein Atem ging hektisch.

»Was ist mit dir?« In Maras weit aufgerissenen Augen stand Furcht.

Der Junge taumelte und sackte ohnmächtig zusammen. Luan fing seinen Fall ab, indem er ihn unter den Armen packte und schließlich im Gras ablegte. Mara sank neben den beiden zu Boden, sie fasste Tom verzweifelt an den Schultern und rüttelte ihn. Beschwörend starrte sie Luan an, dann huschte ihr Blick weiter zu Isabell, die sich neben Luan kniete.

»Nein!«, entgegnete Luan und einen kurzen Moment lang war Isabell irritiert, wie über die Maßen entsetzt er klang.

»Kann das ein Herzinfarkt sein?«, fragte Isabell. »Kennt sich hier jemand aus? Wir brauchen einen Arzt!« Ihre Finger suchten nach ihrem Handy, ertasteten jedoch nur den glatten Stoff des Kleides in Hüfthöhe und ihr fiel ein, dass sie es im Zimmer zurückgelassen hatte.

»Du musst ihn beatmen«, flüsterte Mara. »Ich … kann das nicht.«

»Ich weiß nicht, ob ich das richtig hinbekomme, ich kenne nur die Theorie«, erwiderte Isabell und versuchte fieberhaft, sich an sämtliche Erste Hilfe-Maßnahmen zu erinnern. Hilfesuchend schaute sie Luan an. »Und du …?«

Luan schüttelte den Kopf. »Es muss etwas anderes geben.«

»Luan!« Mara klang, als sei sie den Tränen nah. »Es gibt nichts. Er braucht es! Sie … ist der einzige Mensch. Bitte!«

»Verdammter Idiot«, stieß Luan aus, und Isabell verwirrte die kaum verhohlene Wut. Er schob seine Arme unter Toms schlaffen Körper, um ihn hochzuheben.

»Nein!«, kreischte Mara und warf sich über Tom. »Was tust du!«

Luan hielt inne. »Ihn dorthin bringen, wo ihm geholfen wird.«

»Keine Zeit!« Ihre Stimme überschlug sich. »Das weißt du genau!« Mit flehendem Blick sah sie Isabell an. »Bitte!«

»Vergiss es«, knurrte Luan. Er richtete sich auf und griff nach Isabells Arm, um sie einfach fortzuziehen.

Sie machte sich los und funkelte ihn empört an. »Ich versuch's.« Sie beugte sich über den ohnmächtigen Jungen und legte ihm unsicher die Hände auf den Brustkorb.

»Keine Herzmassage, nur beatmen.« Sichtlich widerwillig zwang Luan Toms Lippen ein wenig auseinander. Isabell holte tief Luft und presste ihren Mund auf den des Jungen. Sie atmete aus. Gerade wollte sie sich von ihm lösen, um erneut Luft zu schöpfen, da fuhren seine Arme um ihren Körper und er umklammerte sie mit einer Kraft, die sie ihm niemals zugetraut hätte. Fast im selben Augenblick sog er ihren Atem ein. Seine Lippen umfingen ihren Mund und plötzlich wurde ihr schwindlig. Panik durchflutete sie. *Was geschah hier?* Es wollte ihr nicht gelingen, sich aufzusetzen, er hielt sie mühelos gefangen. Etwas Fremdartiges bemächtigte sich ihrer mit ungeheurer Gier, es war wie ein gewaltiger Sog bis hinunter in ihre Lungen und gleichzeitig schoss ein jäher Schmerz in ihr Gehirn. Er umnebelte ihr Denken und ihr war, als flösse das Leben aus ihr heraus.

Stöhnend kämpfte sie darum freizukommen, wie durch Watte hörte sie, dass Luan etwas zu ihr sagte, aber sie verstand ihn nicht. Entsetzliche Bilder strömten auf sie ein, sie sah Fratzen, die geifernd die Zähne bleckten, gelbe Krallen, die sich bis auf die Knochen in ihr Fleisch gruben, und sie vernahm angstvolle Schreie. *Mama!*, wimmerte sie stumm, *Papa!* Sie wollte davonrennen, doch ihre Füße gehorchten ihr nicht und dann glitt sie aus und stürzte in einen See aus scharlachrotem Blut. In ihre Lungen drang kein Sauerstoff mehr, sie ertrank im Blut und auf einmal war es, als hätte jemand ihren Verstand abgeschaltet. Sie fiel ins Endlose und fühlte nichts mehr.

4

Isabell öffnete aufstöhnend die Lider. Desorientiert starrte sie ins Halbdunkel. Sie brauchte einen Moment, um zu begreifen, dass die Visionen, die sie gequält hatten, einem Albtraum entsprungen waren. Eine Welle der Übelkeit erfasste sie und ließ sie zittern. Sie erinnerte sich. Mit der Erinnerung kehrte die Panik zurück und ihr Atem flatterte. Hinter ihrer Stirn tobte der Schmerz, sämtliche Muskeln ihres Körpers waren vollkommen verkrampft, so als hätte jemand auf sie eingeprügelt. Ihr umherirrender Blick streifte eine breite Fensterfront, durch die sanftes Mondlicht ins Zimmer fiel. Allmählich erkannte sie das Gästezimmer wieder und ihr wurde klar, dass sie sich nicht allein im Bett befand. Sie lag gekrümmt wie ein Embryo auf der Seite und spürte einen warmen Körper in ihrem Rücken und Arme, die sie umfangen hielten. Jetzt erst nahm sie eine vertraute, dunkle Stimme ganz nah an ihrem Ohr wahr, die ihr beruhigende Worte zuflüsterte, in einer Sprache, die ihr seltsam und fremd erschien. Sie seufzte leise auf.

»Keine Angst, es ist vorbei«, murmelte Luan und zog sie noch ein wenig enger an sich. Diesmal konnte sie verstehen, was er sagte. Ihr Mund war so trocken, dass sie zweimal ansetzen musste, bevor sie einen Ton herausbrachte.

»Was … war das.«

»Du bist ohnmächtig geworden.« Luan strich ihr sacht über die Arme. »Versuch zu schlafen, ich bin da.«

Sie wollte noch etwas sagen, doch dann drifteten ihre Gedanken bereits fort.

***

Als Isabell das nächste Mal erwachte, schien die Sonne ins Zimmer. Sie versteifte sich, als sie an den gestrigen Abend dachte, aber momentan verspürte sie einen immensen Durst, der alles andere in den Hintergrund drängte. Ihr wurde bewusst, dass Luan sie noch immer im Arm hielt. Er musste die komplette Nacht in der gleichen unbequemen Haltung zugebracht haben, vermutlich war ihm sein linker Arm eingeschlafen, den sie als Kissen benutzt hatte. Sie lag mit dem Rücken zu ihm, rutschte nun aber etwas von ihm weg und drehte sich um. Während sie ihre dünne Decke im Schlaf fortgestrampelt hatte, war seine Hälfte lose über seine Hüften ausgebreitet. Wieder einmal hatte sie die Nacht eng an ihn geschmiegt verbracht, dabei trug er wie in Santorin offensichtlich nichts als dunkle, enganliegende Boxershorts. Sie starrte auf seinen nackten Oberkörper, um danach mit den Augen der v-förmigen Muskulatur der Hüften zu folgen. Ein heißes Gefühl von Verlegenheit überkam sie und sie zog hastig ihr Kleid zurecht, das sich wie ein Hemdchen nach oben geschoben hatte.

Vorsichtig setzte sie sich auf. Sofort wurde ihr schwindlig und sie wartete, bis ihr Kopf nicht mehr Karussell fuhr. Dann griff sie nach dem Glas Wasser, das vermutlich Luan auf einem Tischchen neben ihrem Bett deponiert hatte, leerte es in einem Zug und stellte es möglichst geräuschlos wieder ab. Das kühle Wasser tat ihr gut, denn sie glühte wie im Fieber und sehnte sich nach einer Dusche. Da sie nicht sicher war, ob ihre Beine sie tragen würden, entschied sie, das Aufstehen langsam anzugehen und ließ sich kraftlos zurück auf die Matratze sinken. Als sie einen Blick auf ihn warf, merkte sie, dass er sie betrachtete.

»Wie geht es dir?«, fragte er mit einer Stimme, in der eine Zärtlichkeit mitschwang, die sie noch verlegener machte. Sie schluckte.

»Abgesehen davon, dass ich eine Dusche brauche, ganz gut. Glaub ich.«

»Hat Zeit. Bleib einfach neben mir liegen.« Er streckte den Arm aus und Isabell erwog für einen kurzen Moment, sich wieder an ihn zu kuscheln. Sie fühlte sich geborgen in seiner Nähe.

»Ähm, besser nicht.« Sie strich sich das verklebte Haar aus der Stirn.

Eine Augenbraue wanderte nach oben. »Was stört dich?

Komm, lass mich dich ein bisschen trösten.«

Zögernd rutschte sie zu ihm, diesmal so, dass sie ihm ins Gesicht sehen konnte, war aber darauf bedacht, Abstand zu halten.

Luan ignorierte ihre Bemühungen und Isabell fehlte die Energie zu protestieren. Er zog sie einfach in seine Arme und sie schloss die Lider. »Danke«, nuschelte sie und gähnte. »Bin immer noch so müde.« Sie spürte kurz seine Lippen auf ihrer Schläfe und sonderbarerweise war es ihr nicht unangenehm – im Gegenteil – es verursachte ein warmes Gefühl in ihrem Bauch.

»Es tut mir so leid«, sagte er leise. »Ich habe nicht gedacht, dass dir derart schlecht wird. Ich hätte es sonst niemals zugelassen.«

»Das konnte ja keiner wissen. Wie geht es Tom überhaupt?« Sie öffnete mühsam die Augen.

»Unser Dornröschen ist wieder gut drauf, dein Kuss hat geholfen. Anscheinend hast du ihm damit das Leben gerettet.«

»Ich hatte erst kürzlich nachgelesen, wie man beatmet. Wegen deiner Herzsache. Es wäre mir ansonsten so gegangen wie Mara.«

»Wie Mara?«

»Na ja, sie sagte irgendwas in der Richtung, ich sei die Einzige, die es kann. Dabei gibt es im Grunde gar nicht so viel zum Falschmachen. Allerdings findet man nirgends eine derartige Reaktion beschrieben, weder seine noch meine.«

»Ja«, bestätigte Luan gedehnt, »das war außergewöhnlich.«

Isabell legte die Stirn in Falten. »Vielleicht hat es bei mir was mit früher zu tun.«. Sie zögerte, weil sie nicht sicher war, ob sie Luan ihre Erinnerungen anvertrauen sollte, noch ob sie sie überhaupt mit jemandem teilen wollte. Was da plötzlich den Weg in ihr Bewusstsein gefunden hatte, war zu schmerzhaft, und sie spürte wiederholt Übelkeit in sich aufsteigen.

»Ich hör dir zu«, sagte er schlicht und schob eine Strähne ihrer wirren Locken hinter ihr Ohr. Sanft strich er ihr übers Haar und Isabell schloss mit einem Seufzer erneut die Augen. Es fiel ihr leichter zu reden, wenn sie dabei niemanden ansah.

»Ich habe so etwas schon einmal erlebt«, flüsterte sie. »Dieses

Gefühl, jemand nimmt mir die Luft weg und ich sterbe gleich. Ich hatte es bloß vergessen. Seit gestern kam alles nach und nach zurück. Damals war ich zwei Jahre alt, und es war wie in einem Albtraum. Nur war es real und meine Eltern sind dabei umgekommen.«

Sie machte eine Pause und war dankbar, dass Luan ihr einfach nur zuhörte und keine Mitleidsbekundungen einwarf.

»Da waren grässliche Monster. In meiner Erinnerung sind sie echt, auch wenn das eigentlich unmöglich ist. Sie kamen durchs Kinderzimmerfenster und ich bin davon aufgewacht. Die Straßenlaterne war hell genug, sodass ich ihre Umrisse deutlich erkennen konnte. Ich hab mir die Bettdecke über den Kopf gezogen und gehofft, sie finden mich nicht. Aber einer hat mir die Decke weggerissen, in diesem Moment kamen meine Eltern herein und haben das Licht angeknipst. Ich weiß nicht genau, was danach passiert ist. Ich wollte nicht hinsehen, ich hab mich ganz klein zusammengekauert und immer nur gedacht: *Ich bin nicht da. Ich bin nicht da.«*

Die schrecklichen Bilder bedrängten sie erneut, sie atmete hektisch und Luan zog sie noch enger an sich.

»Ich hatte solche Angst«, wisperte sie. »Ich habe meine Eltern schreien hören. Und auf einmal waren sie still. Es hat mich etwas am Fuß gepackt und aus dem Gitterbett gezerrt. Ich wollte wegkriechen. Der Teppich war glitschig und ganz rot. Ein schwarzes, stinkendes Ding kroch über mich und hat mich zu Boden gedrückt. Es war so riesig und schwer, dass ich kaum atmen konnte. Da war eine Fratze direkt über mir, die kam näher und näher, bis sich ein dunkler Schlund auf meinen Mund gestülpt hat. Das Gefühl dabei war das gleiche wie gestern, nur die Schmerzen damals waren noch viel schlimmer. Ich bekam keine Luft mehr. Ich muss ohnmächtig geworden sein, und als ich zu mir kam, waren große Männer im Zimmer. Einer hat mich gehalten. Er hat mir die Hand an die Wange gelegt und seltsame Worte gesprochen. Ich habe nichts davon verstanden. Es ist mir ein Rätsel, wie er es hinbekommen hat, aber plötzlich war der Schmerz fort. Auf einmal wusste ich, dass er sich etwas wünscht.

Und dann habe ich angefangen, für ihn zu malen.« Isabell setzte sich ruckartig auf und schaute Luan an. »Ich … ich glaube, ich weiß auch wieder, was. Ich hab dieses Symbol gekritzelt, das gleiche wie auf Santorin. Dieses Zeichen für das Tor. Luan – was bedeutet das?«

»Ich hab keine Ahnung, wieso du das gemacht hast«, sagte Luan.

Isabell ließ sich auf den Rücken sinken und starrte zur Decke hoch. »Ich denke nicht, dass mir einfach nur schlecht geworden ist.«

»Du hast schreckliche Dinge erlebt. Dein Körper reagiert irgendwie darauf und du vermischst deine Träume mit der Wirklichkeit.«

»Kann sein. Aber bei Tom war es genauso. Er war wie dieses Monster. Es war, als würde er mich aussaugen, verstehst du? Klingt das … sehr irre?«

»Nein«, antwortete Luan. »Ich verstehe dich ganz gut.«

Isabell nagte an ihrer Unterlippe herum. »Du hast heute Nacht etwas zu mir gesagt, erinnerst du dich?«

»Ich habe so einiges gesagt.«

»Ich meine gar nicht die Bedeutung. Es war in einer anderen Sprache.«

»Mach ich manchmal.«

»Sie klang ziemlich … fremdländisch.«

»Hebräisch«, erwiderte Luan ohne zu zögern. »Die meisten Leute finden das exotisch, weil sie es selten hören. Ich bin damit aufgewachsen, das wird in meiner Familie so gesprochen.«

»Du bist Jude?«

»Nein, das nicht.«

»Was wirklich merkwürdig ist …« Isabell beobachtete Luan genau. »Der Mann, der mich geheilt hat … Ich bin mir ziemlich sicher, dass er auch hebräisch geredet hat.«

Luan zuckte die Schultern. »Vielleicht war der ja Jude.«

Isabell schaute ihn zweifelnd an. »Vielleicht«, sagte sie und überlegte. »Ich würde gerne mit Tom sprechen. Könntest du mir seine Nummer geben?«

»Ich hab sie nicht.«

»Dann die von Mara.«

Er schien einen Moment lang nachzudenken.

»Nach dem Frühstück. Wer duscht zuerst? Ich lass dir gern den Vortritt.«

»Nein, mach nur. Ich ruhe mich noch ein bisschen aus.«

***

Luan schleppte ein unhandliches Paket in die Küche und deponierte es in der Mitte des Raumes. Danach ließ er sich Gabriel gegenüber auf einen Stuhl fallen. »Sie kommt gleich.«

»Wie hat sie es verkraftet?« Gabriel schob ihm einen Kaffeebecher im XXL-Format hin.

»Geht so, sie ist hart im Nehmen. Dabei muss es ein krasses Erlebnis gewesen sein, ausgehungert, wie der Kerl war.« Er schnappte sich eine Orange und begann sie präzise zu sezieren.

»Ja. Noch dazu hat sich zum zweiten Mal einer an ihr bedient, während sie bei vollem Bewusstsein war. Unvorstellbar, dass sie das als Zweijährige einigermaßen unbeschadet durchgestanden hat. Die meisten Menschen hätten den Verstand verloren.«

»Und die meisten Menschen nehmen außerdem Mutanten nur wie in einem Albtraum wahr. Isabell nicht, sie hat jedes Detail mitbekommen. Dabei war diese Nacht erst der Anfang ihrer persönlichen Horrorgeschichte. Von dem, was man im Anschluss mit ihr angestellt hat, weiß sie allerdings nichts mehr. Es wird auch in ihrem Profil äußerst knapp abgehandelt, aber sie war in Chimera.«

»Chimera«, wiederholte Gabriel mit jener Mischung aus Ehrfurcht und Widerwillen in der Stimme, wie sie Luan bei der Erwähnung dieses Namens so oft begegnet war. »Ein Grund verrückt zu werden, wenn man es noch nicht ist.«

»Sie würden das wieder mit ihr tun, sobald sie erfahren, dass sie das Quantrém malt«, entgegnete Luan.

»Wie lange willst du das eigentlich verheimlichen?«

Luan zuckte die Schultern.

»Sollten sie dahinterkommen, dass du so etwas verschweigst …

das kann dir als Hochverrat ausgelegt werden.« Gabriel beobachtete seinen Freund scharf.

»Ist mir durchaus bewusst«, knurrte Luan. »Deshalb hab ich auch nur dich eingeweiht.«

»Super, vielleicht können wir uns ja eine Zelle teilen. Zumindest bis zu deiner Exekution«, antwortete Gabriel trocken.

»Du warst schon mal witziger. Ich … hab mich noch nicht entschieden, was ich unternehmen werde. Es hängt von verschiedenen Faktoren ab.«

»Du glaubst nicht ernsthaft, dass du ihr den Aufenthalt in Chimera ersparen kannst? Selbst wenn ihr Gedächtnis zurückkehrt und sie sogar den Schlüssel liefert, das Quantrém zu öffnen, werden sie wieder mit ihr experimentieren, so oder so.«

»Schon klar. Das ist es ja. Vermutlich wäre sie viel zu interessant, als dass man sie ein normales Leben führen ließe. Außerdem will ich nicht, dass sie das Ding überhaupt noch einmal malt. Keiner kann mit Sicherheit sagen, dass es ungefährlich ist, es zu öffnen. Ich habe mich entschlossen, sie zu schützen. Ich kann einfach nicht anders, verstehst du?«

Gabriel seufzte. »Hoffentlich weiß sie das mal zu schätzen.«

»Das ist mir egal. Ich will bloß nicht, dass ihr etwas passiert. Übel genug für sie, dass ihre Erinnerung an diese Albtraumnacht wieder hochkam. Wobei es ein paar interessante Aspekte gibt. Ich zitiere: *Ein großer Mann hat mir die Hand an die Wange gelegt und seltsame Worte gesprochen. Plötzlich war der Schmerz fort.* Der Verantwortliche damals war Navarra. Ich nehme an, er hat etwas Verbotenes mit ihr getan. Etwas, das nicht im Profil stand.«

»Könnte sein. Falls er sie tatsächlich geheilt hat, wird er sich hüten, das zu erwähnen. Mich wundert nur, dass sämtliche Beteiligte darüber dichthielten.«

»Sie erzählte noch mehr. Und zwar konnte sie fühlen, dass er sich etwas wünscht. Das war wohl der Auslöser, dass sie deshalb wie eine Besessene das Quantrém an die Wand kritzelte. Er muss also irgendeine Verbindung zu ihr geschaffen haben, ich hab nur leider keine Ahnung, wie er das gemacht hat und was das bedeutet. Auf alle Fälle wird es immer komplizierter, Isabell nicht einzuweihen. Das Quantrém war ihr selbst ein bisschen unheimlich und ich hab ihr geraten, es nicht mehr zu malen. Ich hoffe, sie hält sich dran. Ich muss sogar den Müll nach hingekritzelten Symbolen kontrollieren, das Zeug darf das Haus unter keinen Umständen verlassen. Und eine weitere Schwierigkeit: Isabell will mit Tom Kontakt aufnehmen.«

»Dann ist er eben in Neuseeland oder so.«

»Und wie lange kann ich das aufrechthalten? Ich hab es außerdem so satt, ihr Märchen aufzutischen.«

»Du hast noch ein Problem. Jonas wurde heute Morgen aus dem Krankenhaus entlassen. Damit kannst du vergessen, Betty freizugeben, sie kümmert sich grad um ihn. Er dürfte angepisst sein, weil du euer Zielobjekt nach Hause geschleppt hast. Mal abgesehen davon, dass du den Fall nicht abgegeben hast. Du weißt, wie stur er sich an Vorschriften hält.«

Luan stieß einen Fluch aus, für den Betty ihm die Ohren langgezogen hätte. »Abgeben wäre idiotisch gewesen, Isabell sieht ja jeden anderen Kier auch.«

»Die Argumentation dürfte sein, dass dein Nachfolger Bescheid weiß und sich deshalb entsprechend unauffälliger verhält als du. So was in der Art eben.« Gabriel zuckte die Schultern. »Was soll's, mich musst du ja nicht überzeugen.«

»Ich werd es ihm irgendwie beibringen. Du hast ihre Anwesenheit noch für dich behalten?« Es war im Grunde keine Frage, natürlich hatte Gabriel nichts ausgeplaudert, Luan konnte sich auf ihn verlassen wie auf sich selbst.

Gabriel nickte bloß und deutete mit dem Daumen auf das Paket. »Was ist eigentlich das da? Ein neuer Rabattmarkengewinn?«

»Blödmann«, brummte Luan, konnte sich jedoch ein Grinsen nicht verkneifen. »Ihre Bilder.«

»Du spielst mit dem Gedanken, sie einzuweihen und willst dich vorher noch als Bilder-Retter feiern lassen?«

»Das feine Detail, dass wir ihre Wohnung abgefackelt haben, sollte sie besser niemals erfahren, von daher bleibt mir gar nichts anderes übrig.«

Sie hoben beide den Kopf. Auf der Treppe vernahm man das

Tapsen nackter Füße und kurz darauf erschien Isabell im Türrahmen, die noch feuchten braunen Haare zu einem lockeren Knoten hochgesteckt. Sie trug ein hellblaues Neckholdertop und weiße Shorts, was den goldbraunen Ton ihrer Haut unterstrich. Unwillkürlich erinnerte Luan sich daran, wie es war, sie im Arm zu halten, weich und perfekt an ihn geschmiegt. Er machte eine einladende Geste und sie setzte sich auf den Stuhl zu seiner Linken.

»Kaffee?« Er schob eine Tasse unter den imposanten, chromglänzenden Vollautomaten, der in Griffnähe auf einer der Arbeitsflächen aufgebaut war. »Nimm dir ansonsten einfach, was du magst.« Ratternd begann die Maschine zu mahlen und ein aromatischer Duft breitete sich aus. Luan reichte ihr den dampfenden Kaffee.

»Danke.« Isabell nahm die Tasse mit einem warmen Lächeln entgegen. Luan verspürte ein Kribbeln in der Magengegend, und gleichzeitig bestürzte es ihn, wie heftig er auf ein simples Lächeln von ihr reagierte.

»Du siehst tatsächlich wieder fit aus«, stellte Gabriel mit echter Anteilnahme in der Stimme fest.

»Ich hatte einen guten Krankenpfleger.« Sie schaute Luan dankbar an.

»Davon bin ich überzeugt«, ertönte es ein Stück hinter ihr. Sie wandte den Kopf zur Küchentür, in deren Rahmen ein etwa gleichaltriges, dunkelblondes Mädchen aufgetaucht war und sie von oben herab musterte. »Er ist gut im Sich-Kümmern. Wie ich ihn kenne, hat er keinen Zentimeter ausgelassen.«

»Du kennst mich eben nicht so gut, Alexa. Das stört dich ja so sehr«, erwiderte Luan gelassen. »Ich nehme an, du willst Jonas besuchen? Er kann es sicher kaum erwarten.« Alexa war bis zu den Haarwurzeln errötet. Isabell vermochte nicht einzuschätzen, ob aus Wut oder weil Luan mit der Bemerkung ins Schwarze getroffen hatte. Die Blonde reckte das Kinn vor.

»Ich bin bereits seit heute früh bei ihm«, gab sie schnippisch zurück. »Ich wollte euch nur informieren, dass ich für die nächste Zeit hier wohnen werde. So lange, bis mein Onkel sich völlig erholt hat.«

»Such dir ein Gästezimmer aus«, bot Gabriel an.
»Hab ich schon. Das rote. Bis später.« Sie drehte sich schwungvoll um und rauschte davon.
»Wieso hast du mir nichts von meiner persönlichen Heimsuchung erzählt?«, fragte Luan.
»Weil ich dachte, sie verschwindet gleich wieder.«
»Nicht, wenn es für sie die Möglichkeit gibt, ätzend zu sein. – Übrigens, Isabell …« Luan zeigte mit dem Kinn in die Richtung des Pakets. »… dein Lieblingskrankenpfleger hat was für dich aufspüren lassen. Er hatte es dir schließlich versprochen.«
»Was?« Sie schaute verdutzt darauf. Klirrend fiel ihr Löffel in die Müslischüssel zurück und ihr Gesicht nahm einen fassungslosen Ausdruck an.
»Meine Bilder? Du hast sie gefunden!« Ihr Stuhl scharrte laut über die Bodenfliesen, als sie sich hastig erhob, um den Inhalt des Kartons zu begutachten.
»Deiner Beschreibung nach dürften es alle sein. Und sie sind unversehrt, ich hab schon nachgesehen.«
Isabell klappte den Deckel hoch, verzichtete jedoch darauf, jedes einzelne Werk zu prüfen. Offensichtlich glaubte sie ihm. »Wo waren sie denn?«
»Irgendjemand hat sie zum Verkauf angeboten, es war ganz leicht.«
»Das ist superlieb, dass du das für mich gemacht hast!« Strahlend nahm sie neben ihm Platz. Sie schien kurz zu überlegen, dann gab sie ihm einen Kuss auf die Wange. Luan schluckte.
»Eine Kleinigkeit«, murmelte er und etwas in ihm wünschte sich, diesen Kuss verdient zu haben.
»Für mich ist es keine Kleinigkeit«, widersprach Isabell und bedachte ihn mit einem forschenden Blick, den er nicht recht deuten konnte. Schließlich senkte sie die Lider und griff nach der Packung mit dem frischgepressten Orangensaft.
»Fast leer, sorry«, bemerkte Gabriel. »Ich musste meinem Kater Flüssigkeit zuführen und nur Wasser war mir zu einseitig.«
Um Isabells Mundwinkel zuckte es. »Ihr habt gestern noch lange gefeiert?«

»Ich hab den Rest nicht mehr mitbekommen, bin so bei Sonnenaufgang ins Bett gefallen. – Autsch.« Vorwurfsvoll sah er zu Luan, dessen Smartphone lautstark ein wildes Trompetensolo von sich gab. »Sehr witzig, dein After-Party-Klingelton. Bin jetzt endgültig wach, du kannst den wieder umändern.«

»First Call, U.S. Army. Nett, nicht?« Luan fischte ungerührt sein Handy aus der Hosentasche, stellte auf lautlos und betrachtete mit einer hochgezogenen Braue das Display. *Mara.* Einen winzigen Moment zögerte er, dann nahm er das Gespräch an.

»Ich bin's, Tom. Bitte leg nicht auf, ich ruf mit Maras Handy an, weil ich dachte, du gehst sonst nicht ran. Eigentlich will ich mich bei dem Mädchen bedanken … Isabell, oder?«

»Jaaaa«, bestätigte Luan. »Glück gehabt, sie will auch mit dir sprechen.« Er gab sich gar keine Mühe, die Drohung in seiner Stimme zu kaschieren. »Ich geh davon aus, dass du ausreichend stabil bist. Augenblick.« Er streckte Isabell sein Handy entgegen. »Dornröschen ist dran«, sagte er so laut, dass Tom es auf alle Fälle mitbekam, und erntete dafür einen tadelnden Blick aus braunen Augen. »Solltest du Wert darauf legen ihn zu treffen, kann er herkommen.«

Scheinbar gelassen frühstückte er weiter und hörte zu, wie sich Isabell ahnungslos und viel zu freundlich mit diesem durchgeknallten Energiesauger unterhielt. Im Anschluss gab sie Luan das Smartphone zurück.

»Er kommt gegen Abend vorbei. Ich hoffe, das passt?«

»Klar«, antwortete er leichthin. Er hatte sich entschieden, diese Begegnung zuzulassen, aber er würde Tom noch entsprechend instruieren. Wenn der Kerl ihr Haus in einem Stück verlassen wollte, musste er kooperieren. Schritte auf der Flurtreppe unterbrachen seine Gedanken. Dem vertrauten Klang nach konnte das nur Jonas sein. *Noch mehr Komplikationen.* Luan wechselte mit Gabriel einen kurzen Blick. So sehr er sich aufrichtig über die rasche Genesung seines Mentors freute – dass dieser genau jetzt auftauchte, war mieses Timing und zweifelsohne das Werk Alexas. Zwar konnte das Miststück nicht ahnen, wie brisant die Sache mit Isabell wirklich war, aber natürlich hatte sie nicht die Gelegenheit verpasst, die Anwesenheit eines Menschenmädchens auszuplaudern.

Jonas erschien in der Küche und Luan sprang auf, um ihn vorsichtig zu umarmen. Automatisch registrierte er, dass er etwas an Gewicht verloren hatte, sein Gesicht wirkte kantiger und vielleicht zogen sich durch das dunkle Haar einige Silberfäden mehr, trotzdem schien er immer noch in ausgezeichneter Form zu sein. Wie üblich trug er einen Anzug mit exakten Bügelfalten, weswegen er auf Isabell eher wie ein gediegener Geschäftsmann mittleren Alters wirken mochte.

»Freut mich, dass du fit genug zum Aufstehen bist.«

»Nachdem du es bislang nicht zu mir geschafft hast …«, merkte Jonas mit leisem Tadel in der Stimme an. Er lud Luan mit einer flüchtigen Handbewegung ein, wieder Platz zu nehmen und ließ sich auf den Stuhl neben Gabriel sinken. Dabei taxierte er Isabell genau. »Und jetzt lerne ich den Grund kennen.«

»Tut mir leid«, beeilte sich Isabell zu versichern.

»Das muss es nicht«, erwiderte Jonas mit einem feinen Lächeln. »Verständlich, dass er diese Art von Gesellschaft der meinen vorzieht.«

Luan beobachtete, wie sie die Unterlippe zwischen die Zähne sog, offensichtlich war ihr die Bemerkung unangenehm.

Jonas wandte sich wieder an Luan. »Es gibt leider ein paar Dinge, die ich mit dir klären müsste. Dringend.«

Isabell erhob sich sofort. »Ich bringe meine Bilder nach oben.«

»Das mache ich für dich«, bot Gabriel ihr an.

Jonas wartete, bis die beiden aus der Küche verschwunden waren. Seine Miene änderte sich, er wirkte plötzlich besorgt und sehr müde.

»Nach Alexas Beschreibung vermutete ich bereits, dass sie es ist. Was hast du dir dabei gedacht? Du sollst deine Zielperson unauffällig observieren und nicht mit heimnehmen.«

»Das mit dem unauffällig kann man ja wohl vergessen. Und es ist für Isabell lebensgefährlich draußen rumzulaufen.«

»Das entscheidest nicht du. Wenn entsprechender Handlungsbedarf besteht, wird es dir rechtzeitig mitgeteilt.« Er sah ihn scharf an. »Du hast deine speziellen Beobachtungen über ihre Fähigkeiten noch gar nicht weitergegeben, oder?«

»Nein«, gab Luan zu. »Nur Gabriel, du und ich wissen davon.« Er wappnete sich. Es würde heikel werden, Jonas von den Vorteilen zu überzeugen, die ein Verschweigen mit sich brachte. »Ich musste schnell reagieren, sie hatte sich wohl schon irgendwie verdächtig gemacht. Drakier standen vor ihrer Tür, und es blieb mir gar nichts anderes übrig, als mit ihr abzutauchen.«

»Was hast du ihr über uns erzählt?«

»Gar nichts. Sie hat keine Ahnung.«

»Das sollte auch so bleiben.« Jonas' Finger rieben über sein Kinn, das einen deutlichen Bartschatten zeigte. »Sie kann also tatsächlich Kier in Tarnung erkennen. – Das ist wirklich außergewöhnlich. Es hätte mich vorhin gereizt, das zu testen, aber es wäre unklug gewesen, so kurz, nachdem sie mich hübsch zusammengeflickt haben.« Er griff sich reflexhaft an den Bauch. Luan nahm an, dass er Schmerzen hatte, wahrscheinlich hätte er das Bett noch gar nicht verlassen dürfen und es würde sicherlich nicht lange dauern, bis Betty erschien und ihn wieder einsam melte.

»Sie kann uns definitiv in jeder Form sehen«, bestätigte Luan.

»Hast du einen Verdacht, was das ausgelöst haben könnte? Ich bin an ihr noch seelenruhig inkognito vorbeispaziert. Nichts. Keinerlei Anzeichen für diese Entwicklung.«

»Aber du hast Erinnerungslücken für den Tag des Angriffs angegeben. Vielleicht ist da etwas geschehen und du weißt es nicht mehr.«

»Ausgeschlossen, ich hätte es sofort gemeldet.«

»Ich hab mich mit ihr über Träume unterhalten und sie kam dabei auf einen ungewöhnlich heftigen Albtraum vor einigen Wochen zu sprechen, wie er typisch ist nach einem Drakier-Besuch.«

»Nicht während ich die Verantwortung hatte. Allerdings ist sie zweimal zu ihren Eltern gefahren.«

»Ich weiß. Das ist dann nicht mehr in deinen Zuständigkeitsbereich gefallen. Es sieht so aus, dass sie einfach ein Zufallsopfer war, das Übliche eben. Kann sein, ihr Unterbewusstsein hat darauf reagiert.«

»Das allein ist noch keine ausreichende Erklärung.«

»Das nicht, aber vielleicht hat das als Auslöser fungiert, während die Ursache selbst in ihrem Kindheitstrauma liegt.«

Luan vermied es, die Heilung durch Navarra zu erwähnen, obwohl sie ihm als plausibelster Grund für Isabells besondere Fähigkeiten erschien. Dies war eine zu heftige Anschuldigung, um sie unüberprüft auszusprechen. Zudem beantworteten seine Spekulationen nicht die Frage, warum Isabell nicht unmittelbar im Anschluss an den Traum, noch Wochen vor dem Angriff auf Jonas, getarnte Kier wahrnehmen konnte. Jonas wäre das garantiert nicht entgangen und es passte einfach nicht zusammen.

»Jonas, ich brauche Zeit«, bat er ihn. »Sie vertraut mir. Ich bin sicher, wenn es etwas zum Herausfinden gibt, dann gelingt es mir.«

»Schläfst du mit ihr?«

Luan schnaubte. »Wieso denkt jeder, dass ich mit allen Mädchen was habe? Nein, natürlich nicht.«

»Ich versuche nur zu begreifen, weshalb sie dir so wichtig ist.«

Runterspielen. Er zuckte die Schultern. »Unseren Leuten ist sie wichtig. Und zwar genug, um jahrelang diesen Aufriss zu betreiben. Gut, dass Isabell nie davon erfahren wird. Muss übel sein, wenn man feststellt, dass der Großteil des eigenen Lebens ein Fake war.« Er lehnte sich nach vorn. »Ich verliere keine Zielperson durch Unachtsamkeit. Und eine solche schon gar nicht.«

Jonas starrte vor sich hin und trommelte mit den Fingern auf die Tischplatte. »Vielleicht … ist es gar nicht so verkehrt, dass sie hier ist und niemand sonst davon weiß. Es bietet die Möglichkeit zu einem, nennen wir es, *unkonventionellen Vorgehen.*« Er betrachtet ihn forschend. Luan setzte seine professionelle Miene auf. »Tue, was immer nötig ist, um etwas in Erfahrung zu bringen«, fuhr Jonas fort. »Priorität hat, dass sie geistig und körperlich unversehrt bleibt. Du darfst nichts unternehmen, das ihre Erinnerungen noch mehr blockiert. Drastischere Maßnahmen sprich also mit mir ab.« Er legte eine Pause ein, um seine Worte sacken zu lassen. Luan überspielte seinen Widerwillen und nickte. Einen solchen Freibrief zu erhalten, hatte er von seinem Mentor niemals erwartet.

»Du wirst mir sofort Bericht erstatten, wenn sie sich auffällig verhält. Auch Kleinigkeiten können relevant sein.«

»Natürlich.«

Jonas strich sich mit zwei Fingern über die Nasenwurzel und kniff erschöpft die Augen zusammen. Mit leiser Stimme fuhr er fort: »Ich kann dir nur in etwa so lange Zeit verschaffen, wie ich nicht im Dienst bin.« Eindringlich blickte er ihn an. »*Ich weiß quasi von nichts.* Nach meiner Genesung muss ich weitergeben, dass das Mädchen in der Lage ist, unsere Tarnung zu durchschauen.«

»Danke für dein Vertrauen.« Luan betrachtete ihn mit einer gewissen Besorgnis. »Deine Verletzung … Gibt es schon neue Erkenntnisse, wem du das zu verdanken hast und weshalb?«

»Wer auch immer dahintersteckt – er war Profi. Ich glaube nicht, dass man noch etwas über ihn herausbekommt.«

»Du solltest im Bett bleiben. Es ist völlig idiotisch, dass du dich in einen Anzug zwängst.«

Jonas lächelte matt. »Von zwängen kann nicht die Rede sein. Aber du hast recht, ich werde mich wohl wieder ein wenig hinlegen. Was hast du für heute so geplant?«

»Nichts Bestimmtes«, erwiderte Luan.

Jonas nickte und grinste wissend. »Dann habt viel Spaß bei nichts Bestimmtes. Ach ja, sei so gut, wenn du Alexa siehst: Ich will nicht gestört werden.«

Luan grinste zurück. »Ich begleite dich nach oben.« Er stand auf. »Und anschließend kümmere ich mich um mein Zielobjekt.«

***

Luan betrat das Gästezimmer, wo Isabell auf dem Bett saß und etwas in ihr Smartphone tippte. Sie ließ es sinken und sah auf. »Ich soll dir von Gabriel ausrichten, dass er im Garten das letzte Chaos beseitigt. Ich hab vor, ihm dabei zu helfen, ich wollte bloß noch rasch Mia antworten.«

»Was Wichtiges?«

»Sie hat jemanden kennengelernt, der kann mir vielleicht einen

Job im Kulturforum verschaffen, morgen Nachmittag soll ich dort vorbeischauen – was ist denn?«

»Nichts weiter.« Zu vereiteln, dass Isabell wegen eines Jobs durch die Straßen zog, stellte eine einfach zu lösende Aufgabe dar. »Du brauchst den Garten nicht mit aufräumen. Ich hab aus der Küche gesehen, dass Anton das meiste bereits erledigt hat. – Anton ist Bettys Mann und ne Art Hausmeister. Eigentlich geht es nur noch um ein plattgewalztes Blumenbeet, anscheinend hat jemand drin übernachtet.«

Isabell gab ein glucksendes Geräusch von sich. »Hört sich wirklich nach einer ausschweifenden Feier an. Tut mir leid, dass du sie verpasst hast.«

»Damit ich die Nacht auch in den Glockenblumen hätte verbringen können?« Luan grinste. »Ich glaub nicht, dass das erstrebenswert ist.«

»Also gut, falls es ansonsten nichts für mich zu tun gibt, fang ich heute mit dem Abzahlen meiner Schulden an. Du musst mir nur verraten, was ich für dich malen soll.« Sie stockte kurz. »Und wenn es dir nichts ausmacht, würde ich wirklich gern deine Bilder sehen.«

»Ich heb sie hier in dem Schrank auf. Warte.« Luan öffnete die linke Tür, zog zwei große Mappen heraus und legte sie auf den Glasschreibtisch. Er löste den Verschluss der ersten. »Bitte sehr, da drin sind Aquarelle. Guck sie durch.«

Isabell klappte die Mappe auf – und stieß einen leisen Überraschungslaut aus. Beinahe entsetzt schaute sie Luan an. »Du bist unglaublich gut.«

»Hm, das hab ich schon ein paarmal gehört. Vielleicht nicht immer im Zusammenhang mit meinen Bildern.«

Isabell verdrehte die Augen. Vorsichtig blätterte sie ein Papier nach dem anderen um. »Landschaften, Portraits … egal, welches Motiv, jeder Pinselstrich sitzt.« Sie seufzte. »Und du willst ernsthaft, dass ich für dich etwas male?«

»Will ich. Du unterschätzt dein Talent.«

Sie schloss stumm die Mappe und öffnete die nächste, die Acrylarbeiten enthielt. Luan beobachtete sie gespannt.

»Oh.« Isabell trat einen Schritt zurück und schlug unwillkürlich die Hand vor den Mund. Mit großen Augen betrachtete sie die Leinwand. »Das bin ich«, flüsterte sie.

»Jep. Du sagtest, du magst Waterhouse. Und besonders seine Motive mit Najaden und Nixen. Ich hab mich also für dich als Najade entschieden, einfach, weil es schade um deine Beine gewesen wäre.«

»Wann hast du das gemalt?«

»Auf Santorin, du warst so mit diesem Tor beschäftigt. Es war enorm hilfreich, dass du dieses Nichts von Bikini anhattest. Schließlich sind Najaden traditionell nackt.«

»A-aber auf diesem Bild sitze ich am Ufer eines Baches. Das ist eine völlig andere Sitzposition, als ich sie hatte. Kein Maler bekommt so etwas ohne entsprechende Vorlage hin.«

»Ich könnte dich in jeder Position aus dem Gedächtnis zeichnen.« Er lächelte breit. »Offenbar hab ich dich in der Kneipe genügend lange angestarrt. Und den unbekannten Rest hab ich mir vorgestellt.«

Isabell stöhnte auf und ihre Wangen verfärbten sich zartrosa. »Gut, dass du mein Haar besonders lang gemalt hast.«

»Ich dachte mir, es ist dir lieber, dass ein paar Stellen abgedeckt werden. Es wäre schade, wenn du ansonsten nicht wagst, es aufzuhängen. Es ist nämlich ein Geschenk.«

»Du bist verrückt!« Mit ungläubiger Miene sah sie ihn an. »Das … das ist wirklich lieb von dir.« Sie musterte das Gemälde. »So siehst du mich also?«, fragte sie schließlich.

»Genau so. Gefällst du dir nicht darauf?«

»Doch«, sagte sie leise. »Sehr.«

Zufrieden stellte er fest, Isabell aus der Fassung gebracht zu haben. »Und jetzt muss ich was mit Gabriel besprechen. Es dauert nicht lange.«

***

Luan hatte bewusst einen Platz außerhalb des Hauses für diese Unterhaltung gewählt, weil niemand auch nur Bruchstücke davon mitbekommen sollte – sei es aus Absicht oder Versehen. So saß er mit Gabriel im Schatten eines Sonnenschirmes am Pool und gab das Gespräch mit Jonas möglichst wortgetreu wieder.

»Ich habe mich entschlossen, Isabell über uns aufzuklären«, endete er und betrachtete seinen Freund von der Seite, um in dessen Miene zu lesen. Gabriel hatte die Jeans hochgekrempelt und baumelte mit den Beinen im Wasser. Seine entspannte Haltung täuschte. Eine kleine steile Falte hatte sich auf seiner Stirn gebildet und der Blick seiner braunen Augen verriet Besorgnis.

»Könnte problematisch werden«, sagte er schließlich. »In so ziemlich jeder Hinsicht. Meinst du, sie vertraut dir inzwischen genügend?«

»Ehrlich gesagt, kann ich das ganz schlecht einschätzen. ›Ich bin übrigens ein Alien‹, ist nicht so der Spruch, den ich recht häufig anbringe.«

»Wenn sie dauerhaft durchdreht, musst du sie einsperren. Das war's dann, damit hättest du wirklich alle Chancen bei ihr verspielt.«

»Ich gehe davon aus, dass sie sich beruhigen lässt. Allerdings riskiere ich nicht, es ihr auf dem Anwesen zu sagen. Falls sie panisch wird, sollte das niemand mitbekommen.«

Gabriel nickte. »Was hast du vor?«

»Einen Ausflug. Mit dem kleinen Schwarzen.«

»Verstehe. Gute Wahl. – Was hat dich bewogen, dieses Risiko einzugehen? Die Orga hat noch jeden Verstoß gegen die Direktive Zero rausgekriegt. Rechne nicht damit, dass man dir gnädig ist, bloß weil du gut bist.«

»Tue ich nicht. Ich hab über die Folgen recht gründlich nachgedacht. Die Wahrheit ist: Ich glaub nicht, dass ich ein Leben ohne meinen Job sehr mögen würde.« Er grinste ein wenig schief. »Noch dazu hättest du dann keinen Partner mehr, der dich in einem Stück unter einer fetten, säureverspritzenden Schabe rauszieht. Man kann dich bei so was ja keinen Moment lang unbeaufsichtigt lassen.«

»Ist mir nur einmal passiert«, protestierte Gabriel und betrachtete die hässliche, lange Narbe an seinem Unterarm. »Und deine Schabe war aufgerichtet über fünf Meter hoch, an ihre Zähne will ich nicht mal mehr denken. Aber meinetwegen, du bist mein allerliebster Unter-der-Schabe-Rauszieher. Ich würde niemals einen anderen wollen.«

»Ganz meinerseits.« Luan begutachtete stirnrunzelnd Gabriels T-Shirt. »Wobei du unsere Freundschaft mitunter empfindlich auf die Probe stellst. *Auftrags-Griller.* Hat dir das wieder Annina geschenkt?«

»Christoph. Wohl ein zarter Wink, um aus der Grillnummer rauszukommen.« Die Falte auf seiner Stirn vertiefte sich. »Wie ich dich kenne, würdest du auch ohne die Organisation im Hintergrund niemals aufhören, Drakier zu jagen.«

»Du hast recht, dafür trete ich die Kerle viel zu gern in ihren Mutanten-Hintern. Notfalls tue ich das in Zukunft eben ohne Privilegien.« Er vollführte mit der Rechten eine Geste, die das Anwesen umschloss. »Obwohl ich ziemlich auf all das stehe.«

Gabriel schnaubte. »Du würdest mehr als den Whirlpool vermissen, wenn man dir erst sämtliche Waffen abgenommen hat! Wie willst du dann gegen durchgeknallte Dreier vorgehen? Mit Messern aus dem Baumarkt? Oder aus dem Jagd- und Fischereibedarf?«

»Jetzt entspann dich mal, noch bin ich nicht aufgeflogen. Ich werde Isabell genau instruieren, wie sie sich zu verhalten hat, sobald sie über uns Bescheid weiß. Jonas wird nur melden, dass sie getarnte Kier sehen kann, das bedeutet ja nicht automatisch, dass sie in Bezug auf unsere Spezies aufgeklärt wurde. Und falls Isabell das Quantrém tatsächlich öffnet, würde man dann sogar ganz eventuell drüber hinwegsehen, dass ich einen Menschen eingeweiht habe.«

»Vielleicht. Aber nicht sehr wahrscheinlich«, sagte Gabriel leise.

»Wir werden sehen. Momentan mach ich mir eher Gedanken, was uns hinter dem Quantrém erwartet. Es könnte auch eine sehr böse Überraschung geben.«

»Ich bleibe bei meiner Meinung mit der These vom Energiesystem.«

»Ich ja auch, nur manchmal haben selbst die größten Pessimisten einen Grund zu feiern.«

»Wie willst du überhaupt Isabell helfen, das richtige Öffnungs-Symbol zu finden? Du hast keine Ahnung, wo du ansetzen sollst und ob sie es tatsächlich draufhat.«

Ich bin überzeugt, dass es für sie hier bei mir besser läuft als in Chimera mit seinen üblen Forschungsmethoden. Wir dürften etwa eine Woche Zeit haben, bis Jonas fit genug ist, beim Boss vorzusprechen. Schlimmstenfalls sind wir dann eben auf der Flucht, ich hab alles für den Notfall vorbereitet. Ich liefere sie nicht aus, das tue ich ihr nicht an.«

»Und wenn du feststellst, dass es keinen anderen Weg gibt als Chimera, um etwas aus ihr herauszubringen? Das ist jetzt mal rein hypothetisch. Sie haben dort Möglichkeiten, das menschliche Gehirn zu manipulieren, die wir uns nicht vorstellen können. Gehen wir davon aus, unsere These stimmt, und dort liegt tatsächlich die Lösung für unser Energieproblem. Der Wahnsinn! Würdest du dein eigenes Volk wirklich um diese Chance bringen?«

Luan starrte unwillig auf das azurblaue Wasser. »Hast du jemals die Datenberge gesehen über das, was hinter dem Quantrém vermutet wird? Keiner kann mit Sicherheit irgendeine Aussage treffen. Selbst wenn die These stimmt: Vielleicht ist das Energiesystem längst ausgebeutet.« Er schnaubte abfällig. »Mit Sicherheit wissen wir nur, dass die Drakier sie niemals in ihre gierigen Finger kriegen dürfen. Also sag mir: Soll ich auf Spekulationen hin das Leben eines Mädchens zerstören?«

»In das du rein zufällig verliebt bist. Andererseits hättest du keinen Gedanken daran verschwendet. Du hättest einfach getan, was man von dir erwartet.«

»Die Rolle des Advocatus Diaboli steht dir nicht«, antwortete Luan kühl. »Dass ich das System nie zuvor hinterfragt habe, macht aus etwas Falschem nicht das Richtige.«

5

Isabell war noch immer dabei, die Einzelheiten des Bildes zu betrachten, das Luan ihr geschenkt hatte, als es kurz klopfte und er ins Zimmer trat. Er fand sie über das Gemälde gebeugt vor und musste grinsen.

»Lust auf einen Ausflug mit mir?«

Isabell lächelte zurück. »Ich glaube, heut kann ich dir nichts abschlagen. Außer, es ist etwas Unmoralisches.«

»Leider nichts dergleichen. Du solltest dich auch eher an- und nicht ausziehen.« Er ließ seinen Blick kurz über ihre nackten Beine schweifen. »Am besten eine lange Jeans und ein einfaches T-Shirt. Und Sneakers.«

»Warte einen Moment.«

Wenig später liefen sie zusammen die Treppe hinunter und verließen das Haus über die offenstehende Terrassentür. Isabell fragte nicht nach Luans Plänen und er wirkte nicht so, als würde er eine Erklärung abgeben wollen. Zwar unterhielt er sie mit irgendeiner witzigen Partygeschichte, aber sie hatte den Eindruck, dass ihn etwas beschäftigte. Da war eine steile Falte auf seiner Stirn, die sonst nicht vorhanden war. Er ließ sie in den offenen BMW einsteigen, der neben ein paar hochglanzpolierten, tiefergelegten Autos mit unübersehbarer Sonderlackierung unter einem riesigen Carport geparkt war, und startete den Motor. Der Wagen rollte den gekiesten Weg entlang auf das Eisentor zu, das sich wie durch Zauberhand öffnete und hinter ihnen ebenso leise zurückglitt. Isabell lehnte den Kopf nach hinten und schloss die Augen. Diese Sitze waren unglaublich komfortabel und der Wagen lag so ruhig in den Kurven, dass man fast meinte, sich auf Schienen fortzubewegen. Irgendwann würde sie sich ebenfalls ein Cabrio kaufen, wenngleich eines, das vermutlich weniger wert sein würde als eine einzige Felge dieses Hightech-Teils. Aber das war nicht wichtig.

»An was denkst du?«, fragte eine warme Stimme neben ihr.

»Ich mag dieses Auto.«

»Du hast plötzlich deinen Hang zum Luxus entdeckt?«, zog er sie auf.

»Nein, ich mag einfach die Sonne und den Wind auf meinem Gesicht. Man fühlt sich leicht und frei.«

»Dann wird dir das, was als Nächstes kommt, auch gefallen«, sagte Luan. Isabell sah ihn erwartungsvoll an, aber er schwieg sich aus. Sie waren stadtauswärts gefahren und erreichten nach wenigen Minuten die Landstraße, der Luan ein kurzes Stück folgte, um schließlich auf einen Feldweg abzubiegen. Er hielt auf eine Scheune zu, und als sie diese umrundeten, gab Isabell ein verblüfftes Keuchen von sich. Auf der Wiese stand ein nachtschwarzer Hubschrauber.

»Ist das deiner?«

»Wir teilen ihn uns zu dritt.«

»Das ist schon ein bisschen pervers. Ich meine die Tatsache, dass du überhaupt einen besitzt, egal, zu wievielt. Eine Yacht hast du nicht zufällig auch noch? Und ein Schloss?«

»Nein, bedaure.«

»Wenigstens eine klitzekleine Burgruine? Das wäre doch so richtig romantisch.«

»Was ist an zugigen, ungeheizten Ruinen romantisch?«, fragte Luan und schloss das Verdeck des Cabrios. »Vermutlich hat man dort nicht einmal Netz und verzichtet auf allen Komfort. Das ist das Letzte, was ich anstreben würde.«

Sie stiegen aus und Isabell folgte ihm. Misstrauisch begutachtete sie den Hubschrauber, der aus der Nähe wie ein ziemliches Ungetüm aussah.

»Du kannst den wirklich fliegen?«

Luan antwortete nicht. Er schien eine Spur genervt, wie in jenen Situationen, in denen sie wegen seiner Gesundheit besorgt war. Mit einem schmalen Lächeln begleitete er sie zur Beifahrerseite, öffnete die Tür und ließ sie hineinklettern. Nervös starrte Isabell auf eine beunruhigend große Anzahl an Instrumenten im Cockpit.

»Du solltest dich anschnallen.« Luans Stimme riss sie aus ihren Überlegungen, was alles schiefgehen konnte. Er hatte auf dem Pilotensitz Platz genommen und half ihr, den Gurt korrekt anzulegen. »Sitzt«, befand er und reichte ihr blassgrüne Kopfhörer. »Sonst können wir nicht kommunizieren. Es wird laut.«

Mit geübten Griffen ließ er die Schließen seines Gurts einrasten und setzte das Headset auf.

Er warf ihr einen Seitenblick zu. »Glaub mir, ich mach das nicht zum ersten Mal. Entspann dich.«

»Leichter gesagt«, murmelte Isabell, als Luan den Hubschrauber startete, und krallte die Finger in ihre Oberschenkel. »Der ist wirklich laut!«, schrie sie ihm zu.

»Du musst nicht brüllen«, kam es über das Headset zurück. »Ich verstehe dich wunderbar.«

»Verdammt«, entfuhr es Isabell, als der Helikopter abhob. Durften Herzkranke überhaupt den Pilotenschein machen? Sie hörte Luan leise lachen. Senkrecht schossen sie nach oben, um dann nach Süden zu fliegen und an Geschwindigkeit zuzunehmen.

»Du musst schlucken«, wies Luan sie an. »Hilft gegen den Druck auf den Ohren.«

Isabell schluckte und atmete tief durch. Er schien tatsächlich zu wissen, was er tat. Und er steuerte dieses Monsterteil souverän, dabei hatte sie erwartet, dass es ein unruhiger Flug werden würde. Allmählich beruhigte sich ihr schneller Puls. Sie spähte nach unten, wo die Miniaturlandschaft an ihnen vorbeizog.

»Ich glaube, ich finde es doch ziemlich cool«, bemerkte sie und fing an, den Flug zu genießen. Ab und zu sah sie unauffällig zu ihm rüber. Irgendetwas an ihm erinnerte sie an einen dieser Filmtypen, die ganz locker sämtliche Feinde plattmachten und nebenbei die Welt retteten. Sie grinste vor sich hin. Ein superheißer Held, der Rabattmarken sammelte. Irgendwie niedlich.

Luan landete den Helikopter etwa eine Stunde später sicher auf einem sonnenbeschienenen Plateau im Gebirge. Obwohl die Umgebung traumhaft schön war, verspürte Isabell leichtes Bedauern, als sie herausgeklettert war und wieder auf festem Boden stand. Zu ihren Füßen woben unzählige Wiesenblumen einen bunten Teppich, und etwas weiter entfernt stürzte sich ein Gebirgsbach eine Steilwand hinab. Wo das Wasser während seines Falls auf steinigen Grund traf, spritzte es mannshoch nach oben, und in dieser Gischt zitterte zart ein Regenbogen.

»Es ist wunderschön hier.« Isabell wandte sich Luan zu und strahlte ihn an. »Es schlägt die Burgruine um Längen.«

»Dachte ich mir doch«, gab dieser zurück, aber etwas in seinem Tonfall irritierte sie. Einen kurzen Moment lang meinte sie, eine gewisse Anspannung in seinen Zügen entdeckt zu haben, aber vermutlich hatte sie sich getäuscht. Er wirkte lässig und selbstbewusst wie immer. »Setzen wir uns da rüber?« Luan deutete mit dem Kinn auf ein paar flache, von Flechten überzogene Steine.

Isabell nahm neben ihm Platz. Er fuhr sich durchs schwarze Haar, das in der Sonne wie das Gefieder eines Raben schimmerte, und plötzlich musste sie den Impuls unterdrücken, es zu berühren. Sie fragte sich, ob es wohl so seidig war, wie es aussah.

»Ich muss dir was Wichtiges erzählen«, riss er sie aus ihren reichlich unpassenden Gedanken. »Deshalb bin ich mit dir extra hierher geflogen. Kann nämlich sein, du glaubst mir nicht. Oder du rastest aus und willst mit mir nichts mehr zu tun haben. Aber wir müssen das klären und ich will, dass du es wirklich verstehst.«

Verdutzt schaute Isabell ihn an. »Und deshalb fliegen wir hierher? Weil ich hier besser ausrasten kann?«

Er grinste schwach. »So ungefähr. Ich will nicht, dass es der Falsche mitbekommt. Du wirst merken, wieso.«

»Dann fang an.« Sie war ein bisschen unruhig geworden, konnte sich aber beim besten Willen nicht vorstellen, was er ihr so Erschütterndes enthüllen würde.

»Stell dir vor, es existiert irgendwo im Universum zwischen den vielen Sternen ein ganz besonderer Planet. Er ist bevölkert von unterschiedlichen Wesen. Aber sie leben nicht alle friedlich zusammen. Es gibt Krieg und eine Spezies wird fast ausgerottet. Ein kleiner Rest von ihnen rettet sich weit entfernt der Heimat auf einen anderen Planeten, der dem eigenen ähnelt. Der Name dieses Volkes lautet Kier. Sie sind in der Lage, sich im Aussehen an die Bewohner des fremden Planeten anzupassen, sodass sie nicht auffallen. Von da an sehen sie aus wie Menschen. Es gibt nur ein Problem: Sie rauben einen Teil der Lebensenergie anderer Spezies. Was die Betroffenen verständlicherweise recht uncool finden.«

Isabell nickte. Sie hatte immer noch keine Ahnung, auf was er hinauswollte, aber tief in ihrem Innern wurde etwas angestoßen und sie verspürte eine seltsame Unruhe.

»Da diese Lebensweise der Grund war, dass ihre gesamte Art beinahe ausgelöscht wurde, beschloss etwa die Hälfte von ihnen, diese Angewohnheit aufzugeben.«

»Vernünftig«, sagte Isabell langsam und rutschte ganz auf die Kante des Steins vor. Wieso erzählte er ihr das?

»Durchaus. Als Energiesauger macht man sich nun mal wenig Freunde. Sie spalteten sich also in zwei Gruppen, die der Jaskier und die der Drakier, wobei Letztere nach wie vor parasitär lebt. Seitdem haben sie Stress untereinander. Einig sind sie sich nur darin, dass kein Mensch von ihrer Anwesenheit auf der Erde erfahren darf. Die Energieräuber kommen meist in der Nacht. Der Schlaf ist ein ungeschützter Zustand, der Menschen zur leichten Beute macht. Aber die Drakier werden auch angezogen, wenn jemand bewusstseinserweiternde Substanzen konsumiert hat. Sie stehen auf alles, was besondere Emotionen hervorruft, weswegen Künstler für sie die perfekten Opfer sind. Normalerweise stehlen sie nicht zu viel Energie, sodass es kaum auffällt. Und sie verursachen Albträume.«

Luan machte eine kurze Pause und betrachtete Isabell aufmerksam, als erwartete er eine bestimmte Reaktion. Sie beschloss, sich ihre Beklommenheit nicht anmerken zu lassen, dabei empfand sie ein undefiniertes Gefühl von Gefahr.

»Klingt … unschön. Aber ich verstehe nicht, auf was du mit der Geschichte hinauswillst.«

»Es ist keine Geschichte. Ich versuche grad, dich aufzuklären. Was ich dir erzähle, ist die Wahrheit.«

Verunsichert starrte sie ihn an. Ihr Mund war auf einmal ganz trocken und sie schluckte vernehmlich. »Ähm, du hast hier irgendwo eine versteckte Kamera, die lustige Reaktionen auf Alien-Enthüllungsgeschichten aufnimmt?«

»Nein, aber kann ich ein Foto von uns machen?«

»Klar«, antwortete Isabell, irritiert von dem plötzlichen Themenwechsel.

»Mit deinem Handy?«

Sie tippte auf die Kamerafunktion und reichte es ihm. Luan griff danach und hielt es rasch vor sie beide. Schon ließ er seine Hand wieder sinken.

»Das ging jetzt so schnell, ich hab vermutlich mega verwirrt geguckt.«

Er rief das Bild auf und betrachtete es. »Hast du ganz und gar nicht. – Ich sollte dir noch mitteilen, dass die Kier unsichtbar werden können. Hier –« Er gab ihr das Handy zurück. »Du siehst so hübsch aus wie immer.«

Isabell schaute auf das Bild – und erstarrte. »Wieso bist du nicht mit drauf?«

»Weil ich gerade unsichtbar bin. Kein Mensch kann mich sehen. Kein Mensch außer dir.«

»W-was?«

»Ich bin kein Mensch, Isabell. Ich gehöre zu den Kier. Aber zu denen, die –«

»Luan, lass das, das klingt total schräg! Wie hast du das mit dem Bild gemacht?«

»Es ist dein Handy. Wie soll ich da was manipulieren? Wir können auch zusammen in einen Spiegel gucken, egal, ich bin nicht zu sehen, wenn ich nicht will.«

Isabell konnte nur perplex neben ihm sitzen. Sie wusste, dass sie ihn dümmlich anglotzte, doch die Vorstellung, Luan sollte ein Alien sein, war komplett absurd. Unwillkürlich fiel ihr der letzte Kinofilm ein: Schleimige Monster mit Sprachfehler.

»Meine Antwort auf deinen Blick lautet: Nein, ich habe keine Tentakel. Nirgends.«

»Ich glaub dir kein Wort.«

Er hob eine Augenbraue. »Du kannst gerne nachsehen.«

»Danke, ich verzichte besser«, antwortete sie mechanisch, während ihr Hirn verzweifelt nach einer Erklärung suchte, wieso er nicht auf dem Foto war. Hatte er ihr etwas eingegeben, das Halluzinationen hervorrief? Ausgeschlossen, doch nicht ER! Dennoch war es definitiv unheimlich. Konnte er ein Spinner sein, der unter Einbildungen litt? Ihr Verstand weigerte sich, etwas Derartiges zu glauben. Aber warum behauptete er diesen Unfug und das mit solcher Bestimmtheit? Und dennoch … seine Worte hatten an einer Erinnerung gekratzt, die wie Schorf auf einer Wunde lag.

Wir müssen das klären, hatte er gesagt. Und wenn sie nicht wollte?

»Vielleicht sollte ich einfach weitererzählen«, schlug Luan vorsichtig vor.

»Vielleicht sollte ich einfach gehen.« Isabell erhob sich und trat testhalber zwei Schritte zurück. Er stand sofort neben ihr.

»Wir sitzen das aus, bis ich dich überzeugt habe. Notfalls zelte ich hier oben mit dir. Du rennst auch nicht allein in der Gegend rum, das ist viel zu gefährlich für dich, es geht stellenweise fast senkrecht bergab.«

Empört funkelte Isabell ihn an. »Du willst mich hier festhalten und erwartest ernsthaft, ich nehme dir ab, dass du eine Art E.T. bist? Wenn das ein Witz war, dann solltest du jetzt damit aufhören. Er ist mies!«

Luan hob begütigend die Handflächen. »Es war nie geplant, dass du davon erfährst. Aber du kannst mich sehen, wenn ich verwandelt bin. Menschen können keine Kier in Tarnung sehen. Es ist gefährlich für dich, sollten die Falschen das merken. Isabell, ich riskiere verdammt viel, dass ich dir das alles sage«, fügte er eindringlich hinzu. »Und noch mehr, dass ich dich schütze.«

»Luan, hör auf, du machst mir echt Angst!« Überdeutlich wurde ihr bewusst, wie einsam es hier oben war.

»Es tut mir wirklich leid, das war absolut nicht meine Absicht.«

»Schön, dann fahren wir jetzt zurück.«

»Fliegen. Und das werden wir nicht. Weil du mir immer noch

nicht glaubst. Wenn ich dir sage, dass sie sich die Energie mit einer Art Kuss holen. – Kommt dir das nicht bekannt vor?«

Isabell blinzelte. Sie hatte einen bitteren Geschmack im Mund und auf einmal wusste sie, dass sie wegmusste, so schnell und so weit wie möglich. Sie wirbelte herum und stürzte los, doch sie kam keine fünf Schritte weit – schon lag sie unter ihm im Gras. Den Aufprall hatte sie kaum gespürt, offensichtlich hatte er ihn irgendwie abgefangen. Bevor sie auch nur beginnen konnte sich zur Wehr zu setzen, hatte er sie losgelassen und stand bereits wieder aufrecht vor ihr. Er streckte ihr die Hand hin, doch sie ignorierte seine Hilfe und kam taumelnd auf die Beine. Ihr Herz raste, der Kopf fühlte sich leer an und sie war nicht in der Lage, irgendetwas zu sagen oder zu tun. Voller Entsetzen starrte sie ihn an. Sie musste sich zusammenreißen, um nicht noch einmal in Panik zu verfallen.

»Lass es mich dir erklären.« Seine Stimme war vollkommen ruhig und das half ihr, die Fassung zu bewahren.

»Ich … ich will es nicht hören. Ich will einfach nur nach Hause.« Als sie es aussprach, wurde ihr der Fehler bewusst. Luan war taktvoll genug sie nicht daran zu erinnern, dass sie keine Wohnung mehr besaß.

»Setz dich. Bitte.«

Isabell sank kraftlos auf einen der Steine und Luan nahm ihr gegenüber Platz. Sie war dankbar für einen gewissen Abstand zwischen ihnen. Gleichzeitig wünschte sie sich sehnlich, es möge einen einleuchtenden, harmlosen Grund für sein schräges Verhalten geben.

»Du schaust mich an, als sei ich gefährlich«, begann Luan. »Das bin ich nicht. Ich verspreche dir, dass ich dir nichts tue. Ich bin nicht wie Tom.«

»Tom …« Isabell verstummte.

»Falls du mich für einen Spinner hältst – überleg mal, wieso du tatsächlich weggelaufen bist. Das hast du getan, weil du die Wahrheit bereits kennst. Du hast sie bloß verdrängt.«

Sie befeuchtete ihre trockenen Lippen. »Er hat mit mir etwas gemacht … das, was du beschrieben hast. Mir die Energie ausgesaugt.«

»Ja. Weil er ein Drakier ist und parasitär lebt. Ich gehöre zu den Jaskiern. Ich habe so etwas nie getan und ich werde es auch nicht tun. Niemals.«

»Was willst du von mir?«, flüsterte sie.

»Dich beschützen.«

»Aber vor wem denn?«

»Vor denen, die deine besonderen Fähigkeiten interessant finden. Zum Beispiel kannst du uns sehen, wenn wir unsichtbar sind.«

»Wieso sollte ich so etwas können?«, fragte Isabell bestürzt. »Bitte komm jetzt nicht mit: Du bist die Auserwählte. Das … das ist wie in einem sehr schlechten Science-Fiction Film, das verkrafte ich nicht.«

»Nichts dergleichen. Und genau das habe ich mich auch gefragt. Ich hatte überhaupt nicht damit gerechnet, du erinnerst dich? Ich war unsichtbar im *Abwärts* gewesen und bin dir dann gefolgt.«

»Deshalb hast du mich so …«

»Hemmungslos angestarrt, ja.« Ein Lächeln huschte über sein Gesicht.

»Ich fand das ziemlich dreist.«

»Ich weiß. Immerhin hat es dich nicht abgeschreckt.« Er sah sie auf eine Art an, die sie zu jedem anderen Zeitpunkt nervös gemacht hätte. Flirtete er etwa mit ihr? Nachdem er ihr mitgeteilt hatte, ein Alien zu sein?

»Ich habe eine Theorie, was die Ursache für deine Fähigkeit betrifft«, kam er wieder zum Thema zurück. »Du hast mir von dem Albtraum erzählt, der dich vor ein paar Wochen heimgesucht hat. Ich glaube, der war der Auslöser, zumindest hatte er einen Anteil daran. Ein Drakier kam zu dir, während du schliefst, und hat etwas von deiner Energie genommen.«

»Was?« Ihre Augen weiteten sich und ihr Magen verklumpte sich zu einem harten Knoten. Sie rang nach Worten. »Einer wie Tom hat mich im Schlaf überfallen und ausgesaugt? Wieso habe ich nichts gemerkt?«

»Weil er nur wenig Energie genommen hat. Normalerweise hören Drakier auf, wenn sie genug haben. Ansonsten mutieren sie. Manchmal sofort, manchmal dauert es.«

»Sie mutieren?« Isabell schwankte zwischen Unglauben und Ekel.

»Sie werden zu Monstern.«

Ein Eisenring legte sich um ihre Brust. »Du …!«, wisperte sie.

»Isabell, ich kann zu keinem Monster werden. Weil ich so etwas niemals tue, ich verspreche es dir.«

Er hatte fast schon verzweifelt geklungen, als wäre es ihm wichtig, was sie von ihm dachte. Sie atmete gegen den Druck auf ihrer Brust an. »Erzähl weiter.«

»Das allein ist kein Grund, wieso du getarnte Kier siehst. Das geht auf ein Ereignis in deiner Kindheit zurück. Und damit kommen wir zum eigentlichen Auslöser.« Luan zögerte.

Eine weit entfernte Erinnerung streifte Isabells Bewusstsein, flüchtig und so wenig greifbar wie Nebel. Dann war es, als hätte jemand das Licht in einem dunklen Raum angeknipst, und auf einmal sah sie klar. Die jähe Erkenntnis traf sie wie ein Vorschlaghammer.

»Die Monster«, keuchte sie. »Sie waren echt!« *Und sie haben meine Eltern getötet.* Sie fühlte, wie das Blut aus ihrem Gesicht wich.

»Es tut mir so leid«, sagte er leise. Isabell war froh, dass er nichts weiter hinzufügte und abwartete. Die hässlichen Bilder waren plötzlich wieder auf sie eingestürzt und sie saß da wie versteinert. So viele Jahre auch vergangen waren, der Schmerz verschwand nie völlig, wie bei einer Wunde, die nie wirklich verheilte. Luan ließ ihr die Zeit, die sie benötigte, um sich zu sammeln. Alles ergab Sinn, und dennoch …

»Unmöglich. Ich glaube es einfach nicht. Es ist absolut unvorstellbar. Wenn fremdes Leben auf der Erde existierte, wüsste man es doch!«

»Sieh es so …« Seine Stimme klang sanft und verständnisvoll. »Fische in der Tiefsee haben nicht die geringste Ahnung davon, dass es eine Oberfläche gibt, geschweige denn ein Penthaus in New York. Wie willst du als Tiefseefisch sagen können, was sich da oben alles befindet? Die denken sich, hier ist immer nur Wasser, so weit ich schwimmen kann. Sie ahnen in ihrer Dunkelheit ja nicht mal, dass weiter oben die Sonne scheint. Je nachdem, in welchem Bereich du lebst, du kannst es einfach nicht wissen. Eine der größten Fehleinschätzungen der Menschen ist die Annahme, alles zu wissen. Was nicht wissenschaftlich bewiesen ist, kann es nicht geben. Wer es dennoch glaubt, ist ein Spinner oder Phantast. Das macht es für uns leicht, unser Geheimnis zu wahren. Wir haben eine oberste Direktive. Die Direktive Zero. Unter gar keinen Umständen dürfen wir Menschen etwas verraten.«

Isabell schluckte. Forschend betrachtete sie sein Gesicht, als könnte sie dort ablesen, ob er die Wahrheit sagte.

»Du machst gerade das, was alle Menschen tun. Nach einer Erklärung suchen, mit der du leben kannst. Das ist verständlich, und ich würde dir die Zeit lassen, wenn wir sie hätten. Wir haben aber keine. Weil du möglicherweise der Schlüssel zu etwas bist, wonach die Kier seit Tausenden von Jahren suchen. Es hängt mit dem zusammen, was du nach dem Tod deiner Eltern gezeichnet hast. Und kürzlich hast du es wieder getan.«

»Dieses Torsymbol?«, fragte Isabell langsam. »Das ich nie zu Ende geschafft habe?«

Luan nickte. »Wird das Symbol vervollständigt, öffnet sich eine Art Sternentor zu einem Wurmloch. Der Name in unserer Sprache dazu lautet Quantrém, wir verwenden ihn für das Symbol und für das Tor. Keiner kann mit Bestimmtheit sagen, was am anderen Ende wartet. Die meisten halten es für den Zugang zu einer unermesslichen Energiequelle, doch die Theorien darüber würden Bibliotheken füllen. Du hättest den Angriff damals fast nicht überlebt, aber die Jaskier haben dich gerettet und die Mutanten getötet. Beinahe alle Menschen verlieren nach so einem Erlebnis den Verstand. Einer der Jaskier hatte Mitleid mit dir. Er hat etwas getan, was er nicht durfte. Er hat dich geheilt. Und damit hat er Spuren hinterlassen. Erinnerst du dich? Du hast zu mir gesagt: *Er hat mir die Hand an die Wange gelegt und seltsame Worte gesprochen*. Und: *Auf einmal wusste ich, dass er sich etwas wünscht*. Und anschließend hast du ein fast vollkommenes

Quantrémsymbol an die Wand gemalt. Immer und immer wieder. Deshalb wurdest du in ein Labor gebracht. Sie haben dort Experimente an dir durchgeführt, weil sie dich dazu bringen wollten, das Symbol zu vervollständigen. Aber du hast das Quantrém nie wieder gemalt.«

»Experimente«, wiederholte Isabell fassungslos. Ihr wurde übel. »Ich weiß davon nichts mehr. Gar nichts. Ich müsste mich doch an irgendetwas erinnern.«

»Sie haben dafür gesorgt, dass du das Labor vergisst. Ich nehme an, man hat dort bei dir bewusst Albträume ausgelöst. Es stand in deinem Profil nichts darüber, was in Chimera geschah.«

»Was soll das heißen – Profil?«, unterbrach ihn Isabell.

»Eine Datensammlung zu deinem Fall, wenn du so willst.«

»Ihr habt Daten über mich gesammelt? Was in aller Welt steht da drin?«

»Es ging vor allem um das Quantrém. Es ist für uns so was wie der Heilige Gral. Alles, was damit zu tun hat, wird festgehalten. Bloß nichts über das, was sie im Labor mit dir angestellt haben. Die Vorgehensweise ist streng geheim. Irgendwann haben sie damit aufgehört, wahrscheinlich fürchteten sie, deinen Geist so zu beschädigen, dass du zu gar nichts mehr nütze bist. Dein Pflegevater hat versichert, dass er sie informiert, wenn du erneut zeichnest.«

»Aber du hast doch gesagt, er durfte von eurer Existenz nicht erfahren?«, warf Isabell verständnislos ein.

»Menschen dürfen nichts von uns wissen. Dein Pflegevater ist kein Mensch. Er ist ein Jaskier.«

»Das kann nicht sein«, flüsterte Isabell. »Ich hätte …«

»Es gemerkt? Nein, hättest du nicht.«

»Und meine Mutter?«

»Deine Pflegemutter ist tatsächlich ein Mensch. Sie ist vollkommen ahnungslos. Genauso wenig wie dir ist ihr aufgefallen, dass viele eurer Nachbarn ebenfalls keine Menschen sind.«

»Was?«

»Es geschah zu deinem Schutz. Du warst zu wichtig, um dich unbewacht aufwachsen zu lassen.«

Isabell presste die Finger an die Schläfen und stöhnte. »Sie haben mein Leben gefaked«, murmelte sie. »Nichts war echt.«

»Deine Pflegeeltern lieben dich. Das ist echt«, sagte Luan mit Nachdruck. »Dein Vater hat sich für dich entschieden, weil er wusste, er kann keine eigenen Kinder mit deiner Mutter bekommen. Er –« Irritiert sah er zum Himmel. Isabell folgte seinem Blick. Zwei Fallschirmspringer waren weit oben über der Steilwand aufgetaucht und hoben sich als knallbunte Flecken gegen das intensive Blau ab. Luan griff an seinen Gürtel und legte wortlos einen Knauf auf seine Oberschenkel.

»Ist irgendetwas?«, wollte sie wissen.

»Drei«, antworte Luan. »Vier, fünf … zu viele.« Sein Blick schweifte über die Wiese. In einer blitzschnellen Bewegung sprang er auf und Isabell zuckte unwillkürlich zurück. Wie aus dem Nichts hielt er ein gleißendes Schwert in der Hand und holte aus. – Direkt vor ihr prallte etwas von der Klinge ab und kollerte über den steinigen Boden. Erschrocken starrte sie auf eine nadelspitze Hülse mit roter Quaste am hinteren Ende. Sie fühlte, wie ihr Puls in die Höhe schoss.

»Weg hier«, stieß Luan hervor. Er packte ihre Hand und zog sie mit sich. Nach wenigen Schritten riss er sie plötzlich zur Seite und neben ihnen spritzten Steinchen und Dreck auf. Isabell geriet kurz ins Straucheln, aber er verhinderte einen Sturz und rannte mit ihr weiter. Es war ihr ein Rätsel, wie er das Geschoss hatte kommen sehen. Ihr klopfte das Herz bis zum Hals. Irgendwo im hohen Gras lauerte jemand und am Himmel erschienen immer mehr Fallschirme! Auf einmal stoppte Luan und Isabell erstarrte – einer der Fallschirmjäger war im Begriff, in unmittelbarer Nähe zu landen. Anstelle des Schwerts blitzte etwas metallisch in Luans Hand auf. Er vollführte eine Schleuderbewegung und der Angreifer hing wie eine Marionette in seinem Geschirr. Luan lief auf ihn zu. Als der Mann am Boden aufschlug, blähte sich sein Schirm noch kurz in der Luft, um dann allmählich in sich zusammenzusinken wie eine sich schließende Blüte. Luan riss das bunte Gewebe nach oben und hielt es hoch über ihre Köpfe wie einen Schild.

Plopp. Plopp. Plopp. Mehrere Betäubungspfeile bohrten sich von außen in die Hülle und blieben dort stecken. Entgeistert starrte Isabell darauf.

»Halt mal«, forderte Luan sie auf und Isabell griff mit zittrigen Fingern nach dem sich bauschenden Stoff. Er bückte sich zu dem leblosen Körper des Mannes und öffnete eine Tasche seines Overalls. Er fischte etwas heraus, das sie entfernt an eine Spraydose erinnerte, riss den Ring ab und schleuderte es in Richtung Angreifer. Mit einem Zischen verteilte sich weißer Rauch über der Wiese und hüllte die Feinde in Sekundenschnelle ein. Isabell ließ den Fallschirm los, doch bevor sie weiterfliehen konnten, tauchten vier Männer aus dem Nebel auf. Sie wusste jetzt, es waren keine Menschen, und das machte es noch viel schlimmer. Luan warf sich ihnen ohne zu zögern entgegen. Sein Schwert flammte auf, er rannte direkt auf die Angreifer zu, stieß sich ab und flog in einem Salto über die beiden mittleren hinweg, seine Klinge schnellte nach unten und sie brachen zusammen. Sobald er auf dem Boden aufsetzte, wirbelte er herum und ließ mit der Linken eine Metallscheibe auf den dritten zuschießen, der sich an die Brust griff und zusammensackte. Luan hechtete zur Seite, und ein Wurfmesser grub sich neben ihm in den Boden. Im Landen schleuderte er dem Mann eine Ladung Erde ins Gesicht. Der fasste sich an die Augen und mit einem dumpfen Geräusch bohrte sich die blitzende Scheibe in seine Brust.

Isabell starrte Luan fassungslos an. Er hatte die Männer einfach umgebracht! Die ganze Aktion hatte lediglich ein paar Herzschläge lang gedauert. Er streckte ihr die Hand hin.

»Komm weiter!«

Sie hetzten zum Rand des Plateaus, wo der Steilhang begann, als eine Explosion in der Ferne Isabell zusammenfahren ließ. Luan schnaubte verärgert.

»Dein Hubschrauber?«, brachte sie keuchend hervor.

»Idioten. Völlig unnötig.«

Luan lief mit fast unvermindertem Tempo weiter. Der erste Abschnitt war nicht allzu abschüssig, doch er bestand aus scharfkantigen Geröllbocken.

»Wie schnell bist du hier?«

Isabell warf ihm einen kurzen, ungläubigen Blick zu, um dann rasch wieder auf den Boden zu achten.

»Schnell?«, japste sie. Sie war keine Gämse. Bei einem Fehltritt konnte man sich leicht den Knöchel brechen.

»Ich kann dich auch tragen, kein Ding.«

»Bloß nicht.« Konzentriert versuchte sie, mit ihm Schritt zu halten und nicht ins Straucheln zu geraten. Bald hatten sie diesen Teil überwunden und zu Isabells Erleichterung stießen sie auf einen Pfad, der in einem sanften Gefälle nach rechts verlief.

»Nach links.« Luan führte sie abseits des gangbaren Weges zu einem noch steileren Teil.

»Schaffst du das?« Seine blauen Augen taxierten sie.

Isabell nickte nur. Ihr zitterten inzwischen die Knie, aber sie kraxelte hinter ihm her, bis zu einer Stelle, von wo aus es kein Weiterkommen mehr gab. *Falsche Richtung!*

»Und jetzt?« Isabell spähte panisch nach oben, wo die Verfolger jeden Moment am Ende des Plateaus auftauchen würden.

»War Absicht.« Luan umfasste ihre Taille und sprang mit ihr ohne Vorwarnung über den Rand des Felsens. Isabell quiekte erschrocken auf. Geschmeidig wie eine Katze landete er etwa vier Meter unterhalb und stellte sie auf ihre Füße zurück. Er blickte sich kurz um. »Hier rüber! Mach es mir einfach nach und guck nicht nach unten.« Er schob sich mit dem Gesicht zur Felswand über einen schmalen Sims und Isabell folgte ihm. Weiter oben löste sich ein Stein und kollerte in die Tiefe.

Sie kommen, schoss es ihr durch den Kopf und sie verkrampfte sich.

»Alles gut, du hast es gleich geschafft«, hörte sie Luan sagen. Seine Stimme klang ruhig und gab ihr Sicherheit. Einen Schritt nach dem anderen tastete sie sich weiter und kurz darauf erreichten ihre Füße sicheren Grund. Sofort bugsierte Luan sie durch eine enge Spalte im Fels in eine kleine Nische hinein, gerade breit genug, um dicht gedrängt nebeneinanderstehen zu können und schob sich selbst hinterher. Sie waren vor den Verfolgern verborgen.

»Haben sie uns gesehen?«

»Nein. Gib mir mal dein Handy.« Er nahm es aus ihrer bebenden Hand entgegen und entfernte zügig Simkarte und Akku. Mit seinem Smartphone verfuhr er auf die gleiche Weise und steckte beide Geräte in seine Tasche.

»Was wollen die –«

Schlanke Finger legten sich über ihren Mund. Ein Arm umfasste ihre Taille und dann wurde sie weiter nach hinten gezogen, in den Schatten. Sie spürte kühles Felsgestein an ihrem Arm, hörte Luans Atem an ihrem Ohr. Seine Brust hob und senkte sich, aber deutlich langsamer als ihre. Er lockerte seinen Griff nicht, hielt sie einfach fest, ohne ein Wort zu sagen.

In dieser Starre verharrten sie, Isabell lauschte mit aufgerissenen Augen auf die Geräusche, das Kratzen von Stiefeln auf Stein. Sie wünschte sich fast, diese Fremden, die wie aus dem Nichts aufgetaucht waren, würden sich etwas zurufen, sich wie Menschen verhalten, die etwas suchten, aber das taten sie nicht.

Ein Stück Geröll löste sich und fiel direkt vor der Felsnische herab, in der sie kauerten. Isabell sog scharf die Luft ein und sofort verstärkte Luan den Druck auf ihren Mund, zog sie fester an seinen Körper, dass es schon wehtat. Weitere kleine Steinchen kullerten herab. Luan atmete kontrolliert in ihrem Rücken, vielleicht einen Hauch gepresster als vorher.

Ein Knall zerriss die Luft, Isabell fuhr zusammen und bäumte sich auf. Luan stieß ein Knurren aus, von dem sie erst annahm, dass es ihrer Reaktion galt, aber dann ließ er sie plötzlich los.

Ihr brannten Fragen auf der Zunge, doch wagte sie nicht zu sprechen, sie drehte nur den Kopf und suchte seinen Blick. Seine blauen Augen blitzten in der Dunkelheit auf, fast wie bei einer Katze und ihr schoss durch den Kopf, dass sie hier nicht neben einem Menschen stand. Nein, Luan war nicht menschlich und diese Männer da draußen auch nicht! Der Gedanke ließ eine Panikwelle über sie hinwegschwappen, die ihr für ein paar Sekunden den Atem raubte, sie schnappte nach Luft wie ein Fisch, den man als Beifang auf dem Schiffsdeck ausgeschüttet hatte. Sie musste hier raus! Jetzt konnte sie es tun und rennen, einfach nur rennen. In den Wald, immer weiter, weg von diesen Männern, von allem!

Luan packte sie am Arm und zog sie zu sich heran. Ihre Beine knickten weg, sie schienen nicht mehr zu ihr zu gehören. Wahrscheinlich wäre sie nach zwei Schritten sowieso lang hingeschlagen. Sie wimmerte und er legte ihr wieder die Hand auf den Mund. Seine Lippen näherten sich ihrem Ohr und sie unternahm nichts dagegen. Was er ihr auch zu sagen hatte, es änderte nichts mehr, gar nichts. Ihr Leben war zu Ende und er machte weiter, als hätten sie tatsächlich eine Chance zu entkommen.

»Atme durch mein Shirt und schließ die Augen. Auf keinen Fall aufmachen.« Er flüsterte es kaum hörbar, fast war seine Stimme nur ein Wind, der zufällig in ihr Ohr wehte.

Luan ließ ihren Arm los und mit einer geschmeidigen Bewegung streifte er sich das Hemd über den Kopf. Der Stoff legte sich über ihre Augen und es wurde dunkel. Irgendwo dort draußen explodierte etwas und jetzt, da sie gar nichts mehr sehen konnte, glaubte sie den Nachhall zu spüren. Luan verknotete sein Shirt an ihrem Hinterkopf und drückte sie vorsichtig nach unten. Sie begriff nichts, fühlte, wie er ihre Hände packte und auf einem Stein positionierte, damit sie sich abstützen und dann hinkauern konnte. Was tat er da? Luan schlang seine Arme um sie und zog sie an sich, bildete einen Kokon um sie, während Isabell versuchte, durch die doppelte Stofflage genug Luft zu bekommen. Luan presste sein Gesicht in ihren Nacken, sie kauerte wie ein zusammengerolltes verängstigtes Tier vor ihm auf dem Steinboden.

Der Knall war körperlich zu spüren. Was auch immer es war, es musste nahe an ihrem Versteck detoniert sein. Isabell fühlte Luans Körper, der sich ruckartig zusammenzog. Sie wollte schreien, beherrschte sich jedoch, während ein Prickeln, fast wie Elektrizität, über sie hinwegglitt. Luan bebte, sein Gesicht presste sich an ihren Hals, er schirmte sie immer noch ab und drückte sie tiefer nach unten. Irgendwas stimmte nicht mit ihm, aber sie konnte nicht sofort sagen, was es war.

Zeit verging, sie wusste nicht wie viel.

Luan ließ sie auf einmal los und sie hörte ihn röchelnd Atem schöpfen – allerdings nur einen Atemzug und jetzt wusste sie, was sie irritiert hatte: Er atmete nicht! Die ganze Zeit hatte er die Luft angehalten.

Unmöglich, zu lange.

In diesem Moment raste brüllend ein Hubschrauber über sie hinweg, das Geräusch entfernte sich schnell und das nahm Isabell zum Anlass, sich das T-Shirt vom Kopf zu zerren. Sofort packte Luan sein Hemd und presste es ihr wieder vors Gesicht. Dabei schüttelte er den Kopf.

Isabell atmete durch den Stoff, rückte zu ihm heran und drückte ihm einen Zipfel auf Mund und Nase. Etwas brannte und prickelte in ihren Augen, die jetzt zu tränen begannen. Sie spürte, wie er durch den Stoff verzweifelt nach Luft rang. Dreimal, viermal, dann hatte er sich wieder im Griff.

Was war das?

Die Frage stand ihr sicher im Gesicht geschrieben. Luan blinzelte; auch er schien Probleme mit den Augen zu haben. Er schaute prüfend zum Ausgang, dann löste er sich von ihr, gab ihr ein stummes Zeichen zu warten und glitt nach vorne zu der hellen Öffnung im Fels.

Schon nach wenigen Sekunden kam er zurück und nahm ihre Hand. Er zog sie nach draußen und sie folgte ihm, das Shirt immer noch auf ihrem Mund.

Sie warf ihm einen Blick zu, Luan hielt erneut den Atem an, aber er zog sie so schnell mit sich, dass sie keine Chance hatte, ihm das Shirt anzubieten, damit er auch Luft holen konnte.

Nach etwa hundert Schritten hörte sie ihn aufkeuchen und dann mehrmals tief durchatmen.

»Alles … gut. Hier geht's wieder.«

Sie nahm im Gehen das Shirt herunter und machte einen vorsichtigen Atemzug. Die Luft schmeckte etwas seltsam, ein bisschen nach Ozon vielleicht. Das war alles.

»Was …?«, fing sie an, aber Luan blieb nicht stehen, deutete nur hinter sich. Eine glitzernde, goldfarbene Staubwolke schien über den Felsen zu hängen und langsam in den Himmel zu steigen, wo sie sich auflöste.

»Damit wollten sie uns aus dem Versteck treiben.« Er packte ihren Arm und bewahrte sie davor, über einen Geröllbrocken zu fallen. »Brich dir nicht die Knochen, bevor wir wenigstens im Wald sind.«

Sie liefen los, ohne zurückzublicken. Als sie die Baumgrenze erreichten und in die kühlen Schatten eintauchten, wagte Isabell es doch noch mal, sich kurz umzudrehen. Der Hubschrauber kreiste auf der anderen Seite des Berges, zumindest dem Geräusch nach. Luan hatte ebenfalls angehalten und zog sich das T-Shirt wieder über. Sie starrte ihn an, unfähig einen Ton herauszubringen.

»Was denn? Ich kann es auch weglassen, wenn dir gefällt, was du siehst.« Er grinste und das konnte sie in diesem Moment grad nicht vertragen. Bloß fehlte ihr für Vorwürfe die Kraft. Luan schien das zu bemerken, denn das Grinsen verschwand aus seinem Gesicht und er wurde ernst.

»Bist du okay?« Er kam näher und strich sein T-Shirt glatt. »Hey! Bist du verletzt?«

Sie schüttelte schwach den Kopf. »Was haben die gemacht? Ist das Gift?«

»Nicht wirklich, aber es reizt deine Lunge so sehr, du kannst einfach nicht anders, als irgendwo hinzurennen, wo Luft ist. Das hält niemand aus. Sie haben diese Scheißteile überall abgeworfen und räuchern den Berg systematisch ab. Ich schätze mal, uns bleiben zehn Minuten, bis sie merken, dass wir auch nicht in der anderen Richtung zu finden sind.« Er packte ihre Hand und lief los, tiefer in den Wald hinein.

»Ich kann allein laufen!« Sie zog ihre Hand zurück und er ließ es geschehen, während sie weiter flüchteten und sie sich dafür verfluchte, dass sie an seinen Geruch denken musste, der ihr immer noch in der Nase hing und ihre Gedanken in einer Weise verwirrte, die sie auf der Flucht vor feindlichen Aliens ganz sicher nicht brauchen konnte.

Schweigend eilten sie im Laufschritt durch den Wald, so schnell es das abschüssige Gelände zuließ. Den einzigen kurzen

Halt legten sie an einem Gebirgsbach ein, um zu trinken, dann hasteten sie weiter. Einmal wechselten sie abrupt die Richtung, ohne dass Luan ihr den Grund nannte. Isabell ahnte, dass ihnen ein Verfolgertrupp recht nahekam und er sie bloß nicht beunruhigen wollte. Ihre Beine brannten und sie wünschte sich sehnlichst eine Rast, aber die Angst trieb sie vorwärts.

»Stopp!« Er blieb so unvermittelt stehen, dass sie erschrak. »Unter die Tanne!« Isabell schlüpfte mit ihm unter die tiefhängenden Äste des riesigen Baumes. In diesem Moment hörte sie den anschwellenden Lärm von Rotorblättern. Luan schob ein paar kratzige Zweige zur Seite. »So nah wie möglich an den Stamm ran … kann sein, sie haben Wärmebildkameras. Eigentlich wären sie blöd, wenn nicht.« Sie kauerten sich aneinandergeschmiegt in das grüne Dickicht. Es war in gewisser Weise ein Déjà-vu, Luans Körper so dicht an ihrem, sodass sie spürte, wie sein Atem ihre Haare bewegte. Diesmal überkam sie keine Panik wie vorhin in der Felsspalte. Seine Finger tasteten nach ihren und er drückte sie. Ein Gefühl der Wärme breitete sich in ihrem Bauch aus und sie entspannte ein wenig. Sie überlegte, ob es Merkmale gab, die Luan von einem Menschen unterschieden. Sie wandte leicht den Kopf und sog unauffällig seinen Geruch ein. Verdammt, wieso roch dieser Kerl so gut? Müsste er nicht nach Schweiß stinken, zumindest ein bisschen? Oder hatte ihn das alles nicht angestrengt? Sie lauschte dem Geräusch des sich entfernenden Hubschraubers nach. Luan rückte von ihr ab. »Wir können weiter.«

Isabell folgte ihm aus dem Versteck und lief neben ihm her mit Beinen wie Blei. Sie fühlte die Erschöpfung bis in die letzte Zelle und stolperte mehrmals. Auf einmal hob er sie hoch und trug sie.

»Nicht!«, protestierte sie matt.

Er ignorierte sie und setzte unbeirrt seinen Weg fort. Sie ertappte sich dabei, dass sie sich in seinen Armen geborgen vorkam. Sie sollte sich in seiner Nähe nicht sicher fühlen, aber in diesem Moment war ihr das egal.

Nach einer Weile stellte er sie ab. »Geht es wieder?«

Isabell nickte und sie rannten weiter.

Sie erreichten den Waldrand. Isabell war völlig außer Atem und hatte jedes Zeitgefühl verloren, aber dem Stand der Sonne nach zu urteilen war es bereits später Nachmittag. Er hatte sie noch einmal getragen, ihre Beine hatten vor Anstrengung so gezittert, dass sie es diesmal stumm hingenommen hatte.

Luan schaute sich um. »Wir nehmen den Weg durch das Maisfeld. Und dann kannst du dich endlich ausruhen, dahinter beginnt so etwas wie Zivilisation.«

»Bauernhöfe.«

»Mit primitiven Lebensformen, ja.« Er grinste und zog sie weiter.

Sie bahnten sich einen Weg durch die Reihen der übermannshohen Pflanzen und traten schließlich aus deren Schatten auf einen staubigen Feldweg. Direkt vor ihnen, etwas abseits eines Gehöfts, erhob sich eine aus Brettern gezimmerte Scheune. Weit und breit war niemand zu sehen.

»Wieviel Heubodenromantik kannst du vertragen?« Luan wies mit dem Kinn in die Richtung des niedrigen Gebäudes.

Isabell hatte nicht einmal mehr Energie, die Augen zu verdrehen. Sie tappte hinter Luan her, der erst durch ein Astloch ins Innere spähte, bevor er den schweren Türriegel zurückschob und vor ihr hineinschlüpfte.

Nachdem sie die wacklige Leiter zum Heuboden hinauf erklommen hatten, sank Isabell vollkommen erschöpft ins Heu und beschloss, so schnell nicht wieder aufzustehen. Es wirkte friedlich hier, die getrockneten Halme dufteten würzig und die schräg stehende Sonne drang zwischen den Ritzen der Latten hindurch und malte goldene Reflexe auf den Boden. Dennoch war sie nicht in der Lage, sich zu entspannen; ständig schwirrten Bilder durch ihren Kopf, wie ihre Verfolger den Schuppen stürmten, und sie ließ das Scheunentor nicht aus den Augen.

Luan verschwand noch einmal, um wenig später mit einem prall gefüllten Jutebeutel zurückzukommen. Er hockte sich ihr gegenüber und kippte den Inhalt seiner Beute vor ihr aus. Er bestand aus Äpfeln, einem Laib Brot, Käse, Räucherschinken, zwei

Flaschen Wasser, sogar Zahnbürsten und Seife für sie beide, nebst einer Packung Verbandszeug.

»Du hast das geklaut?«, rutschte es Isabell heraus.

Er zuckte die Schultern. »Wenn ich etwas dringend brauche, nehme ich es mir. Oder hast du keinen Hunger?«

»Doch, aber …« Sie brach ab, viel zu ausgelaugt, um ernsthaft zu protestieren, und Luan wischte ihre Bedenken mit einer Handbewegung beiseite.

»Sie werden den Verlust gar nicht bemerken. Ich hab auf auffälligere Sachen verzichtet, Wechselklamotten oder Autos zum Beispiel. Wir dürfen keine Spur hinterlassen. Hast du dir Blasen gelaufen?«

»Glaub nicht. An einer Stelle drückt der Schuh ein bisschen.«

»Ich werde dir das morgen abkleben, du musst gut zu Fuß sein.«

Isabell nahm ein Stück Brot mit Käse von ihm entgegen und machte sich ohne ein weiteres Wort darüber her. Einen Moment lang schloss sie die Augen. Es erschien ihr fast wie ein Wunder, dass sie hier unverletzt saßen. Sie war so hungrig, dass sie in kürzester Zeit ihre Ration aufgegessen hatte.

»Ich dachte, ich überlebe das heute nicht«, begann Isabell. »Wer waren diese Männer und was wollen sie von mir? Mich wieder in ein Labor stecken, damit ich dieses Quantrém öffne?«

»Scheint, als würdest du mir endlich glauben.«

»Nachdem ich grad so was wie eine *Men In Black*-Vorführung bekommen habe? Zumindest bist du nicht der, für den ich dich gehalten habe. Wie kann man so etwas ohne die geringste Verletzung überstehen?«

Luan streckte ihr seinen Unterarm hin. »Siehst du, hier war ein kleiner Schnitt.«

»Die Narbe da? Aber die ist alt.«

»Nein, ein frischer Schnitt, so wie der hier.« Er nahm das Messer, mit dem er eben noch den Käse abgeschnitten hatte, und zog die Klinge über die Haut.

»Was tust du!«, schrie Isabell entsetzt.

»Deine letzten Zweifel beseitigen. Es heilt bereits.«

Schockiert starrte Isabell auf die Wunde. Blut war herausgesickert, doch sie begann, sich zu verschließen. Luan spülte seinen Arm mit Wasser sauber – und zurück blieb makellose Haut.

»Winzige Kratzer heilen sofort und ohne Spuren zu hinterlassen.«

»Du bist ein Alien«, sagte Isabell tonlos. Was sie eben gesehen hatte, brachte sie fast mehr aus dem inneren Gleichgewicht als der Angriff.

»Ich bevorzuge die Bezeichnung Kier. Alien klingt nach Schleim, Exoskelett und Glubschaugen.«

Isabell stöhnte auf. »Was kannst du außerdem? Die Gestalt wandeln? Wirst du nicht krank? Du bist nicht zufällig 1278 Jahre alt?«

Luan lachte. »Nein, ich bin zwanzig. Ich habe keinen Blinddarm mehr und hasse Erkältungen. Ich habe also alle Nachteile des menschlichen Körpers und ich kann ihn nicht verändern. Allerdings funktioniert der Zellumbau der Kier anders, stell dir so etwas wie einen Genbeschleuniger vor. Meine Vorfahren waren menschenähnlich. Als sie vor vielen tausend Jahren auf die Erde kamen, war es ihnen ein Leichtes, sich im Aussehen komplett anzupassen. Es hat wohl ein paar Generationen gedauert, bis sich die menschliche DNA fest in unserer verankert hat und automatisch weitervererbt wird. Bis dahin … na ja, was glaubst du, woher die ganzen Göttersagen kommen?«

»Das … ist jetzt ein Witz.«

»Nein, ist es nicht. Das alles hat also einen recht realen Hintergrund. – Der sitzt sozusagen vor dir. Dass ich nur die besten Gene abbekommen habe, siehst du ja.« Er grinste dabei auf eine Weise, die Isabell ziemlich hinreißend fand.

»Ist ja nicht zu übersehen, dass du da irgendwie optimiert bist«, rutschte es ihr heraus. *Das hab ich jetzt nicht wirklich gesagt.* Sie biss sich auf die Lippen. Vermutlich stand sie unter Schock, zumindest fühlte sich komplett überfordert, als würde ihr Gehirn nicht mehr richtig funktionieren.

Luans Lächeln vertiefte sich. »Ich fürchtete schon, es fällt dir nicht auf. So eine Art Betriebsblindheit, du hast ja ständig mit

Kunst zu tun.« Er vollführte eine schwungvolle Geste mit der Hand. »David von Michelangelo, Apoll von Leochares, Jason mit dem Goldenen Vlies …«

Isabell warf ihm einen genervten Blick zu. »Dass Bescheidenheit eine Tugend ist, hat sich unter Al–, ich meine, unter den Kier wohl nicht rumgesprochen?«

»Ich halte nichts von falscher Bescheidenheit. Viele herausragende Persönlichkeiten waren Kier, Sokrates zum Beispiel. Übrigens sind bei uns ein paar Sinne ein bisschen besser entwickelt als bei den meisten Menschen, aber das ist unwesentlich. Du siehst, insgesamt sind wir einander sehr ähnlich.«

Isabell nickte langsam. Sie versuchte, diese Informationen zu verarbeiten. Ihr Weltbild stimmte nicht mehr, und es erschütterte sie zutiefst.

»Du hast mich vorhin nach den Männern gefragt: Es waren Drakier. Sowohl die Drakier als auch meine Leute würden grundsätzlich so ziemlich alles tun, um an das Quantrém heranzukommen. Wenn das bedeutet, dich ins Labor zu stecken, hätte kaum einer von ihnen Skrupel. Und ich würde so ziemlich alles tun, um das zu verhindern.«

Er sah ihr direkt in die Augen. Es lag etwas in seinem Blick, das sie noch unruhiger machte. *Warum beschützt du mich?* Isabell brannte diese Frage auf der Zunge, aber sie stellte sie nicht. Es war vermutlich besser für ihr inneres Gleichgewicht, dieses Thema nicht zu vertiefen.

»Ich rätsle, wie du in ihren Fokus geraten bist«, unterbrach Luan ihren Gedankengang. Die Drakier können gar nicht wissen, dass du das Symbol gemalt hast. Oder hast du das nicht nur auf Santorin getan, sondern bereits vorher?«

»Hab ich ganz sicher nicht.«

»Dann wissen nur Gabriel und ich Bescheid. Du musst auf eine andere Weise ihre Aufmerksamkeit auf dich gelenkt haben. Vielleicht, weil du uns als Einzige sehen kannst, wenn wir für alle übrigen Menschen nicht sichtbar sind. Das allein reicht aber nicht für so einen Auftritt wie eben. Leider hat nicht mal Jonas etwas Auffälliges bemerkt. Als du von Zuhause ausgezogen bist, wurde ein spezieller Bewacher nötig, und das war er. Jonas hat auf dich geachtet, bis er dabei beinahe umgebracht wurde. Es könnte folgendermaßen gewesen sein: Du fielst jemandem auf, er hat nachgeforscht und herausgefunden, dass du als Kind das Quantrém fast geöffnet hättest. – Das setzt allerdings voraus, dass die Drakier irgendwie an Geheiminformationen rankamen, dein Profil ist nämlich unter Verschluss.«

»Und du hältst das für unmöglich? Oder bloß für nicht sehr wahrscheinlich?

»Unmöglich ist gar nichts. Plausibel wäre, dass die Drakier das Dokument nicht selbst stehlen mussten, weil es ihnen zugespielt wurde. Oder es gibt etwas anderes, was dich für sie interessant macht. Einen unbekannten Faktor.«

»Vielleicht ist Jonas ja wegen mir angegriffen worden? Weil man ihn aus dem Weg haben wollte?«

»Das ist denkbar. Kann sein, er kam kurzfristig dem Informanten auf die Spur, wenn wir mal davon ausgehen, es gibt einen. Jonas hat Gedächtnislücken, was den Tag des Angriffs auf ihn betrifft, es wäre also möglich, dass er das nicht mehr weiß. Erinnerst du dich daran, ihm irgendwann in den letzten Wochen begegnet zu sein? Lass dir Zeit mit der Antwort.«

Isabell dachte angestrengt nach. »Nein, ich erinnere mich absolut nicht an ihn. Ich glaube wirklich, ich hab ihn in der Villa zum ersten Mal gesehen. Aber er wäre mir vermutlich auch nicht aufgefallen, es sei denn, er hätte etwas Besonderes gemacht. Wieso fragst du?«

»Ich versuche nur, ein Puzzle zusammenzusetzen, das mir nicht sehr gut gefällt. Erinnerst du dich ansonsten an irgendetwas Ungewöhnliches an dem Tag, bevor wir uns im *Abseits* begegnet sind? Bis dahin hat Jonas dich observiert, aber danach warst du bis zum frühen Morgen ohne Bewachung. Hat jemand merkwürdig auf dich reagiert? Seltsam angestarrt? Irgendwas?«

»Du meinst, so wie du?«

Luan grinste. »So ähnlich vielleicht.«

»Hm … Ich hab zu Hause gemalt, ich glaube, ich war zwischendurch einkaufen. Abends bin ich mit Freunden weg, aber ich hab nichts Verdächtiges bemerkt. – Was genau ist dein Job? Dass du nicht am Schreibtisch sitzt, hab ich inzwischen begriffen.«

»Ich jage durchgeknallte Aliens. Ich eliminiere Drakier, die sich verändern oder bereits mutiert sind, und sorge dafür, dass kein Mensch von unserer Anwesenheit auf der Erde erfährt. Ich musste dich aus der Schusslinie bringen und hab improvisiert.«

Isabell stöhnte. »Was hast du alles improvisiert?«, fragte sie misstrauisch und wappnete sich.

»So einiges«, erwiderte Luan vorsichtig. »Der Spinner in dem Herzchenkostüm war übrigens Gabriel.«

Isabell starrte ihn entgeistert an. »Die Reise … Das war alles fingiert? Du sammelst diese Klebeherzchen gar nicht?« Sie holte empört Luft. »Weißt du, dass ich für dich extra rausbekommen habe, wo überall es diese verdammten Rabattmarkenheftchen gibt? Ich hätte sie dir alle besorgt.«

Luan blinzelte verdutzt. »Wirklich? Das ist vermutlich das Süßeste, was je ein Mädchen für mich getan hat.«

»Mach dich jetzt nicht lustig über mich!«

»Tue ich nicht, ehrlich.«

Sie schnaubte. »Ehrlich ist für dich ein recht dehnbarer Begriff. Du hast mir den Herzkranken vorgespielt! Und ich Schaf hatte mir anfangs echt Sorgen gemacht, dass –« Unwillkürlich war ihr Blick von seiner Brust zu einer tiefergelegenen Region gewandert. Erschrocken wurde ihr bewusst, wohin sie starrte, und sie schaute hastig zur Seite.

»Sorgen gemacht, dass –?«, wiederholte Luan in einem eigenartigen Tonfall, der sie aufsehen ließ. Es schien, als würde er sich mühsam ein Grinsen verkneifen.

»Vergiss es«, stieß sie hervor und ahnte, dass sie leuchtete wie eine Signallampe, »nicht so wichtig. Jedenfalls hast du mir Theater vorgespielt und das eigentlich die ganze Zeit.«

»Ich hatte keine andere Wahl.« Er sah sie mit plötzlichem Ernst an. »Ich habe es gehasst, dich täuschen zu müssen. Du wirst ebenfalls die Leute belügen müssen, um zu überleben. Sogar die, die dir etwas bedeuten. Niemals, absolut niemals, darfst du dir anmerken lassen, dass du von unserer Existenz weißt. Es gibt unter den Kier welche, die dich aufgrund dieses Wissens töten würden.«

»Ich hasse Lügen«, entgegnete Isabell heftiger, als sie es beabsichtigt hatte. »Ich kann durchaus ein Geheimnis bewahren, aber ich werde meine Freunde ganz bestimmt nicht hintergehen, so etwas ist für mich das Allerletzte.« Sie biss sich auf die Lippen.

»Die Alternative wäre, sich umbringen zu lassen, denn es ist nicht weniger als dein Leben, das auf dem Spiel steht. Und das deiner Freunde auch.« An seinem Tonfall erkannte sie, dass sie ihn gekränkt hatte. »Was glaubst du, wieso der Mann, der dich großgezogen hat und liebt, dich hintergangen hat? Er hat das gemacht, weil es notwendig war, nicht, weil er es gern getan hat.«

Isabell spürte einen Kloß im Hals. »Es tut mir leid, das war unfair«, flüsterte sie und schluckte. »Ich weiß, dass es nicht anders ging. Ich hasse es trotzdem.« Auf einmal merkte sie, dass Tränen ihre Wange hinabliefen. Hastig wischte sie mit dem Handrücken über ihr Gesicht. Luan beugte sich zu ihr; in einer zarten Geste legte er die Hand auf ihre Wange und fuhr mit dem Finger die feuchte Spur nach.

»Es war ein harter Tag«, sagte er. Seine Stimme war voller Mitgefühl. »Warte, ich habe etwas für dich.«

Verdutzt blickte Isabell auf den kleinen schwarzen Stab, den er in einer raschen Bewegung von seinem Gürtel genommen hatte und ihr nun hinhielt.

»Was ist das?«

»Es trägt einen Namen, der *unnachgiebig* bedeutet, und das muss es auch sein.« Luan reckte die Hand in die Luft. *Amaras*«, sagte er leise, und aus dem Stab schoss ein helles Licht. Es formte sich zur Klinge, hart und doch durchscheinend wie ein Hauch.

»Das Schwert!«, wisperte Isabell. »Es ist wunderschön.«

Luan legte das schimmernde Schwert in ihren Schoß, hielt den Griff aber fest. »Berühre es«, forderte er sie auf. »Keine Sorge, es wird dir nicht wehtun.«

Sanft strich Isabell über die Klinge. Die Farbe veränderte sich und ein leises, vibrierendes Summen ertönte. Es wurde dunkel wie der Nachthimmel und Isabell keuchte auf. Sterne blinkten auf, sie bewegten sich und machten Platz für neue, in rascher Abfolge zogen Planeten in wunderbaren Farben, gleißende Sonnen und zarte Nebel vorüber.

»Das Abbild des Universums, gefangen in dieser Klinge«, sagte Luan. »Jetzt mach die Augen zu.«

Isabell schloss die Lider und fühlte, wie er das Schwert aus ihrer Hand nahm. Auf einmal erklang leise Musik, wie aus großer Entfernung. Sie wusste nicht, welches Instrument diese Melodie hervorbrachte, aber es schwang eine tiefe Sehnsucht darin mit, die ihr Herz anrührte. Nach einer Weile brachen die Töne ab.

»Öffne die Augen«, sagte er, und Isabell schaute ihn an. Er hatte sich erhoben und wirbelte Amaras am ausgestreckten Arm durch die Luft. Dabei sah er so schön aus, dass es ihr ins Herz schnitt. Da ging ein Schauer aus winzigen Goldfunken über ihnen nieder, glitzernd wie Myriaden von Sternen. Isabell streckte staunend die Hände aus. Sie saß in einem goldenen Regen, der unentwegt aus der Klinge strömte, bis Luan sein Schwert schließlich senkte. Es erlosch – und mit ihm verschwanden auch die goldenen Funken. Zurück blieb der dunkle Knauf, den Luan wieder am Gürtel befestigte.

Er kniete sich vor sie hin und lächelte sie an.

»Danke«, flüsterte sie. Ihre Stimme klang belegt. Sie wunderte sich, dass sie überhaupt in der Lage war, noch einen Ton herauszubringen.

Luan betrachtete Isabell nachdenklich. »Du hast für einen Moment das gefühlt, was ich fühle, nicht wahr? Es war in der Musik.«

»Ja, hab ich tatsächlich. Wie hast du das gemacht? Ist das Magie?«

»Nein. Es ist Energie. Man muss nur wissen, wie man sie benutzt. Mein Schwert ist mit mir verbunden. Es gehört mir allein und reagiert auf meine Gedanken.«

»Woher hast du es?«

»Verliehen bekommen. Es gibt davon nicht allzu viele, und es erfordert Jahre der Übung, mit ihnen umzugehen und sie auf uns zu prägen. Manche kriegen es nie hin, obwohl sie ansonsten gute Kämpfer sind. Wir nennen es die *Kunst der Klinge*. Einer Legende nach wurden sie aus Sternenlicht geschmiedet – was hübsch klingt, aber nicht sehr einleuchtend ist.«

Isabell starrte Luan sprachlos an. Er zog eine Braue hoch und grinste. »Okay, für Menschen ist das vermutlich ziemlich schräg.«

Isabell lächelte. »Für Menschen ist das ziemlich faszinierend. Du musst mir mehr davon erzählen.«

»Tue ich gern. Aber erst sollte ich dir noch etwas Wichtiges beibringen.«

»Was denn?«

»Du musst unbedingt feststellen können, wann wir unsichtbar sind.«

Isabell nickte. »Wie machst du das überhaupt?«

»Ich verfüge über so was wie ein Tarnschild, das die Umgebung quasi widerspiegelt. Ich kann es ausweiten, auch auf Geräusche und Gegenstände. Dass meine Jeans nicht allein rumläuft. – Ein Codewort für dich wäre übrigens auch nicht schlecht. Damit ich dich warnen kann, falls du einen Kier nicht gleich bemerkst.«

»So was Unauffälliges wie ›Ich hab meinen Ring verloren‹?«

»Den Ring verloren oder gefunden, je nachdem, wie es passt. Gut, dann zeig mir, ob du eine Veränderung wahrnimmst. Schau mich genau an! Achte besonders auf meine Konturen.«

Unwillkürlich streckte Isabell die Hand nach ihm aus, um seine Schulter zu berühren. »Bist du jetzt schon unsichtbar?«

»Bin ich. Du kannst keinen Unterschied fühlen. Ich bin ja trotzdem hier.«

»Stimmt«, murmelte sie und ließ die Hand sinken. »Es ist immer noch ein bisschen verwirrend.« Sie konzentrierte sich auf ihn. Erst fiel ihr keinerlei Veränderung auf. Minutenlang suchten ihre Augen seine Konturen ab. Nichts. Bis sie schließlich ein schwaches Flimmern dicht um seine Silhouette herum in der Luft bemerkte, ein wenig wie Hitzeflimmern auf Asphalt. »Du wirkst, als hättest du, hm, so etwas wie einen dünnen, verwaschenen Saum, kann das sein?«, fragte sie zögernd.

»Sehr gut, ja. Wenn du ihn einmal gesehen hast, wirst du es das nächste Mal schneller hinbekommen, es klappt sogar bei Dunkelheit.«

»Und woher weiß ich, ob mir ein Jaskier oder ein Drakier gegenübersteht?«

»Wir sind schärfer.«

»War irgendwie klar. Bloß wie unterscheide ich euch, wenn ihr nicht getarnt seid?«

»Das dürfte schwierig sein für einen Menschen. Wir erkennen uns untereinander sofort, aber es sind Nuancen, die den Unterschied ausmachen. Die Art, wie wir uns bewegen zum Beispiel. Du wirst es merken, wenn du genügend Übung hast.«

»Auf Übung könnte ich da ganz gut verzichten«, sagte Isabell. »– Und jetzt bist du wieder normal sichtbar?«

»Richtig. Wir wiederholen das, bis du es draufhast, ohne überlegen zu müssen.«

Luan machte es ihr nicht leicht und vergrößerte nach und nach den Abstand zu ihr auf etliche Meter. Er hatte Recht gehabt, mit der Zeit erkannte sie den Saum sehr deutlich, er war gar nicht zu übersehen.

»Das reicht, es war gut«, beendete er nach etwa einer Stunde die Übung. Er ließ sich wieder ins Heu neben sie fallen und rieb sich mit den Fingern die Nasenwurzel.

»Ist alles in Ordnung? Hast du Kopfschmerzen?«, fragte Isabell.

»Alles bestens. Ich krieg tatsächlich ein bisschen Kopfschmerzen, wenn ich das zu lange mache. Offenbar sind wir nicht dazu gemacht, unsere Fähigkeiten ohne die Energie eines Wirts zu nutzen. Ein Nachteil, den die Drakier nicht kennen.«

»Mein Vater hatte das manchmal.« Isabell seufzte tief auf. »Wohl aus dem gleichen Grund wie du. Er hat dann immer so kleine gelbe Tabletten genommen. Ich würde ihm gern alles erzählen. Eigentlich weiß ich gar nichts von ihm. Wahrscheinlich ist nicht mal sein Beruf echt. Er ist nämlich Bürokaufmann.«

»Bürokaufmann, wirklich?« Luan sah aus, als würde er gleich losprusten. »Roman Herzsprung war ein ziemlich hohes Tier in der Orga, bis er sich in deine Mutter verliebt hat. Und dann hat er seinen Job aufgegeben.«

Isabells Gedanken schweiften zu ihrem Pflegevater. Ein hohes Tier … Sie konnte sich ihn beim besten Willen nicht als Kämpfer wie Luan vorstellen. Er sang im Kirchenchor, war stolz auf die Prämierung für den schönsten Vorgarten – Ein durchschnittliches, vielleicht ein wenig spießiges Leben und absolut gewöhnlich. Alles nur Tarnung. Wie hatte er es ertragen?

»Er war gezwungen seinen Job aufzugeben, nicht wahr?«

»Es hat sich wohl nicht gut vereinbaren lassen«, antwortete Luan vage und Isabell spürte, dass das wieder nur die halbe Wahrheit war.

»Damit meine Mutter nicht rausbekommen kann, was er eigentlich ist? War das der Grund?«

Luan zuckte mit den Schultern. »Frag ihn. Es spricht nichts dagegen, dass du deinen Vater irgendwann einweihst. Bloß nicht jetzt, du ziehst sonst deine Eltern mit rein.«

»Was hast du als Nächstes vor?«

»Bargeld besorgen, meine Kreditkarten lassen sich zurückverfolgen.«

»Glaubst du wirklich, jemand hat Zugriff auf deine Daten?«

»Ich kann nur mit Sicherheit sagen, dass etwas nicht stimmt. Solange ich die Ursache nicht kenne, bin ich vorsichtig.«

»Meine Freundin Mia könnte uns helfen. Sie ist sogar grad in der Nähe.«

»Viel zu riskant, ich komme anders an Geld ran.«

»Riskant? Du meinst, die beobachten sie wegen mir?«, fragte Isabell erschrocken.

»Gut möglich, dass sie ihre Wohnung überwachen, sie wissen genau, dass sie mit dir befreundet ist.«

»Das ist unheimlich.« Isabell stellte sich Mia vor, die keine Ahnung hatte, dass energiesaugende Drakier um ihre Wohnung herumstrichen.

»Ihr Name steht in deinem Profil. Wenn ich jemanden finden will, besuche ich erst mal seine Freunde.«

»Meine Freunde tauchen in dem Profil auf? Ich dachte, von

Bedeutung sind nur Dinge im Zusammenhang mit dem Quantrém?«, fragte Isabell irritiert. »Was aus meinem Privatleben steht da sonst noch?«

»Gewohnheiten, Vorlieben, Hobbys, so was in der Art.«

»Das heißt, jeder Wildfremde weiß mit einem Blick so ziemlich alles über mich!«

»Nur das, was relevant ist.«

»Ich will dieses Profil sehen!«

»Das geht nicht so einfach, nur ein kleiner Kreis hat Zugang zu deinen Daten, und es gibt keine Kopien.«

Sie sah ihn scharf an. »Habt ihr mich abgehört?«

»Du meinst, mit Wanzen und diesem niedlichen Kram?« Die Vorstellung schien ihn zu amüsieren. »Das ist reichlich oldschool.«

Isabell stieß ein kleines Schnauben aus. »Ja«, sagte sie. »Weil ihr euch unsichtbar machen könnt. Wie praktisch. War Jonas jemals in meiner Wohnung und hat mich dort ausspioniert?«

»Wie sollte er dich sonst observieren? Seinem Auftrag nach musste er dich schützen und herausfinden, ob du mit dem Quantrém weiterkommst, und er tat alles, was dafür nötig war.«

»Das heißt, er war regelmäßig bei mir! Tag und Nacht? So eine Art heimlicher Mitbewohner, der mich bis ins Badezimmer verfolgt? Das ist total pervers!« Die Vorstellung entsetzte sie zutiefst.

»So etwas hat Jonas garantiert nicht gemacht. Er hat sich auch nicht um diesen Job gerissen, es ist nämlich anstrengend. Für ihn war es einfach nur ein Arbeitsplatz, begrenzt auf ein halbes Jahr.«

»Ein Arbeitsplatz … Und dann wäre der nächste Stalker gekommen …« Isabell brach geschockt ab. »Weißt du, wie sich das anfühlt?«, fragte sie leise. »Wenn jemand in deine Privatsphäre eindringt, intime Gespräche belauscht und dir bei allem Möglichen zuschaut? Man fühlt sich ausgeliefert, so, als würde man nackt hinter einer Schaufensterscheibe stehen. Du wärst mir auch in die Wohnung gefolgt, wenn ich dich nicht gesehen hätte, oder? Wie weit wärst du da gegangen?«

»Isabell, ich bin kein Spanner. Es gibt Tabuzonen, die ich beachte.«

Isabell rang um Fassung.

»Hattest du oft solche Aufträge?«

»Nein. Normalerweise sind es Notfälle. Ich gehe aus einem bestimmten Grund in fremde Wohnungen: Ich verfolge Mutanten. In den allermeisten Fällen schlafen ihre Opfer, manchmal auch nicht. Ich habe Menschen dabei bei so ziemlich allem gesehen. Vollgepumpt mit Rauschmitteln, bei irgendwelchen Orgien mit Gewalt oder Sex oder beidem. Ein paarmal war ich der Meinung, dass sie ihren persönlichen Albtraum verdient haben. Für mich macht das keinerlei Unterschied, ich erledige meinen Job und verschwinde wieder.«

»Sie tun dir nicht leid?«

»Das habe ich nicht gesagt. Manches … ist schwer zu ertragen.«

Isabell nickte langsam. Es war immer noch eine grauenvolle Vorstellung, derart gestalkt zu werden, aber aus seiner Sicht war es verständlich.

»Kommst du meistens rechtzeitig?«

»Ja. Wir haben normalerweise ein Zeitfenster von ein paar Stunden, bis ein Drakier komplett mutiert ist. Sobald die Meldung reinkommt, mach ich mich mit Gabriel zusammen auf. Wir decken ein ziemlich großes Gebiet ab, deshalb nehmen wir oft den Hubschrauber und steigen dann auf ein bereitstehendes Auto um.«

Eine flüchtige Erinnerung stieg in ihrem Gedächtnis hoch und sie bemühte sich, diese zu greifen. »Du hast vorhin etwas gesagt, was du tust, wenn du jemanden finden willst –« Ruckartig hob sie den Kopf. »Der Typ, der mir den Job im Kulturforum vermitteln wollte … weißt du noch, du kamst grad ins Zimmer, als ich mit Mia telefonierte, und hast mich anschließend gefragt, ob es was Wichtiges gibt? Sie hat noch mehr über ihn erzählt: Dass er sehr gut aussieht und sie sich mit ihm verabredet hat. Sie meinte, er würde mir gefallen, er interessiert sich total für Malerei. Luan – das ist bestimmt einer von ihnen!« Sie blickte ihn entsetzt an. »Die haben Mia über mich ausgefragt und wollen über sie an mich rankommen! Was, wenn das gefährlich für sie wird?

Wir müssen etwas unternehmen!«

»Keine Panik, wir bekommen das hin. Du sagst, sie ist momentan in der Nähe?«

»Ja, sie ist für ein paar Tage in die Wohnung ihrer Schwester nach Emminghofen gezogen. Sie versorgt Sinas Katzen, weil die geschäftlich unterwegs ist.«

»Hat sie erwähnt, wann sie verabredet sind?«

Isabell dachte kurz nach. »Irgendwann danach … übermorgen Abend. Da ist sie wieder zurück. Wir müssen sie warnen!«

»Übermorgen Abend ist schon mal gut, das verschafft uns Zeit. Und Emminghofen ist perfekt. Ich werde deine Freundin nicht vorwarnen, sonst verhält sie sich merkwürdig, sollte sie mit dem Typ noch einmal vor ihrem Date Kontakt haben. Wir suchen uns morgen früh eine Telefonzelle und machen mit ihr einen Treffpunkt aus.«

»Was willst du ihr denn erzählen?«

»Auf alle Fälle nicht die Wahrheit. Aber wir müssen verhindern, dass Mia als Druckmittel benutzt werden kann. Ich denk mir was aus, mach dir keine Sorgen.«

Er spielte nachdenklich mit dem platinierten Reif am Handgelenk, sodass kleine Tasten und ein schmales Display sichtbar wurden.

»Was ist das?«

»Ein Kommunikator, wir nennen ihn Viewer. Bloß darf ich nicht wagen, damit zu telefonieren. Routinemäßig wird jede Unterhaltung in der Zentrale aufgezeichnet und wir könnten geortet werden.«

»Du musst das mit dem Maulwurf jemandem sagen!«

»Solange ich nichts Konkretes habe – nein. Es könnte so ziemlich jeder sein. Gabriel ist der Einzige, dem ich absolut vertraue.«

»Verstehe. Telefonierst du morgen auch mit ihm?«

»Kann ich nicht. Wenn er überwacht wird, kriegen sie den Standort der Telefonzelle raus. Ich muss mir was anderes überlegen.«

Isabell verfiel eine Zeitlang in Schweigen.

»Luan – wo soll ich denn hin? Ich kann doch nicht mein Leben lang fliehen! Und es zieht immer weitere Kreise, jetzt ist auch noch meine Freundin wegen mir in Gefahr.«

Allmählich wurde ihr bewusst, wie aussichtslos die Situation tatsächlich war. Zuerst war das einzige Ziel gewesen, dieser Horde zu entkommen, die auf Ninja machten, aber genau genommen war das nur der Anfang. Panik stieg in ihr auf. Ihr ganzes Leben war wie auf einer trügerischen Eisschicht aufgebaut gewesen, obwohl sie stets geglaubt hatte, auf festem Grund zu stehen. Jetzt sah sie die Schatten, die unter ihr lauerten, das fragile Eis würde brechen und sie würde in die Tiefe stürzen.

»Ich bring dich da durch.« Luan griff nach ihrer Hand. Sie fühlte sich warm an und beruhigend – und menschlich. Seine Stimme klang so zuversichtlich, dass es ihr tatsächlich etwas leichter ums Herz wurde. »Du bist nicht allein. Und ich habe Freunde, die uns beistehen. Es gibt zwei Möglichkeiten. Die eine ist, wir setzen uns ins Ausland ab, am besten mit einem Privatflugzeug. Keine Sorge, ich kann das arrangieren. Die Chancen, dass sie uns nie erwischen, dürften bei achtzig bis neunzig Prozent liegen, je nachdem, wie konsequent wir die Orte wechseln. Die andere ist, wir machen einen Deal. Du malst das Symbol, ich verhandle über Immunität.« Er blickte sie eindringlich an. »Aber probiere niemals das Malen allein! Keiner kann wissen, was passiert, wenn das Quantrém aufgeht.«

»Du meinst, wenn ich ihnen das Symbol liefere, lassen sie mich wirklich in Ruhe?«

»Ganz so einfach ist es nicht. Was meine Leute betrifft, müsste ich es regeln können, dass sie dich nie wieder zu irgendwelchen Experimenten heranziehen, unabhängig davon, was sie sich sonst noch von dir versprechen. Aber wir wissen noch nicht, wer hinter dir her ist. Die Drakier sind scharf auf das Symbol, was auch immer sich hinter dem Quantrém verbirgt, sie würden es hemmungslos ausbeuten oder gegen uns einsetzen. Es darf ihnen nie in die Hände fallen, schon deshalb wird die Orga alles dransetzen dich vor ihnen zu schützen. Sobald meine Leute das Symbol kennen, bist du außerdem nicht mehr so stark im Fokus, einfach weil sich das Wissen auf mehrere Personen verteilt. Du darfst dir die Drakier nicht so vorstellen wie uns Jaskier. Sie sind skrupellos und holen sich, was sie grad brauchen. Die Typen, die uns verfolgt haben, gehören mit Sicherheit dem Zirkel an. Mit denen hat es in letzter Zeit ein paar Zusammenstöße gegeben, weil sie gegen die Ziele der Orga arbeiten. – Und jetzt überleg dir in Ruhe, was du willst. Bloß bevor ein Deal infrage kommt, musst du das Ding erst mal gezeichnet haben. Aber nicht mehr heute, es wird dunkel.« Er zog eine Grimasse. »Zeit, unser improvisiertes Badezimmer aufzusuchen. Im Kuhstall.«

Im Finstern tasteten sie sich wenig später in die Scheune zurück und stiegen vorsichtig die Leiter nach oben. Mit zunehmender Dunkelheit verstärkte sich Isabells Furcht. Was, wenn die Kerle mit Verstärkung auftauchten? Sie robbte neben Luan ins raschelnde Heu und deckte sich damit zu. Sie versuchte sich zu entspannen, doch es gelang ihr nicht. Angestrengt lauschte sie nach draußen. Lediglich das Zirpen der Grillen war zu vernehmen und ab und zu erklang der Ruf eines Käuzchens – friedliche Geräusche, die zu dieser wunderbar lauen, sternenklaren Sommernacht passten. Sie wusste, wie wenig sie sich auf ihr Gehör verlassen konnte. Luan immerhin schien ganz ruhig zu sein, vermutlich wäre er in der Lage, mögliche Angreifer rechtzeitig wahrzunehmen.

Wenn sie nicht dieses Quantrém gemalt hätte, damals, als ihre Hände rot gewesen waren vom Blut ihrer Eltern, wäre das alles nicht geschehen. Keiner hätte sich für sie interessiert, niemand ihre Freunde behelligt, und sie hätte nie erfahren, dass es Kier gab.

»Glaubst du wirklich, es hört jemals auf?«, flüsterte sie. Da spürte sie, wie er seine Finger mit ihren verschränkte.

»Ich verspreche es dir.«

Diese Geste hatte etwas Tröstliches, jedoch war Isabell im Gegensatz zu Luan viel zu aufgewühlt, um einschlafen zu können. Sie war nicht sicher, was sie empfinden sollte. Es fühlte sich so normal an, ihn zu berühren. Und doch war er definitiv nicht menschlich, er hatte heute Dinge getan, zu denen ein Mensch niemals in der Lage gewesen wäre. Außerdem hatte er getötet, ohne irgendwelche Skrupel. Ein Anflug von Panik durchflutete sie und einen irrationalen Moment lang wäre sie am liebsten aufgesprungen und in die Nacht gelaufen, einfach nur weg aus dieser Situation. Sie wusste, wie sinnlos das war, sie würde ihr altes Leben nicht zurückbekommen, egal wie weit sie rannte. Vorsichtig entzog sie ihm ihre Hand. Er reagierte darauf mit einem tiefen Atemzug, der fast wie ein Seufzen klang, schien jedoch ruhig weiterzuschlafen. Zögernd legte sie ihre Hand auf seine Brust. Sie spürte unter dem Stoff die Wärme seines Körpers. Hier musste das Herz schlagen, vermutlich im gleichen Rhythmus wie ihres. Sie fühlte, wie sich sein Brustkorb regelmäßig hob und senkte. Hätte sie es nicht gewusst, wäre sie nie auf den Gedanken gekommen, dass ein Alien neben ihr lag. Sie rutschte dicht an ihn heran. Er roch vertraut und irgendwie aufregend, und gleichzeitig verstörte sie es, dass sie das so mochte. Wieso beschützte er sie? Und wie lange würde er das noch tun, wenn er realisierte, dass sie nicht vorhatte, sich auf ihn einzulassen?

Du bist nicht fähig, jemandem zu vertrauen.

Nein, vermutlich würde sie das nie sein. Und schon gar nicht bei einem Wesen, dem man so offensichtlich misstrauen musste.

»Was suchst du …« Obwohl Luan es sehr leise gesagt hatte, zuckte Isabell erschrocken zurück. »Ich habe durchaus ein Herz«, flüsterte er. »Komm …« Er legte sacht seinen Arm um ihre Schultern, zog sie jedoch nicht an sich. Einen Augenblick lang zögerte Isabell. Dann folgte sie seiner Einladung, sie schmiegte sich an ihn und er hielt sie fest.

6

Luan schien die Fähigkeit zu besitzen, zu jedem Zeitpunkt aufzuwachen, den er sich vorgenommen hatte, und so schlichen sie kurz vor der Morgendämmerung aus der Scheune. Er trug den Beutel mit zwei frisch aufgefüllten Wasserflaschen und dem letzten Rest ihres Frühstücks über der Schulter.

»Zuallererst brauchen wir eine Telefonzelle.« Er kam ihr gut gelaunt vor und außerdem erschreckend wach.

»Hrmf«, erwiderte Isabell und gähnte. Sie fühlte sich zerschlagen, wenn sie nicht aus Panik vor den Drakiern hochgeschreckt war, hatte die Sorge um Mia sie gequält.

»Der frühe Alien fängt den Wurm.« Luan zeigte auf ein nahes Ortsschild. »Nach Großschloppen drei Kilometer. Großschloppen klingt, als gäbe es da mindestens zwei Telefonzellen.«

Isabell kniff die Augen zusammen. »Verbessertes Sehvermögen«, murmelte sie. »Jetzt, wo ich weiß, wie das heißt, entziffere ich es auch.«

Sie folgten eine Zeitlang einem Waldweg und bogen dann ins Dorf ab.

»Na, bitte«, sagte Luan zufrieden und stapfte auf das signalgelbe Relikt zu, das wie aus der Zeit gefallen wirkte.

»Ich hab nicht recht dran geglaubt.«

»Ist immer noch auf Dörfern zu finden, deren Bewohner sich ansonsten mit Trommeln verständigen müssten.« Luan kramte in seiner Hosentasche nach Münzgeld. Er hielt Isabell die Glastür auf und schlüpfte hinter ihr in die muffige Zelle. »Mach es einfach wie besprochen. Ach ja, wichtig …« Er verzog einen Mundwinkel zu einem frechen Lächeln. »… bloß, damit du weißt, als wen du mich ihr vorstellst: Ich werde nicht von deiner Seite weichen und falls wir Mia mitnehmen müssen, pennt nicht sie, sondern ich mit dir in einem Zimmer. Aus Sicherheitsgründen. Fester Freund wäre naheliegend, aber du kannst dir auch was anderes für sie ausdenken.«

Isabell zog eine Grimasse. Sie verwünschte die Tatsache, wie sehr Luan recht gehabt hatte: Mia durfte die Wahrheit niemals erfahren und so würde ihr nichts weiter übrig bleiben, als ihre beste Freundin zu belügen. Sie fühlte sich schrecklich. Ihm dagegen schien die Aussicht auf eine solche Scharade ziemlichen Spaß zu machen. Klar. Sie sah ihn streng an.

»Nicht lustig.«

Luan hob eine Braue. »Es gäbe eine einfache Lösung für dein Problem.«

Isabell verdrehte die Augen. Mit spitzen Fingern nahm sie den schmierigen Hörer ab, während Luan ein paar Münzen in den Schlitz steckte. Sie wählte die Nummer und wartete. Luan hatte ihr versichert, dass Mia aktuell keine Gefahr drohte, dennoch wurde sie immer hibbeliger.

»Komm schon, geh ran.« Endlich erklang ein Nuscheln, das sie als ›Mia Baberski bei Sina auch Baberski‹ identifizierte, und Isabell war so erleichtert, dass ihr fast schwindlig wurde. »Hi, Mia! ’tschuldige, dass ich dich aus dem Bett schmeiße, aber es ist wichtig.«

»Is was passiert?«, murmelte ihre Freundin, die nun schon nicht mehr ganz so nach Wachkoma klang. »Du wolltest dich gestern melden.«

»Nein, alles gut, ich hab’s einfach nicht geschafft, tut mir leid. Ich bin grad mit nem Freund unterwegs und wir wären morgen so gegen Nachmittag bei dir in der Gegend. Hättest du Lust, dich mit uns auf einen Kaffee in der Stadt zu treffen?«

Das Praktische an Mia war, dass sie noch vor dem Frühstück spontan sein konnte. Nach kurzem Nachdenken brachte sie »*Bolbosischn*« heraus. Eingedenk Luans Anweisung hakte Isabell nach, ob Mia den *Blauen Affen* kannte, was diese mit einem Grunzen bejahte. Sie nannte ihrer Freundin eine Uhrzeit und wollte sich erleichtert verabschieden, doch waren Mias Synapsen in der Zwischenzeit vollständig aufgewacht.

»Dieser Freund …«, begann sie so laut und deutlich, dass Isabell nicht sicher war, ob Luan es nicht vielleicht doch mitbekam,

»… ist das etwa der scharfe, verboten gut aussehende Typ von neulich? – Meine Güte, sag schon!« Der letzte Satz war eher ein enthusiastisches Quieken gewesen und Isabells erster Impuls war, den ekligen Hörer noch ein Stückchen weiter von sich wegzuhalten, stattdessen jedoch drückte sie ihn an sich. *Verbessertes Gehör.*

»Äh, ja, der.« Sie schielte zu Luan, doch der hatte eine ausdruckslose Miene aufgesetzt.

»Ahhhh!«, schrie Mia begeistert. »Sag bloß, mit dem läuft was? Himmel, der ist so was von heiß!«

»Ich würde das so nicht … es ist kompliziert«, formulierte sie so vage wie möglich.

»Kompliziert?« Sie hörte Mia an, dass sie fast im Kreis grinste. »Das ist es bei dir immer. Heißt das also, ich lieg richtig?«

Isabell ächzte innerlich auf. »Später, ja?«

Mia seufzte theatralisch. »Klingt ja schon mal hoffnungsvoll. Manchmal hab ich gedacht, nach der Erfahrung mit Nico kriegt dich nie einer rum und du endest als ewige Jungfrau.«

»Großer Gott, Mia!«, sagte Isabell nun ehrlich entsetzt. Luan guckte vollkommen neutral und sie hoffte inständig, dass er nichts mitbekam. »Ich … ich muss weiter. Wir sehen uns!«

»Jep, und dann will ich Details!«, sagte Mia fröhlich.

Aufstöhnend legte Isabell den Hörer auf die Gabel. »Das ist die Strafe für irgendwas«, murmelte sie und lehnte sich an die Wand der kleinen Zelle. Wäre das Glas nicht so schmutzig gewesen, hätte sie ihre glühenden Wangen daran gekühlt. Irgendeiner hatte *Karma is a bitch* eingeritzt.

»Alles in Ordnung mit dir?«, fragte Luan.

»Nein. Die halbe Nacht lang habe ich meine allerbeste Freundin ermordet vor mir gesehen und dann soll ich ihr Lügenmärchen auftischen. Und sag jetzt nicht, du hattest recht.« Sie seufzte tief auf. »Auch wenn es zutrifft.«

Immer noch aufgewühlt verließ Isabell mit Luan die Zelle und sie traten auf die Dorfstraße, die gänzlich unbelebt im ersten Morgenlicht vor ihnen lag.

»Ich hab gestern nicht nur Mia nicht angerufen, ich hab auch Tom versetzt«, fiel ihr ein. »Er ist völlig umsonst vorbeigekommen.«

»Gabriel hat sich bestimmt um ihn gekümmert, er ist zu allen nett, sogar zu einem abstinenten Drakier.«

Eine plötzliche Erkenntnis durchzuckte Isabell. Sie blieb abrupt stehen und sah Luan scharf an. »Tom … du hast es gewusst, nicht wahr? Du wusstest ganz genau, dass das mit mir passieren wird!« Sie fühlte sich, als sei ihr ein Schlag in den Magen verpasst worden. »Und du hast es zugelassen.«

In Luans Miene zeichnete sich Bestürzung ab. »Nein, so war es nicht. Mara hatte ihn überraschend mitgeschleppt und versichert, dass Tom nicht mehr parasitär leben will und harmlos ist. Den Rest weißt du. Tom war ausgehungert und wäre gestorben, wenn du ihm nicht geholfen hättest. Erst wollte ich ihn wegschaffen, aber dann hätte ich dich von ihm wegzerren müssen und er wäre vor deinen Augen draufgegangen. Ich hatte keine Ahnung, dass es so heftig wird, er war ja schließlich nicht mutiert. Ich hätte ihn das sonst niemals mit dir machen lassen.«

»Du hättest ihn sterben lassen?«, fragte Isabell entgeistert.

»Welche Möglichkeit siehst du noch? Er oder du, eine andere Wahl gab es nicht. Ich hatte die Situation falsch eingeschätzt und eine falsche Entscheidung getroffen. Dass du es einigermaßen unbeschadet überstanden hast, war pures Glück. Ich kann dir nicht sagen, wie leid es mir tut und wie viele Vorwürfe ich mir deshalb gemacht habe.«

»Schon gut«, murmelte Isabell. Luans Reaktion überraschte sie. Zum einen hatte er einen Fehler zugegeben, wo er doch normalerweise ein Ego groß wie ein Fußballfeld hatte, und zum anderen schockierte er sie, weil er Tom so selbstverständlich keine Chance gegeben hätte. Sie dachte an Maras verzweifelte Miene. *Sie ist der einzige Mensch*, hatte sie gefleht. Natürlich, es ging ja nicht darum, dass nur sie allein die richtige Beatmungstechnik beherrschte, sondern das einzige menschliche Wesen auf einer Party von Aliens gewesen war.

»Du steckst das einfach so weg?«, fragte Luan perplex.

»Soll ich hysterisch kreischen und mich auf den Boden werfen? Du hattest es nicht beabsichtigt, hast dich entschuldigt und ich lebe noch. Man nennt das Happy End.«

Er betrachtete sie nachdenklich. »Du bist ziemlich erstaunlich, weißt du das?«

Ein kleines Lächeln huschte über ihre Züge. »Wenn wir schon dabei sind: Gibt es sonst etwas, das ich vielleicht wissen sollte?«

Luan zögerte nur einen winzigen Moment. »Ja. Ich habe deine Wohnung abgefackelt.«

»Was?« Sie trat einen Schritt zurück.

Er hob begütigend die Hände. »Genau gesagt, hat Gabriel es für mich erledigt. Ich kann mich nicht mal dafür entschuldigen, weil es Absicht war und zu deiner Sicherheit.«

Im ersten Augenblick war sie sprachlos. »Ich fasse es nicht«, brachte sie schließlich heraus. Sie holte Luft. »Was wäre, wenn jemand zu Schaden gekommen wäre? Ihr könnt doch nicht einfach Häuser niederbrennen! Da sind Menschen drin!«

»Wir sind Profis. Es war nur eine einzige Wohnung und wir wissen genau, was und wie man es tut. Und ich hab deine Sachen vorher rausholen lassen.«

»Da waren auch Fotos dabei und all das. Persönlicher Kram. Der ist verbrannt!«

»Nein, ist er nicht. Steckt alles in einer Kiste bei mir im Keller. Ich hätte dir das irgendwann anonym mit der Post geschickt.«

»Du bist wirklich …« Sie rang nach Worten.

»Ich könnte dir mit ein paar Adjektiven aushelfen«, schlug Luan vor.

Isabell funkelte ihn an. »Falls es in Richtung umwerfend, heiß und betörend geht, dann darfst du sie behalten!«

Er grinste. »Eigentlich hätte ich die lieber für dich aufgehoben.«

»W-was?« Ihr fiel auf, dass sie ihn mit offenem Mund anstarrte. Hastig wandte sie sich ab. »Wir sollten dringend weiter. Ich glaube, mehr verkrafte ich heute nicht.«

Sie verließen die Landstraße und suchten sich einen Weg querfeldein, durch Wälder und auf Feldwegen, immer darauf bedacht, möglichst rasch Deckung finden zu können. Sie befanden sich gerade unter dem Schutz dichter Baumkronen, als sie das Geräusch eines kreisenden Hubschraubers vernahmen, der sich allmählich näherte.

»Ruhig bleiben«, wies Luan sie an. »Einfach wie Spaziergänger weiterlaufen. Sehen können sie uns hier nicht, und falls sie uns mit der Wärmebildkamera erfassen, wirkt das unverdächtig.«

»Und wenn sie landen und nachschauen?« Isabell versuchte, nicht allzu panisch zu klingen.

»Geht zwischen den Bäumen nicht. Und wir haben nicht vor, drauf zu warten, bis sie einen Landeplatz gefunden haben.«

Nachdem der Hubschrauber endlich abgedreht hatte, rannten sie los. Nach einiger Zeit begann Luan, das Lauftempo abzuwechseln, und obwohl er ihr versichert hatte, dass man auf diese Weise stundenlang bequem durchhalten konnte, blieb Isabell irgendwann schwer atmend stehen.

»Pause«, japste sie. »Ich bewege mich keinen Zentimeter mehr.«

»Ich fürchte, du wirst«, sagte Luan. Er holte sein Handy heraus und setzte Akku und Simkarte ein.

»Aber warum …?«

»Weil sie dicht an uns dran sind. Und das nicht nur von einer Seite.«

Das Display war noch einige Sekunden lang schwarz, dann schaltete sich das Handy ein und Luan rief ihren Standort auf. Isabell erkannte lediglich viel Grün, einige Straßen und bunte Flecken, als Luan das Smartphone, ohne es auszuschalten, in die Hosentasche zurücksteckte.

»Hab nen Plan«, sagte er und packte sie an der Hand. Sie hetzten durch den Wald, bis Isabells Beine brannten und sie das Gefühl hatte, keine Luft mehr zu bekommen.

»Kann … nicht …«, keuchte sie und taumelte. Er fing sie auf, bevor sie zu Boden ging.

»Halt dich gut fest«, mahnte er und schwang sie auf seinen Rücken. Sie klammerte sich an ihn und er umfasste ihre Arme, die sie um seine Brust geschlungen hatte. Geduckt, sodass sie nicht ins Rutschen kam, spurtete er los. Allmählich kam Isabell wieder zu Atem und da lichtete sich auch schon der Wald. Zwei Wanderer kamen ihnen auf einem breiten Weg entgegen und gafften sie an.

»Lass mich runter, es geht wieder.«

Luan setzte sie ab. »Wir sind fast da.«

Sie rannten um eine Kurve. Vor ihnen lag ein Parkplatz, der zu einem Wirtshaus am Rande des Walds gehörte. Jetzt, am frühen Vormittag, war der Außenbereich der *Waldschänke* verwaist, doch standen bereits einige Autos herum, die Ausflüglern oder dem Personal gehören mochten.

»Der hier«, sagte Luan und stoppte vor einem schwarzen Wagen. Er deutet Isabell an, zur Beifahrerseite zu gehen. Sie konnte nicht erkennen, was er tat, er hielt etwas in der Hand in Höhe des Griffs. Gleich darauf zog er die Tür auf, während der Motor ansprang.

Perplex öffnete Isabell die Beifahrertür und ließ sich neben Luan auf den Sitz sinken. Sie hatte sich noch nicht angeschnallt, da glitt der Wagen rückwärts aus der Parklücke und schoss den ungeteerten Weg entlang. Jetzt erst merkte sie, wie sehr ihre Beine zitterten. Eine Zeitlang saß sie stumm und registrierte, wie Luan auf eine Landstraße einbog und beschleunigte.

»Es werden immer mehr, die hinter uns her sind, oder?« fragte sie. Ihr Mund war trocken und ihr war übel vor Angst.

»Sie verfügen nicht über unendlich viele Leute, sie können nicht das komplette Gebiet abdecken. Wir holen einen Vorsprung raus, dann werden wir das Auto los.«

»Du hast das Handy noch an!«

»Ich weiß. Wir senden Signale. – Aus einem bestimmten Grund.« Er deutete auf den silberfarbenen Sportwagen vor ihnen. Auf einmal ließ er das Beifahrerfenster herunter und setzte zum Überholen an. »Lehn dich mal zurück.«

Isabell presste sich in den Sitz und im nächsten Moment beugte Luan sich über sie, um möglichst nah ans Beifahrerfenster heranzureichen. Unbewusst registrierte sie, dass er unsichtbar war. Er vollführte eine Schleuderbewegung aus der Schulter und Sekundenbruchteile später drückte er langanhaltend auf die Hupe. Aus den Augenwinkeln erkannte Isabell, dass das Smartphone durch den offenen Spalt der hinteren Seitenscheibe des Mercedes segelte. Dessen Fahrer hupte erbost zurück, als Luan, nun wieder sichtbar, den schwarzen Wagen zurückfallen ließ und hinter dem silbernen einscherte. Mit zufriedener Miene schloss er das Fenster.

»Jetzt sendet *er* Signale. Halt dich mal fest, wir nehmen die Abzweigung.«

»Welche?«, fragte Isabell, die nichts dergleichen entdecken konnte.

»Die hinter uns.« Luan trat die Bremse durch. Der Wagen schlitterte geradeaus, um sich dann in einer Schleuderbewegung zu drehen. Isabell klammerte sich atemlos am Haltegriff fest und sah gebannt zu, wie Luan mit dem Lenkrad gegensteuerte. Der Wagen schlingerte auf die Gegenfahrbahn und Luan gab wieder Gas. Wenige Sekunden später bogen sie ab.

»Das war Wahnsinn«, stöhnte sie und setzte sich vorsichtig zurecht. »Wie konntest du überhaupt sehen, dass er das hintere Fenster offenhatte? Es war nicht mehr als eine Handbreit!«

»Vorher in der Linkskurve war das ganz deutlich zu erkennen, ich bin da kurz auf die Gegenspur, hast du das nicht bemerkt?«

»Nein. Du könntest mir vermutlich grad die Schuhe von den Füßen klauen, und es würde mir nicht auffallen.«

»Ruh dich aus. Wir können die Karre noch ein wenig behalten, wahrscheinlich hat der Besitzer bisher gar nicht gemerkt, dass sie fehlt. Ich will bloß nicht in eine Straßensperre geraten.«

»Aber die Polizei riegelt doch nicht die Straßen ab, weil jemand ein Auto als gestohlen meldet.«

»Nein, aber unter den Polizisten gibt es Drakier und die werden ihre sämtlichen Möglichkeiten ausschöpfen. Kier haben durchaus auch ganz normale Berufe. Das gehört dazu, wenn man völlig unauffällig unter den Menschen leben will.«

»Oh.« Isabell war nicht in der Lage, sich einen Drakier als Kindergärtnerin vorzustellen.

Luan musste ihre Verwunderung herausgehört haben, denn ein feines Lächeln umspielte seine Lippen. »Es dürfte dich nicht überraschen, dass viele Drakier sich eher am Rand der Legalität bewegen.«

Erschöpft lehnte sie den Kopf an die Lehne und betrachtete

ihre Umgebung. Eine Weile blieben sie auf der Landstraße, dann bog Luan in einen Waldweg ein. Sie holperten durch tiefe Fahrrillen und Isabell hoffte, dass sie niemandem begegnen würden. Zum Beispiel einem Förster, der ihnen verbot weiterzufahren. Was wollte Luan hier bloß, um Himmels willen? Endlich parkte er das Auto neben einer Böschung unter einem besonders dichten Baum und stieg aus.

»Komm, wir müssen weiter, allerdings nicht mehr lange zu Fuß. Vorausgesetzt, du kannst reiten?«

»Reiten?« Isabell starrte ihn etwas desorientiert an und sah sich suchend nach einer Koppel voller Pferde um, die ihr genauso entgangen sein musste wie die Handbreit geöffnete Fensterscheibe.

»Pferde. Du weißt schon. Abgasarme Verkehrsmittel ohne Nummernschilder.« Er wandte sich um und lief zielstrebig auf dem Waldweg weiter.

Isabell löste sich aus ihrer Starre und folgte ihm. »Ich hab als kleines Kind ein paar Runden auf den Ponys des Nachbarn drehen dürfen, aber das war's.«

»Dann ist das vielleicht doch keine gute Idee.«

Sie dachte an ihre schmerzenden Füße. »Lass es uns versuchen. Du hast aber nicht etwa vor, sie zu stehlen?«

»Nein. Praktischerweise kenne ich die Tochter des Besitzers.«

»Ja, das ist … praktisch.« Unwillkürlich fragte Isabell sich, wie viele Töchter er in dieser Gegend wohl so kannte.

Nach einer knappen Stunde mündete der Waldpfad in eine Streuobstwiese, und Luan deutete auf ein langgestrecktes Gebäude mit anschließender Koppel in der Ferne. Sie überquerten die Wiese und schlugen einen von Buschwerk gesäumten Weg unter hohen Pappeln ein, um sich dem Hof auf seiner rückwärtigen Seite zu nähern. Luan ließ Isabell vor einer dichten Hecke warten, um sich zu vergewissern, dass ihnen am Hof keine Gefahr drohte. Bereits nach kurzer Zeit tauchte er wieder auf.

»Nichts Auffälliges«, sagte er und wenig später betraten sie gemeinsam einen großen, gepflasterten Innenhof, um den sich etliche Stallungen samt der Reithalle gruppierten. Viel schien um diese Zeit nicht los zu sein, lediglich ein Grauschimmel wurde soeben von einem braunhaarigen Mädchen an einem Eisenring in der Backsteinmauer angebunden.

»Mittagspause«, erläuterte Luan, als hätte er ihre Gedanken erraten. Das Mädchen hatte begonnen, das Fell des Pferdes mit dem Striegel zu bearbeiten, hielt aber jetzt in der Bewegung inne und starrte Luan an.

»Kann ich dir helfen?«, fragte die Braunhaarige eifrig, Isabell vollkommen ignorierend.

»Danke, ich komm klar«, erwiderte Luan freundlich und lief weiter.

»Wenn du reiten willst, musst du dich anmelden, ich zeig dir, wo«, rief sie ihm hinterher. Es klang hoffnungsvoll und Isabell musste sich zurückhalten, um nicht die Augen zu verdrehen. Kein Wunder, dass er so durchdrehte, wenn er nicht einmal einen Hof überqueren konnte, ohne angebaggert zu werden.

Luan wandte sich um. »Nicht nötig, ich kenn mich aus.« Ein charmantes Lächeln umspielte seine Mundwinkel, das sein Gegenüber offenbar fast zum Hyperventilieren brachte. »Aber kann ich mir mal dein Handy leihen?«

Das Mädchen wurde tatsächlich rot. »Klar!« Eifrig zerrte es das Smartphone aus seiner Hosentasche und streckte es Luan entgegen.

Er tippte kurz etwas ein und gab es ihr zurück. »Danke, war nett von dir.« Mit diesen Worten ließ er sie stehen. Isabell konnte sich ein Grinsen nicht verkneifen.

»Was ist so lustig?«

»Es passiert dir ständig, oder?«

»Was passiert?«

»Dass du angequatscht wirst.«

»Gut möglich. Es fällt mir gar nicht so auf. Der Vorteil an so was ist, dass Gabriel jetzt eine Nachricht bekommen konnte. Die Kleine hat ihm drei Affen geschickt. Keiner wird sich wundern, er kriegt andauernd irgendein Zeug.«

»Die Affen, die nicht sehen, hören und sprechen?«

»Genau. Ist ne Warnung und gleichzeitig ein Code. Der blinde

Affe an zweiter Stelle bedeutet Tag zwei. Der Treffpunkt ist also morgen, und zwar in der Kneipe *Blauer Affe*. – Übrigens bist du jetzt gleich meine Cousine.«

»Nicht etwa die Schwester?«, fragte Isabell etwas spitz.

»Sarina glaubt, dass ich keine habe.«

»Das heißt, du hast eine?«

»Ja. Ich rede normalerweise nicht über meine Familie, das macht es einfacher. Bei zu neugierigen Fragen erfinde ich ein paar Verwandte. In Wirklichkeit sind meine Eltern tot. Liv ist jünger als ich und wohnt im Ausland.«

Betroffen schaute Isabell ihn an. »Das tut mir leid!«

»Schon gut. Wir haben wohl mehr gemeinsam, als du dachtest. – Ich hab Sarina vorhin auf dem hinteren Dressurplatz gesehen, komm hier lang.«

Isabell brannten so einige Fragen auf der Zunge aber sie wagte nicht sie zu stellen. Vielleicht würde Luan irgendwann von sich aus erzählen wollen, was geschehen war.

Sie liefen an einem Offenstall vorbei, bei dem etwa zwanzig Ponys ihre Nasen in einer Heuraufe versenkt hatten. Auf einem von Bäumen umsäumten Reitplatz stieg gerade ein schlankes, dunkelblondes Mädchen von einem schwarzen Pferd. Isabells Kenntnisse beschränkten sich eher auf zottelige Shetlandponys, aber dass dieses Tier auffallend schön war, wäre selbst einem Laien nicht verborgen geblieben. Seine Besitzerin stand ihm in puncto Schönheit in nichts nach. Sarina klopfte dem Rappen den Hals, schnallte die Bügel des Sattels hoch und sah schließlich auf. Ihre blauen Augen weiteten sich verblüfft und dann verzog sie die perfekten Lippen zu einem verhaltenen Lächeln.

»Du hast dich lange nicht mehr blicken lassen.«

Luan lächelte gewinnend zurück. »Und ich bedauere es mehr als du.«

»Ach.« Die sorgfältig gezupften Brauen wanderten nach oben. Abschätzig musterte sie Isabell.

»Meine Cousine Lizzy.«

»Deine *Cousine?* Die aus Sydney?«

»Die andere. Sie hat eine Wette verloren und muss mit mir

leider eine Challenge absolvieren. Ich brauche also zwei Pferde für einen Etappenritt, eines geeignet für einen Anfänger.«

»Die Kasse ist ab 14.00 Uhr wieder geöffnet.«

»Sie ist ab jetzt geöffnet.«

Einen Moment lang wirkte das Mädchen empört. Doch dann warf es ihm hinter halb gesenkten Lidern einen herausfordernden Blick zu.

»Dann musst du bei *mir* zahlen.«

»Ich weiß.« Luan lächelte auf eine Art, dass Isabell die Luft wegblieb.

Er wird sie doch wohl nicht küssen.

Ihr wurde heiß und wieder eiskalt.

Sarina ließ ihr Pferd stehen und trat auf Luan zu. Sie legte die weißbehandschuhte Hand auf seine Brust und sah zu ihm auf, den Mund erwartungsvoll leicht geöffnet.

Luan beugte sich zu ihr herunter und Isabell merkte, wie sie ihre Fingernägel in ihre Handinnenfläche grub. Dann murmelte er Sarina etwas ins Ohr.

Sarina biss sich auf die Lippen. »Sicher?«, flüsterte sie.

»Würde ich dich anlügen?«

Fassungslos stand Isabell daneben. Luan wandte sich seelenruhig dem Rappen zu und nahm die Zügel. Der Schwarze warf schnaubend den Kopf zurück und spielte nervös mit den Ohren. Luan kraulte ihm beruhigend den Hals.

Kluges Tier, dachte Isabell. *Er traut ihm nicht über den Weg.*

»Ich sattle ihn für dich ab, während du uns zwei Pferde aussuchst. Mit Verpflegung.«

»Musst du nicht, binde Black Pearl einfach neben seiner Box an, Halfter hängt daneben, du kennst dich ja aus. Der Stallbursche kümmert sich gleich um ihn. Ich bestell jetzt die Pferde für euch.« Sie entfernte sich in Richtung eines schmuck aussehenden Wohngebäudes, vermutlich um irgendeinen Angestellten vom Mittagessen wegzuholen, der ihren Wünschen Folge zu leisten hatte.

Isabell begleitete Luan in einen der Ställe, vorbei an etwa einem Dutzend in ihre Mahlzeit vertiefte Pferde. Den Schildern an den Boxen nach trugen sie äußerst hochtrabende Namen wie Gold Star Approved und Empereur Romain. Der Rappe entspannte sich in Gegenwart seiner Artgenossen und ließ sich brav auf den kleinen Absattelplatz neben seiner Box führen, wo Luan ihn mit geübten Griffen von seinem Zaumzeug befreite. Er hängte es über einen Haken, streifte Black Pearl flink das Stallhalfter über und zog den dazugehörigen Führstrick durch einen der Eisenringe an der Wand. Isabell streckte die Hand aus und begann den Schwarzen unterm Kinn zu kraulen. Das weiche Pferdemaul hatte etwas Beruhigendes und sie war froh, dass sie eine Beschäftigung für ihre Finger fand. Das Warten machte sie nervös und außerdem wollte sie nicht über Luan und seine Teilzeit-Freundin nachdenken. Es erschreckte sie, dass sie das überhaupt kümmerte. Bald machte Black Pearl einen gelassenen und zufriedenen Eindruck. Luan lehnte lässig an der Stallwand und sie fühlte seinen Blick auf sich gerichtet.

»Er ist froh, dass du ein Mensch bist«, sagte er. »Sie riechen das.«

»Ach so, deshalb.«

»Es dauert immer etwas, bis sie mir vertrauen.«

Sie sollten es vielleicht besser gar nicht. Isabell schluckte diese Bemerkung hinunter. Sie war immer noch schockiert, wie skrupellos Luan diesem Mädchen etwas vorgemacht hatte. Oder war das gar keine Lüge gewesen? Sie verbannte diesen Gedanken aus ihrem Kopf. Es ging sie nichts an, mit wem er schlief oder nicht.

Leichte Schritte erklangen und Sarina kam zurück.

»Hier!« Sie warf Luan ein dunkles Männer T-Shirt zu. »Ich weiß nicht, bei welcher Challenge man sich derart einsaut, aber es sieht nach einer richtigen Schlammschlacht aus.« Sie lächelte lasziv. »Du kannst gern bei mir duschen, wir hätten noch etwas Zeit, bis die Pferde bereitstehen.«

Er lächelte zurück. »Ich weiß dein Angebot zu schätzen. Aber das Duschen muss leider warten.« Luan zog sich das mit getrockneter Erde befleckte Shirt über den Kopf und ließ es achtlos fallen. Rasch widmete Isabell sich Black Pearl. Sie hatte keine Lust zuzusehen, wie Sarina Luan mit den Augen verschlang.

Etwas später standen die Pferde im Innenhof bereit. Isabell stieg auf eine kleine kastanienbraune Stute, deren Sattel mit Packtaschen versehen war. Sie wartete ungeduldig darauf, dass Luan sich von der Tochter des Reitstallbesitzers verabschiedete und ebenfalls sein Pferd bestieg. Deren Verhalten ihr gegenüber war durchaus höflich gewesen, vermutlich hatte sie Luan tatsächlich die Cousine abgekauft; dennoch hatte Sarina trotz ihrer Anwesenheit keine Gelegenheit ausgelassen, ihn wie zufällig zu berühren. Und allem Anschein nach hatte Luan nichts dagegen gehabt – falls doch, war er ein exzellenter Schauspieler. Endlich saß er im Sattel, und Sarina trat noch einmal an ihn heran. Sie legte eine Hand auf sein Knie und ließ sie langsam den Oberschenkel hinaufgleiten. Isabell wandte den Blick ab.

»Also dann, wie abgemacht«, hörte sie das Mädchen gurren und Luan trieb sein Pferd vorwärts. Im Vorbeireiten griff er kurz Isabells Stute in die Zügel, sodass diese aus ihrer dösenden Haltung erwachte und sich gehorsam seinem Dunkelbraunen anschloss.

Luan ließ seinen Wallach im Schritt neben ihrer Stute herlaufen. »Dir ist klar, dass das Show war?«

»Es ist mir egal, was es war.«

»Weswegen du die ganze Zeit kurz davor warst zu explodieren.«

Isabell sah ihn aus schmalen Augen an. »Es war mir einfach nur unglaublich peinlich, dass sie dich in meiner Gegenwart am liebsten ins Heu gezerrt hätte.«

Luan grinste. »Ja, ich hatte ziemliches Glück, dass meine Cousine anwesend war. Das hat mich vor Schlimmerem bewahrt.«

Isabell schnaubte und verkniff sich eine bissige Erwiderung. »Wir können schneller reiten«, forderte sie ihn stattdessen auf. »Wozu haben wir sonst Pferde?«

Sie setzte ihre Stute in Trab. Erstaunlicherweise funktionierte es ganz gut, vielleicht war es ein wenig wie Fahrradfahren, das man angeblich auch nie völlig verlernte. Ihr fiel auf, dass Luan sie musterte. »Du kommst ganz gut klar.«

»Und das auf einem Pferd, das *Mad Muffin* heißt. Leute, die solche Namen vergeben, sollten niemals Kinder bekommen.«

***

Sie kamen zügig voran. Ab und zu hielten sie für wenige Minuten an einem Bach, um die Pferde zu tränken, aber sie selbst rührten die Satteltaschen mit ihrer Verpflegung nicht an. Die Sonne malte lange Schatten, als Luan endlich beschloss, am Saum eines Waldes eine Rast einzulegen. Isabell nahm die Füße aus den Steigbügeln und schwang das rechte Bein zum Absteigen über den Sattel. Als ihre Füße am Boden aufkamen, wäre sie fast in die Knie gegangen und sie hielt sich ächzend den Rücken. Gekrümmt blieb sie stehen.

»Muskelkater?«, fragte Luan mit hochgezogener Augenbraue. Natürlich war er elegant vom Pferderücken geglitten, der Ritt schien ihn absolut nicht beeinträchtigt zu haben.

»Scheint so«, antwortete Isabell etwas gequält. Sie richtete sich so gerade wie möglich auf, zog der Stute die Zügel über den Kopf und band sie an dem Ast einer Birke fest. Sofort machte Mad Muffin sich an der Seite ihres Stallgefährten über das spärliche Gras her. »Muss man nicht den Sattelgurt lockern?«, wollte sie wissen.

»Lass es besser bleiben, kann sein, wir müssen schnell weiter. – Setz dich.«

Isabell stakste zu Luan, der es sich auf einem umgefallenen Baumstumpf bequem gemacht hatte und den Inhalt der Satteltaschen auspackte. »Ich bleib ganz gern stehen«, behauptete sie.

Um Luans Mund zuckte es, aber er reichte ihr kommentarlos ein Sandwich. Eine Zeitlang kaute sie stumm.

»Wie lange reiten wir denn noch?«, fragte sie schließlich.

»Bis kurz vor Einbruch der Dunkelheit. Es gibt hier mehrere Stationen für Wanderritte, um seine Pferde abzugeben. Normalerweise hätten wir unsere Etappe längst beendet, aber wir wollen ja so weit wie möglich Richtung Emminghofen. Hältst du das noch durch?«

»Wenn die Alternative laufen bedeutet, bleibt mir nichts

anderes übrig«, sagte Isabell. »Ich müsste sonst kriechen.«

»Noch drei Stunden, dann haben wir es geschafft und nehmen uns ein Zimmer.«

»Wie viel Bargeld hast du denn noch?«

»Nicht mehr ausreichend, allerdings kenne ich dort jemanden.«

»Lass mich raten. Die Tochter des Besitzers.«

»Ja, die auch, bloß ist sie momentan nicht gut auf mich zu sprechen und ich würde das gern so belassen – es verkompliziert die Sache sonst unnötig. Aber sie hat eine Schwester.«

»Du bist skrupellos!«

»Nicht, was du denkst. Sie ist viel zu jung. Und sie hat eine Schwäche für mich.«

»Wieso überrascht mich das nicht?«

Luan erhob sich, so dass sie ihm direkt in die Augen sehen konnte. Sie glitzerten beunruhigend. »Keine hat mir jemals etwas bedeutet. Ich dachte, das solltest du wissen.«

Isabell öffnete den Mund.

»Ich weiß«, unterband Luan ihre Erwiderung. »Es ist dir völlig gleich. – Und jetzt helfe ich dir aufs Pferd.«

Luans Einschätzung war richtig gewesen: Es dauerte tatsächlich ziemlich genau drei Stunden, bis sie auf dem Reiterhof eines malerisch gelegenen Dorfes einritten und die beiden Pferde abgeben konnten. Nach weiteren zehn Minuten erreichten sie ein schmuckes Fachwerkhaus, dessen Vorgarten üppig mit Blumen bepflanzt war. Inzwischen dämmerte es, sodass in manchen der Fenster Licht brannte.

»Warte mal kurz.« Schon schwang Luan sich über den niedrigen Eisenzaun. Er bückte sich und trat dann hinter einen der Ziersträucher. Gleich darauf ertönte ein klackerndes Geräusch an einer der Scheiben des ersten Stockwerks, nicht lange danach wurde das Fenster aufgestoßen und ein etwa dreizehnjähriges Mädchen spähte suchend nach unten. Isabell zog sich noch mehr in den Schatten zurück und hörte Luan wispern. Eine helle, aufgeregte Stimme erwiderte etwas, dann schloss die Kleine das Fenster und verschwand. Wenige Minuten später öffnete sich die

Haustür und Isabell wartete. Nach etwa einer Viertelstunde trat Luan so lautlos aus dem Dunkel, dass sie zusammenzuckte. »Hab den Schlüssel«, raunte er ihr zu. »Die Ferienwohnung liegt am Ende der Straße.«

Dankbar, dass es nicht mehr weit war, lief Isabell etwas gekrümmt hinter Luan her. Am schlimmsten schmerzte das Kreuz, aber sie spürte Muskeln an Stellen ihres Körpers, an denen sie nie welche vermutet hätte. Sie gelangten zu einem zweistöckigen Haus, in dessen winzigem Vorgarten ein Schild verkündete, dass noch Zimmer frei waren.

Luan sperrte die schwere Holztür auf und knipste das Licht an. »Die Treppe hoch links, Nummer 4.«

Isabell quälte sich hinter ihm her die ausgetretenen Stufen hoch. Er schloss die Zimmertür auf.

»Erst mal kein Licht«, sagte er und trat vor ihr ein. Im schwachen Schein der Flurlampe beobachtete sie, wie er sämtliche Rollläden komplett nach unten ließ. Gleich danach flammte das Licht auf. Isabell zog die Tür ins Schloss und ließ den Blick durch das gemütlich eingerichtete Zimmer schweifen. Es war in Wohn- und Schlafbereich unterteilt, außerdem gab es eine kleine Küchenzeile. Luan war im Bad verschwunden und Isabell hörte Wasser rauschen. Er tauchte im Türrahmen auf mit einem Handtuch in der Hand.

»Ich schlage vor, du badest erst mal, heißes Wasser hilft gegen Muskelkater. Ich lass dir grad welches in die Wanne und geh unter die Dusche.« Er warf ihr das Handtuch zu. »Hier steht eine Waschmaschine, schmeiß deine Sachen mit rein.«

Ohne ihre Antwort abzuwarten, schloss er die Tür hinter sich. Isabell zögerte einen Moment. Endlich aus den verdreckten Klamotten rauszukommen war verlockend, allerdings hatte sie dann nichts zum Anziehen für die Nacht als dieses Handtuch. Entschlossen legte sie die Kleidung ab und wickelte das weiche Badetuch fest um ihren Körper; zufrieden bemerkte sie, dass es von unterhalb der Achseln bis über die Oberschenkel reichte. Sie raffte ihre Sachen zusammen und klopfte an die Tür.

»Kannst rein«, rief Luan.

Isabell öffnete und spähte vorsichtig hinein. Erleichtert stellte sie fest, dass Luan sich ein Handtuch um die Hüften geschlungen hatte. Seinen Gürtel mit dem Schwert nebst ein paar Gegenständen aus seiner Hosentasche hatte er auf der Waschmaschine abgelegt. Er war gerade damit beschäftigt, Pulver in ein Fach zu kippen und Isabell musste grinsen. Sie stopfte ihre Wäsche in die Maschine und verzog sich aus dem Bad. Erschöpft ließ sie sich aufs Bett fallen und schloss die Augen. Sie lauschte auf das monotone Prasseln des Wassers, viel zu müde, um zu denken, und erlaubte ihrem Geist wegzudriften. Da spürte sie eine leichte Berührung an ihrer Schulter und fuhr hoch.

»Dein Bad ist fertig.« Er hatte sich über sie gebeugt und auf einmal war sie sich seiner Nähe allzu sehr bewusst. Sein Lächeln war atemberaubend. Schwarze, vor Nässe glänzende Haarsträhnen hingen ihm in die Stirn und Isabell hätte beinahe die Hand ausgestreckt, um sie zurückzuschieben. Stattdessen murmelte sie hastig ein »Danke« und verzog sich ins Bad. Energisch schloss sie die Tür hinter sich und versuchte dieses Bild von ihm aus dem Kopf zu bekommen: Halbnackt, mit perlenden Wassertropfen auf einer Haut wie Seide. *Seit wann reagierte sie auf diese Weise auf ihn?* Sie prüfte die Temperatur des Wassers – perfekt. Bevor sie in die Wanne stieg, unterzog sie die Waschbeckenablage einer kurzen Musterung: Zahnbürsten, Mini-Seifen, Lotion, Kamm, alles in Zellophan verschweißt. Sie würde das später benutzen.

Zuallererst ließ sie das Handtuch fallen und glitt mit einem tiefen Seufzer ins dampfende Wasser. Luan hatte recht, es würde die verspannten Muskeln lockern. Während sie sich wusch, dachte sie über ihn nach. Er ging ihr mehr unter die Haut, als sie es je für möglich gehalten hätte. Warum bloß waren ihre Gefühle für ihn auf einmal gekippt? Ihr Problem war vermutlich, dass Luan viel mehr zu bieten hatte, als einfach nur heiß auszusehen. Er konnte unglaublich nett, witzig und charmant sein und er hatte sie gerettet. Das war wohl eine Kombination, auf die sie irgendwie reagierte. Wütend über sich selbst seifte Isabell sich mit kräftigen Bewegungen ein. Sie würde unter keinen Umständen auf ihn hereinfallen, egal, wie oft er sie noch rettete. Er war es gewohnt, dass sich ihm alle Mädchen an den Hals warfen und eine Ausnahme weckte seinen Instinkt als Jäger. Vielleicht war er sich dessen nicht einmal bewusst und er glaubte wirklich, es ehrlich zu meinen. Eines durfte sie niemals vergessen: Er war ein professioneller Lügner. Und er hatte sämtliche Freundinnen fallenlassen, schneller, als diese *heiße Kartoffel* sagen konnten.

Erst als das Wasser deutlich abgekühlt war und sie allmählich zu frösteln begann, brachte sie es über sich, aus der Wanne zu steigen. Bevor sie das Badezimmer verließ, holte sie die Wäsche aus der Maschine und hängte sie über eine Wandhalterung. Vermutlich würde nicht jedes Teil bis zum nächsten Tag völlig getrocknet sein, aber bei den hochsommerlichen Temperaturen war das egal – Hauptsache sauber.

Sie fand Luan auf dem Bett hockend vor, wo er das schimmernde Schwert über seine Knie gelegt hatte und den Knauf sorgfältig mit einem Papiertuch polierte. Er sah auf und schenkte ihr wieder dieses beunruhigende Lächeln. Entschlossen, sich diesmal nicht aus dem Gleichgewicht bringen zu lassen, kroch sie neben ihm ins Bett. Dass er lediglich ein Handtuch trug, war nicht gerade hilfreich.

»Besser?«, fragte er.

»Viel besser. Ich hab's vom Primaten zum aufrechten Gang geschafft.«

Er deaktivierte sein Schwert und legte den Knauf auf dem Nachttisch ab. »Leg dich mal auf den Bauch.«

»Bitte, was?«

»Du bekommst jetzt eine Rückenmassage, die den letzten Rest der Verspannung vertreibt.«

»Ich glaube, das ist gar nicht notwendig«, widersprach sie etwas zu schnell und zu atemlos.

»Womit hast du ein Problem?«

»Mit nichts«, murmelte Isabell und streckte sich bäuchlings aus. Ihn so nahekommen zu lassen, war das Letzte, was sie tun sollte.

»Jetzt ist eigentlich nur noch deine Mumienverpackung im Weg.« Sie hörte an seiner Stimme, dass er sich über sie amüsierte.

»Ähm, dann guck mal weg.« Sie schälte sich aus dem Handtuch, schlang es zusammengelegt um ihre Hüften und legte sich rasch wieder auf den Bauch. »Fertig.«

»Gut.«

Sie fühlte seine Hände auf ihrem Nacken und schloss die Augen. Er fasste ihr feuchtes Haar zu einem lockeren Knoten zusammen und sie spürte einen Schauer ihr Rückgrat hinunterlaufen.

»Entspann dich.«

»Ich bin entspannt.«

»Bist du so was von überhaupt nicht.« Er fing an mit seinen schlanken Fingern ihre Muskeln zu kneten, was anfänglich ziemlich schmerzhaft war. Isabell stöhnte leise auf. Sie biss sich auf die Lippen, weil sie eine anzügliche Bemerkung erwartete, aber nichts dergleichen passierte. Er bearbeitete wortlos ihren gesamten Rücken, bis sie das Gefühl hatte, wie Butter in der Sonne zu schmelzen. Sie verkniff sich ein zufriedenes Seufzen. Er hatte unglaublich geschickte Hände. Unter anderen Umständen hätte sie diese Behandlung genossen, doch jetzt traute sie sich selbst nicht mehr. Es war erschreckend, wie ihr Körper auf seine Berührungen reagierte, er wurde vollkommen nachgiebig und ihre Nervenbahnen schickten ein himmlisches Kribbeln bis in die Zehenspitzen. Schließlich nahm er die Hände weg und sie war nicht sicher, ob sie enttäuscht oder erleichtert war.

»Fertig. *Jetzt* bist du entspannt.«

»Hmmm.«

Er lachte leise. »Ich dreh mich mal weg.«

Isabell setzte sich auf und drapierte ihr Handtuch sorgfältig wieder um sich. Dann ließ sie sich auf den Rücken sinken. »Falls du mal arbeitslos wirst, weiß ich, mit was du eine erfolgreiche Karriere starten kannst«, sagte sie betont locker, in der Hoffnung, ihre Verwirrung zu überspielen.

Mit einer schnellen Bewegung beugte er sich über sie und Isabell stockte der Atem. Doch strich er ihr lediglich eine feuchte Haarsträhne aus dem Gesicht. »Ich hab ja gesagt, ich habe Talente, von denen du noch nichts weißt.« Forschend betrachtete er sie, und sie hoffte inständig, einen gleichmütigen Eindruck zu machen. Offensichtlich war das nicht der Fall, denn ein merkwürdiges Licht glomm in seinen Augen auf. Er berührte ihre Wange, und ihr Herz machte einen Satz. Sein Daumen wanderte sacht über ihre Haut und zog die Kontur ihrer Lippen nach.

Ich muss ihm sagen, dass er aufhören soll, fuhr ihr durch den Kopf. Aber sie blieb stumm. Sie konnte nur auf seinen Mund starren, weil sie wissen wollte, wie es sich anfühlte, wenn er sie küsste.

»Du bist ziemlich durcheinander«, hörte sie seine Stimme, und es dauerte einen Moment lang, bis sie begriff. »Ich werde das nicht ausnutzen.« Er nahm seine Hand weg und legte sie entspannt auf sein Knie.

Isabell spürte, wie ihr die Hitze ins Gesicht schoss. *Was hätte sie da beinahe getan?* Sie angelte verlegen nach der dünnen Sommerdecke am Fußende des Bettes und zog sie bis zum Kinn hoch.

»Das ist auch besser so«, sagte sie und vermied es, ihn anzusehen. »Denn ich will das nicht.«

***

Luan stand am gekippten Fenster und starrte mit finsterer Miene in die Dunkelheit. Die Nachtluft war frisch, und doch war ihm viel zu heiß zum Schlafen in diesem Bett dicht neben ihr. Isabells Worte hallten in seinem Kopf nach. Wieso bloß war er auf den Gedanken gekommen, ihr eine Wahl zu lassen? Er hätte sie haben können, von dem Moment an, als sie ihn küssen wollte. Er war sich ihrer so sicher gewesen, die Anzeichen kannte er schließlich ganz genau. Wie sie ihn mit großen Augen angesehen hatte, auf ihn reagiert hatte – absolut eindeutig. Und dann hatte er gezögert, und prompt hatte sie diesen Rückzieher gemacht. Er fand einfach keinen Grund dafür. Oder war es möglich, sich komplett getäuscht zu haben? Hatte er eine Bereitschaft sehen wollen, die gar nicht da war? Ihren Atemzügen nach schlief Isabell ruhig und friedlich.

Er trat ans Bett heran und betrachtete sie. Die dünne Bettdecke war verrutscht, aber das lächerlich riesige Handtuch bewahrte sie vor seinen Blicken. Mondlicht ergoss sich hell über ihren entspannt ausgestreckten Körper und verlieh ihrer Haut einen milchweißen Schimmer. Eine Welle der Zuneigung erfasste ihn, eine Art von Zärtlichkeit, wie er sie nie für ein Mädchen empfunden hatte. Und er spürte etwas Merkwürdiges in sich, ein Gefühl, für das es in seiner Sprache keinen Namen gab. Er kannte es bereits im Zusammenhang mit Isabell, Menschen würden es wohl als Gewissen bezeichnet haben. Er war sich nicht bewusst gewesen, zu einer derartigen Empfindung fähig zu sein, schon gar nicht, wenn es darum ging, grundlegende Bedürfnisse zu befriedigen. Und auf einmal wusste er, dass es richtig gewesen war, sie nicht zu verführen. Vielleicht würde Isabell sich nie in ihn verlieben, das war ein Risiko, das er in Kauf nehmen musste. Er verspürte einen seltsamen Schmerz. Eine Zeitlang stand er reglos. Dann legte er sich neben sie und schloss die Lider.

***

Luan schwang die Beine über die Bettkante. Er hatte nicht sonderlich tief geschlafen und doch hatte er nicht mitbekommen, dass Isabell bereits aufgestanden war. Normalerweise wurde er beim kleinsten Geräusch wach, das ihm nicht vertraut war; einzig Gabriel konnte neben ihm lärmen und er schlief seelenruhig weiter. Isabell hockte mit hochgezogenen Beinen auf einem der Sessel und trug zu seinem Bedauern wieder Jeans und Shirt. Jetzt erst registrierte er, dass der Boden mit zerknülltem Papier bedeckt war und sie auf irgendetwas kritzelte, das in ihrem Schoß lag. Mit einem Satz war er aus dem Bett und stand neben ihr, er sah ihre erschrockenen Augen, als er ihr den Notizblock aus der Hand riss.

»Du sollst das Ding nicht ohne mich malen!«

»Aber du warst doch da!«

»Ich habe geschlafen! Denkst du, ich kann dich im Schlaf schützen?«

»Du hast selbst gesagt, es ist unwahrscheinlich, dass mir das Quantrém um die Ohren fliegt, wenn es aufgeht. Wenn dieses

Symbol die Chance ist, dass ich mein Leben zurückkriege, dann will ich es malen!«

Luan seufzte. »Warte mit sowas, bis ich wach bin und neben dir stehe. Kann ja sein, das Ding öffnet sich, saugt dich rein und du landest ganz allein auf dem Planeten, von dem ich stamme. Glaub mir, du würdest dir dringend den heißen Typen mit dem Schwert an deiner Seite wünschen.«

»Na gut. Es sieht allerdings nicht so aus, als liefe ich Gefahr, irgendwo zu landen.« Sie strich sich in einer genervten Geste eine braune Strähne aus der Stirn. »Es klappt einfach nicht. Ich habe keine Ahnung, wie ich dieses blöde Symbol zeichnen soll.«

Luan setzte sich zu ihr auf die Armlehne des Sessels und betrachtete ihre Versuche. Sie hatte das Quantrém mehrfach abgebildet und das fehlende Teil auf alle möglichen Arten ergänzt.

»Ich hab sämtliche überflüssige Schnörkel weggelassen und es komplett auf die Grundstruktur heruntergebrochen«, fuhr Isabell fort. »Es ist an der Mittelachse gespiegelt. Inzwischen lässt es sich ohne abzusetzen zeichnen, man muss die Linien nur an den passenden Stellen kreuzen und zusammenlaufen lassen, siehst du? An sich fühlt es sich richtig an, wie es jetzt ist. Ich glaube, dass mir ein schlichter Bleistift genügt, vermutlich könnte ich das notfalls sogar mit dem Finger in den Sand kritzeln oder einfach in die Luft. Aber das da …« Wütend klopfte sie mit der Bleistiftspitze auf eine kleine Lücke im oberen Viertel. »… das verdammte Ding widersetzt sich und ich hab wirklich keine Idee, was ich falsch mache. Es sieht so aus, als müsste man nur diese beiden Linien hier miteinander verbinden, aber das hab ich zigmal versucht, es tut sich absolut gar nichts. Es geht also nicht lediglich um die Fortsetzung des Musters, das fehlende Stück ist auch nicht gespiegelt, gekippt oder in einem bestimmten Winkel neu eingesetzt. Ich verstehe es einfach nicht, es folgt keiner Logik. Vielleicht muss man da was mathematisch berechnen, aber dann bin ich raus.«

»Nein, das denke ich nicht. Es könnte etwas ganz Simples sein, ein völlig anderer Lösungsansatz, auf den wir nur noch nicht gekommen sind.«

»Genau, ich hab es noch nicht zu tanzen versucht, falls du das meinst.«

Luan grinste. »Ein weiterer Grund, dass ich es keinesfalls verpassen darf. Ansonsten bin ich dann mal unter der Dusche.« Er setzte sich in Bewegung. Mit der Hand auf der Klinke drehte er sich noch einmal um. »Solltest du vor der Tür Geräusche hören, erschrick nicht. Antonia hat gesagt, sie besorgt uns Frühstück und stellt es draußen ab.«

Während Luan sich das Wasser auf die Haut prasseln ließ, grübelte er über Isabells Zeichnungen nach. Sie hatte akribisch jede erdenkliche Variation durchprobiert, allmählich glaubte er nicht mehr daran, dass sich das Quantrém so ohne weiteres mit ein paar Strichen heraufbeschwören ließ. Möglicherweise musste man völlig anders an die Sache rangehen – er hatte bloß absolut keine Idee, wie sie das anstellen sollten. Im schlimmsten Fall gab es eben keine Lösung dafür. Letztlich ging es ihm darum, Isabell zu retten, und das würde er so oder so.

Als Luan in Jeans und Shirt gekleidet zurück ins Zimmer kam, überriss er sofort, dass zu den zerknüllten Blättern auf dem Boden keine weiteren mehr gekommen waren. Isabell saß reglos und mit zusammengezogenen Brauen vor ihren Skizzen. Er holte eine raschelnde Papiertüte zur Tür herein, der ein köstlicher Duft nach Croissants und frischen, belegten Brötchen entströmte, und stellte sie auf dem Tischchen vor Isabell ab. Anschließend setzte er sich wieder neben sie und strich mit der Hand tröstend über ihre Schulter.

»Niederstarren hilft auch nichts. Lass gut sein.«

Isabell seufzte tief auf. »Ich weiß, dass ich ganz nah dran bin! Wieso klappt es nicht?«

»Wenn es so leicht wäre, hätten die Kier das längst hinbekommen. An diesem Symbol haben sich unsere besten Wissenschaftler versucht. Jeder Schwung, jeder Winkel wurde genau berechnet und sie haben es in allen erdenklichen Varianten entstehen lassen. Sie haben auch schon probiert, es durch einen Computer zu generieren, der mit sämtlichen Daten darüber gefüttert wurde. Er hat bei jedem Versuch einen unbekannten Fehler gemeldet.

Denen, die das Quantrém erschaffen haben, ging es nicht um eine coole Challenge. Vielleicht haben sie dafür gesorgt, dass niemals eine Spezies außer ihrer eigenen in der Lage sein wird, das Quantrém zu öffnen.«

»Wie meinst du das?« Isabell sah ihn mit großen Augen an. »Ich dachte, das Ding stammt von euren Vorfahren und euch ging einfach nur das Wissen darüber verloren?«

»Von unseren Vorfahren stammt das genauso wenig wie alles andere, mit dem wir auf die Erde geflohen sind. Nichts davon war unsere Technologie. Wir haben sie uns nur … angeeignet.«

»Oh. Dann fehlt euch also jegliche Befugnis, das Quantrém zu öffnen! Kein Wunder, dass es nicht klappt.«

»Befugnis!« Luan musste grinsen. Isabell war niedlich, wenn sie ihn so entrüstet anguckte. Er war wieder versucht, sie zu berühren und einfach zu küssen, ihr Gesicht war ganz nah, er müsste sich dazu nur etwas über sie beugen … Im letzten Moment unterdrückte er diesen Impuls, vielleicht auch, weil er das Risiko nicht abschätzen konnte. Stattdessen beschränkte er sich darauf, ihr tief in die Augen zu sehen. »Wir brauchen es, wir wollen es, wir nehmen es uns. *Das* ist unsere Befugnis.«

Isabell schluckte, doch hielt sie seinem Blick stand. »Ich habe fast vergessen, wie sehr das zu eurer Spezies passt. Ich meine, weil ihr parasitär seid.« Sie biss sich auf die Lippen. »Das sollte jetzt keine Beleidigung sein.«

»Aber nein, es ist keine Beleidigung. Wir sind, was wir sind. Verrate mir, was uns mit dieser Einstellung so stark von euch unterscheidet.«

Isabell legte die Stirn in Falten. »Es stimmt, eine Menge Menschen leben tatsächlich so, dass sie sich einfach nehmen, was sie wollen«, räumte sie nach kurzem Zögern ein. »Nur heißt das nicht, dass das richtig ist. Es gibt so etwas wie ein Gewissen.«

»Ja.« Luan erhob sich. »Glaub mir, das hab ich kennengelernt.«

7

»Hast du einen Plan, wie es weitergeht?«, erkundigte sich Isabell, als sie nach einem ausgiebigen Frühstück neben Luan auf die Straße trat.

»Ich habe immer einen Plan«, antwortete er. »Antonias Schwester wird uns mitnehmen.«

»Die, die nicht so gut auf dich zu sprechen ist?«, fragte Isabell irritiert.

»Genau die. Sie wird es deshalb nie erfahren.« Er stoppte vor dem mit dichtem Efeu berankten Carport am Haus seiner Gastgeber, unter dem der kleine blaue Lieferwagen wie bereits am gestrigen Abend parkte. Er war perfekt für ihre Zwecke, da sein Laderaum durch eine Sperrwand zum Fahrerbereich abgetrennt war und Blecheinsätze anstelle von Glasfenstern aufwies. Luan umrundete das Fahrzeug, fasste an den Griff der Tür im Heck – wie erwartet war das alte Vehikel nicht abgesperrt. Die Ladefläche war leer bis auf einen mit Gurten gesicherten Stapel Plastikboxen und zur Rückgabe vorgesehene Getränkekästen. Er ließ Isabell ins Innere schlüpfen, dann folgte er und zog die Tür zu.

»Nicht sehr komfortabel«, sagte er entschuldigend. »Aber Antonia hat erzählt, Vicky und ihr Vater kaufen heute bei einem Lebensmittelgroßhandel ein. Sie werden uns direkt nach Emminghofen bringen, in einer guten Stunde sind wir dort.«

Sie hockten sich im hintersten Winkel auf den Boden und mussten nicht lange warten, bis die Karre sich in Bewegung setzte.

»Ich hatte schon befürchtet, dass jemand noch etwas einladen will«, seufzte Isabell erleichtert. »Du wärst ja safe gewesen, aber ich kann mich nicht unsichtbar machen.«

»Es hätte mir nichts genützt, das sind nämlich Jaskier.«

»Oh.«

Trotz der schlechten Lichtverhältnisse konnte Luan an

Isabells Miene erkennen, dass sie verlegen war.

»Überrascht?«

»Nicht so wichtig.«

»Du kannst es ruhig zugeben. Du hast geglaubt, ich suche mir Menschen als leicht zu beeindruckende Beute.«

»So in der Art«, murmelte Isabell.

Luan schnaubte. »Keine gehörte zu der naiven Sorte. Das wäre ziemlich unfair gewesen, meinst du nicht?«

»Ja, genau das meine ich.«

»Du hast mir das wirklich zugetraut?«

Sie blieb ihm die Antwort schuldig und das war Antwort genug.

»Das Einzige, was ich gesucht habe, war Entspannung nach einem anstrengenden Tag«, versuchte er ihr zu erklären. »Ich habe nie vorgespielt, eine Beziehung zu wollen. Jede Einzelne wusste das und war einverstanden. Ich habe keine nach ihrem guten Charakter ausgesucht. Im Gegenteil. So fiel es mir leichter, sie wieder loszuwerden.«

»Wenn du genug von ihnen hattest.« Isabell klang empört.

»Sobald sie anfingen, mehr zu wollen.«

»Weil sie sich verliebt hatten.«

»Das schließe ich nicht aus.«

Die Wendung, die das Gespräch nahm, gefiel Luan nicht. Isabell hatte vollkommen richtig gefolgert: Ausnahmslos alle hatten sich in ihn verliebt – und das wohl recht heftig. Sie waren ihm derart egal gewesen, dass ihm das erst jetzt voll und ganz bewusst wurde. Kein Wunder, dass Isabell so distanziert war, sie musste ihn für einen ziemlichen Arsch halten. Es blieb ihm nur, sie zu überzeugen, dass es ihm mit ihr absolut ernst war. Das würde alles andere als leicht werden. Über die Probleme, die man ihnen wegen einer ernsthaften Beziehung in den Weg legen würde, wollte er lieber nicht nachdenken. Wieder einmal meldete sich dieses lästige Gefühl namens Gewissen. Er beschloss, es zu verdrängen. Solange sie keine Beziehung hatten, war das ganz und gar irrelevant.

An den Geräuschen, die von draußen zu ihnen drangen, und

am Fahrverhalten des alten Lieferwagens merkte Luan, dass dieser die Landstraße nach einer geraumen Weile verließ und nun endlich auf den Parkplatz des Lebensmittelgroßhandels zockelte.

»Halt dich bereit«, wies er Isabell an und erhob sich. »Sobald sie eingeparkt haben, verschwinden wir.«

Sie kauerten im Heck, während die Karre im Schneckentempo dahinkroch und schließlich der Motor erstarb. Luan ließ Isabell als Erste hinausschlüpfen, dann folgte er und schlug die Tür wieder zu. Er fasste ihre Hand und rannte mit ihr über den Parkplatz. Letztlich war es nicht relevant, ob Vicky oder ihr Vater sie jetzt noch entdeckten, sie waren am Ziel. Von hier aus war es nur ein Katzensprung in die Innenstadt.

Emminghofen war eine bei Touristen beliebte Kleinstadt, deren mittelalterlicher Stadtkern einst von einem trutzigen Mauerring vollständig umschlossen gewesen war. Heute erinnerten nur noch Fragmente an dessen Vorhandensein, und eine Reihe von Geschäften lockten Einheimische wie Besucher an. Ein idealer Ort, um in der Menge unterzutauchen. Er verzog sich mit Isabell in eine der schattigen Nischen der alten Stadtmauer, wo herabhängende Ranken Wilden Weins sie vor fremden Blicken schützten. Kommentarlos öffnete Luan seinen Gürtel. Isabells verdutzte Miene ließ ihn grinsen, aber er verkniff sich eine Bemerkung. Er zog ihn ein Stück aus der Jeans und entnahm einem kleinen Geheimfach der Innenseite einen Notgroschen, danach schob er den Gürtel zurecht und schloss ihn.

»Shoppingtime«, sagte er und ließ das funkelnde Steinchen in der Hosentasche verschwinden.

»Das war ein Diamant! Ein ziemliches Vermögen!«

»Ein Brillant, der ist nämlich auf eine besondere Art geschliffen. Wir werden ihn gleich in Bares tauschen, das reicht fürs Erste, aber fürs Ausland werde ich noch was besorgen.«

»Du würdest tatsächlich alles aufgeben und mit mir ins Ausland gehen?«, fragte Isabell. »Könntest du je wieder nach Hause? Oder verlierst du dann alles?«

»Das ist jetzt nicht von Bedeutung«, wiegelte Luan ab.

»Entscheidend ist: Willst du ständig auf der Flucht sein? Wenn du das Symbol nicht hinbekommst, gibt es keinen Deal und wir haben keine andere Wahl. So oder so wäre es wichtig herauszufinden, wer hinter dir her ist.«

Isabell runzelte die Stirn. »Meinst du, das wäre möglich?«, fragte sie zögernd.

»Ja. Indem wir ihnen eine Falle stellen. Wir bieten ihnen etwas, dem sie nicht widerstehen können.«

»Und was?«

»Die Chance, uns zu schnappen. Wir servieren uns ihnen scheinbar. Und schauen nach, wer zu Besuch kommt.« Luan schob ein paar Weinreben zur Seite und ließ Isabell auf die sonnenbeschienene Gasse schlüpfen. »Denk mal drüber nach. Und lass es uns später in Ruhe besprechen.«

»Aber ich will keinesfalls, dass du –«

»Es geht nicht um mich. Du sollst dir überlegen, was du zu riskieren bereit bist. Momentan haben sie unsere Spur verloren. Wir müssten sie wieder ziemlich nahe herankommen lassen.«

Zwei Stunden später betraten sie mit etlichen Papiertaschen beladen ein Hotelzimmer. Isabell ließ sich mit einem Aufseufzen in den Sessel sinken und schloss die Augen.

»Erschöpft?«, fragte Luan mit einem leisen Lächeln. »Du hast genau fünfunddreißig Minuten zum Erholen, dann treffen wir deine Freundin.«

»Nein, erschöpft nicht so sehr.« Isabells Mundwinkel verzogen sich zu dem kläglichen Versuch, sein Lächeln zu erwidern. »Eher beunruhigt, weil du für mich so viel auf dich nimmst. Das ist eine Schuld, die ich niemals begleichen kann.«

Luan trat dicht an Isabell heran, sodass ihre Beine aneinanderstießen. Er stützte eine Hand an der Rückenlehne ab, beugte sich vor und blickte sie eindringlich an.

»Du schuldest mir gar nichts. Ich erwarte auch nichts von dir. Ich helfe dir, das durchzustehen, das ist alles. Einfach, weil ich das so will.«

Isabell schluckte. »In Ordnung«, flüsterte sie.

Luan richtete sich auf und begab sich ohne ein weiteres Wort ans Fenster. Er hatte das leicht heruntergekommene Hotel wegen seiner Lage gewählt, das Zimmer bot einen Blick auf den *Blauen Affen* auf der gegenüberliegenden Straßenseite, und er hielt eine Weile Ausschau nach etwas Verdächtigem. Isabell verschwand inzwischen im Badezimmer und tauchte schließlich in einer neuen Shorts wieder auf, die sie mit einem schlichten Neckholdertop kombiniert hatte.

»Ich wär dann soweit«, teilte sie ihm mit.

Der *Blaue Affe* war eine gut besuchte Künstlerkneipe mit riesigen Gemälden an den Wänden und einer Bühne, auf der wenig bekannte Musiker für noch weniger Gage auftraten. Am meisten los war gegen Abend, aber auch jetzt am Nachmittag fand sich hier ein bunt gemischtes Publikum jeden Alters. Die Menschen, die sich von der Atmosphäre anziehen ließen, waren völlig ahnungslos, was die wahre Herkunft des Gros der Stammgäste betraf. Der *Blaue Affe* war ein Treffpunkt der Jaskier.

Während Luan sich mit Isabell einen Platz in einer Nische auf einem der abgewetzten Brokatsofas suchte, quälte ein Musiker sein Saxophon, was die meisten Leute nicht hinderte, sich lautstark zu unterhalten.

Von Mia war noch nichts zu sehen und Isabell schaute sich interessiert um.

»Das da ist ziemlich … schräg.« Sie deutete auf ein Acrylbild im expressionistischen Stil und düsteren Farben direkt hinter ihnen an der Wand.

»Du meinst schlecht«, verbesserte Luan mit gequältem Blick und entzifferte das Schildchen darunter. »Es heißt ja auch *Die Geburt des Schmerzes*. Auf alle Fälle hat der Maler das Thema getroffen.«

Isabell kicherte. »Ich kann mir nicht vorstellen, dass er großartigen Erfolg hat.«

»Vermutlich nicht, sonst würde er nicht so deprimierendes Zeug malen. Wie findest du übrigens den Druck da drüben?« Er deutete auf ein großformatiges Bild in der Nähe der Bar.

»Die Wasserschlangen. Ich mag Klimt. Aber ich hätte ihn nicht grad hier drin erwartet.«

»Liegt daran, dass er einer von uns war.«

»Wirklich?«

Sie sah niedlich aus, wenn sie ihn so fassungslos ansah.

»Kunst zieht uns an. In jeder Hinsicht. – Willst du schon mal bestellen?«

»Äh, ja.« Isabell blätterte kurz in der abgegriffenen Karte. »Was ist ein Kier Royal? Egal, ich nehme einen Eiskaffee.«

»Falls dir was seltsam vorkommt – lass es dir nicht anmerken«, warnte Luan Isabell und winkte die junge rothaarige Bedienung an ihren Tisch.

Isabell schaute ihn fragend an, dann wanderte ihr Blick zu Bernice. Luan beobachtete mit einem Grinsen, wie sie ungläubig blinzelte; gleich darauf hatte sie sich wieder im Griff und gab ihre Bestellung auf.

Bernice wandte sich an Luan. »Kaffee, schwarz, wie immer?«

»Richtig«, bestätigte er.

Sie schenkte ihm einen tiefen Augenaufschlag. »Ansonsten irgendeinen Wunsch?«

»Ja. Ist José da?«

»Im Hinterzimmer.«

»Dann hol ihn her.«

»Er ist beschäftigt.«

»Ist er immer, das tut nichts zur Sache.«

»Er will jetzt nicht gestört werden. Ausdrückliche Order …« Sie hielt dabei die Stimme gesenkt, als habe sie soeben ein Staatsgeheimnis preisgegeben.

»Sag ihm einfach meinen Namen.«

»Na schön. Kann ich sonst noch was für dich tun?«

»Nein. Das war alles.«

Bernice zuckte die Schultern und stöckelte davon.

»Sie hat Augen wie ein Reptil!«, flüsterte Isabell eine Spur zu laut. »Sag, dass das Kontaktlinsen sind.«

»Sind sie nicht. Offenbar nimmt deine Wahrnehmungsfähigkeit zu.«

»Aber wieso hat sie Reptilienaugen?«

»Weil sie wechselwarm ist. Sie gehört nicht zu den Kier.«

Isabell japste auf. »*Wechsel-was?* Warum hast du mich nicht vorgewarnt?«

»Hab ich doch. Als meine Vorfahren vor dem Krieg flohen, waren sie nicht die einzige Spezies, die es auf die Erde geschafft hat. Die Skeksis sind harmlos und haben die Fähigkeit, ihre auffälligen Merkmale vor den Menschen zu verbergen. Bloß bei dir klappt das anscheinend nicht so.«

»Was hast du mir denn noch so verheimlicht an merkwürdigen Spezies?«, fragte Isabell.

»Ich hätte ja getippt, dass du den Barkeeper mit den Tentakeln als Erstes bemerkst. Die fallen nämlich richtig auf.«

»Tentakel«, sagte Isabell schwach und schielte unauffällig zur Bar.

»Er mixt erstklassig.«

»Kein Wunder. Sag mal, die Japaner im Dirndl da drüben sind in Wirklichkeit …«

»Japaner.«

»Oh. Und für andere Menschen sieht das hier alles normal aus?«

»Ja. Ich würde gern mal diesen Navarra interviewen, was genau er mit dir angestellt hat. – Da kommt José, er wird uns mit dem Problem Mia weiterhelfen. Entschuldige mich für ein paar Minuten.«

Luan ging auf den dunkelhaarigen Jaskier zu, der aus einer unauffälligen Tür neben der Bar getreten war, und begrüßte ihn. Sie suchten sich einen Platz am Tresen, von wo aus Luan die Eingangstür und Isabell im Auge behalten konnte. Er wusste, wie wenig Wert José auf überflüssigen Smalltalk legte und kam gleich zur Sache, indem er in knappen Sätzen die Situation schilderte, ohne jedoch das Quantrém oder Isabells Rolle dabei zu erwähnen.

»… Ich brauche also Personenschutz für ein Mädchen, außerdem Leute, die sich um diesen Drakier kümmern. Und ihn notfalls entsorgen.«

Der Jaskier lächelte so breit, dass einige Goldkronen im Mund aufblitzten. »Entsorgen ist ein so hässliches Wort. Sagen wir, ich nehme dir ein paar Sorgen ab. Ich vermute mal, bei dem fraglichen Mädchen handelt es sich nicht um die Kleine dort drüben?«

»Du vermutest richtig. Es geht um ihre Freundin Mia, sie müsste jeden Moment auftauchen.«

José zwinkerte ihm zu. »Die dort sieht auch aus, als würdest du dich gern selbst kümmern wollen.« Dann wurde er plötzlich ernst und musterte Luan eindringlich. »Ich nehme doch an, ich ziehe mir keinen Ärger mit der Orga zu?«

»Das Ganze ist eine Privatangelegenheit. Mia ist eher versehentlich ins Schussfeld geraten.«

»Ab wann soll es losgehen?«

»Ab dem Moment, wo sie den *Blauen Affen* wieder verlässt.« Sein Blick ging zur Tür. »Das ist sie.«

Zwar hatte Luan Mia nie zuvor getroffen, doch ihre auffälligen, wie explodiert wirkenden braunen Ringellöckchen machten sie unverkennbar. Allerdings hatte er über alles, was Isabell betraf, so gründlich recherchiert, dass er ihre Freundin auch an der Form ihres Bauchnabels erkannt hätte.

»Betrachte es als erledigt.« José verabschiedete sich mit einem kräftigen Handschlag.

Luan blieb noch einen Moment lang stehen und beobachtete, wie sich das Mädchen zwischen den Tischgruppen zu Isabell durchschlängelte und dabei fast einen Stuhl umstieß. Sie hielt eine Plastikbox in der Größe eines kleinen Wäschekorbes umklammert, aus der ein protestierendes Maunzen drang. Energisch stellte sie die Box auf dem Tisch ab und fiel ihrer Freundin um den Hals, wobei sie hohe Quietschgeräusche von sich gab. Unwillkürlich musste Luan an einen glücklichen Golden Retriever denken. Atemlos sank Mia neben Isabell auf das plüschige Sofa und schaute sich suchend um. Luan schlenderte auf die beiden Mädchen zu und sah Mias Augen groß werden. Ihre Lippen formten etwas wie ein gehauchtes *»O mein Gott.«*

Luan setzte sein seriöses Lächeln auf und stellte sich vor. Mia begrüßte ihn mit einem wissenden, breiten Grinsen. Sie deutete auf die Box, aus der Luan ein gelbes Augenpaar anfunkelte.

»Ich dachte, ich schaff es nicht rechtzeitig, ich musste mit E.T. zum Tierarzt, weil er was Komisches gefressen hatte.«

»E.T. – Netter Name für eine Katze«, bemerkte Luan trocken.

»Kater. Meine Schwester hat ihn so genannt, weil er sich manchmal total durchgeknallt verhält, zum Beispiel steht er auf Kabel und zernagt die wie ein Kaninchen.«

»Vorurteile, wohin man schaut.« Er erntete einen etwas verwirrten Blick von Mia, wohingegen Isabell ein Kichern unterdrückte.

»Was ist eigentlich mit deinem Handy, ich kann dich nicht erreichen?«, wollte Mia wissen.

»Das funktioniert grad nicht«, antwortete Isabell. Sie wurden von Bernice unterbrochen, die zum Servieren an ihren Tisch kam und Mias Bestellung aufnahm. Luan beobachtete, dass Isabell nach Anzeichen suchte, ob Mia deren Reptilienaugen erkennen konnte, aber natürlich war diese dazu nicht in der Lage. Der Kater hingegen zog sich in die Ecke seiner Box zurück und fauchte. Bernice fixierte ihn mit ihren goldenen lidlosen Augen und ließ ein Zischeln hören, viel zu leise für menschliche Ohren.

Mia atmete hörbar aus. »E.T. ist immer noch ganz durch den Wind. Ich fürchte, ich kann nicht lang bleiben.«

»Ja, E.T. will eindeutig nach Hause«, sagte Luan.

»Kannst du mal kurz auf ihn aufpassen?« Sie blickte ihn bittend an. »Ich will mich bloß schnell frisch machen. Isabell, kommst du mit?«

Luan wartete, bis die beiden in die Kneipe durchquert und hinter einer Tür zum Flur verschwunden waren.

»Nicht aufs Mutterschiff wegbeamen«, sagte er zu dem Kater und folgte den Mädchen. Er hatte nicht die Absicht, Isabell völlig unbeaufsichtigt zu lassen, auch wenn es vermutlich paranoid war, dass ihr jemand im Klo auflauerte.

Er blieb im Flur, von dem zwei Türen zu den Toilettenräumen führten. Die eine trug die Aufschrift *Bla*, die andere *Blablablablabla*. Wasser rauschte, und dann drang Mias aufgeregt schnatternde Stimme zu ihm.

»Wow, der Typ ist ja wirklich unfassbar heiß! Was macht diese Sache mit ihm nun so kompliziert? Du hängst die ganze Zeit mit ihm rum, also muss er echt nett sein. Und er ist definitiv in dich verknallt, ich hab ein Gespür für so was.« Mia seufzte vernehmlich. »Und damit wären wir bei der Millionenfrage: Stehst du auf ihn?«

»Ähm, ich mag ihn.«

Mia stöhnte theatralisch. »Du *magst* ihn? Sag bitte nicht, dass du den schönsten Mann des Universums abblitzen lässt, ich trau es dir zu.«

»Du weißt, dass mir Aussehen nicht wichtig ist.«

»Ich weiß! Also, *ich* wüsste, was ich täte. Er hat nicht zufällig einen Bruder?«

»Nein, glaub nicht.«

»Eine Schande. Solche Gene gehören vermehrt. Ist dir überhaupt aufgefallen, wie er dich angesehen hat, mit diesem Funkeln in den Augen? Ich garantiere dir, das war nicht jugendfrei.«

»Du bist unmöglich!«

Mia lachte. »Übrigens … er wirkt nicht, als hätte er einen Herzfehler.«

Luan verdrehte die Augen und richtete seinen nicht jugendfreien Blick an die Decke.

»Nein, das mit dem Herzfehler war ein Missverständnis, er hat keinen.«

Mias Stimme klang, als würde sie grinsen. »Na, das ist doch vielversprechend …«

Luan hörte Isabell etwas protestierend murmeln und beschloss, dass es Zeit war, zu verschwinden. Er setzte sich zurück an den Tisch, wo ihn der Kater mit einem vorwurfsvollen Maunzen empfing.

»Schon gut, Kumpel, dein Gefängniswärter ist gleich mit der Inquisition fertig und nimmt dich mit, und dann kannst du weitermachen mit dem Kabelzernagen.«

»Gehört der dir?«

Luan blickte direkt in einen tiefen Ausschnitt.

Push-up Mogelpackung C-Cup, meldete sein Gehirn automatisch und er schaute rasch höher in das Gesicht einer Rothaarigen, die sich gekonnt zu ihm gebeugt auf die Tischplatte stützte.

»Der Freundin meiner Freundin«, antwortete Luan betont abweisend.

»Oh. Schade.« Sie schürzte enttäuscht die Lippen und zog ab, gerade als Isabell und Mia wieder auftauchten.

Mia plumpste neben Isabell aufs Sofa und grinste. »Mühe, den Tisch freizuhalten?«

Luan lächelte. »Liegt an deinem Kater.«

»Klar.« Sie schaute von Luan zu Isabell. »Wo habt ihr beide euch eigentlich kennengelernt?«

»Vor Isabells Wohnung«, sagte Luan, während Isabell »Im *Abwärts*« antwortete. Sie biss sich auf die Lippen.

»Sie meint«, erläuterte Luan mit unschuldigem Blick, »ich bin ihr bereits im *Abwärts* aufgefallen, sie sah immer wieder zu mir rüber. Angesprochen hat sie mich dann aber vor ihrer Wohnung.«

Isabell funkelte ihn an.

»*Du* hast ihn *angesprochen*?«, fragte Mia ungläubig.

»Ja. Er wirkte ein wenig desorientiert, ich hab mir Sorgen gemacht«, konterte Isabell.

»Ich hab sofort gespürt, dass sie mich mag. Na ja, sie konnte es auch kaum verbergen.« Luan wich unter dem Tisch geistesgegenwärtig einem Tritt aus. »Also hab ich sie eingeladen«, fügte er hinzu.

»Wow, und du hast einfach angenommen? Das ist echt untypisch für dich.«

»Manchmal stimmt eben die Chemie«, kam Luan Isabell zuvor.

»Das muss an den gemeinsamen Interessen liegen.« Sie lächelte süß.

Die nächste halbe Stunde fühlte Luan sich wie ein seltenes Bakterium unter dem Mikroskop, denn Mia begann, ihn einer intensiven Befragung zu unterziehen. Ihm war klar, dass sie nachforschte, ob irgendwo ein Haken zu finden war. Allmählich kam er ins Grübeln, welche üblen Erfahrungen Isabell mit ihrem

Ex gemacht hatte. Wenn Mia ihn nicht gerade testete, quasselte sie fast ohne Luft zu holen, und er bedauerte jetzt schon den armen Kerl, der auf sie angesetzt war. Er überlegte, was sie wohl allein zu Hause tat. Vermutlich redete sie mit ihren Pflanzen und wunderte sich, wieso alle nach kurzer Zeit eingingen.

***

E.T.s Abneigung gegen Bernice war der Anlass, dass Mia frühzeitig aufbrach. Sobald die Bedienung auch nur in die Nähe kam, randalierte er in seiner Box und die übrigen Gäste begannen anklagende Blicke herüberzuwerfen. Als Mia mit dem Kater den Blauen Affen verließ, erhob sich ein Mann, der bislang an der Theke gesessen hatte, und folgte ihr.

»Ihr Schatten«, erklärte Luan. »Du brauchst dir keine Sorgen um sie zu machen, sie ist safe. Und du musstest ihr nicht mal vorspielen, dass zwischen uns was läuft. Schade eigentlich, ich hätte gern zu Demonstrationszwecken mit dir rumgeknutscht.«

Isabell musste lachen. Sie beugte sich zu ihm und legte ihre Hand auf seine. »Danke.« Dann ließ sie sich in das plüschige Sofa zurücksinken und seufzte. »Könnte dieser José nicht auch etwas zu unserem Schutz tun?«

»Du bist ein viel zu heißes Eisen. José macht grundsätzlich sein eigenes Ding, aber wenn er herausbekommt, weswegen die Orga dich haben will, weiß ich nicht, auf welche Seite er sich schlägt. Und solange ich keine Ahnung habe, wer hinter all dem steckt, vertraue ich nur Gabriel.«

»Ich habe es mir überlegt. Du hattest gefragt, ob ich immer nur weglaufen will oder herausfinden, wer der Verräter ist. Ich bin dafür, dass wir ihm eine Falle stellen.«

»Gut. Aber wir sollten das nicht jetzt besprechen«, war Luans knappe Antwort. Er beobachtete die Ankunft einer Gruppe etwa gleichaltriger Jaskier, die sich einen Platz ganz in der Nähe suchten.

»Was meinst du, wann Gabriel auftaucht?«

»Schwer zu sagen, er muss ein paar Leute abhängen und seine Spuren verwischen. Spätestens bis zum Abend dürfte er es geschafft haben.« Er sah Isabells besorgte Miene. »Mach dir keine Gedanken, Gabriel kommt immer durch. Und dreh dich nicht alle halbe Minute zur Tür um, ich hab sie im Blick und einen Teil der Straße auch. Der Hinterausgang ist sowieso von Josés Männern bewacht. Entspann dich.«

Isabell lächelte kläglich. »Sagst du so leicht, ich kann nicht umschalten. Es ging besser, als Mia da war, das war so … normal. Einfach nur belangloses Zeug reden, ich hab dabei ganz vergessen, wie viel Angst ich habe.«

»Dann lass uns über etwas Belangloses reden.«

»Mein Kopf ist grad wie leergefegt, frag mich einfach was.«

»Besser nicht.«

»Wieso denn nicht?«

»Es gibt momentan nur eine Frage, die ich dir gern stellen würde, und die würde dich noch viel nervöser machen.«

»Jetzt will ich sie auf alle Fälle wissen!«

»Glaub mir, du willst sie nicht wissen.«

»Du wolltest ehrlich zu mir sein, dazu gehört, dass du mir Fragen stellst, die dich beschäftigen. Also los.«

»Was war mit Nico.«

Isabell starrte ihn entsetzt an. »Nico?«

»Dein Ex.« *Der dämliche Arsch, wegen dem du keine Beziehung willst.*

»Woher weißt du von Nico?«, fragte Isabell. Sie war blass geworden.

»Sein Name steht in deinem Profil. Und dass ihr vor einem dreiviertel Jahr zwei Monate lang zusammen wart. Ansonsten keine Details.«

»Oh. Ach so.« Sie sah erleichtert aus und Luan wusste wieso. Er zögerte kurz, dann entschloss er sich für die volle Wahrheit.

»Und Mia hat ihn am Telefon erwähnt.«

Isabell schloss die Augen. »Das ist … peinlich.«

»Nichts daran ist peinlich. Wie könnte es das? Er ist in mehrfacher Hinsicht ein unglaublicher Idiot und er hat dich offensichtlich verletzt.«

»Ich bin vermutlich selbst schuld, dass es nicht funktioniert hat.«

»Willst du es mir erzählen?«

»Nein.«

»Vielleicht ginge es dir dann besser.«

»Es geht mir gut.«

Luan bezweifelte es, denn ihre Stimme klang belegt. Er setzte sich neben sie aufs Sofa und legte vorsichtig den Arm um sie.

»Ich bin für dich da.«

»Luan«, flüsterte Isabell. Dann lehnte sie den Kopf an seine Schulter und schluchzte leise. Der Wunsch flammte in ihm auf, ihr jeglichen Schmerz nehmen zu können. Er zog sie näher an sich und strich ihr zart über den Rücken. Unwillkürlich fragte er sich, ob er jemals auf diese Weise ein anderes Mädchen im Arm gehalten und getröstet hatte. Er erinnerte sich nicht. Sie schmiegte sich an ihn, was ein gutes Gefühl war, warm und vertraut, und allmählich entspannte sie sich.

Schließlich löste Isabell sich von ihm und wischte sich mit dem Handrücken die feuchten Spuren von den Wangen. Er reichte ihr eine Papierserviette, die sie mit einem dankbaren Lächeln entgegennahm.

»Geht wieder. Ich weiß nicht, was das war«, entschuldigte sie sich.

»Schon gut. Dazu hat man Freunde.«

Sie sah ihn überrascht an, als nähme sie etwas an ihm wahr, das ihr noch nie aufgefallen war.

»Ja. Stimmt.« Sie schenkte ihm ein bezauberndes Lächeln und Luan spürte eine Woge der Zuneigung sein Herz überfluten.

Ein Räuspern links von ihnen ließ Isabell sichtlich erschrocken den Kopf wenden.

»Ich möchte nicht stören, aber ich könnte ein schleimiger Mutantenwiderling sein, der euch hinterhältig den Kaffee wegtrinkt, und meinem besten Freund würde das nicht auffallen.«

Luan wandte sich mit einem Grinsen Gabriel zu, der auf einem Stuhl ihnen gegenüber Platz genommen hatte, die Beine lang von sich gestreckt. »Ich hab dich schon reinkommen sehen, aber ich war beschäftigt.«

»Ja, mit Isabell anstarren. Hallo übrigens.« Gabriel zwinkerte ihr zu. »Ich hoffe, er hat sich anständig benommen.«

»Hat er.« Isabell strahlte ihn erleichtert an. »Ich bin so froh, dass du es hergeschafft hast.«

Luan beugte sich über den Tisch und griff in Gabriels blonde Locken. »Frag jetzt besser nicht, wie. Es war wohl ein wenig unrühmlich.« Er entfernte einen schillernden Ohrclip und hielt ihn Gabriel unter die Nase. »Extravagante Tarnung diesmal, Goldlöckchen, ich erahne schaudernd, wie der Rest aussah. Bist du sicher, du hast sie damit abgeschüttelt?«

»Seit wann hältst du mich für einen Dilettanten?«, fragte Gabriel ungerührt. »Darf ich dich an das nachtblaue Paillettenkleid erinnern? Sah scharf aus, besonders zu rabenfederschwarzem Haar, mein Lieber. Du kannst ihn übrigens behalten.«

»Nur, wenn du noch den passenden Lippenstift dazu hast.«

Gabriel griff in die Hosentasche seiner Jeans. »Hier.« Er legte ihn auf der Tischplatte ab. »Kussecht.«

»Getestet?«

»Frag nicht.«

»*Hat Charme,* sagt man wohl zu so etwas.« Gabriel sah sich aufmerksam in dem schäbigen Hotelzimmer um, in das ihn Luan und Isabell geführt hatten.

»Snob«, entgegnete Luan. »Ich hab rücksichtsvollerweise für dich gleich eines mitgebucht, es ist nebenan. Mit Verbindungstür, falls du einsam bist.«

»Super, ich räum mal mein Beautycase ein und checke die Bude.« Er schwang seinen Rucksack wie ein Handtäschchen am Finger hin und her und verschwand im angrenzenden Raum. Luan kontrollierte sicherheitshalber den Schrank und andere Versteckmöglichkeiten auf ungebetene Gäste und folgte ihm.

»Ist sauber«, stellte Gabriel fest. »Sag mal …« Er dämpfte die Stimme zu einem Flüstern. »… muss ich mit nächtlichen Störungen in Form eindeutig zweideutiger Geräusche rechnen?«

Luan gab ein unwilliges Knurren von sich. »Nach was sah es denn für dich aus?«

»Sie mag dich echt gern, man sieht das sofort. Nun ja …« Er

wuschelte sich durch die Locken, aus denen etwas Glitter regnete. »So richtig leidenschaftlich verliebt wirkt sie allerdings nicht. Eigentlich … überhaupt nicht.«

»Genau, treib mir doch den Stachel noch tiefer rein«, antwortete Luan mit einem matten Grinsen. »Fakt ist: Du musst dich um deinen Schönheitsschlaf absolut nicht sorgen.«

Gabriel betrachtete ihn forschend und der amüsierte Ausdruck verschwand vollständig aus seinem Gesicht. »Es geht dir wirklich verdammt nah, nicht?«

»Tut es«, sagte Luan leise. »Ich hätte nie gedacht, dass das mal passiert.«

»Wieso machst du nichts dagegen? Also, ich meine, das müsstest du doch hinbekommen.«

Luan zuckte ratlos mit den Schultern. »Ich hab so das Gefühl, dass ich was kaputtmachen könnte bei ihr. Dann hab ich die Beziehung für immer zerstört.«

»Meinst du wirklich?«

»Ist nur so eine Ahnung, ich kann es echt nicht sagen. Ich will kein Risiko eingehen. Ich glaub, wenn ich es verpfusche, krieg ich keine zweite Chance.«

Gabriel legte die Stirn in Falten. »Du weißt, was jetzt kommt, und du weißt auch, ich sag das ungern. Aber vielleicht wäre es besser, wenn nichts draus wird. Isabell braucht nicht auch noch Stress mit der Orga wegen einer illegalen Beziehung. Ich bin nicht sicher, wie sie die Konsequenzen verkraften würde.«

»Ja«, sagte Luan. »Ich weiß.«

Sie hockten zu dritt auf dem Doppelbett und Isabell klappte den Deckel der Pizzaschachtel auf.

»Will noch jemand was von meiner?«, fragte sie. »Ich bring echt nichts mehr runter.«

»Ich.« Gabriel griff sich ein Stück. »Auf meiner knackt was komisch beim Reinbeißen.«

»Hast du etwa Spezial bestellt?« Luan betrachtete kritisch die Überbleibsel von Gabriels Pizza.

»Nee, doch nicht bei Tintoretto. Aber sieht so aus, als hätte er da was verwechselt.«

»Wieso?« Isabell wischte sich die Hände an einer Serviette ab.

»Der Inhaber ist ein Skeksis«, klärte Luan sie auf. »Da finden sich auch mal stark proteinhaltige Sachen auf bestimmten Sorten. Mit vielen Beinen oder ganz ohne.«

Isabell schaute ihn groß an. »Insekten?«

»Heuschrecken, Würmer, Maden«, bestätigte Gabriel. »Keine Sorge, deine war ganz normal.«

Isabell drückte sich die Hand auf den Magen. »Meinst du, du hattest das eben?«

»Ja«, erwiderte Gabriel gleichmütig. »Immerhin ist das Zeug hier tot, ich hab das auf ner Party mal frisch gegessen.«

»Ich hätte das nicht runtergebracht.«

»Ich fast auch nicht, das Viehzeug war nämlich schnell.« Er schenkte sich noch etwas Rotwein in seinen Zahnputzbecher ein. »Wie soll es jetzt weitergehen?«

»Wir werden ihnen eine Falle stellen«, antwortete Luan. »Im Prinzip ganz einfach, ich brauche dazu bloß meinen Viewer aktivieren, am besten an einem belebten Ort, den wir überwachen können. Und dann warten wir, wer vorbeikommt.«

»Aber sie wissen doch, dass du den nie und nimmer benutzen würdest!«, warf Isabell ein.

»Schon. Bloß werden sie nicht riskieren, *nicht* nachzusehen«, sagte Luan. »Es gäbe etliche Gründe, wieso der Viewer plötzlich eingeschaltet wird. Ich könnte ihn tatsächlich versehentlich aktiviert haben oder er hat eine Fehlfunktion. Oder ich hab ihn weggeworfen, ein Kind hat ihn gefunden, damit rumgespielt, und es besteht die Chance, dass wir uns noch in der Nähe aufhalten. Weil sie unsere Spur komplett verloren haben, müssen sie die Fährte neu aufnehmen und greifen nach allem, was sie kriegen können.«

»Ich denke auch, sie können es sich nicht leisten, nicht nachzuschauen«, stimmte Gabriel zu. »Ein öffentliches Gebäude wie ein Einkaufszentrum wäre nicht schlecht. Apropos, du wolltest doch rausbekommen, wo Navarra sich aufhält? Ich hab für dich nachgegraben, der liegt zurzeit in der Schönthal-Klinik.

Allerdings müsste man es geschickt anstellen, um an ihn ranzukommen, sie werden damit rechnen, dass du ihn sprechen willst.«

»Es ließe sich dennoch machen. Und miteinander verbinden … Bloß kann man schlecht Isabell mitschleppen, sie braucht für die Zeit ein wirklich sicheres Versteck, kein Hotelzimmer.«

»Ich könnte auf sie aufpassen. Aber du hast recht, wir haben nur einen Versuch mit dem Viewer, es wäre besser, wir verfolgen sie zu zweit.« Er wandte sich Isabell zu. »Sie werden es uns nicht leicht machen, weil sie damit rechnen müssen, dass Luan das absichtlich inszeniert hat. Deshalb werden auch die Drahtzieher selbst bestimmt nicht auftauchen, vor allem, wenn ein Verräter aus der Orga dahintersteckt.«

»Was hältst du vom Sicheren Haus?«, schlug Luan vor. »Hätte den Vorteil, dass dort ein Ersatzkommunikator liegt.«

»Ähm«, Gabriel kratzte sich am Hinterkopf. »Das Sichere Haus ist grad nicht mehr so sicher.«

»Wieso das denn?«

»Ich hab Tom und Mara dort untergebracht. Da wusste ich noch nicht, dass bei euch was schiefgelaufen war.«

»Und damit rückst du jetzt erst raus?«

Gabriel grinste schwach. »Mit Pizza im Magen hat das eindeutig Vorteile.«

Luan starrte ihn ungläubig an. »Ich fass es nicht! Ein Drakier hockt in unserem Versteck!«

»Mit seiner Freundin. Genauer gesagt, mit seiner schwangeren Freundin.«

»Schwanger! Das ist nicht dein Ernst!«, platzte Luan heraus. »Wie absolut bescheuert kann man sein!« Er registrierte, dass Isabell ihn empört ansah. Sie holte tief Luft.

»Lass es dir erklären«, kam er ihrem Protest zuvor. »Sie können von mir aus Kinder machen, soviel sie wollen. Es gibt dabei bloß ein hässliches Problem: Nach Direktive 17 darf aus einer Beziehung zwischen Jaskier und Drakier kein Nachkomme hervorgehen. Wer sich nicht dran hält, landet vor den Inari, einer Art Rat. Und die sorgen dafür, dass abgetrieben wird und vielleicht kommt noch eine Strafe dazu.«

»Abgetrieben!«, echote Isabell entsetzt.

»Irgendeiner muss Mara verpfiffen haben, man hat die Schwangerschaft ja noch nicht gesehen.«

»Aber was ist so schlimm dran?«

»Unsere Gene sind nicht mehr völlig identisch, sie wollen keine Vermischung riskieren. Wir Jaskier haben uns lange damit rumgequält, diesen Energiehunger zu beherrschen. So ganz abgelegt haben wir ihn nie.«

Isabell schluckte sichtlich. »Was heißt das?«

»Das heißt, wenn wir verletzt oder sehr erschöpft sind, müssen wir ziemlich dagegen ankämpfen, um nicht über Menschen herzufallen.« Er grinste schief. »Man kann das trainieren, keine Sorge, ich hab mich im Griff. Aber schön ist es nicht.«

»Tom vermutet Alexa dahinter«, fuhr Gabriel fort.

»Das würde zu ihr passen«, erwiderte Luan.

Gabriel nickte. »Alexa hat Maras Schwangerschaft über einen dummen Zufall rausbekommen. Und dann, kurz nach unserer Party, bekam Mara anonym einen Umschlag zugeschickt. Als sie ihn öffnete, steckte eine kleine rote Giftkapsel drin.«

»Unfassbar«, flüsterte Isabell.

»Ich weiß nicht, ob das als direkte Aufforderung zur Abtreibung oder als allgemeine Drohung zu verstehen war, aber sie geriet in Panik. Tom war zu dem Zeitpunkt gerade bei uns zu Hause, weil er sich bei dir bedanken wollte, da stand Mara plötzlich völlig aufgelöst vor der Tür. Sie hatte Angst, dass jeden Moment jemand auftaucht und sie abholt, was nicht so abwegig war. Also habe ich den beiden das Versteck verraten und ihnen die Möglichkeit verschafft, dorthin zu kommen.«

»Das war richtig von dir«, antwortete Luan. »Auch, wenn ich den kleinen Drakier irgendwo hinter den Uranus wünsche. Zum Henker, er muss doch wissen, wie er es unfallfrei hinbekommt!«

»Also, es gehören zwei dazu«, warf Gabriel ein.

»Jaaha, das ist mir bekannt. Jedenfalls müssen wir für Isabell etwas anderes finden, ich lasse sie nicht mit diesem Energiesauger allein.«

»Das Haus ist perfekt.«

»Jetzt nicht mehr«, knurrte Luan. »Der Freak da drin ist ein verdammtes Risiko.«

»Ist er nicht«, sagte Gabriel sehr bestimmt. »Ich hab mich ja recht lange mit ihm unterhalten. Als das auf der Party passiert ist, war er quasi schon seit zwei Monaten auf Entzug. So unvorsichtig ist er kein zweites Mal. Es wird nicht wieder vorkommen.«

»Der Typ hat ja wohl klar bewiesen, dass er nicht verantwortungsvoll ist, er …«

»Ähm, da es um mich geht …«, unterbrach Isabell. »Für mich klingt das plausibel, ich glaube nicht, dass so etwas noch mal vorkommt.«

»Du würdest dieses Risiko eingehen?«, fragte Luan ungläubig.

»Tom ist ein vergleichsweise geringes Risiko. Es wäre viel schlimmer, wenn sie mich erwischen und ins Labor bringen würden.«

»Ich traue ihm nicht.«

»Aber ich traue Gabriels Urteil. Du etwa nicht?«

»Nahezu unschlagbares Argument«, warf Gabriel ein und erntete einen wütenden Blick.

»Schau, wir brauchen ein sicheres Versteck und wir haben eines«, fuhr Isabell fort. »Lass uns doch einfach hinfahren und falls Tom dir komisch vorkommt, können wir immer noch umdisponieren.«

»Ich hoffe, du bereust das nicht.« Luan wusste, dass ihr Vorschlag im Grunde vernünftig war, dennoch hätte er am liebsten sein Veto eingelegt oder Tom am besten gleich den Hals umgedreht.

»Wieso macht Alexa so etwas?«, sagte Isabell mehr zu sich selbst.

»Warum sind Giftschlangen giftig«, entgegnete Luan mit einem Achselzucken. »Wegen Leuten wie ihr habe ich dir eingeschärft dir niemals anmerken zu lassen, dass du uns sehen kannst. Alexa würde jede Auffälligkeit sofort melden.«

»Zumindest weiß ich jetzt, wieso sie mich so seltsam angestarrt hat. Sie denkt, du hast wegen mir die Direktive Zero gebrochen. Ich hatte das Gefühl, sie würde mich am liebsten mit

Küchenmessern bewerfen, ich konnte das absolut nicht einordnen, ich habe sie schließlich nie zuvor getroffen.«

»Der Killerblick war pure Eifersucht.«

»Toll, wie viele Gründe von welchen Leuten gibt es nun gleich wieder, mich entweder zu foltern oder direkt umzubringen? Allmählich muss ich es mir notieren.«

Luan sah sie ernst an. »Einige.«

»Das …«, setzte Isabell an, doch der gellende Schrei eines Mannes unterbrach sie.

Sie horchten.

»Hinterhof«, sagte Luan und zog zeitgleich mit Gabriel sein Schwert. »Du rührst dich nicht vom Fleck«, wies er Isabell an. Er rannte mit Gabriel zum Badfenster, von dem aus man den rückwärtigen Teil des Gebäudes einsehen konnte, und riss es auf. Sein Blick fiel auf einen verwaisten, ungepflegten Hof voller Gerümpel, der einen Zugang zur Straße hatte. »Hinter den Müllcontainern … ein einzelner Dreier?«

»Glaub schon«, antwortete Gabriel. »Bleib mal bei Isabell, müsste ich locker allein schaffen.« Er wurde unsichtbar und schwang sich nach draußen auf die Feuerleiter.

»Was ist los?«, wollte Isabell wissen. Natürlich war sie nachgekommen und versuchte an ihm vorbei in den Hof zu spähen.

»Ein Mutant, du kannst ihn von hier aus nicht sehen. Nur hören.« Für sein geübtes Ohr war das Grunzen und Schmatzen deutlich wahrnehmbar und zwischen allen anderen Geräuschen der Umgebung einwandfrei herauszufiltern.

Isabell lauschte mit aufgerissenen Augen. »Doch«, flüsterte sie. »Es klingt, als würde ein großes Tier fressen.«

Gabriel hatte inzwischen den Hof überquert und war hinter den Containern verschwunden. Jetzt ertönte ein hässliches Kreischen und er tänzelte mit erhobenem Schwert rückwärts. Der Dreier hatte von seinem Opfer abgelassen und folgte ihm.

Luan fühlte, wie Isabell nach seiner Hand griff und ihm fiel ein, dass sie Drakier in ihrer monströsen Gestalt das letzte Mal gesehen hatte, als ihre Eltern von ihnen ermordet wurden. Mutanten waren komplett unterschiedlich, dieser hier war in seiner

Erscheinung menschenähnlich, mit einer scheußlichen Fratze samt einer unregelmäßigen Reihe überlanger Zähne. Seine Haut spannte sich über modriges Fleisch, das teilweise bis auf die Knochen abgefault war, und seine Gedärme quollen wie riesige Würmer zwischen bleichen Rippen hervor. Ein ausgesprochen hübscher Albtraum. Luan vermutete, dass Gabriel bereits einen Treffer hatte anbringen können, denn dickflüssiges gelbes Blut rann an den Beinen hinab, um zischend auf dem Boden zu verdampfen. Plötzlich platzte der Drakier in der Mitte auf und spie in einem Schwall übelriechenden Sekrets weitere Gestalten hervor, die sofort auf die Größe des Ursprungsleibes anschwollen.

»Ein Replikant«, stieß Luan aus. »Isabell, du bleibst hier und schließt das Fenster hinter mir. – Amaras!« Er suchte die geistige Verbindung zu seinem Schwert und es vibrierte als Antwort in einem hellen Licht. Im Sprung hinaus wurde Luan unsichtbar. Er nahm sich nicht die Zeit, die Feuerleiter hinabzuklettern, sondern ließ sich die drei Stockwerke in die Tiefe fallen. Unten auf dem Pflaster rollte er sich ab, sein Schwert verkürzte sich, damit es ihn nicht behinderte, und erstrahlte nun wieder in seiner gesamten Länge. Sofort attackierte er den ersten der Mutanten und erkannte dabei aus den Augenwinkeln, dass Gabriel inzwischen zwei erledigt hatte. Auf den Steinen lagen bestialisch nach Verwesung stinkende Leiber, die bereits in Auflösung begriffen waren. Sie mussten alles daransetzen, die Drakier von ihrem ohnmächtigen Opfer wegzutreiben, wegen des Angriffs auf sie hatten sie sich in blindwütige Raserei hineingesteigert, sie würden den Mann in Stücke reißen. Mit einem kräftigen Hieb trennte er dem Drakier den hässlichen Kopf vom Rumpf und schlitzte im Anschluss den Bauch des nächsten auf. *Fehler*, dachte er, denn sofort teilte sich dessen Körper und weitere Monster entstanden.

»Nicht die Gedärme erwischen«, brüllte er Gabriel zu und drang dann mit einer raschen Abfolge von Hieben auf mehrere der Kreaturen gleichzeitig ein, immer darauf achtend, nicht in die Nähe ihrer langen, rasiermesserscharfen Klauen zu gelangen.

Ein verräterisches Rascheln ließ Luan herumwirbeln, doch der sich anschleichende Drakier wich seinem Schwert mit einem

Fauchen aus. Geifer spritzte zwischen den entblößten Lefzen hervor und seine Züge verformten sich zu einer tückischen Grimasse.

»Ich werde deine Eingeweide fressen«, gurgelte er.

»Man soll nichts versprechen, was man nicht halten kann«, sagte Luan und spaltete ihm den Schädel. Blitzschnell duckte er sich weg, spitze Zähne verpassten ihn nur knapp, und er rammte sein Schwert durch das Auge des Monsters, das mit einem durchdringenden Heulen zusammenbrach.

Gerade hatte er drei weitere erledigt, da registrierte er ein gutes Stück links von sich eine Bewegung. Eine Frau mit einem Kleinkind auf dem Arm hatte den Hof betreten, sie war nicht in der Lage, das Geschehen um sich herum wahrzunehmen und kam mit ihrem Sohn nichtsahnend auf einen der Mutanten zu. Dieser hatte im Kampf mit Gabriel einen Arm eingebüßt und kauerte sprungbereit am Boden. Der Kleine begann lauthals zu schreien und die Kreatur richtete ihre Aufmerksamkeit auf ihn. In diesem Moment wurde Luan klar, dass der Junge die Monster sehen konnte. Der Drakier knurrte wild, er war wie im Rausch und würde sich auf das Kind stürzen und es zerfetzen. Ein kurzer Blick auf Gabriel zeigte ihm, dass dieser gerade mit fünf Gegnern vollauf beschäftigt war, also brachte er sich mit einer Hechtrolle aus der Reichweite seiner Angreifer, rannte auf den Drakier zu und schleuderte dabei sein Sikah. Die Klinge blieb zwischen dessen Schulterblättern stecken. Diese Verletzung reichte nicht aus, um den Mutanten zu erledigen, jedoch lenkte sie ihn von seinem Opfer ab. Mit einem Brüllen fuhr er zu Luan herum, während das Kind schrill kreischte und sich auf dem Arm seiner Mutter wand.

Hau doch ab, beschwor Luan die Frau in Gedanken, und tatsächlich machte diese endlich kehrt. Der Drakier stürzte sich auf ihn. Luan trieb ihm das Schwert in die Brust, riss es sofort wieder heraus und rettete sich gerade noch zur Seite, als ihn weitere Mutanten anfielen. In einem Wirbel aus Licht ließ er Amaras tanzen und stach auf seine Gegner ein. Einer nach dem anderen ging zu Boden, bis schließlich nur noch ein einziger übrig war.

»Ist meiner«, sagte Gabriel und schlug ihm den Kopf von den Schultern. »Macht das volle Dutzend.« Er grinste ein wenig erschöpft.

Luan grinste zurück. »Wer denkt auch, dass ein Einzelner so vermehrungsfreudig ist.«

Er ließ seinen Blick über den Hof schweifen. Von der Frau mit ihrem Kind war nichts mehr zu sehen, wahrscheinlich würde sie die nächste Zeit nach imaginären Monstern unter seinem Bett Ausschau halten müssen, und der Mann lag immer noch reglos an der gleichen Stelle – mit etwas Glück hatte er keinen dauerhaften Schaden davongetragen. Die Leiber der Mutanten begannen zu zerfallen und hinterließen einen Gestank, an den er sich nie gewöhnen würde. Doch es gab diverse Möglichkeiten für einen verletzten Replikanten, sich zu verkriechen. Ein Geräusch ließ ihn nach oben in Richtung Badfenster sehen. Isabell hatte es aufgerissen und rief ihm gestikulierend etwas zu.

»Du sollst da wegbleiben!«, schnauzte er sie an. Ihm war klar, dass er sich anhörte wie ein überbesorgter Vater.

»Ich weiß, aber ich glaube, einer hat sich dort versteckt.« Sie deutete auf einen aufgetürmten Stapel Gerümpel in der Nähe der Feuerleiter.

»Dann erst recht!« Luan lief auf die Stelle zu. In diesem Moment ertönte ein Knurren und ein völlig mit Sekret besudelter Drakier kroch zwischen Brettern hervor. Luan hatte ihn noch nicht erreicht, da warf das Monster einen irren Blick nach oben zum Fenster und brach zusammen. Im Sterben replizierte es sich in vier Mutanten, von denen drei sofort versuchten, an ihm vorbei zur Feuerleiter zu gelangen. Der Vierte griff ihn geifernd an und hieb mit seinen Krallen nach ihm. Luan wich geschickt aus und trieb ihm das Schwert ins Herz, zog es rasch heraus und köpfte den nächsten, bevor dieser an ihm vorbeistürmen konnte. Er setzte den verbliebenen beiden nach, seine Hand zuckte zum Sikah, doch es befand sich noch nicht wieder an seinem Gürtel. Das dritte Monster stellte er am Fuß der Leiter, wo es fauchend und mit gebleckten Zähnen zu ihm herumfuhr.

»Ich übernehme«, erklang Gabriels Stimme in seinem Rücken,

und Luan kletterte dem Letzten hinterher. Über ihm klirrte die Scheibe und Glassplitter rieselten auf ihn herab.

Er würde zu spät kommen.

Luan verspürte in diesem Moment eine Angst, wie er sie nie zuvor empfunden hatte. Er hechtete ins Bad und nahm nur am Rande wahr, dass er auf spitzen Scherben landete, die ihm die Haut aufschnitten. Er rappelte sich auf und stürzte ins Zimmer.

Isabell stand auf der gegenüberliegenden Seite an die Wand gepresst und starrte auf das Monster vor ihr. Es hatte die Klauen emporgereckt und plötzlich wusste Luan, dass es im Begriff war Isabell den Kopf abzureißen. Er holte aus, um sein Schwert zu schleudern und gleichzeitig war ihm klar, dass selbst Amaras nicht schnell genug war. Doch Isabell hatte die Hand erhoben.

»Brenne!«, sagte sie, und der Mutant ging in Flammen auf.

Ungläubig starrte Luan auf die lodernde Feuersäule, die bis zur Decke schoss und innerhalb von Sekunden in sich zusammenfiel. Es blieb nichts übrig, als ein Brandfleck im Teppich und ein paar Ascheflocken. Er war so fassungslos, dass er einen Moment lang nur wie gelähmt dastehen konnte.

»Wie hast du das gemacht?«, fragte er vollkommen perplex. Er atmete schwer und hatte immer noch das Gefühl, sein Herz würde jeden Augenblick kollabieren. Er hatte so sehr befürchtet, sie nicht retten zu können.

»Ich weiß nicht«, sagte Isabell mit zittriger Stimme. »Ich habe ein Zeichen in die Luft gemalt. Ich wollte, dass er brennt.«

Luan atmete tief durch. »Wie geht es dir?«

»Du blutest!«

»Nicht der Rede wert. *Wie geht es dir?*«

Sie hob das Kinn und lächelte ein wenig verzerrt. »Gut. Ich … muss nur kurz stehenbleiben.« Sie lehnte kreidebleich an der Wand und er befürchtete, sie würde jeden Moment zusammensacken. »Du … du solltest dir das gelbe Zeug abwaschen, du hast Blasen auf der Haut.«

»Es geht dir wirklich gut?«

Isabell nickte. »Gib mir einfach eine Minute.«

Luan zerrte sein mit stinkendem Sekret besudeltes Shirt vom Körper und verschwand im Bad, wo er hastig Gesicht und Hände wusch und ein paar größere Splitter aus seinen Handflächen und der linken Schulter zog. Erst jetzt nahm er den Schmerz wahr. Wo seine Haut Kontakt mit dem ätzenden Sekret gehabt hatte, war sie gerötet, heilte jedoch bereits. Als er aufsah, erkannte er Isabells besorgtes Gesicht im Spiegel.

»Soll ich nach einer Salbe suchen und dich verarzten?«, fragte sie.

»Keine Zeit, heilt auch so.« Obwohl das Angebot verlockend war.

»Der kleine Junge … Er konnte sie sehen, nicht wahr? Genau wie ich damals.« Der Ausdruck ihres Gesichts was voller Mitleid, doch ihre Stimme klang fest, und er bewunderte sie wie gut sie das Geschehen wegsteckte.

»Ja. Es passiert selten, aber Kinder können das mitunter.«

»Es wird ihn verfolgen.«

»Er hat überlebt« sagte Luan bestimmt. »Mit der Zeit wird er es vergessen. Und die Erwachsenen werden ihm einreden, dass es keine Monster gibt.«

»Meinst du, der Mutant wurde auf unsere Spur gesetzt?«

»Nein, man kann weder einen Zweier noch einen Dreier zu irgendetwas beauftragen. Aber es gingen über ihn garantiert Meldungen ein, was bedeutet, es werden bald ein paar Leute von Alsecure auftauchen. Sie werden sich die Frage stellen, wer hier bereits aufgeräumt hat. Wir sollten verschwinden.« Er öffnete seinen Gürtel. »Falls du mich nackt sehen möchtest, hier wäre die Gelegenheit.«

Isabell flüchtete aus dem Bad.

Gabriel, der sich gerade zum Fenster hereinschwang, bekam noch Isabells Rückzug mit und Luan erkannte die Erleichterung, die sich in seinen Zügen widerspiegelte. »Ich hatte befürchtet, du kommst nicht mehr rechtzeitig. Wie geht es ihr?«

»Gut, sagt sie. Und ich kam tatsächlich nicht mehr rechtzeitig. Sie hat grad einen Drakier in Brand gesetzt.«

»Sie hat *was*?« Gabriel hatte den Saum seines Shirts gepackt, um es sich über den Kopf zu ziehen, hielt jedoch mitten in der Bewegung inne.

»Erzähl ich später, bin gleich fertig.« Luan schlüpfte unter die Dusche und drehte den Hahn auf. Er musste schreien, um das Geräusch des prasselnden Wassers zu übertönen. »Alles klar mit dir? Du hast so lange gebraucht.«

»Der Letzte hat mich aufgehalten, er wollte sich unbedingt noch mal replizieren, einfach, weil er Bock dazu hatte. Ähm, ich glaub, ich spring zu dir mit rein, der kleine Schleimer hat wirklich ganze Arbeit geleistet.«

»Komm her, Süßer, ich verrate es keinem«, sagte Luan.

»Vollidiot«, antwortete Gabriel und grinste.

***

Kurz darauf verließen sie das Hotel durch den Hinterausgang. Isabell war Luan und Gabriel dankbar, dass diese sich völlig normal unterhielten und sie nicht wie ein traumatisiertes Opfer behandelten. Tatsächlich hatte die Begegnung mit dem Mutanten in ihr etwas ausgelöst. Sie wusste jetzt, dass sie den Monstern nicht hilflos ausgeliefert war. Auch wenn sie noch keine Vorstellung hatte, wie sie sie einsetzen konnte, sie hatte eine Waffe. Und das war ein gutes Gefühl.

Gabriel führte sie in eine Seitengasse und blieb vor einer gediegenen schwarzen Limousine mit violetten Vorhängen stehen.

»*Das* ist deine sichere Transportmöglichkeit?«, fragte Luan.

Gabriel hüstelte. »Diskret ausgeborgt vom Beerdigungsinstitut Geyer, und zwar so, dass er nicht gleich vermisst wird.« Er öffnete mit der großartigen Geste eines Zauberkünstlers die Hecktür. »Tadaaaa. Modell Seelenfrieden in echt Eiche. Es könnte kuschelig werden, weil das nur für eine Person gedacht ist«, fügte er hinzu. »Aber der Vorteil ist: In einen Sarg guckt so schnell keiner rein.«

»Gut, dann kommt es auf Isabell an, ob sie mit mir in die Kiste hüpfen will«, bemerkte Luan gut gelaunt.

»Schön, dann lass ich euch mal allein und parke aus.«

»Neben oder auf mir?«, wandte Luan sich mit einem aufreizenden Lächeln an Isabell und machte es sich in dem mit weißem Satin ausgeschlagenen Sarg gemütlich, während Gabriel den Motor startete und den Wagen auf die Straße lenkte. Isabell kauerte auf einer schmalen Edelstahlbank zwischen Sarg und Längswand des Leichenwagens, der jetzt ruhig dahinglitt. Unschlüssig betrachtete sie Luan.

»Bloß mal probeliegen.« Er klopfte auf den weißen Stoff. »Wenn es zu eng ist, bleiben wir draußen und kriechen nur im Notfall rein.«

»Dann rutsch mal.« Sie stieg zu ihm hinein, während er sich so weit wie möglich an die Seitenwand quetschte, und sortierte vorsichtig ihre Gliedmaßen. Es war so wenig Platz, dass sie beinahe neben ihm feststeckte.

»Und?« Luans blaue Augen funkelten, als würde es ihm Spaß machen, in einem Sarg zu liegen, was ja vielleicht sogar der Fall war.

Isabell ächzte. »Ich fange an, Graf Dracula zu bemitleiden. Wobei der zumindest das Privileg hatte, seinen Sarg für sich zu haben.«

Luans Grübchen in den Wangen vertieften sich. »Ich teile gern.«

»Daran zweifle ich nicht. Also gut, dann schauen wir mal, ob man das Ding von innen zubekommt.« Ein mulmiges Gefühl breitete sich in ihrem Magen aus.

»Bleib liegen, ich mach schon.« Luan richtete sich ein Stück auf drehte den schräg aufliegenden, schweren Eichenholzdeckel allmählich parallel zum Unterteil. Er ließ sich zurücksinken und schob den Deckel dabei weiter, bis nur noch durch einen Streifen das Licht einfiel.

Isabell starrte nervös auf den Spalt. Es war nicht nur die Enge. Wenn sie ehrlich zu sich war, fürchtete sie sich vor der Dunkelheit und dem Gefühl des Eingesperrtseins. Das fast vergessene Bild einer sie niederdrückenden schwarzen Kreatur schoss durch ihren Kopf und die Brust wurde ihr eng. Sie schnappte nach Luft. Der Sargdeckel rumpelte in Position und Isabell stöhnte leise auf.

»Was ist?«

»Ich glaub, ich kann das nicht lange durchhalten, es ist so entsetzlich eng und dunkel.« Ihr Mund war plötzlich völlig ausgetrocknet. Da fühlte sie eine leichte Berührung an ihrem Arm.

»Du zitterst ja. Ich öffne besser wieder.«

Er stemmte den Sargdeckel zur Seite und Isabell setzte sich erleichtert auf. Mit Beinen wie Pudding stieg sie über den Rand des Sargs und ließ sich auf die Bank sinken.

»Alles in Ordnung. Wenn es sein muss, werde ich es hinkriegen.«

Luan rutschte neben sie und ließ den Sargdeckel einrasten. Er betrachtete sie nachdenklich.

»Das bezweifle ich. Du leidest an Klaustrophobie.«

»Ich hätte es wohl sagen sollen«, krächzte sie. »Ich dachte nicht, dass es so schlimm wird.«

»In deinem Profil steht, dass du als Kind damit Probleme hattest, aber erfolgreich therapiert wurdest. Es tut mir leid, sollte ich das jetzt wieder ausgelöst haben.«

»Hast du nicht. Das kam durch diesen heftigen Albtraum vor ein paar Wochen zurück. Danach konnte ich erst mal in keinen Aufzug steigen und hatte Panikattacken in engen Räumen. Es hat sich dann gelegt, ich nahm an, es ist ganz vorbei.«

Luan nickte. »Hoffen wir einfach, dass uns keiner anhält.«

8

Sie waren stundenlang nach Nordosten gefahren und schließlich in einer Stadt gelandet, die nicht allzu weit von ihrer Heimatstadt entfernt lag. Gabriel hatte den Leichenwagen in einer Nebenstraße abgestellt, danach hatten sie eine kurze Strecke zu Fuß Richtung Innenstadt zurückgelegt. Isabell wusste nicht recht, was sie sich unter einem Sicheren Haus vorgestellt hatte, aber ganz bestimmt eher etwas, das optisch Ähnlichkeiten mit einem hypermodernen Hochsicherheitstrakt aufwies. Stattdessen handelte es sich um einen mehrstöckigen Altbau mit Sandsteinfassade neben einem kleinen Lebensmittelmarkt. Sie durchquerten den Flur, von dessen Wänden hellgelbe Farbe blätterte, und erreichten unter der hölzernen Treppe eine unscheinbare Kellertür. Die Jungs ignorierten diese und Luan deutete auf eine Stelle an der Wand rechts davon.

»Leg mal deine Hand drauf.« Isabell berührte zögernd den rauen Putz. »Fühlt sich an wie eine Wand, nicht?« Er grinste. »Jetzt gleich nicht mehr.«

Erschrocken zog Isabell ihre Hand zurück. Sie hatte ins Leere gegriffen. Wo sich eben noch massives Mauerwerk befunden hatte, war ein türgroßer Durchlass entstanden.

»Komm.« Luan trat als Erster hindurch und Isabell folgte mit Gabriel. Sie blinzelte ins Halbdunkel eines sehr engen, fensterlosen Gangs. Nun schaltete sich eine Deckenlampe ein und Isabell drehte sich nach der Öffnung um. Diese hatte sich hinter ihnen geschlossen, als wäre sie niemals vorhanden gewesen. »Technologie der Jaskier«, erläuterte Luan. »Stell dir einfach eine Kreuzung aus Tarnvorrichtung und Schutzschild vor.«

»Ich bin ziemlich beeindruckt.«

»Kannst du auch sein. Ich erklär es dir später genauer, jetzt begrüßen wir erst mal unseren Besuch.«

Sie folgten dem Gang einige Meter weit, bis sie auf eine Tür stießen. Luan drückte die Klinke nach unten.

»Wissen sie, dass wir kommen?«, fragte Isabell.

»Seit ich die Wand geöffnet habe«, antwortete er.

Sie betraten zusammen die Wohnung und Isabell sah sich interessiert um. Es war kein Flur vorhanden, nur ein eingebauter Schrank für die Garderobe, und sie befanden sich direkt im Wohnzimmer. Die in hellen Tönen gehaltene Einrichtung bestand aus einem schlichten Baukastensystem, was vermutlich dem engen Zugang geschuldet war, allerdings war sie geschickt kombiniert. Innerlich musste sie grinsen, weil Luan und Gabriel sogar in einem Schlupfloch einen gewissen Wert auf Stil legten.

In der Mitte des Raumes stand Tom. Unschlüssig blickte er von einem zum anderen, dann kam er auf sie zu. Er sah genauso aus, wie Isabell ihn in Erinnerung hatte, nur das hellbraune Haar war ein wenig verstrubbelt, als wäre er nervös hindurchgefahren, und tiefe Schatten unter den braunen Augen ließen ihn erschöpft wirken.

Er streckte ihr mit einem vorsichtigen Lächeln die Hand entgegen und Isabell ergriff sie ohne zu zögern.

»Hi. Es tut mir wahnsinnig leid, was damals passiert ist, ich …«, begann er.

»Ist schon gut«, unterbrach Isabell ihn. »Ich bin froh, dass du überlebt hast.«

Tom schluckte sichtlich. »Du nimmst es mir nicht übel? Ich bin dir unglaublich dankbar und Mara ebenfalls.«

»Schön«, sagte Luan. »Im Gegensatz zu Isabell nehme ich es dir übel. Ich dachte, das solltest du wissen.«

»Schon klar«, murmelte Tom. »Ist auch nicht zu übersehen.«

Luan steuerte auf das Sofa zu und ließ sich hineinsinken. »Wir sollten ein paar grundlegende Sachen besprechen. Sobald Mara auch da ist.«

»Sie kommt gleich. Sie hat grad ziemliche Probleme mit Übelkeit.«

Luan sah aus, als würde er eine bissige Bemerkung anbringen wollen, weswegen Isabell sich rasch neben ihn setzte und ihm begütigend die Hand aufs Knie legte. Er klappte den Mund zu und beließ es dabei, Tom zu fixieren. Gabriel nahm ebenfalls Platz und unmittelbar darauf betrat Mara das Zimmer. Sie sah bleich aus und in dem bunten Sommerkleid fiel auf, wie schmal sie war, es saß ganz locker auf den Hüften. Sie grüßte in die Runde und zog dann Tom neben sich auf einen der breiten Sessel. Mit einem dankbaren Lächeln wandte sie sich an Luan.

»Es ist wirklich lieb, dass du und Gabriel uns hier wohnen lasst.«

Luans Miene hellte sich etwas auf. »Du weißt, dass ich dich nicht hängen lasse. Wie kommst du klar?«

»Den Umständen entsprechend. Die Wortwahl ist Absicht«, erklärte Mara mit einem Zwinkern. Sie wurde gleich wieder ernst. »Die Übelkeit ist lästig, aber das ist wohl normal. Schlimm ist, dass ich nicht weiß, was aus uns werden soll.« Sie legte die Hand in einer zärtlichen Geste schützend auf den Bauch.

»Auch wenn ich an meine Konten grad nicht rankomme, hab ich genügend Geld zur Verfügung«, sagte Luan. »Du kannst haben, was immer ihr für einen Neustart braucht.«

»Wir kriegen das schon hin«, warf Tom sofort ein. Luan schnaubte.

»Mach dich nicht lächerlich, wie willst du eine Flucht finanzieren? Geh zu einer Lama-Streicheltherapie, wenn du mit deinem Stolz nicht klarkommst.« Er wandte sich Mara zu. »Was sagen deine Eltern?«

»Du kennst sie doch. Ich habe ihnen eine Nachricht geschickt, bevor ich untergetaucht bin. Von meiner Mutter kam keinerlei Reaktion. Mein Vater schrieb, er macht für mich einen Termin aus, wo ich es wegmachen lassen kann.« Sie starrte auf einen Punkt geradeaus und ihre Augen glänzten verdächtig. »Er hat nicht mal gefragt, ob ich das will«, fügte sie leise hinzu. »Er setzt es voraus.«

»Was für ein Dreckskerl«, sagte Luan grimmig.

»Wenn du ehrlich bist, verstehst du es ja auch nicht«, murmelte Mara. »Ich seh es dir an, du würdest am liebsten auf Tom losgehen.«

»Das hat andere Gründe.«

»Hat es nicht«, widersprach Mara in einem sanften, aber bestimmten Ton. »Er ist ein Drakier und du kannst ihn deshalb nicht ausstehen. Selbst wenn das mit Isabell nicht passiert wäre. Dabei kann keiner was dafür, als was er geboren wurde. Wichtig ist, was man daraus macht. Und Tom hat es schwerer als du, bei dir ist es bereits genetisch verankert, dass du ohne Wirtsenergie klarkommst. Er muss auf die harte Tour lernen, mit seinem Hunger zurechtzukommen, es geht ihm dabei richtig schlecht.«

»Exakt das ist der Punkt, den ich mit Tom besprechen will«, ließ Luan in einem merklich kühleren Tonfall verlauten. »Ich muss wissen, ob so etwas wieder passieren kann. Und ich will eine absolut ehrliche Antwort.« Er blickte ihn so durchdringend an, als könne er die Wahrheit irgendwo hinter seiner Stirn ablesen. »Wenn du der Meinung bist, eine genaue Einschätzung ist nicht möglich, gut, dann ist das eben so. Aber mach ne klare Ansage.«

»Ich hab es im Griff«, erwiderte Tom tonlos. »Mein Fehler war, zu nah an die Grenze zu gehen, ich hab getestet, wie lange ich es aushalte, und irgendwann war es zu spät. Habt ihr ja gesehen. Ich muss regelmäßig Energie beziehen und kann den Zeitraum dazwischen nur langsam ausweiten, aber ich stehe locker die nächsten zwei Wochen ohne durch. Außer ich werde krank oder verletzt, dann stimmt die Prognose nicht mehr.«

»Gut. Sollte sich also irgendetwas ändern, gib sofort Bescheid. Keine dämlichen Experimente, wie gut du durchhalten kannst.«

»Du hast mein Wort drauf.«

»Und du meines. Wenn sich so etwas mit Isabell auch nur im Ansatz wiederholt, bist du tot.«

***

»Welche Seite vom Bett willst du?«, fragte Luan und öffnete den weißen Schwebetürenschrank des Schlafzimmers, um den Inhalt zu inspizieren. Isabell ging nicht darauf ein.

»Es war unnötig, ihm derart zu drohen«, platzte sie heraus.

Er hielt in seiner Suche inne und wandte sich ihr zu. »Es war nur die Wahrheit.«

»Du würdest ihn doch wohl nicht wirklich umbringen? Er ist der Vater von Maras Baby!«

»Er weiß es ja jetzt und kann sich entsprechend verhalten. Isabell, der Typ ist trotz allem ein Drakier! Du kennst keinen von denen persönlich, aber glaub mir, ich hab genügend getroffen. Die wenigsten gehen eine feste Bindung ein, die Kinder wachsen so gut wie nie mit einem Vater auf, und schon gar nicht mit dem eigenen. Drakier sind kein bisschen wie Tom. Jemanden wie ihn gibt es normalerweise nicht. Und deshalb kann ich mir nicht vorstellen, dass Tom so ist wie Tom.«

Isabell seufzte tief auf. »Es geht dir nahe, das mit Mara.«

»Tut es. Ich kenne sie eine halbe Ewigkeit und ich mag sie gern. Und bevor du dir nun irgendwas zusammenreimst: Wir waren nie etwas anderes als gute Freunde.«

»Das dachte ich auch gar nicht.«

»Tatsächlich?«

»Ja. Ich hab das Prinzip verstanden, nach dem du vorgehst. Echte Freunde sind nie darunter.«

Luan sah aus, als würde er dazu etwas anmerken wollen, doch er schwieg. In seinen Augen lag ein Ausdruck, den sie nicht einzuschätzen vermochte. Er widmete sich wieder dem Inhalt seines Schranks.

»Wieso hasst ihr euch so?« fragte sie. »Jaskier und Drakier, meine ich. Immerhin habt ihr einen gemeinsamen Ursprung, ihr seid Kier. Für dich ist jeder Drakier ein widerlicher Wurm.«

»Ist das eine ernsthafte Frage? Du weißt doch, zu was sie werden können.«

»Ja, und ich finde diese Mutanten auch entsetzlich. Aber gehört das nicht irgendwie zu eurer Spezies dazu?«

Luan schnaubte. »Vielleicht hat es das mal. Wir Jaskier haben uns weiterentwickelt, die Drakier nicht. Sie gefährden unser Überleben hier auf der Erde, weil sie einfach nicht dazulernen wollen. Es stimmt, ich verachte sie für das, was sie sind.«

»Dann müsstest du es eigentlich schätzen, dass Tom es versucht«, erwiderte sie sanft.

Luan antwortete nicht.

Isabell trat an eines der hohen Fenster und blickte nach draußen. Auf der Straße hasteten Passanten kurz vor Ladenschluss noch in die Geschäfte der Innenstadt.

»Ich nehme die Wandseite, so dicht an der Scheibe würde ich mich beobachtet fühlen.«

»Man kann nicht durch ein Fenster sehen, das man gar nicht sehen kann.« Sie hörte am Tonfall seiner Stimme, dass ihre Bemerkung ihn amüsierte. »Falls du morgen eine Runde ums Haus joggst, wirst du nichts anderes vor dir haben als eine geschlossene Sandsteinfassade.«

Isabell starrte ihn einfach nur an, unsicher, ob das wieder so eine halblustige Masche war, um sie aufzuziehen. Jedenfalls würde sie ihm nicht den Gefallen tun nachzufragen.

»Ich merk schon, du brennst vor Neugier. Komm, ich zeig dir was.« Er streckte auffordernd die Hand aus.

»Was denn.« Es gelang ihr, desinteressiert zu klingen. Zumindest hoffte sie das. Dummerweise hatte sie ihm dabei in die Augen gesehen, und sein intensiver Blick sandte ein sanftes Kribbeln durch ihren Körper.

Luans Grinsen bekam etwas Selbstgefälliges. »Auch, wenn du es insgeheim zu hoffen scheinst. Es ist nichts Unmoralisches.« Seine Stimme wurde dunkler. »Die unmoralischen Dinge, die man mir nachsagt, haben absolut nichts mit dem zu tun, was ich dir zeigen will, aber wenn du grundsätzlich Interesse hast … jederzeit.«

Isabell vermied es, ihm noch einmal ins Gesicht zu sehen, sie wusste genau, wie beunruhigend seine blauen Augen glitzerten.

»Also gut, ich gebe auf für heute, Miss Eisberg. Und jetzt komm mit.«

Er ging voraus und Isabell folgte ihm, wobei sie zu verbergen suchte, dass er ihr inneres Gleichgewicht schon wieder durcheinandergebracht hatte.

»Setz dich.« Luan wies auf die Sofaecke. Er selbst ließ sich auf eins der Polster fallen und kramte dann in seiner Hosentasche. Etwas verunsichert nahm Isabell ihm gegenüber Platz, sodass der niedrige Couchtisch aus dickem Glas zwischen ihnen stand.

Luan hatte anscheinend gefunden, was er suchte. Ein winziges Kästchen, das er nun auf den Tisch stellte. Isabell musste an die Ringschatullen im Juwelierladen denken. Sie presste die Lippen zusammen.

»Was?«, fragte Luan, als hätte er ihre Gedanken gelesen. »Angst vor einem Heiratsantrag?«

»Nein. Lediglich eine Phobie gegen billigen Modeschmuck, aber ich hab mich im Griff.«

»Gut, vergessen wir die Romantik für einen Moment.« Luan ließ die kleine Box aufschnappen und Isabell erkannte drei Steinchen, von der Farbe wie Bergkristall und nicht größer als ein Stecknadelkopf. Vorsichtig nahm er die Steine heraus, und sie überlegte, ob das besonders lupenreine Rohdiamanten waren, weil er einen derartigen Aufriss machte. Luan schob die Steinklumpen über den Glastisch in die Form eines Dreiecks und sah Isabell an. »Hast du eine Münze in der Tasche oder so was?«

»Ähm …« Sie ging im Geiste ihre Taschen durch. »Eine Haarnadel.«

»Auch okay. Leg sie in die Mitte hier.« Er deutete ins Zentrum des Dreiecks. Seufzend grub sie nach der Haarklammer und legte sie dann an die bezeichnete Stelle. Auf Luans Gesicht bildete sich ein konzentrierter Ausdruck. Es schien ihr plötzlich, als würde er sie gar nicht mehr wahrnehmen, als existierte nur noch dieses Steindreieck auf seinem Couchtisch und sonst nichts. Seltsamerweise störte sie der Gedanke, dass er sie so ausklammerte, und gleichzeitig schämte sie sich, dass sie so fühlte … Luan spreizte die rechte Hand und senkte sie auf die Steine herab, so dass sein Daumen, der Mittelfinger und der kleine Finger jeweils auf einem Kristall zu liegen kamen. Völlig reglos saß er da, blinzelte nicht, sie war sich nicht mal sicher, ob er noch atmete. Sie wagte nicht, ihn zu stören, irgendwie fühlte sie, dass ihm das in diesem Moment schaden konnte, dass es gefährlich wäre, ihn jetzt anzusprechen. Was in aller Welt tat er da? Luan atmete hörbar aus und hob langsam seine Hand. Fast hätte sie vor Überraschung leise aufgeschrien, aber sie schaffte es, sich zu beherrschen. Die kleinen Steine leuchteten in einem trüben Blau, als hätte man winzige LED Lampen in ihnen eingeschaltet. Fäden wie flüssiges Licht gingen von ihnen aus und Luan schien diese Lichtfäden mit sich zu ziehen. Er bewegte seine Finger zueinander, sodass alle Fingerkuppen sich berührten, und führte die Lichtfäden so zu einem Punkt, dass sie ausgehend von den Kristallen eine Lichtpyramide bildeten. Er löste seine Hand und zog sie vorsichtig weg. Die Pyramide blieb bestehen.

»Was ist das?«, wagte sie endlich zu fragen. Luan lächelte kaum sichtbar.

»Jetzt nimm dir deine Haarklammer zurück.«

Sie zögerte. Garantiert war das irgendein blöder Trick, sie erkannte an seiner Miene, dass er sich bestens unterhielt. Auf ihre Kosten. »Klar, wenn ich dranfasse, dann springt mir was Fieses entgegen. Nein danke.«

»Es gibt nichts Fieses. Ich schwöre es. Bitte, nimm die Haarklammer.« Er klang nicht wie sonst, wenn er irgendeine Show abzog, also streckte sie die Hand nach dem Gebilde aus. Dabei bemühte sie sich, die Lichtstrahlen nicht zu berühren. Konzentriert bewegte sie ihre Fingerspitzen auf das dunkle Metall zu – und stutzte. Sie tippte in Richtung Klammer, doch sie fühlte sie nicht. Seltsam. Es war, als läge da nichts. Sie beugte sich dichter heran und legte den Kopf schief, so dass ihre Augen die Klemme genau fixieren konnten. Dann versuchte sie es wieder. Aber ihre Finger stoppten kurz vor dem kleinen Gegenstand, als wäre eine unsichtbare Glasplatte dazwischen. Als sie den Blick hob, sah sie Luans Grinsen. »Wie geht das?«, wollte sie wissen. »Ich komme nicht an die Klammer dran.«

»An welche Klammer?«, fragte er und sie schaute zurück auf den Tisch. Die Haarklemme war verschwunden.

Isabell keuchte auf.

»Ich mach dich gern sprachlos.« Wieder machte sie den Fehler, ihm in die Augen zu sehen. Er betrachtete sie auf eine Weise, die ihr nicht half, die Fassung wiederzugewinnen, allerdings war seine Stimme vollkommen ruhig, als er seine Erklärung fortsetzte. »Deine Klammer ist übrigens noch da, aber du kommst jetzt nicht mal mehr dran, wenn du einen Presslufthammer nimmst oder mit einem Panzer über den Tisch fährst. Es funktioniert anders.«

Luan ließ kurz seine Hand über die Stelle wandern, und die Haarklammer tauchte wieder auf. »Nun hol sie dir, du musst dabei nicht vorsichtig sein.«

Isabell griff nach dem Stück Metall, als rechnete sie damit, in die Finger gebissen zu werden. Die leuchtenden Fäden liefen wie Lichtreflexe über ihre Haut, doch sie spürte sie nicht.

»Das war … krass.«

»Es sind Lumenkristalle. Sie stammen von unserem Heimatplaneten, und es existiert von ihnen nur ein geringer Vorrat, besser bewacht als die Kronjuwelen.« Er reichte ihr die Steinchen. »Und sie tun dir nichts.«

Fasziniert betrachtete Isabell die Lumen in ihrer Handfläche. »Könnte ich das lernen? Das, was du mit ihnen gemacht hast?«

»Nein, Menschen sind dazu nicht in der Lage.«

Isabell deutete an die Zimmerdecke, wo fünf etwa taubeneigroße Kristalle wie ein kleines Planetensystem schwebten und sich selbst umkreisten. Sie hatte sie für ein Kunstobjekt gehalten. »Dann ist das da der Grund, wieso das Sichere Haus so sicher ist?«

»Richtig.« Luans Mundwinkel hob sich. »Gabriel findet, ich hab ein bisschen übertrieben. Unsere Geheimabteilung in der Zentrale, in der auch dein Profil aufbewahrt wird, ist nämlich viel größer und bloß mit vier Stück gesichert.«

»Wieso hast du uns auf der Flucht nicht mit den Kristallen getarnt?«

»Weil ich ein sehr kompliziertes Gerät brauche, um sie in Einklang zu bringen, sonst kann ich ihre Energie nicht nutzen. Es steht im Technikraum, ich hab es extra für dieses Haus entworfen.«

Isabell nickte. »Langsam begreife ich, warum alle an das Quantrém wollen. Wer es öffnet, ist Herr über unendliche Energievorräte und kann phantastische Dinge damit anstellen.«

»Und er ist derjenige mit der größten Macht auf dem gesamten Planeten«, ergänzte Luan. »Vorausgesetzt, diese Vermutung stimmt. Vielleicht wird man auch in der Zeit zurückgebeamt und landet am Hof des Sonnenkönigs.«

»Wie kommst du gerade darauf?«

»Mein ganz privater Albtraum. Die Kerle damals trugen Rüschen.«

Wenig später machte Luan sich auf, um die Örtlichkeit auszukundschaften und Vorbereitungen zu treffen. Als er wiederkam, zogen Mara und Tom sich zurück, und sie verbrachten den Rest des Abends zu dritt im Wohnzimmer. Hier diskutierten sie den Ablauf des kommenden Tages, an dem sie erst Navarra ausfragen und dann den Feind aus der Deckung locken würden.

Ziemlich aufgewühlt ging Isabell zu Bett. Sie hatte bewusst Abstand zu Luan gehalten und er hatte keinerlei Anstalten gemacht sie in den Arm zu nehmen. Ein bisschen war sie darüber enttäuscht. Es war bereits nach Mitternacht, doch im Gegensatz zu ihm konnte sie vor Sorge nicht einschlafen, sie quälte sich zum wiederholten Male mit der Frage, ob ihre Entscheidung richtig gewesen war. Wenn etwas schiefging, würde das ihre Schuld sein. Die Jungs hatten ihre Bedenken nicht einmal ansatzweise gelten lassen und sofort erklärt, dass sie einfach bloß ihren Job erledigten, indem sie den Verräter entlarvten.

Eine Zeitlang lauschte Isabell Luans ruhigen Atemzügen. Schließlich stand sie leise auf und tappte im Dunkeln Richtung Küche, um sich ein Glas Milch einzuschenken. Durch die spaltbreit geöffnete Tür drang ein schwacher Lichtschein auf den Flur und Isabell fand Mara am Tisch sitzend vor. Soeben kippte das Mädchen den Inhalt eines kleinen Päckchens in ein Wasserglas und schaute auf.

»Nur ein Vitaminpulver. Soll gegen Übelkeit helfen. Setz dich doch zu mir, ich kann auch nicht schlafen.«

»Ist dir oft schlecht?« Isabell ließ sich über Eck am Tisch nieder.

»Es wechselt. Ich hoffe, dass es besser wird, ich bin ja erst im zweiten Monat. Die Übelkeit war übrigens der Grund, wieso Alexa das mit der Schwangerschaft rausbekommen hat. Sie stand dabei, als sich eine Freundin nach mir erkundigte. Damals vermutete ich selbst noch einen merkwürdigen Magen-Darm-Virus.« Sie zog eine Grimasse. »Das Miststück hat es schneller gerafft als ich, vermutlich hat sie daraufhin in meiner Mülltonne regelmäßig nach einem Schwangerschaftstest gestöbert.«

»Nicht zu fassen!«, sagte Isabell empört. »Hoffentlich hat sie sich dabei die Hände so richtig schmutzig gemacht.«

Mara grinste. »Es hilft ein bisschen, sie mir in der Tonne wühlend vorzustellen. Obwohl es noch andere Möglichkeiten gegeben hätte, sich zu vergewissern, Arztunterlagen und so.« Sie hielt kurz inne und betrachtete Isabell nachdenklich. »Es muss mehr als seltsam für dich sein als Mensch unter lauter Kier, auf einmal ist dein ganzes Weltbild auf den Kopf gestellt.«

»Ja, schon irgendwie. Andererseits verstehe ich endlich Dinge, wo bisher nur ein schwarzes Loch war anstelle einer Erinnerung.«

»Ich weiß nicht, wieso sie hinter dir her sind, aber du hast unglaubliches Glück, dass du Luan getroffen hast. Er ist der loyalste und zuverlässigste Freund, den man haben kann.«

»Also, er ist nicht mein Freund in diesem Sinn, falls du das meinst. Wir haben nichts miteinander.«

»Nicht?« Mara wirkte überrascht. »Ich meinte zwar Freund ganz allgemein, aber ich dachte wirklich, ihr seid fest zusammen. Ihr teilt ein Zimmer und es ist offensichtlich, dass du für ihn etwas Besonderes bist.«

Isabell schüttelte energisch den Kopf. »Ähm, das ist nur aus Sicherheitsgründen, da läuft gar nichts.«

»Deshalb ist er also so gereizt.« Mara grinste. »Ja, ernsthaft. Es dürfte neu für ihn sein, dass er ein Nein hört. Sobald er auftaucht, fangen die Mädchen quasi sofort an sich auszuziehen.«

Isabell musste lachen. »Den Drang hatte ich nicht. Aber ich hab diese Wirkung auch schon miterlebt.«

»Ich finde, dafür ist er erstaunlich normal geblieben. Die meisten Jungs wären unter diesen Voraussetzungen absolute Widerlinge geworden und würden sich als Geschenk an die Welt betrachten. – Darf ich dich etwas Persönliches fragen?«

Isabell zögerte einen winzigen Moment, dann nickte sie. Mara war ihr auf Anhieb sympathisch, und es tat gut, sich mit jemandem auszutauschen, der ihre Situation kannte und nicht der Y-Chromosom-Fraktion angehörte. Sie ahnte, welche Frage Mara ihr stellen würde.

»Bist du vergeben?«

»Nein, ich hab aktuell keinen Freund. Und jetzt überlegst du bestimmt, was mich dran hindert, mit Luan zusammenzusein.«

»Ertappt. Wenn er auch noch seinen Charme einsetzt, dürfte er ziemlich unwiderstehlich sein.«

»Kann sein, aber deshalb muss ich ihn trotzdem nicht anhimmeln, als wäre er so etwas wie das letzte Einhorn. Es ist doch schräg, jemanden über sein Aussehen zu definieren. Ich finde schöne Menschen interessant, wenn es darum geht, sie zu malen, aber bei denen, die ich wirklich mag, ist mir das Aussehen komplett egal.« Sie dachte kurz nach. »Eigentlich werden für mich Leute, die mir etwas bedeuten, mit der Zeit immer schöner. Und bei denen mit miesem Charakter, die alle für superschön halten, stelle ich irgendwann etwas Hässliches in den Zügen fest.«

»Ich erahne, was ihn an dir fasziniert.« Mara lächelte in sich hinein. »Ich weiß nicht, was ich ihm wünschen soll. Es ist vielleicht mal ganz gut für sein Ego, dass er auf Widerstand stößt. Ich glaube, du würdest ihm guttun – von den Komplikationen mal abgesehen, die unweigerlich auf euch zukämen.«

Aber mir täte er nicht gut, schoss es Isabell durch den Kopf, doch sie verkniff sich eine Bemerkung.

»Übrigens ist er nicht so hart, wie er sich manchmal gibt«, redete Mara weiter. »Ich kenne ihn schon sehr lange. Er hat einen ausgeprägten Beschützerinstinkt, deshalb ist er auch so sauer auf Tom. Du hast vorhin schockiert ausgesehen, als er sich ihm gegenüber so unmöglich verhalten hat. Aber das kommt nur davon, dass er unfassbar wütend ist. Erst mal, weil Tom deine Energie benutzt hat und er selbst es nicht verhindern konnte. Dann hat er Angst um dich und ihn macht wütend, dass er die Situation, in der du steckst, nicht vollständig kontrollieren kann – und er behält gern die Kontrolle. Und schließlich, weil Tom mich in diese Lage gebracht hat.«

»Na ja, du bist nicht die Einzige, die ungeplant schwanger wurde. Das kann vorkommen.«

»Nicht nach Luans Ansicht. Kier haben da andere Möglichkeiten als Menschen, bei uns nehmen Männer etwas ein, und die Wirkung hält über Monate hinweg an. Tom war so damit beschäftigt, gegen seinen Energiehunger anzugehen, dass er das einfach nicht mehr auf dem Schirm hatte. Er hat es schlichtweg vergessen.«

»Ich hatte keine Ahnung, dass es so etwas gibt.«

»Na ja, ist jetzt auch nicht das, was man gleich so beim Kennenlernen erzählt. Übrigens, ich verhüte bombensicher, magst du mit mir auf nen Kaffee nach oben?«

Isabell grinste. »Du nimmst es Luan also nicht übel?«

»Nein, ich weiß ja, wieso er das macht. Ich hab das außerdem vorhin mit ihm unter vier Augen geklärt. Ich hab ihn runtergeputzt, er hat mich arrogant angestarrt, wie er das beeindruckend kann, und irgendwann hat er zugegeben, dass ihn der Gedanke wahnsinnig macht, dass etwas schiefgehen könnte. Dann hat er mich umarmt und mir eingeschärft, ich soll morgen gut auf dich achten.«

»Und er hat kein Wort darüber fallenlassen, warum sie hinter mir her sind?«

»Nein, bloß eine Andeutung gemacht und mehr brauch ich nicht zu wissen. Ich hab das Gefühl, ich kann so ruhiger schlafen.«

Als Isabell wieder zu Luan ins Bett kroch, war sie zwar hundemüde, aber noch aufgewühlter als zuvor. *Es ist offensichtlich, dass du für ihn etwas Besonderes bist.* War sie das wirklich? Oder eben nur, solange er sie nicht haben konnte? Auf alle Fälle besaß er eine ziemlich tiefgründige Seite und es reizte sie, diese zu entdecken. Ihr war klar, es war ein Risiko, mehr herauszufinden. Je näher sie ihm kam, desto größer wurde seine Macht sie zu verletzen. Sie versuchte ihn genauer zu betrachten, aber es war zu dunkel. Lediglich seine Umrisse waren zu erkennen und das rabenschwarze

Haar, von dem sie wusste, dass es sich wie Seide anfühlte. Sie unterdrückte den Impuls, ihre Finger hindurchgleiten zu lassen. Es hatte etwas Intimes, mit Luan unter einer Decke zu liegen und sie gestand sich ein, es schön zu finden. Schließlich streckte sie den Arm aus und tastete nach seiner Hand. Er wachte nicht auf, aber seine Finger schlossen sich um ihre und er seufzte leise im Schlaf.

Es war kurz nach dem Morgengrauen, als Isabell die Augen aufschlug. Das Bett neben ihr war leer. Sie zog Luans Kissen zu sich. Es war nicht mehr warm, trug jedoch seinen feinen Duft, und sie barg ihr Gesicht darin und atmete tief ein. Dann lauschte sie in die Stille der Wohnung, doch es war kein Geräusch zu vernehmen. Er war bereits auf dem Weg.

»Pass auf dich auf«, flüsterte sie, und obwohl die Sonnenstrahlen golden durch die Fenster fielen, war ihr eiskalt.

***

»Wie seh ich aus?« Gabriel steckte sich als letzten Handgriff das falsche Namensschild ans grüne Oberteil.

»Ich würde dir glatt meinen Blinddarm anvertrauen, wenn ich noch einen hätte«, erwiderte Luan.

»Würdest du nicht, ich bin Pfleger.«

»Du könntest ihn trotzdem haben.« Er betrachtete sich kritisch im Badspiegel. »So, mein Bluterguss ist fertig, jetzt wäre es nett, wenn du mir mit diesem Kopfverband hilfst, sonst schau ich aus wie ein Sikh.«

»Das Lila ums Auge steht dir. Ich muss dir nun leider die Frisur etwas beschädigen, halt mal still.« Gabriel ließ Luans Haare unter dem Verband verschwinden und begutachtete dann sein Werk. »Irgendwie niedlich, die Kombi mit diesem hinten offenen Flügelhemdchen. Ein Jammer, dass Isabell dich so nicht sieht, sie würde dir vermutlich sofort verfallen.«

»Kaum, sie müsste nämlich auf meinen nackten Hintern verzichten, ich habe vor, meine Jeans anzubehalten.«

Gabriel grinste und hielt ein Paar weiße Thrombosestrümpfe in die Höhe. »Daraus wird nichts, ich hab dir extra noch diese aufregenden Overknees rausgesucht.«

»Perversling. Na schön, gib her.« Luan schnappte sich die Strümpfe und schlüpfte aus seiner Hose. Dann schwang er sich in das Metallbett, streifte die bis zum Oberschenkel reichenden Strümpfe über und zog die Decke bis zur Taille hoch. »Gib's zu, du genießt das.«

»Ein bisschen schon. Nicht meine Schuld, dass dein Date allergisch auf Besucher reagiert.«

Luan hob die Hand mit der Kanüle, die er sich in die Vene geschoben hatte. »Komm nicht auf die Idee, mich tatsächlich an den Tropf hängen zu wollen, der Stoff ist hier nicht gut.«

»Da musst du durch, Kochsalzlösung hat noch niemandem geschadet.«

Er warf einen Blick auf seine Armbanduhr. »In exakt zwei Minuten ist Schichtwechsel.«

Luan nickte. »Gestern hockten alle acht Minuten lang im Besprechungszimmer, das reicht locker, um mich unauffällig bei Navarra zu parken. Und dann hoffen wir, dass er gesprächig ist.«

»Ich verschaff dir Zeit, solange es geht.«

Gabriel ließ das Bett den Gang entlangrollen bis zum letzten Zimmer, wo laut Computereintrag Manuel Navarra allein in einem Doppelzimmer untergebracht war. Luan hatte sich tags zuvor ins System eingeloggt, alles über den ehemaligen Alsecure-Mitarbeiter recherchiert und über sich selbst eine Patientenakte angelegt. Und er hatte festgestellt, dass ausnahmslos in jeder Schicht ein Drakier zum Dienst eingeteilt war. Gabriel parkte das Krankenbett an der vorgesehenen freien Stelle und stöpselte ihn am Tropf an. Luan gab vor, die Augen geschlossen zu haben, betrachtete jedoch den an den Schläfen ergrauten Mann genau, der die Ankunft seines neuen Zimmergenossen mit gereizter Miene verfolgte.

»Ich habe ausdrücklich ein Einzelzimmer angefordert«, bellte er Gabriel an.

»Ihr Anspruch bezieht sich auf ein Einzel- *oder* Zweibettzimmer, leider können wir je nach Belegung nicht für ein Einzelzimmer garantieren«, ratterte Gabriel ungerührt herunter.

Navarra starrte feindselig zurück und machte dabei den Eindruck, als würde er ihn gleich mit der Schnabeltasse bewerfen.

Luan sah Gabriel bittend an. »Würden Sie meiner Freundin Bescheid geben, dass ich von der Intensiv runter bin? Isabell Herzsprung, die Nummer ist am Empfang hinterlegt.« Er suchte bei Navarra nach einer Reaktion.

Komm schon, der Name sagt dir was! Natürlich zuckte nicht ein Muskel in dessen Gesicht, er hatte viel zu lange der Orga angehört, um irgendeine Regung zu zeigen.

»Klar«, erwiderte Gabriel. »Ihre persönlichen Sachen werden später gebracht. In einer halben Stunde gibt es Frühstück.«

Er lächelte freundlich und zog sich zurück.

Luan schloss scheinbar erschöpft die Augen. Er wartete. Falls Isabells Schicksal den Mann noch berührte, würde er auf die Nennung ihres Namens anspringen.

Navarra war schwer einzuschätzen, er wusste über ihn nur, dass dieser Alsecure kurz nach dem Zwischenfall mit Isabells Familie verlassen hatte, und hier endete jeglicher Eintrag über ihn. Möglicherweise zog er es mittlerweile vor, sich aus allem herauszuhalten und würde sich wenig kooperativ zeigen, im ungünstigsten Fall machte er mit dem Verräter gemeinsame Sache. So unwahrscheinlich das war, ausschließen konnte Luan es nicht. Es blieb ihm nur, sich allmählich vorzutasten und abzuwarten, was Grumpy Cat Ohnefell preiszugeben bereit war.

»Unfall?«, fragte dieser nun mit einer Stimme, die nicht klang, als würde er sie oft oder gern benutzen.

»Hmm. Bin in ein Auto gelaufen.« Er beschloss, Navarra noch ein wenig aus der Reserve zu locken. »Grad, als ich die Verlobungsringe vom Juwelier holen wollte.«

Die dichten Augenbrauen schnellten prompt nach oben. »Ihre Verlobte heißt also Isabell Herzsprung und ist ein Mensch.«

Luan wandte den Kopf. »Meine Noch-nicht-Verlobte, das Auto kam ja dazwischen. Sie kennen Isabell?«

Navarras Blick sprach Bände. »Sind Sie sicher, dass Sie das einem ahnungslosen Mädchen antun wollen?« Es klang extrem feindselig, und Luan hatte keinen Zweifel, dass die Empörung echt war. Normalerweise hätte jeder für eine solche unverschämte Bemerkung einen Tritt in den Hintern kassiert, doch er riss sich zusammen und spielte seine Rolle.

»Ich habe es mir gut überlegt.«

»Und Isabell natürlich in allen Punkten aufgeklärt, welches Leben sie erwartet«, kam die knurrige Antwort.

»Ausreichend«, antwortete Luan vage. Es war eine Lüge, und in ihm stieg wieder dieses lästige Gefühl hoch, das er als schlechtes Gewissen kennengelernt hatte. Bisher hatte er genau das vermieden. Er wusste durchaus, wie egoistisch das war.

Navarra schwieg und brütete minutenlang vor sich hin. Luan entschloss sich, noch ein wenig anzuschubsen. Er fischte seine Geldbörse unter der Decke hervor und zog ein abgegriffen aussehendes Foto heraus, das gestern frisch aus dem Drucker gekommen war. Es zeigte ihn Seite an Seite mit Isabell, die in die Kamera strahlte. »Hier.« Er streckte seinen Arm aus und Navarra griff reflexartig nach dem Bild.

»Sie schaut erstaunlich glücklich aus. Und sie ist wirklich bildschön. Kein Wunder –« Er unterbrach sich.

»Kein Wunder was – dass ein Kier sich in einen Menschen verliebt?«, fragte Luan scharf und biss sich auf die Zunge. Die Andeutung ärgerte ihn tatsächlich. Noch dazu hatte Grumpy Cat Ohnefell recht, was mögliche Komplikationen betraf.

»Was macht sie so?«, riss Navarra ihn aus seinen Gedanken.

»Sie malt.«

»Was … ich meine, ist sie Künstlerin?«

»Sie fängt demnächst ein Design-Studium an.«

Und du weißt das ganz genau.

»Kennt ihr euch schon lange?«

»Lange genug.«

Navarra schnaubte. »Also eher kurz. Und ein so junger Kerl rennt dann gleich los und kauft Verlobungsringe. Dick aufgetragen. Vermutlich so echt wie dein Verband. Erstaunlich, wie viele Kier in letzter Zeit um mich rumstrolchen.«

Luan ignorierte, dass Navarra zum Du übergegangen war, er gab seine erschöpfte Haltung auf und richtete sich gerade auf.

»Wer sonst noch?«

»Ein auffällig hoher Prozentsatz des Personals, außerdem dein Vorgänger hier in dem Zimmer. Ich hab darauf bestanden, dass er verlegt wird. Mit Nachdruck. Wie wäre es, wenn du mich aufklärst, warum ich so umschwärmt bin.«

»Die rechnen damit, dass ich Sie aufsuche. Ich schlage vor, wir sparen Zeit und verzichten auf Überflüssiges, zum Beispiel sich zu vergewissern, ob ich Ihre Fragen korrekt beantworten kann. Es ist folgendermaßen: Ich kann Ihnen mehr über Isabell beantworten, als Sie in der Lage wären zu fragen, dennoch wissen Sie eine Menge, denn nach dem Zwischenfall vor siebzehn Jahren haben Sie nie aufgehört, sich für Isabells Leben zu interessieren.

Luan meinte, ein leichtes Zucken in Navarras Mundwinkel zu erkennen.

»Isabells Eltern können ihre Tochter nicht erreichen. Wo hält sie sich auf?«, wollte er wissen.

»Bei mir, in Sicherheit. Richten Sie ihrem Vater irgendetwas aus, das ihn beruhigt.«

»Was ist passiert?«

»Sie wird verfolgt, und ich hab noch nicht herausgefunden, wer dahintersteckt.«

»Du gehörst zur Orga?«

»Ja, und mindestens einer von denen, die an ihr interessiert sind, tut das auch. Er hat Zugang zu ihrem Geheimprofil und deshalb weiß er, dass Sie möglicherweise eine wichtige Rolle spielen. Ich bin hier, weil ich Sie dazu etwas fragen will.«

»Und du meinst, ich bin bereit, dir Geheimnisse anzuvertrauen, nachdem du mich mit der Verlobung verarscht hast?«

»Ich wollte Ihre Reaktion sehen. Sie waren angepisst, und das war echt. Ich hätte auch folgendermaßen einsteigen können: Hi, mein Name ist Luan Sideras, ich will wissen, was Sie damals mit Isabell angestellt haben. Wie klingt das?«

»Nach meinem Mittelfinger. Wenn du meinst, ich hätte etwas Illegales getan – da muss ich dich enttäuschen. Ich kenne die Regeln, ich habe Isabell nichts verabreicht, was einen menschlichen Arzt vor ein Rätsel gestellt hätte. Ich hätte nicht einmal Zugang zu diesen Dingen gehabt, geschweige denn etwas bei mir getragen.«

»Es muss etwas anderes geschehen sein und ich brauche diese Informationen.«

»Dann spuck erst mal aus, was du mir verschwiegen hast.«

»Ich glaube, dass Isabell es schaffen kann, das Quantrém zu öffnen. Sie hat wieder angefangen, das Symbol zu zeichnen, aber es fehlt immer etwas und wir kommen nicht weiter. Woher kommt diese Fähigkeit? Wenn ich weiß, was die Ursache war – vielleicht lässt es sich wiederholen. Bei jemandem, der all dem gewachsen ist, am besten also bei einem von uns. Isabell sagt, sie hat damals gefühlt, was Sie sich am meisten wünschen, und hat deshalb die Wände mit dem Symbol bemalt. Was haben Sie sich gewünscht?«

Navarra starrte ihn an. »Erstaunlich, dass sie das gefühlt hat.« Er saß in sich versunken da und wirkte auf einmal deutlich älter, als hätte eine schwere Last ihn gebeugt. Luan hütete sich, ihn zu stören.

»Damals«, begann er, »lebte meine kleine Nichte noch. Sie wäre jetzt in etwa so alt wie Isabell. Cecilia hatte eine seltene, unheilbare Krankheit, und wir haben alles getan, einen Weg für eine Heilung zu finden. Menschliche Ärzte haben versagt und unsere kamen keinen Deut weiter. Ich habe mich in alte Schriften der Kier eingearbeitet und bin dabei immer wieder auf Hinweise gestoßen, dass das Quantrém höchstwahrscheinlich ein Weg zurück auf unseren Planeten ist. Die medizinischen Kenntnisse dort dürften den Überlieferungen nach überragend sein. Vielleicht wäre hier das Wunder möglich gewesen, das Cecilia gebraucht hat. Ich hätte mein Leben gegeben, um das Quantrém öffnen zu können.

An diese Dinge habe ich gedacht, als ich Isabells Verletzungen versorgte. Wenigstens dieses Kind sollte eine Chance haben. Anschließend habe ich mit ihr gewartet, bis das Aufräumteam kam, das sie mitnahm. Mehr war es nicht. Ich weiß weder, wie ich es ausgelöst habe, noch wie ich es wiederholen könnte.«

»Irgendetwas muss damals passiert sein«, sagte Luan. »Etwas Besonderes, etwas, das als Auslöser fungierte, ich begreife nur nicht, was das war. Sie hat das Quantrém nach diesem Erlebnis nie wieder gemalt. Bis vor Kurzem.«

Navarra betrachtete ihn prüfend. »Das stimmt so nicht ganz«, sagte er langsam. »Sie hat das Quantrém nach Chimera gemalt. Zu Hause.«

Luan warf ihm einen überraschten Blick zu. »Wieso wird das nirgendwo erwähnt?« Er unterbrach sich und drückte seine Finger gegen die Schläfe. »Nein, ist klar – diese Info taucht nirgends auf, weil ihr Pflegevater genau wusste, dass das mit Chimera ansonsten niemals aufhört. Er hat es bewusst verheimlicht.«

»Korrekt, und du hattest ganz recht mit der Annahme, dass ich Kontakt gehalten habe, wenn auch nur sehr lose. Er hat mir das erst neulich verraten und vermutlich rückte er bloß deshalb damit raus, weil es kurz vorher zu einem bestimmten Vorfall gekommen war; seitdem macht er sich ziemliche Sorgen. Aber jetzt mal von Anfang an: Was auch immer man damals auf Chimera mit Isabell anstellte, sie hat dort nie das Quantrém gemalt. Schließlich gab man sie in ihre Pflegefamilie. Roman hat das vorangetrieben, er argumentierte, dass man ihre Psyche sonst irreparabel beschädigen würde und so wäre sie auf keinen Fall jemals mehr zu etwas nütze. Er verpflichtete sich, jede Auffälligkeit sofort zu melden. Von da an wurde eine perfekte Überwachung aufgebaut. Die Herzsprungs zogen in eine Neubausiedlung mit jeder Menge Alsecure-Mitarbeitern samt ihren Familien in der Nachbarschaft. Die erfuhren nie, wieso sie dieses Kind schützen sollten, doch sie taten es.« Er hielt inne. »Ich geh mal davon aus, du hast Isabell inzwischen aufgeklärt?«

»Sie hat die Wahrheit verdient nach all dem Mist. Und jetzt erzählen Sie mir nicht, dass es das für Isabell noch gefährlicher macht, das ist mir durchaus bewusst.«

Navarra kniff die Augen zusammen, aber er ging nicht weiter darauf ein. »Anfangs weigerte Isabell sich, überhaupt einen Stift in die Hand zu nehmen«, fuhr er fort. »Doch als sie sich eingelebt hatte, begann sie wieder diese Bilder zu malen, die keiner sehen durfte. Hätte Chimera davon Wind bekommen, wäre sie sofort abgeholt worden. Roman hat die Zeichnungen alle vernichtet, zumindest dachte er das. Aber seine Frau hat ein paar davon aufgehoben, sie ahnte ja nichts von deren Brisanz. All die Jahre lagen sie auf dem Dachboden und gerieten in Vergessenheit. Bis Luisa Besuch bekam; das ist erst wenige Wochen her. Der Fremde stellte sich als ein Kollege ihres Mannes aus dem Büro vor und brachte das Gespräch auf Isabell und ihr Talent. Sie zeigte ihm etliche Arbeiten, und als er immer mehr sehen wollte, hat sie ihm erzählt, dass Isabell bereits als kleines Mädchen außergewöhnlich gut malen konnte, und hat die Mappe vom Dachboden geholt. Als sie Roman später davon berichtete, hatte er keine Ahnung, welcher Kollege das gewesen sein könnte, er hatte keinen erwartet. Luisas Beschreibung nach war der Besucher braunhaarig, mit grauen Augen, etwas vorstehenden Zähnen und leichtem Bauchansatz. Völlig nutzlose Beobachtung, sicher war nichts davon echt.«

»Und danach wurde eingebrochen«, ergänzte Luan.

»Genau. Als sich die erste Aufregung gelegt hatte, ging Luisa auf, dass die Mappe verschwunden war, was sie ziemlich empörte. Erst da beschrieb sie ihrem Mann deren Inhalt: *Darin waren die Bilder von unserem Zoobesuch mit all den Tieren und auch dieses alte Tor mit der zauberhaften Landschaft dahinter, es sah aus wie die Illustration zu einem Märchenbuch.«*

»Dann hat also jemand die Mappe als Beweis mitgehen lassen, dass Isabell das Tor später doch gemalt hat. Was war der Anlass nach all der Zeit, überhaupt etwas dort zu vermuten? Und wen wollte er überzeugen?«

»Bingo. Schade, dass du anderweitig nicht so klug bist«, bemerkte Navarra. »Sonst würdest du begreifen, was du Isabell antust, wenn du die Pfoten nicht von ihr lässt.«

»Das geht Sie verdammt noch mal nichts an.« Luan versuchte gelassen zu bleiben, auch wenn es in ihm brodelte.

»Keine Ahnung, wie eure Beziehung ist, aber denk dran, dass dieses Mädchen schon genug mitgemacht hat. Und falls du es tatsächlich ernst meinst, was ich mir bei einem wie dir nicht vorstellen kann … umso schlimmer für sie.« Navarra sah ihn herausfordernd an.

»Danke für die Infos«, erwiderte Luan kühl. Am liebsten wäre er einfach aufgestanden und zur Tür hinausmarschiert, leider würde er damit seine Tarnung aufgeben, außerdem gönnte er Navarra den Anblick nicht. Er drückte also den Patientenknopf, der in Reichweite über ihm baumelte, um hoffentlich Gabriel herbeizuklingeln.

»Empfindlich?«, fragte Navarra und hob eine Augenbraue.

»Überhaupt nicht. Ich will bloß den Kamillentee nicht abwarten.«

***

Kurze Zeit später hatte Luan sich den Bluterguss aus dem Gesicht gewaschen, ein Basecap aufgesetzt und sie beide trugen wieder ihre gewohnten Klamotten. Er hatte Gabriel über Navarras Aussagen in Kenntnis gesetzt und sie spazierten zügig in die Notaufnahme. Es war einfach, die diensthabende Schwester mit einem Vorwand aus dem Zimmer zu locken, ihr die ID-Karte für den Computer zu entwenden und einen falschen Fall anzulegen: Unfallopfer, männlich, Name unbekannt, ca. 20 Jahre, nicht ansprechbar, Schädeltrauma, eingeliefert per Krankenwagen um 6.15 Uhr. Luan hatte tags zuvor einen der Beutel mitgehen lassen, in denen üblicherweise persönliche Gegenstände eines frisch eingelieferten Unfallopfers aufbewahrt wurden, bis man es nach der Operation auf eine Station verlegte. Er beinhaltete nun ein paar Kleidungsstücke, passend mit Blut und Straßenschmutz präpariert und zerschnitten.

Mit einem kleinen Grinsen zu Gabriel schaltete er seinen Ersatzkommunikator ein und schob ihn unter die Sachen. Schließlich schloss er den Beutel, beschriftete das Etikett mit der Fallnummer und legte ihn an den dafür vorgesehenen Platz im Regal der Stationsschwester. Dann zog er sich mit Gabriel hinter eine der Stellwände im überfüllten Wartebereich zurück.

Wer immer hinter Isabell her war, er hatte nun das Signal empfangen und eine Überprüfung würde nicht lange auf sich warten lassen.

»Unter zehn Minuten«, bot er Gabriel an.

»Ich wette nicht dagegen«, antwortete dieser. Er wandte den Kopf und zeigte mit dem Daumen über die Schulter. »War auch gut so, da kommt er schon.«

Ein junger Drakier, eindeutig wiederzuerkennen als einer der Pfleger von Navarras Station, kam gerade aus dem Aufzug. Er missachtete die Krankenhausvorschrift, indem er ein Mobiltelefon verwendete, und wirkte dabei ziemlich angespannt. Offensichtlich dirigierte sein Gesprächspartner ihn zügig an den Ort, von dem aus er die Sendesignale empfing. Nach kurzem Zögern verschwand der Drakier im Stationszimmer, das noch immer unbesetzt war. Er würde nicht viel Zeit benötigen, den Viewer zu finden und den Beutelinhalt zu untersuchen. Luan und Gabriel tauschten Blicke.

Es hatte funktioniert.

»Ich checke den Hintereingang, du den vorderen«, ließ Luan verlauten. »Unter einer halben Stunde?«

»Ich wette wieder nicht dagegen«, antwortete Gabriel. »*Chu'diz.*«

»*Chu'diz e lé.*«

»'tschuldigung«, murmelte Mara und legte den Toast zurück auf ihren Teller. Die Stuhlbeine verursachten ein kratzendes Geräusch auf dem Küchenboden, als sie sich hastig erhob und ins Badezimmer verzog.

»Das hat sie jeden Morgen«, erklärte Tom und sah ihr bedrückt hinterher. Isabell mutmaßte, dass er sich wegen der Übelkeit schuldig fühlte, was irgendwie süß war.

»Habt ihr euch schon entschieden, wie es weitergeht?«, fragte sie.

Tom rührte klappernd in seiner Kaffeetasse. »Vermutlich nehmen wir Luans Angebot an. Mit meinem Studentenjob würde ich es normalerweise hinbekommen, für Mara und das Baby zu sorgen. Aber eine Flucht ist eine andere Nummer.« Er grinste ein wenig verlegen. Isabell nickte.

»Kann ich sehr gut nachvollziehen. Was ist mit deinen Eltern?«

»Wir haben uns nie gut verstanden. Zu meiner Mutter habe ich keinen Kontakt mehr, sie würde uns aber sowieso nicht unterstützen. Und könnte es wahrscheinlich auch gar nicht. Ich habe ein paar Halbgeschwister, jedes hat einen anderen Vater. Meine Mutter hat uns irgendwie durchgebracht. Wie viel Geld Luan und Gabriel bei Alsecure verdienen, ist nicht typisch für die Kier. Maras Eltern haben jedenfalls ganz normale Jobs und sind nicht reich.«

»Und dein Vater?«

Tom kniff die Lippen zusammen und wirkte so betreten, dass Isabell bereute, ihn gefragt zu haben.

»Du musst nicht …«

»Schon gut. Er lebt nicht mehr«, antwortete er nach kurzer Pause.

»Tut mir leid.«

»Mir nicht. Er war ein Monster. Eines der wirklich schrecklichen.«

»Oh.« Isabell sah ihn entsetzt an. Vielleicht erkannte er auch eine gewisse Verwirrung in ihrem Blick, denn er begann zu erklären.

»Meistens funktioniert das System recht gut. Wer mutiert, wird relativ zügig gemeldet und zur Strecke gebracht. Aber manche, die den Jägern entkommen, wollen mehr als nur Energie saugen. Sie foltern ganz bewusst ihre Opfer und ziehen Kraft aus den Emotionen. Und werden immer stärker. Wir nennen sie Savathan. Mein Vater war so einer, ich weiß nicht, wie viele Menschen er angefallen hat, bloß war die Anzahl wohl so verheerend, dass sogar ein paar seiner eigenen Leute hinter ihm her waren, um ihn zu stoppen. Eine so große Menge an Opfern lässt sich nämlich schwer vertuschen.«

»Das muss furchtbar für dich gewesen sein«, erwiderte Isabell leise. Sie hätte ihm gern etwas Tröstendes gesagt, aber ihr wollte nichts einfallen. Was sagte man zu jemandem, der seinen Vater verloren hatte, weil dieser ein Massenmörder war? »Hast du dich deshalb entschieden, anders zu leben?«

»Ja. Nachdem er einen kleinen Jungen gequält hatte, den ich

kannte. Ich hab danach einige der Überlebenden aufgesucht und heimlich beobachtet, ich wollte wissen, wie sie zurechtkommen. Die meisten waren nicht mehr in der Lage, ein normales Leben zu führen, sie waren in der Psychiatrie gelandet oder nahmen zumindest starke Medikamente ein. Irgendwann hab ich Ekel empfunden, als ich wieder Energie stehlen musste. Ich will es einfach nicht mehr.«

»Das verstehe ich gut«, sagte Isabell. »Ich hoffe so sehr, dass du es schaffst …« Sie unterbrach sich. »Ist das überhaupt möglich? Ich meine, könnte dein Organismus mit einem totalen Verzicht klarkommen?«

»Keine Ahnung. Meine Vorfahren hatten ein paar tausend Jahre für diesen Prozess.«

»Aber du hast den unbedingten Willen dazu.« Isabell griff nach seiner Hand und drückte sie. »Ich glaube, dass der Wille entscheidend ist, egal, wie ausweglos etwas aussieht.«

Tom sah sie dankbar an. »Mit mir ist seitdem eine Veränderung passiert. Es war vorher immer so, als wäre ich von bestimmten Gefühlen wie abgeschnitten gewesen.« Seine Miene wurde unsicher. »Ich hab mir keine Gedanken über die Menschen gemacht, sie waren für mich wie … Nutzvieh.«

»Ich versteh schon«, sagte Isabell. »Hattest du nie Angst, versehentlich zu mutieren?«

»Nein. Irgendwie glaubt man es im Griff zu haben. Und falls nicht …« Er fuhr sich über die Haare und verstrubbelte sie restlos. »Ich weiß, für dich muss es widerlich sein. Sogar Luan redet total abschätzig drüber. Aber du vergisst dabei, dass wir Kier nicht immer wie Menschen aussahen. Ich kenne welche, die nehmen sich eine Mutation sogar vor. So als absoluten Kick. Und weil es cool ist, dass man als Mutant kaum altert.«

»Das klingt ziemlich verrückt.«

»Sie rechnen wahrscheinlich damit, davonzukommen. Bloß leben wir nicht mehr im Mittelalter, wo man merkwürdige Vorkommnisse auf alles Mögliche schieben konnte.«

»Dann gab es damals noch keine Orga?«

»Nicht so wie heute. Sie ist nötig geworden, weil die Mutationen viel häufiger auftreten als früher. Es gibt die Theorie, dass Umweltgifte dafür verantwortlich sind, aber das ist nicht belegt.«

»Ich verstehe, ihr …«

Ein plötzliches Geräusch ließ Isabell den Kopf drehen. Es hatte geklungen, als sei ein Glas auf dem Boden zerschellt. Sie sah sich suchend um und entdeckte unterhalb des Energiespeichers winzige Splitter auf den Holzdielen. Ihr Blick ging nach oben. Der Speicher war nicht mehr vollständig. Ein weiterer Kristall fiel und auf einmal lösten sich die verbliebenen drei aus ihrem Verbund und zerbarsten in einer glitzernden Kaskade auf dem Boden. Tom war aufgesprungen und auch Isabell erhob sich verunsichert. Sie tauschten erschrockene Blicke.

»Was ist das?«, fragte Isabell.

»Etwas völlig Unmögliches«, sagte Tom fassungslos. »Wir … wir brauchen eine Waffe.«

Isabell sah seine Augen vor Entsetzen weit werden und fuhr herum. Das Letzte, das sie wahrnahm, waren dunkle Gestalten mit Masken und eine nebelähnliche Substanz, die ihr den Atem raubte.

Luan hielt sein Prepaidhandy ans Ohr. »Zwei Stunden, und bei mir tut sich immer noch nichts.«

»Das gleiche hier. Hältst du es für möglich, dass sie diesem Pfleger die Suche nach dir überlassen haben?«, kam Gabriels Stimme zurück.

»Niemals. Der gehört nicht zum Zirkel, der bessert sich sein Gehalt mit ein bisschen Observieren auf. Sie wären dämlich, wenn sie nicht ihre besten Leute schicken.«

»Seh ich auch so. Also, Abbruch?«

»Abbruch, was mich betrifft. Ich schlage vor, du bleibst noch, ich verschwinde. Sie hätten den Köder schlucken müssen, irgendetwas stimmt nicht.«

Luan wählte die Kawasaki Ninja aus den verschiedenen Fahrzeugen aus, die für eine Verfolgung bereitstanden, und drückte aufs Gas. Er hatte zuvor noch versucht, jemanden im Haus über eines der Notfallhandys zu erreichen, was fehlgeschlagen war. Das musste nicht unbedingt etwas bedeuten, aber es verstärkte die böse Vorahnung. Seine Gedanken rasten. Der Stützpunkt der Orga war keine Stunde entfernt, doch auch wenn der Maulwurf nicht selbst erschienen wäre, die Typen vom Zirkel hätten längst eintreffen müssen. Etwas musste die Situation entscheidend verändert haben und innerlich wappnete er sich. Er fuhr in die verkehrsberuhigte Zone ein, in der aufgrund der frühen Stunde lediglich wenige Passanten unterwegs waren. Bereits von Weitem sprang ihm die Veränderung der Fassade ins Auge: Die verborgenen Fenster waren sichtbar. Luans Puls schnellte in die Höhe.

Sie hatten Isabell.

Er fühlte es fast körperlich, wie einen Schlag in den Magen, der ihm die Luft zum Atmen raubte. Er parkte sein Motorrad achtlos im Halteverbot und war mit ein paar Sätzen an der Fensterreihe. Weder im Schlafzimmer noch im Wohnzimmer war etwas Verdächtiges zu erkennen. Als er die Haustür aufstieß, nahm er sofort einen leichten Geruch nach Betäubungsgas wahr. Er erreichte den nicht länger verschlossenen Durchlass unter der Treppe, riss sein Schwert heraus und spurtete durch den engen Gang. Dann zwang er sich, nicht blindlings durch die offenstehende Wohnungstür zu stürmen und spähte aus der Deckung heraus ins Zimmer.

Der Geruch nach Gas war hier stärker, doch hatte es sich so weit verflüchtigt, dass er es wagen konnte, die Wohnung zu betreten. Vom Sofa fast verdeckt bemerkte er Tom am Boden liegen, aber bevor er sich um den Drakier kümmerte, riss er eines der Fenster auf und sicherte anschließend jedes einzelne Zimmer, in der irrsinnigen Hoffnung, Isabell doch noch zu finden. Im Bad stieß er auf Mara, die sich gerade stöhnend aufrappelte. Er hob sie hoch und trug sie ins Wohnzimmer, wo er sie behutsam auf dem Sofa ablegte.

»Was ist passiert?«, war seine erste Frage.

»Ich weiß nicht …«, murmelte sie benommen. »Mir wurde plötzlich schwarz vor Augen. Wo ist Tom?«

»Keine Sorge, der liegt hinter dir und schnarcht, das Gas hat ihn ausgeknockt.«

»Gas? Ja, es roch seltsam …« Mara richtete mühsam den Oberkörper auf und blickte sich suchend um. »Sie haben Isabell, oder?«

»Ich geh davon aus.«

Luan kniete sich neben Tom nieder, prüfte seine Lebenszeichen und tastete seinen Schädel nach einer Sturzverletzung ab. Er hatte keine Platzwunde, jedoch mehr als Mara von dem Gas abbekommen und schlief wie ein Skeksis in der Froststarre. Luan wuchtete ihn auf den nächsten Sessel und schlug ihm nicht allzu sanft mit der flachen Hand mehrfach auf die Wange. »Komm schon, genug gepennt.«

Tom grunzte, wurde aber nicht wirklich wach. Luan zog sein Handy heraus, um Gabriel zu informieren, während er aufsprang und ein Glas Wasser nebst einer Detox-Spritze für Tom holte. Er beugte sich über den Jungen und kippte ihm das Wasser ins Gesicht. Japsend zuckte Tom hoch und sank mit erschrockener Miene in den Sessel zurück.

»Bist du verrückt?«, fauchte Mara und versuchte, sich aufzurappeln.

»Bleib liegen, du bist noch wacklig auf den Beinen«, wies Luan sie an und Mara gehorchte, vermutlich, weil sie wirklich nicht zum Aufstehen in der Lage war.

Tom hielt sich aufstöhnend den Schädel. Seine Augen irrlichterten zu Luan.

»Wasabi …?«, nuschelte er.

Luan packte seinen Arm und spritze wortlos das Detox.

»Was tust du da?«, rief Mara.

»Informationen bekommen. Ohne das würde er mich die nächste halbe Stunde für einen japanischen Kellner halten.«

Er wartete ungeduldig, während allmählich die Verwirrung aus Toms Gesicht verschwand.

»Hast du jemanden erkannt oder erinnerst du dich an etwas Bestimmtes?«, fragte Luan, obwohl ihm klar war, dass die Entführer Gasmasken getragen haben mussten.

»W-was? Nein … Es ging so schnell.«

»Nichts Auffälliges? Besondere Klamotten, eine markante Stimme, irgendetwas?«

Tom schüttelte den Kopf.

»War ein Jaskier dabei?«

»Keine Ahnung, tut mir echt leid.«

Luan fluchte und Tom sank noch mehr in sich zusammen.

»Diese Kristalle fielen einfach von der Decke. Ich dachte nicht, dass das möglich ist.«

»Ist es auch nicht. Eigentlich.« Er bückte sich zu den Splittern auf den Boden und untersuchte sie, bemühte sich, eine Verbindung herzustellen, sie irgendwie zu aktivieren. Ungläubig betrachtete er die nutzlosen Überreste. Sie waren vollkommen energieleer.

Unruhig tigerte er durchs Zimmer und rieb sich die Stirn. »Und jetzt haben sie Isabell. Sie werden sie quälen und foltern, bis sie dieses verdammte Quantrém malt. Und sie wird es nicht malen, weil sie es nicht malen kann. Mir fehlt momentan jeder Anhaltspunkt, wo ich nach ihr suchen soll.«

»Bei denen vom Zirkel«, murmelte Tom.

»Geniale Idee«, fuhr Luan ihn an. »Du hast nicht zufällig sämtliche Adressen zum Abklappern?«

»Nein, natürlich nicht«, entgegnete Tom. »Ich wollte damit sagen, sie haben einen geheimen Stützpunkt hier in der Gegend.«

Mit einem Ruck wandte sich Luan zu ihm um. »Sie haben *was*?«

»Einen geheimen Stützpunkt.«

»Ich hab keinen Hörfehler.« Perplex starrte er Tom an. »Wie konnte uns das entgehen! – Das war rhetorisch, sag also nicht, weil er geheim ist.«

»Anscheinend wissen nicht mal alle vom Zirkel von seiner Existenz.«

»Woher hat einer wie du solche Infos?«

Von Mara kam ein unwilliges Schnauben und Tom hob eine Hand. »Hör mal zu. Einer wie ich mag bloß ein ahnungsloser Student sein und nicht deine sagenhaften Fähigkeiten besitzen. Aber einer wie ich riskiert seinen Arsch, weil er diese Dinge ausplaudert. Und ich stelle klar, dass ich das wegen Isabell mache, nicht wegen dir.«

»Ist angekommen«, erwiderte Luan und zögerte kurz. »Ich wollte dich nicht blöd anmachen.«

Er erntete einen verblüfften Blick.

»Nun gut, es war ein ziemlicher Zufall. Ich hab einen Cousin beim Zirkel. Die kapseln sich normalerweise total ab und bei Daniel ist das nicht anders. Bloß sind wir zusammen aufgewachsen und an diesem Abend zogen wir um die Häuser. Eigentlich kennt er sein Limit genau, aber da hatte er trotzdem zu viel erwischt. Ich glaube, er hat mich irgendwann mit einem aus seiner Truppe verwechselt …«

»Geht das in der Kurzfassung?«, unterbrach Luan.

Tom verdrehte die Augen. »Auf einmal fing er an, von diesem Stützpunkt zu erzählen. Einfach so, ich dachte, ich hab mich verhört. Er war wahnsinnig stolz drauf, dass ihn jemand dorthin mitgenommen hat, es ging für ihn um einen Job im Labor. Dieser Bunker muss irgendwo in der Umgebung liegen. Praktischerweise erinnerte er sich hinterher nicht mehr daran, dass er sich verplappert hat.«

»Praktischerweise, allerdings. Du wärst sonst tot«, stellte Luan klar.

Toms Wangen röteten sich. »Du sprichst von meinem Cousin!«

»Glaub mir, das zählt in dem Fall gar nichts. Weißt du noch den ungefähren Wortlaut? Denk gut nach.«

Tom überlegte. »Es war komplett wirr, ich dachte erst, er faselt von einem Kinofilm. Irgendwas mit vielen Autos.«

»Es gibt da viele Autos, so was wie ein Parkhaus oder ein Autohaus, oder man kommt über eine vielbefahrene Straße dorthin?«

»Tom runzelte die Stirn. »Ersteres. Er schwafelte was von High Tech und riesiger Chance, aber das war alles sehr zusammenhanglos.« Er zuckte hilflos die Achseln. »Ich weiß, das ist nicht grad viel, bloß an mehr erinnere ich mich nicht.«

»Wo wohnt er?«

»In der Innenstadt, aber die Adresse nützt dir nichts, er macht zurzeit Urlaub in Norwegen.«

Mara blickte unsicher von Tom zu Luan. »Sollten wir nicht möglichst schnell von hier abhauen und das woanders besprechen? Vielleicht kommen sie wieder, weil sie dich nicht erwischt haben.«

»Wenn sie Interesse an mir gehabt hätten, wären sie noch hier. Sie wollten einzig und allein Isabell.«

Luan hatte sich zwingen müssen, seiner Stimme einen ruhigen Klang zu verleihen, während etwas in seinem Innern immer lauter schrie. Er sah Isabell vor sich, verängstigt und hilflos. Er konnte nur inständig hoffen, dass sie nicht auf den Gedanken kam, einen der Drakier in Flammen aufgehen zu lassen. Eine solche Fähigkeit würde sie lebenslänglich zum Versuchsobjekt Nr. 1 machen.

Mara schaute ihn mit großen Augen an. »Selbst wenn du Isabell findest, wie willst du sie rausholen?« Sie biss sich auf die Lippen, vermutlich wurde ihr bewusst, wie wenig hoffnungsvoll sie geklungen hatte.

Luan erhob sich und fühlte, wie kalte Wut durch seine Adern schoss. »Ich bin ein Jäger.«

***

Er öffnete den schmalen Garderobenschrank rechts der Wohnungstür, gab den Code ein und die Rückwand schwang zur Seite.

»Was ist das?«, hörte er Mara verdutzt fragen.

»Mein persönliches Narnia«, antwortete er und schlüpfte in den kleinen fensterlosen Raum, der sofort von mehreren Lampen ausgeleuchtet wurde. Er nahm an der längsseitigen Konsole Platz, um sich die Umgebungskarten anzeigen zu lassen, und fütterte den Computer mit den relevanten Informationen. Die aufploppenden Ergebnisse ließen ihn leise fluchen: Auf die dürftige Beschreibung von Toms Cousin passten sechs verdammte Möglichkeiten, somit standen die Chancen miese 5 zu 1, um mit der falschen Reihenfolge kostbare Zeit zu verschwenden. Frustriert trommelte er mit den Fingern auf die Tischplatte.

Denk nach! Er schloss die Augen und verscheuchte die hässlichen Bilder aus seinem Kopf, die seine überreizte Phantasie ihm vorgaukelte. Dann schnappte er sich einen Tec2, aktivierte den Stab und richtete ihn im Bereich des Eingangs auf den Boden. Wenn es irgendwo eine Spur gab, die einen Hinweis auf Isabells Aufenthaltsort liefern konnte, musste sie hier zu finden sein. Doch nichts tat sich. Also zog er die kleine Schatulle mit den Kristallen aus der Hosentasche und ordnete die drei Steinchen im Dreieck. Er berührte sie mit den Fingern und stellte die Verbindung her. Zwischen ihnen entstand der Faden aus Licht, der in Wirklichkeit aus lauter winzigen, sich rasend schnell bewegenden Teilchen bestand – ein stabiler, unzerstörbarer Kreislauf.

Auf einmal geschah es: Der Lichtfaden zitterte und richtete sich anders aus, als wäre er ins Kraftfeld eines starken Magneten geraten. Etwas, das sich am Boden befand, saugte ihn an – und die Kristalle zerbarsten. Fassungslos blickte Luan auf die aggressiv aufglühenden Partikel zu seinen Füßen, nicht größer als Staubkörner.

Was in aller Welt bist du?

Rasch sammelte er die fremden Kleinstteilchen ein, indem er den Tec2 mit angeschalteter Ansaugfunktion darüberführte. Er setzte sich in der kleinen Kommandozentrale zurück an die Konsole und entnahm dem Gerät das Röhrchen mit den Partikeln. Dann legte er es in die Black Box, welche die Daten in den Computer übertragen würde. *Analyse – Start.* Ungeduldig beobachtete er die Fortschrittsanzeige, als könne er sie irgendwie zwingen, schneller zu arbeiten. Es dauerte ungewöhnlich lange, und als das Ergebnis endlich erschien, merkte er, dass er den Atem angehalten hatte. Materialprobe: nicht klassifizierbar. Erkannt: 92% Lumen.

Er starrte den Bildschirm mit den aufblinkenden Werten an.

Völlig unmöglich.

Erneut startete er eine Suche, und diesmal benötigte der Computer lediglich wenige Sekunden. Größtes Vorkommen im Umkreis von 50 Kilometern: Koordinaten N 48.8508167 E 10.4894909.

Der Schrottplatz. Er gab in das Tec2 die gewonnenen Daten ein und griff sich ein neues Handy, anschließend kritzelte er für Gabriel eine Nachricht. Als er diese Mara in die Hand drückte, schaute sie ihn erwartungsvoll an.

»Hast du eine Spur gefunden?«

»Ich hab ihren Stützpunkt lokalisiert. Dort muss sie sein.«

Zusammen mit noch einem Problem. Einem gewaltigen.

Ohne ein weiteres Wort wandte er sich ab und rannte zu einer Tiefgarage am Ende der Straße, wo ein vollgetankter BMW bereitstand. Er sprang hinein, startete den Motor, und der Wagen schoss vorwärts. In seinem Kopf kreiselten die Gedanken. *Was, wenn Isabell gar nicht dort war?* Hatte er etwas übersehen? Es lag nahe, dass sie an einen zentralen Ort gebracht worden war, zu einer Forschungseinrichtung, die Chimera vermutlich erschreckend ähnelte. Den Drakiern war jedes Mittel recht, um alles aus Isabell herauszuholen. Die Opfer der Mutanten, denen er im Lauf seines Jobs begegnet war, drängten sich überdeutlich in sein Bewusstsein. Wenn er zu spät kam, würde Isabell ihnen gleichen: Ein psychisches Wrack mit einem beschädigten Verstand.

9

Keine Stunde später stand er im Schatten eines Gebirges aus zusammengepresstem Blech. Mehr war von den Autos nicht zu erkennen. Weder die Modelle noch die Farben. Ein gleichmäßiger Staubfilm bedeckte die Wracks und wenn Luan die Augen zusammenkniff, sahen die aufgetürmten Autos fast wie ein sandfarbenes Felsmassiv aus.

Lautlos schlich er vorwärts, Amaras in der einen und den Aufspürer in der anderen Hand. Den Weg bis zum Schrottplatz hatte er ohne jede Rücksicht auf geltendes Tempolimit zurückgelegt, aber nun musste er sich zusammenreißen. Luan bewegte sich weiter im Schatten der toten Autos auf die Quelle dieser seltsamen Energie zu. Wäre Isabell nicht gewesen, hätte er dieses Vorkommnis sofort melden müssen. Was hier geschah, war nicht möglich. Lumenkristalle dieser Größe quasi zu pulverisieren und dazu so ein starkes Signal einer unbekannten Energieform … wäre Gabriel mit einer solchen Story gekommen, er hätte sogar im Winter nachgeschaut, ob nicht der 1. April war. So etwas gab es nicht, durfte es nicht geben.

Er erreichte eine Art Gasse und hielt inne, dicht an die zerdrückte Karosserie eines vermutlich blassblauen Pick-ups gepresst. Die trüben Scheinwerfer schienen ihn anklagend anzusehen.

Für dich kann ich nichts mehr tun, mein Junge. Sorry.

Luan beobachtete aufmerksam die Anzeige auf dem Tec2. Das kleine Gerät trug nun eine unschätzbar wertvolle Information in sich. Die Werte dieser unbekannten Substanz, die fähig war, Kristalle von immenser Größe einfach zu pulverisieren. Und auf eben dieses Pulver setzte er jetzt. Luan ließ den Tec2 nach weiteren Partikeln suchen. Den Radius erweiterte er so stark, dass die Messungen den eingefriedeten Schrottplatz abdeckten. Nichts. Gar nichts.

Er huschte über die sonnendurchflutete Gasse in den kühlen Schatten des nächsten Autobergs.

In diesem Bereich des Schrottplatzes hatte die Zeit deutliche Spuren hinterlassen. Die Autowracks hier stammten wohl aus den Anfängen dieser Anlage, viele waren nicht mal zusammengepresst, sondern einfach gestapelt worden. Pflanzen wuchsen aus Fenstern und offenen Kofferräumen. Teile der Innenausstattung lagen herum wie Gedärme, Spuren von Dieben, welche die seltenen Modelle ausgeweidet hatten. Luan entdeckte einen Abarth 1000 TC, eine Corvette Sting Ray und stieg sogar über die abgeblätterte Alutafel eines Chevrolet Bel Air. Gabriel hätte hier seine reine Freude gehabt. Der Aufspürer in seiner Hand vibrierte sanft und Luan blieb stehen. Ein Windstoß schoss durch die Reihen der Autoskelette und er schloss kurz die Augen, damit es ihm den feinen Sand nicht hineinwehte. Der Tec2 zeigte einen leichten Ausschlag und Luan folgte der Fährte, die Isabells Entführer hinterlassen hatten. Mikroskopisch kleine Körnchen der fremden Substanz, die von deren Schuhen abfielen.

Wo seid ihr Bastarde?

Mit dem Ärmel wischte er sich über das Gesicht. Dann bewegte er sich wieder vorwärts, bog bei der ersten Gelegenheit nach links ab. Sofort wurde das Signal schwächer. Er drehte um und ging zurück bis zu einer Kreuzung, entstanden aus zwei Gassen zwischen den Autobergen, beide etwa zehn Schritt breit. Die eine Gasse verlief offenbar schnurstracks von einem Ende des Schrottplatzes bis zum anderen, die zweite führte hinter ihm in die Richtung, aus der er gekommen war. Und vor ihm – lag eine Sackgasse. Geschätzte dreißig Schritt tief, endete sie mit einer Mauer aus gestapelten Autos und Unrat. Luan ignorierte das ständige Vibrieren in seiner Hand und machte einen Schritt in dieses unscheinbare Areal hinein. Der Tec2 meldete sich energisch, woraufhin Luan ihn auf Snooze stellte. Das war mehr als eine Spur, es musste eine Materialverdichtung geben, ganz in seiner Nähe. Die Quelle lag hier vor ihm, unsichtbar und doch bereit wie ein Tiger auf dem Sprung. Der Wind hatte aufgehört, konnte ihn in dieser Gasse nicht erreichen und trotzdem schien ihn etwas zu streifen, etwas anderes, Fremdes. Luan steckte den Tec2 und den Aufspürer in die Tasche seiner Jeans und warf einen Blick auf sein Handy. Kein Empfang. Er runzelte die Stirn, lief die kurze Strecke zurück zu der Kreuzung. Sofort erschienen drei Balken und er sah, dass Gabriel ihm zig Nachrichten geschickt hatte. Er konnte gerade noch die letzte Zeile sehen in der Vorschauansicht.

Ey, mach keinen Scheiß!

Zu spät, mein Freund. Luan trat erneut in die Gasse. Die Balken verschwanden.

Er steckte das Handy weg. Das Schwert nach vorne gestreckt, rückte er Schritt für Schritt vor. Er hatte den Abschnitt zur Hälfte hinter sich gebracht, als ein Energiestoß in seine Hand fuhr, der ihn fast von den Füßen riss. Luan ließ sich nach hinten fallen, rollte sich ab und kam wieder auf die Beine. Er hörte seinen eigenen keuchenden Atem, sein Blick flog von rechts nach links, über die sandbedeckten Karosserien. Was zur Hölle war das gewesen?

Schwer atmend blieb er stehen und wartete, bis das Kribbeln in seinen Muskeln etwas nachließ.

Mistkerle. Er sah sich um, ließ seinen Blick aufmerksam über die scheinbar tote Umgebung gleiten. Autos, Sand. Pflanzen.

Nein.

Er hob die Schwertspitze und beschrieb einen Halbkreis. Ein zarter Regen von kleinen goldenen Lichtern blieb kurz in der Luft hängen und senkte sich dann zur Erde. Als sie etwa in Kniehöhe angekommen waren, glühten sie einmal auf und erloschen. Als hätte sie jemand mit einem unsichtbaren Feuer verbrannt.

Interessant. Wieder schaute er zu den Autos rechts und links und nein, da waren tatsächlich keine Pflanzen. Nicht an diesen Wagen, hier wucherte nichts, stattdessen schienen die Autowracks an manchen Stellen wie mit einer Art schwarzem Rost überzogen.

Luan erzeugte noch einen Funkenregen, diesmal einen dichteren von drei Metern Länge. Und jetzt konnte er die Schranke sehen, die wie ein Laser durch die Schwertenergie glitt und sie vernichtete. Nur war es kein Laser.

»Alles klar, ihr wollt es nicht anders.« Er steckte das Schwert zurück an den Gürtel und drehte sich um. Nun würde er sich doch noch ein bisschen näher mit vergessenen Autos befassen und ihnen zu einer letzten guten Tat verhelfen.

***

Er brauchte kaum fünfzehn Minuten, aber das war immer noch zu langsam. In dieser Zeit konnten sie sonst was mit Isabell angestellt haben! Er zwang seine Gedanken ins Jetzt und verdrängte die Bilder. Das bremste ihn aus und wenn er deshalb einen Fehler machte, würde er sich das niemals verzeihen können.

Luan kehrte zurück zu der Strahlenbarriere und nun fielen ihm auch die kleinen, verkohlten Fetzen zu seinen Füßen auf, die meisten davon waren einmal Insekten gewesen. Jetzt zogen sie sich als feiner, grauer Aschestreifen über den Boden. Dass er das vorhin nicht bemerkt hatte! Die Sorge kostete ihn mehr, als er sich hatte eingestehen wollen.

Konzentrier dich!

Er packte die Stange mit den beiden verdrahteten Rückspiegeln daran fester. Wenn das nicht funktionierte …

Mit einer gezielten Bewegung senkte er die Spiegel herab. Es blitzte an der rechten Seite auf, ein Lichtstrahl wurde von dem Spiegel zurückgeworfen und gleich darauf stieg eine Rauchsäule irgendwo aus einem der Autowracks.

Eine weniger. Luan aktivierte das Schwert und ließ goldene Funken großflächig vor sich herabregnen. Er spürte eine Strahlenfalle nach der anderen auf und ließ sie sich selbst zerschießen, indem er über den Spiegel den Strahl zu seiner Quelle zurückschickte. Diese Idioten mochten über eine abgefahrene Energiequelle verfügen, aber sie hatten keine Ahnung, wie man einen vernünftigen Kreislauf hinbekam.

Ein leichtes Beben zog durch seine Fußsohlen und zauberte ihm ein grimmiges Lächeln ins Gesicht.

Aha. Ihr habt es also gemerkt.

Nur wenige Sekunden später knarzte Metall über Metall und durch die aufgetürmten Schrottautos vor ihm lief ein Ruck. Dann ratterten die Wracks vor seinen Augen zur Seite und gaben den Blick auf eine metallisch glänzende Box frei, die sich soeben aus dem Boden geschoben hatte und nun zum Stillstand kam. Nur war dieser Lift bemannt mit vier Drakiern, die jetzt langsam heraustraten. Jeder von ihnen hielt eine Schusswaffe in der Hand und Luan begriff sofort, dass es keine ihm bekannte Waffe war. Er schloss nicht aus, dass sie sich mit diesem Teufelszeug, das ihm letztendlich den Weg hierher gewiesen hatte, eigene Geräte konstruiert hatten, deren Wirkung man sich nicht ansatzweise vorstellen konnte. Was auch immer es war, sie zielten damit in diesem Augenblick auf ihn.

»Hi, ihr Drecksäcke«, sagte Luan höflich und stützte sich leicht auf die Metallstange in seiner Rechten, als wäre es ein Wanderstab.

»Der ist über die Barriere gekommen«, sagte einer der Männer.

»Völlig korrekt. Dem ist nichts hinzuzufügen.« Luan stellte ein Bein locker auf einer verstaubten Stoßstange ab, die aus der Erde ragte.

»Das ist unmöglich«, sagte ein anderer.

»Einspruch«, sagte Luan.

»Was willst du Vogel hier?«, fragte der Drakier, der zuerst gesprochen hatte.

»Nordic Walking«, erwiderte Luan und hob seinen Autospiegelstab. »Bin hier, um euch ein paar Nordlichter zu zeigen. Geht auch ganz schnell.« Seine Hand fuhr nach vorne, der Spiegel erreichte die Barriere, die direkt vor seinen Füßen verlief, aber diesmal hielt er die Spiegelfläche leicht schräg. Der Strahl blitzte an dem Glas auf und der Schrei des getroffenen Drakiers mischte sich mit dem Röcheln und Kreischen der drei anderen, als Luan den Strahl in einer einzigen, unglaublich schnellen Bewegung über ihre Körper rasen ließ. Dann legte sich Ruhe über den Platz. Es roch nach verbranntem Fleisch. Irgendwo hinter einem der Autos krächzte ein Vogel und ein leichter Nieselregen setzte ein. Dampf stieg vom Boden auf, als der Lichtstrahl die

Regentropfen erfasste und sie verpuffen ließ wie auf einer heißen Herdplatte.

Luan zerschoss die letzte Barriere und warf dann den Stab mit den Spiegeln beiseite. Er beugte sich über die Drakier und zog als Erstes eine Chipkarte von einem Gürtel, anschließend schnappte er sich einen Kommunikator. Danach zog er einem der Kerle die Jacke aus und schlüpfte hinein. Zumindest von Weitem würde er nun für einen von ihnen gehalten werden.

Er betrat die Metallbox, die so einladend auf ihn wartete. Jetzt musste er nur noch die Karte an der Innenwand durch den Scan ziehen und der türenlose Aufzug glitt abwärts. Mit einem leichten Ruck kam er etliche Meter tiefer zum Stehen. Luan hielt sein deaktiviertes Schwert unauffällig in der Rechten, doch in dem langen Flur vor ihm war niemand zu sehen. Die Wände aus Naturgestein und Lehm bildeten einen seltsamen Kontrast zu den modernen Deckenflutern, deren kaltes Licht jeden Winkel ausleuchtete. In unregelmäßigen Abständen reihten sich beidseitig identisch aussehende Eisentüren aneinander. Die erste war einen Spaltbreit geöffnet und er spähte hinein. An einer Wand waren mehrere Monitore angebracht, die Ausschnitte des Geländes wiedergaben. Verwaiste Spielkarten lagen auf einem runden Tisch verstreut. Diese Partie würde nie mehr zu Ende gespielt werden. Er führte den Tec2 über den Boden, doch es zeigte dort nur noch einen sporadischen Ausschlag an. Dafür strahlte die unbekannte Energiequelle umso kraftvoller. Er brauchte dringend Hinweise auf Isabells Aufenthaltsort, aber fürs Erste würde er diesen Spuren folgen.

Beinahe geräuschlos huschte er weiter in den Gang hinein. Unmittelbar vor einer Abzweigung vernahm er sich nähernde Schritte, dem Klang nach tippte er auf mindestens zwei Leute. Luan entschied sich für ein unauffälliges Verhalten. Mit den Fingern am Schwertgriff drehte er ihnen den Rücken zu und hob sein Handy, sodass er sie in dem spiegelnden Display erfassen konnte. Drei Männer passierten plaudernd die Kreuzung, einer blickte flüchtig zu ihm herüber, doch verschwand er mit seinen Kameraden in einem anderen Flur.

Heute ist euer zweiter Geburtstag, ihr wisst es nur nicht, dachte Luan grimmig. Er wartete kurz, bis sie außer Sicht waren, und hastete dann weiter. Zweimal bog er ab, bis eine schwere Eisentür ihn stoppte. Er zog die Karte durch einen Scanner an der Wand und die Tür glitt auf. Vor ihm lag ein durch halbhohe Stellwände abgeteilter Raum mit diversen technischen Gerätschaften. Es war kein Drakier zu sehen. – Wahrscheinlich feierten alle, dass sie Isabell erwischt hatten. Seine Aufmerksamkeit wurde von einem Arbeitsplatz angezogen, auf dem ein Monitor in wechselnder Folge sich ähnelnde Bilder zeigte. Mit einem unguten Gefühl trat er näher. Die Überwachungskamera erfasste mehr als ein Dutzend spartanisch eingerichteter Zellen. In den meisten waren zwei oder drei Personen untergebracht, allesamt eindeutig menschlich, und fast alle saßen oder lagen apathisch auf ihren Pritschen. Was war hier los? Er rief andere Einstellungen auf und merkte, dass sein Puls deutlich nach oben geschossen war.

Wo war Isabell? War sie ebenfalls in einer solchen Zelle gefangen? In welchem Bereich lagen diese Gefängnisse? Wenn hier Experimente stattfanden, musste es Protokolle geben, vielleicht fand sich auch ein Belegungsplan. Er setzte sich an einen der nebenstehenden Computer und startete mit fliegenden Fingern seine Suche. Kurz darauf ließ ein Geräusch ihn innehalten. Er sah auf und stellte fest, dass er nicht länger allein war. Im Eingang waren vier Drakier aufgetaucht, die ihn überrascht ansahen.

»Wer bist du?«, fragte einer.

»Der Mitarbeiter des Monats«, sagte Luan und zog sein Schwert.

***

Isabell öffnete mühsam die Augen und starrte auf eine weiße Wand vor ihrem Gesicht. Einen Moment lang hatte sie keinerlei Erinnerung, doch dann überrollten sie die Bilder. Panik überfiel sie, und fast wünschte sie sich, erneut das Bewusstsein zu verlieren. Alles besser als das, was sie erwartete! Sie registrierte, dass sie zusammengekrümmt auf einer unbequemen Matratze lag. Immerhin trug sie ihre eigenen Klamotten, Jeans und Trägertop, und sie fror darin jämmerlich. Benommen setzte sie sich auf und entdeckte dabei auf ihrem Handrücken ein Pflaster mit einer kleinen Mullauflage.

»Ich sehe, du bist wach«, sagte eine raue Stimme in ihrem Rücken, und sie fuhr mit einem leisen Keuchen herum. Sie blickte in das Gesicht eines etwa dreißigjährigen dunkelhaarigen Mannes, der auf einem Stuhl neben ihrer Pritsche saß, und sie kritisch betrachtete. Er besaß eindeutig die attraktiven Züge der Kier, doch wirkten sie hart, und Isabell suchte vergeblich nach Anzeichen von Empathie. »Ein leichtes Schwindelgefühl ist normal, wir mussten nachdosieren«, erklärte der Mann. »Ich bin dein Gastgeber, Patrick El Gato.« Er nickte mit dem Kinn in eine bestimmte Richtung. »Aus dem Wasserhahn dort kommt Trinkwasser. Ich gebe dir jetzt zehn Minuten. Dann wird sich zeigen, ob du den Aufwand wert warst.«

Isabell starrte ihm hinterher, als er ihr Gefängnis verließ und die Tür mit einem ächzenden Laut ins Schloss fiel. Ein Riegel schabte über Eisen, dann war es still wie in einem Grab. Sie rappelte sich auf. Misstrauisch sah sie sich um. Ihre Zelle war unerwartet groß, doch bildete besagtes Waschbecken nebst einer Toilette in einer Ecke zusammen mit der Pritsche die gesamte Einrichtung. Wurde sie beobachtet? Zu erkennen war nichts, aber was bedeutete das schon. Sie entschloss sich dennoch, das Zimmer nach etwas abzusuchen, das ihr als Waffe dienen konnte. Mit unsicheren Bewegungen kroch sie aus dem Bett. Zuerst stillte sie ihren Durst, es musste an dem Betäubungsmittel liegen, dass ihr Mund sich wie ausgedörrt anfühlte. Dann hob sie die dünne Matratze hoch, in der Hoffnung, vielleicht eine stählerne Sprungfeder am Lattenrost vorzufinden. Aber es gab lediglich Spanngurte, und auch ansonsten stieß sie auf nichts Nützliches – natürlich hatten ihre Entführer an alles gedacht. Ihr war inzwischen übel vor Angst.

Verschüttete Erinnerungen drängten an die Oberfläche ihres Bewusstseins, noch waren sie unscharf, doch nicht weniger furchteinflößend. Ein kurzes Bild schoss durch ihren Kopf, sie lag auf einer Pritsche, ähnlich wie dieser, festgezurrt durch breite

Lederriemen an Hand- und Fußgelenken. Eine Frau mit seltsam weißem Haar und Lippen wie Blut beugte sich über sie, ihre Stimme klang wie durch Nebel. Und als ihr Gesicht verschwand, kamen die Monster, schwarze Schatten, die sich auf sie stürzten.

Ich kann mich nicht wehren.

Sie keuchte auf, ihre Knie zitterten, und haltsuchend taumelte sie zur Wand. Erschöpft lehnte sie sich mit dem Rücken dagegen und versuchte, ihren Atem zu beruhigen. Allmählich ließ das Schwindelgefühl nach. Die Angst blieb. Und die Bestürzung darüber, was damals mit ihr geschehen war. Wie hatte sie das vergessen können?

Erinnere dich nicht.

Da war eine Ahnung von etwas Dunklem, um das ihre Gedanken flossen, so wie Wasser, das sich vor einem Stein im Flussbett teilt und an ihm vorbeiströmt. Es war, als wollte ihr Geist um jeden Preis vermeiden, an das Vergangene zu rühren.

Was würden die Kier ihr antun, wenn sie das Quantrém nicht für sie öffnen konnte? Ihr Albträume verpassen wie damals? Würde das schlimmer werden als das, was Tom mit ihr gemacht hatte? Vermutlich.

Erinnere dich nicht.

Besser, sie dachte an Luan, der versprochen hatte, sie zu schützen. Sie konnte sich nicht vorstellen, dass es ihm möglich war, sie zu befreien, aber zumindest spendete der Gedanke an ihn ihr ein wenig Trost.

Isabell schrak zusammen, als mit einem Knirschen der Riegel zur Seite glitt. Die Tür schwang auf. Schneller als erwartet war Patrick El Gato zurückgekommen, und er war nicht allein. Etwa zwei Dutzend weitere Kier betraten hinter ihm den Raum und musterten sie mit unverhohlenem Interesse, als sei sie das Glanzstück einer Ausstellung. Isabell jedoch registrierte die Männer nur am Rande. Sie starrte auf die einzige Frau, die in vorderster Reihe neben dem Anführer stand. Sie trug keine Alltagskleidung wie alle anderen, sondern einen weißen Kittel, das Haar war zu einem akkuraten Pagenkopf geschnitten und platinblond gefärbt, die Lippen knallrot geschminkt. Sie verzogen sich zu der

Andeutung eines Lächelns, das die Augen nicht erreichte.

»Ich sehe, du erinnerst dich, Isabell. Es ist eine Weile her.«

Isabell schluckte. *Nadja.* Sie war älter geworden, aber dennoch waren ihre Züge unverkennbar. Isabell brachte keinen Ton heraus, und offensichtlich erwartete es auch niemand von ihr. In ihrem Kopf überschlugen sich die Gedanken. Nachdem Nadja da war, musste sie in Chimera sein! Und das Grauen würde sich wiederholen. Bloß diesmal war keiner gewillt, von ihr abzulassen, wenn sie nicht die gewünschten Ergebnisse lieferte. Überdeutlich war das aus den Mienen der Anwesenden herauszulesen.

Die Frau sprach in kühlem Tonfall einfach weiter. »Wir wissen, dass du kurz davor bist, das Symbol zu vollenden. Und ich werde diejenige sein, die dir dabei hilft.«

Isabell holte tief Luft, und ihre Stimme zitterte nur ein bisschen. »Ich kann es nicht. Wenn ich es könnte, hätte ich das schon längst getan.«

Für Luan. Und ganz bestimmt nicht für euch.

Nadja lächelte ihr Raubtierlächeln. »Du verstehst nicht recht. Du hast keine Wahl. Ich wurde angefragt, weil ich die Beste auf diesem Gebiet bin, und hätte ich damals schon die Mittel gehabt, über die ich heute verfüge, wäre uns sicher bereits vor siebzehn Jahren der Durchbruch gelungen. Ich habe mich über dich auf dem Laufenden halten lassen, all die Zeit lang. Erst sah es so aus, als hättest du alles vergessen. Aber dann kam die Nacht zum Freitag vor fünf Wochen. Da hattest du einen ungewöhnlich heftigen Albtraum, nicht wahr?«

Isabell sah sie verständnislos an. Dann begriff sie. »*Sie* haben den ausgelöst!« Einen Augenblick lang sah sie die Szene vor sich: Mutanten, die sich nachts über sie hermachten, weil diese Verrückte sie bei ihr eingeschleust hatte!

»Ein kontrolliertes Anschieben. Es hat funktioniert. Und nun machen wir endlich weiter.«

»Moment! Was, wenn ich es hinbekomme?« Isabell versuchte, in Nadjas Miene zu lesen.

»Dann kannst du natürlich gehen.« Es kam ein wenig zu schnell, und Isabell war sicher, dass es gelogen war.

Nadja griff mit der Hand in eine Seitentasche und nickte einem der Männer zu. Bevor Isabell das Vorhaben durchschaute, war dieser bereits neben sie getreten und hielt sie fest. Sie sah den zufriedenen Ausdruck in Nadjas Gesicht, als diese sich über sie beugte und ihr die Spritze in den Arm stach. Hitze durchströmte ihre Adern, dann sackte sie zusammen. Benommen fühlte sie, dass sie zurück auf die Pritsche gelegt wurde und sich jemand an ihren Handgelenken und Knöcheln zu schaffen machte.

»Nicht fesseln!« Doch anstelle eines Aufschreis brachte sie lediglich ein schwaches Lallen zustande. Verzweifelt kämpfte sie gegen die Mattigkeit an und versuchte, sich zur Wehr zu setzen, aber sie war nicht einmal in der Lage, ihren Kopf zu bewegen. Ihr Körper gehorchte ihr nicht mehr. Sie spürte, wie ihr Bett sich bewegte, ihr wurde klar, dass es in die Raummitte gerollt wurde.

»Keine Angst«, beschwichtigte Nadja, und es klang in Isabells Ohren wie Hohn. »Wenn du kooperierst, wird es nicht weiter unangenehm für dich werden. Lass zu, dass ich deine Gedanken betrachte. Wenn du Widerstand leistest, wird es unnötig schmerzhaft für dich. Und das wollen wir doch nicht.«

Wilder Hass flutete durch Isabells Herz. Dieses Miststück würde nicht in ihrem Kopf herumpfuschen! Mit letzter Anstrengung krümmte sie ihre Finger zu Klauen, doch zu mehr Aufbegehren war sie nicht fähig. Sie war dieser Frau vollkommen ausgeliefert.

»Entspann dich«, hörte sie deren Stimme, und auf einmal erkannte sie, dass Nadja direkt in ihre Gedanken eingedrungen war.

Raus aus meinem Kopf!

Isabell wehrte sich mit aller Kraft dagegen, und plötzlich kam der Schmerz. Sie keuchte auf, während sich ihr Körper verkrampfte, und begann haltlos zu zittern.

»Ganz ruhig. Atme tief ein und wieder aus. Gib den Widerstand auf.«

Isabell verkrampfte sich noch mehr. Der Schmerz wurde schlimmer. Er saß in ihrem Gehirn und sie hatte das Gefühl, ihr

Schädel würde gleich explodieren.

»Du befindest dich in einem dunklen Gang. Einem Gang mit mehreren Türen. Schau auf die nächste Tür vor dir. Welche Farbe hat sie?«

Isabell versuchte Nadja auszublenden. Sie würde nicht antworten.

»Welche Farbe hat sie?«, wiederholte Nadja.

»Blau«, keuchte Isabell. Fassungslos hörte sie, wie ihr Mund diese Worte aussprach. Wieso hatte sie das getan? Ihr war übel, und sie meinte, sich jeden Moment übergeben zu müssen.

»Geh hindurch.«

»Nein.«

Ein schriller Schrei ertönte, langgezogen und qualvoll, und es dauerte eine Weile, bis Isabell begriff, dass sie es war, die schrie. Der Schmerz fraß sich durch ihren Kopf, und schließlich wimmerte sie nur noch.

»Geh hindurch.«

Ein fremder Wille stieß sie vorwärts, und sofort ließ der Schmerz nach. *War sie nicht einmal mehr Herr über ihren eigenen Willen?*

»Dummes Kind. Als ob du das lange durchhalten könntest. Nun lass uns anschauen, was du verbergen wolltest.« Isabell wusste, dass Nadja lächelte, und am liebsten hätte sie ihr die Fingernägel durchs Gesicht gezogen.

Was sollte sie schon verbergen? Sie hatte doch selbst keine Ahnung, was hinter diesen Türen steckte. Sie wollte es auch nicht wissen, und es sah nicht aus, als wäre dort irgendetwas zu finden, außer kalter grauer Nebel.

»Fangen wir mit etwas Einfachem an«, schnurrte Nadja zufrieden. »Zeig mir einen Ort, an dem du dich wohlfühlst.«

Augenblicklich lichtete sich der Nebel, und Isabell schaute entsetzt auf ihre Erinnerung, die wie aus dem Nichts auftauchte. Sie sah sich neben Luan am Pool von Santorin sitzen, die Sonne warm auf der Haut. Als er sich mit einem Lächeln zu ihr beugte, erkannte sie die Grübchen in seinen Wangen, und ihr wurde bewusst, wie tiefgründig seine meerblauen Augen tatsächlich waren.

Hitze wallte in ihr auf. Dieser besondere Moment ging verdammt nochmal niemanden etwas an, am allerwenigsten dieser grauenvollen Frau! Sie versuchte, Nadja aus ihren Gedanken auszusperren, sie fühlte die fremde Präsenz, doch wusste sie nicht, wie sie das anstellen konnte. Schon wechselte das Bild, nun befand sie sich mit Luan auf dem Bett und kippte Eiswürfel auf seinen Bauch. Blitzschnell packte er sie und warf sie herum, und fast konnte sie das Gewicht seines Körpers auf sich spüren.

Aufhören!

Aufgebracht tastete sie nach Nadjas Geist, versuchte, ihn irgendwie zu fassen, bevor diese noch mehr intime Details zu sehen bekam. Ein stechender Schmerz schien ihr den Kopf zu spalten und ihr Herz raste. Dann umfing sie Dunkelheit.

Sie wusste nicht, wie lange sie in einem gnädigen Vergessen dahingedämmert war, doch schließlich vernahm sie Stimmen. Sie waren betont leise, allerdings klang es nach einer hitzigen Debatte, und Isabell hätte gern etwas verstanden. Also hielt sie die Augen geschlossen und lauschte angestrengt, doch täuschen konnte sie niemanden.

»Sie ist wach«, bemerkte einer der Männer und sie hörte jemanden dicht an sie herantreten.

»Versuch das nie wieder«, zischte Nadja. »Du bewegst dich auf sehr schmalem Grat. Ich weiß nicht, wie du mich ausblenden konntest, aber du läufst dabei Gefahr, nie mehr richtig zu dir zu kommen. Anders ausgedrückt: Du verlierst den Verstand.«

»Wär blöd für euch«, konnte Isabell es sich nicht verkneifen und schlug die Augen auf. Sie schaute Nadja herausfordernd ins Gesicht.

Nadjas linkes Augenlid zuckte. Sie richtete sich auf. »Holt ihn rein«, gebot sie und zwei der Kier verließen den Raum.

Isabels Magen zog sich vor Angst zusammen. Wen sollten sie holen? Ihr wurde eiskalt. Hatten sie Luan erwischt? Oder jemanden aus ihrer Familie? Sie ließ die Tür nicht aus den Augen. Wenig später traten die beiden wieder ein und Isabell wurde beinahe übel vor Erleichterung, als sie den Mann in ihrer Mitte erkannte.

Jonas! Sofort meldete sich ihr schlechtes Gewissen, denn es gab keinen Grund zur Freude. Jonas sah entsetzlich aus. Er wurde von seinen Bewachern gestützt, offensichtlich war er kaum in der Lage, selbst zu gehen. Mit schmerzverzerrter Miene taumelte er näher und ließ sich auf den Stuhl fallen, den man ihm hingeschoben hatte. Sein Gesicht wirkte, als hätte ihn ein Boxer verprügelt, das eine Auge war zugeschwollen und blutunterlaufen. Er trug einen seiner eleganten Anzüge, doch war dieser blutbesudelt und zerrissen.

Nadja wechselte mit Patrick El Gato einen einvernehmlichen Blick. »Wir lassen euch in Ruhe reden«, sagte sie, und zu Isabells Verblüffung wandte sie sich um, um mitsamt den Kiern den Raum zu verlassen.

»Wie wäre es, wenn ihr vorher ihre Fesseln abnehmt?«, rief Jonas ihnen nach, doch niemand beachtete ihn. Die Tür fiel ins Schloss.

»Es tut mir leid«, begann Jonas leise. Er kniff stöhnend die Augen zusammen und griff sich mit der Hand an den Bauch.

»Ihre Wunde!«

»Wird schon wieder. Du weißt, wir haben gute Selbstheilungskräfte. Wichtiger ist, dass du verstehst, dass du dich nicht widersetzen darfst.«

Isabell blickte ihn verdutzt an. »Ich kann die Jaskier nicht von den Drakiern unterscheiden, aber ich bin ganz sicher, dass diese Typen hier nicht den Zugang zum Quantrém bekommen dürfen.«

»Du hast keine Ahnung, wo du gelandet bist, oder?«

»Ich bin in Chimera, denke ich. Nadja ist da. Sie ist …«

»Ich weiß, wer sie ist. Und du bist nicht in Chimera, sondern in der Zentrale der Drakier. Nadja arbeitet mit ihnen zusammen. Man hat mir eben Bescheid gesagt, dass du es geschafft hast, ihr den Zugang zu deinen Gedanken zu verweigern. – Tue das nicht. Sie hat nicht übertrieben, es ist mehr als gefährlich.«

Isabell sah ihn ungläubig an. »Ich soll mit den Drakiern zusammenarbeiten? Das ist nicht Ihr Ernst! Ich meine, ich kann dieses Miststück aus meinem Kopf zwingen, und ich werde es wieder tun!«

»Hättest du eine Wahl, würde mich dieser Rat in einen echten Gewissenskonflikt bringen. Aber du hast keine. Sie werden das, was sie wissen wollen, aus dir rausbekommen, bloß wäre es besser, wenn du hinterher noch bei Verstand bist. Ich sag dir das, weil ich weiß, wie viel du Luan bedeutest, und er liegt mir wirklich am Herzen.«

Isabell schluckte.

»Nadja hat ganz sicher nicht übertrieben?«

»Nein, das hat sie garantiert nicht.«

»Aber wieso ist sie daran interessiert, dass ich das heil überstehe, wenn sie doch sowieso alles aus mir herausbekommen kann?«

»Ich kann nur spekulieren, vermutlich halten sie dich für wertvoll genug, um sich Mühe zu geben, deinen Geist nicht zu beschädigen.«

»Was dann heißt, dass Nadja in einem Punkt auf jeden Fall gelogen hat. Ich komme hier nicht weg, auch wenn ich kooperiere.«

Ein mitleidiger Ausdruck erschien in Jonas' Gesicht. »Ich fürchte, nein. Aber immerhin hast du dann wenigstens eine Chance. Luan ist gut in dem, was er tut. Ich muss es wissen, ich bin sein Mentor.«

»Wieso sind Sie überhaupt hier?«

»El Gatos Leute haben die Villa aufgesucht und gehofft, ich könnte weiterhelfen.«

»Haben die dieses Zeug an Ihnen auch ausprobiert?«

»Nein, ich schätze, das funktioniert nicht bei unserer Spezies. Bei mir haben sie es mit deutlich simpleren Methoden versucht.« Er grinste verzerrt, und plötzlich begann er zu husten. Ein dünner Blutfaden lief aus seinem Mund und er krümmte sich auf dem Stuhl.

Isabell stöhnte entsetzt auf.

»Wird gleich besser«, keuchte Jonas, und tatsächlich normalisierte sich seine Atmung. Fast gleichzeitig öffnete sich die Tür, und die Kier kamen erneut herein.

»Zeit, die Plauderei zu beenden«, gebot Nadja. Ihr Blick streifte Jonas, dann wandte sie sich Isabell zu. »Ich hoffe für dich, meine Liebe, Jonas war überzeugend.«

Patrick El Gato nickte zweien seiner Männer zu, woraufhin diese Jonas nach draußen brachten. Er überprüfte persönlich Isabells Hand- und Fußfesseln, und sie starrte ihn voller Empörung an. Als ob Jonas in der Lage gewesen wäre, irgendetwas zu manipulieren!

»Gut, dass Sie nachsehen, grad wollte ich mich aus dem Staub machen«, sagte sie mit einer Selbstsicherheit, die sie nicht fühlte.

Mit einem Grinsen trat der Anführer zurück.

»Dann wollen wir mal«, begann Nadja. »Du hast es begriffen, ich werde meine Informationen bekommen, so oder so, und es ist mir gleich, wie sehr du leidest.«

Heiße Wut kochte in Isabell hoch und sie presste die Kiefer zusammen. *Du verlierst den Verstand.* Und wenn sie Nadja gar nicht erst reinließ? Sie wappnete sich.

»Du befindest dich wieder in dem Gang mit mehreren Türen. Eine davon ist rot. Geh hindurch.«

Niemals! Sie fühlte den Angriff auf ihren Geist, schloss die Lider und konzentrierte sich. Der heranrollende Schmerz ließ sie aufkeuchen. Plötzlich spürte sie einen Einstich in ihren Arm und gleich darauf pumpte etwas wie flüssiges Feuer durch ihre Venen. Und dann drückte ihr jemand die Kehle zu. Entsetzt riss sie die Augen auf und rang nach Atem. Aber niemand hatte die Hände an ihrem Hals. Nadja saß mit überlegener Miene neben ihr und betrachtete sie ungerührt.

»Die rote Tür«, wiederholte sie mit eisiger Ruhe. »Geh hindurch.«

Isabell schnappte panisch nach Luft, doch ihre Kehle war wie blockiert. *Unmöglich, sie würden sie nicht ersticken lassen!* Aber es fühlte sich genauso an. Verzweifelt riss sie an ihren Fesseln, ihr Körper versuchte sich aufzubäumen, doch die Riemen gaben nicht nach. Allmählich bettelten ihre Lungen um Sauerstoff. Da formte sich wie von selbst ein Gedanke in ihrem Kopf und ihr Finger beschrieb ein Zeichen. Sie starrte Nadja in die Augen.

Brenne.

Einen Moment lang tat sich gar nichts. Dann sah sie Flammen

in den platinweißen Haaren auflodern. Mit einem Schrei griff Nadja in ihre Frisur und sprang auf. Der Hocker fiel polternd um, als sie zurückwich. Isabell konnte noch immer nicht atmen, ihre Sicht verschwamm und sie hörte Nadjas Kreischen wie durch Watte. Nur der Schmerz blieb und fraß sich durch ihren Verstand. Jemand packte ihren Arm, es brannte kurz und sie holte rasselnd Luft.

Benommen erkannte sie El Gato, der die Spritze senkte. Er sah wütend aus. Dann driftete ihr Geist fort.

»Rot.« Die Worte drangen wie von weit weg zu ihr. Der Schmerz in ihrem Schädel war kaum zu ertragen, doch sie blieb bei Bewusstsein. Allmählich fokussierten ihre Augen die Gestalt neben sich. Ein Seidentuch kaschierte den hervorblitzenden Verband um Nadjas Kopf, außerdem fehlten die Augenbrauen und die Hände waren bandagiert. Das war alles. Es hatte nicht funktioniert.

»Rot.« Die Stimme war direkt in ihrem Kopf, laut und deutlich und voller Hass. »Geh hindurch. Glaub mir, du willst dich nicht noch einmal sträuben.«

»Nein«, krächzte Isabell. Sie versteifte sich.

Nicht durch die rote Tür.

Etwas in ihr zerbrach. Sie versuchte sich zu sammeln, aber jegliche Kraft floss aus ihr heraus wie Wasser aus einem kaputten Gefäß und sie verlor sich in dem finsteren Labyrinth ihrer Gedanken. Auf einmal sah sie Luan vor sich. Sie musste bei Verstand bleiben und das hier überstehen, irgendwie. Isabell legte die bebende Hand auf die Klinke. Dann drückte sie die Tür auf und ging hindurch.

NEIN!

Sie lag im Halbdunkel, ihre kleinen Hände umklammerten die hölzernen Stäbe des Kinderbettchens. Ein Geräusch hatte sie geweckt und nun beobachtete sie, wie die Vorhänge sich bewegten. Etwas Dunkles kroch durchs Fenster. Sie versteckte sich unter der Decke und hielt sie mit zitternden Fingern fest. Etwas zerrte daran, sie war zu schwach, sie festzuhalten und schon erschien der hässliche Kopf eines Monsters direkt vor ihrem Gesicht.

Plötzlich schien die Erinnerung blasser zu werden, wie eine verblichene Fotografie.

»Was tust du?«, fragte Nadja.

Ich will nicht … ich will es nicht sehen …

»Es ist wichtig«, sagte Nadja in eindringlichem Tonfall. »Schau dir diese Erinnerung genau an.«

»Nein!« Isabell hatte es laut geschrien.

»Konzentriere dich. Was geschieht jetzt?«

»Meine Eltern kommen ins Zimmer und das Licht geht an.«

Sie sah die Ereignisse wie durch einen Schleier.

»Da ist noch was«, sagte Nadja. »Zeig es mir.«

»Ich hab nicht hingesehen«, wisperte Isabell. »Ich hab mich verkrochen.« Sie konnte kaum sprechen und zitterte so, dass ihre Zähne aufeinanderschlugen.

»Du lässt etwas aus. *Was ist passiert?*«

»Gar nichts. Ich habe mich unter der Decke verkrochen und nichts gesehen.«

Das Bild begann, sich aufzulösen.

»Lüge«, sagte Nadja. »Sieh es dir genau an. Du verbirgst die Wahrheit nicht nur vor mir, du verbirgst sie vor dir selbst.«

Isabell starrte auf die Szene. Das Monster riss die Bettdecke zur Seite.

Und sie schrie.

Sie schrie panisch nach ihren Eltern – kurz darauf flog die Tür auf und die beiden stürzten ins Zimmer.

»Ich habe geschrien«, sagte Isabell mit tonloser Stimme. »Deshalb sind sie gestorben. Sie haben mich gehört und kamen, um nachzusehen.« *Es war ganz allein meine Schuld.*

Entsetzten packte sie. Das war es also gewesen! All die Jahre hatte sie geahnt, dass es etwas gab, vor dem sie sich fürchtete, und sie hatte nie gewusst, was das war. Sie trieb auf einem dunklen Ozean der Schuld, kaltes, schwarzes Wasser, das sie mehr und mehr in die Tiefe zog.

»Und nun will ich, dass du an dieses Symbol denkst«, rissen Nadjas Worte sie aus dem Strudel. »Lass es vor deinem inneren Auge entstehen.«

Einen kurzen Moment lang hatte es für Isabell keinerlei Bedeutung mehr. Fast ohne ihr Zutun bildete sich das Zeichen in ihren Gedanken.

Für einige Sekunden wurde es totenstill im Raum.

»Es ist fehlerhaft«, stellte Nadja fest.

»Das ist es immer«, antwortete Isabell mechanisch.

Im Hintergrund entstand leises Gemurmel, und mit finsterer Miene wandte sich Patrick El Gato an Nadja. »Du warst der Meinung, dass …«

Diese hob die Hand. »Ich weiß, was ich gesagt habe«, erwiderte sie gereizt. »Aber wir sind auf dem richtigen Weg. Ich bin nach wie vor sicher, dass sie ausschließlich in Situationen malt, die eine besondere emotionale Bedeutung für sie haben. Es wird einfach ein wenig dauern, sie zu knacken. Wir fahren fort und erhöhen den Druck.«

»Ich halte das nach wie vor für ein zu großes Risiko«, mischte sich ein Rothaariger mit Bart ein.

»Richtig, Armand, du hattest bereits Bedenken geäußert«, antwortete Nadja spitz. »Und wir waren uns einig, diese Entscheidung letztlich mir zu überlassen.«

»Was, wenn du sie nicht rechtzeitig rausholen kannst? Wenn du es vermasselst, bist du verantwortlich.«

»Ich *vermassle* es nicht.« Nadjas Stimme vibrierte vor unterdrückter Wut. »Wir beginnen in einer halben Stunde.«

»Das …«

»Genug!«, fuhr El Gato ihn an und der Bärtige trat wortlos einen Schritt zurück.

Isabell lag wie betäubt. Sie registrierte am Rande, dass fast alle aus dem Raum gingen, lediglich El Gato blieb. Seine Anwesenheit war ihr lästig, sie wollte allein sein. Sie erinnerte sich wieder an alles, und es war mehr, als sie ertragen konnte.

Mama, Papa, vergebt mir!

Ein Schluchzen stieg ihre Kehle hoch, doch wollten keine Tränen fließen, der Schmerz saß viel zu tief. Ihre Schuld fraß sich wie Säure durch ihr Innerstes. Wäre sie damals still geblieben, hätte keiner sterben müssen.

»Noch hast du Zeit«, unterbrach der Anführer ihre Gedanken. »Ich rate dir, dass du dir einfallen lässt, wie du das Symbol vervollständigst – bevor Nadja mit ihrem nächsten Versuch loslegt.«

»Euer bescheuertes Symbol ist mir grad so was von egal!« Wieso hielt der Kerl nicht die Klappe?

»Das wäre es nicht, wenn du wüsstest, was dich erwartet.«

»Wenn Sie sich so Sorgen machen, warum lassen Sie mich nicht einfach frei?«

»Kleine, ich mache mir um dich keine Sorgen. Ich will nur nicht, dass wir dich beschädigen, ohne Ergebnisse zu bekommen.«

»Dann solltet ihr diese Irre nicht an mir rumpfuschen lassen. Sie kann es nicht. Sie konnte es früher nicht, und sie bekommt es diesmal nicht hin.«

»Vielleicht hast du dir nur nicht so recht Mühe gegeben.«

»Oh doch, das hab ich. Ich hab es wieder und wieder versucht. Ich krieg das Quantrém einfach nicht auf.«

»Nun, wenn das so ist … dann ist Nadjas Methode möglicherweise wirklich das Einzige, was Abhilfe schaffen kann.«

Isabell schwieg. Eines hatte der Typ geschafft: Ihre Seele aus diesem dunklen Loch zu holen, in das sie sich hatte verkriechen wollen. Stattdessen kam die Angst zurück, und das mit aller Macht. Die Minuten tröpfelten dahin, und Isabell konnte nichts anderes tun als warten. Sie zwang sich, nicht in Panik zu verfallen. Die Ungewissheit war grässlich und zermürbte sie, und fast war sie erleichtert, als Nadja zurückkehrte. Diesmal war keiner der Drakier bei ihr, und ihre Absätze hallten auf dem Steinboden wider, als sie sich auf die Pritsche zubewegte.

Mit sachlicher Miene klebte Nadja ihr ein Plättchen unterhalb des Schlüsselbeins auf die Haut. »Mit dem Controller überwachen wir deine Körperfunktionen, um notfalls abbrechen zu können.« Anschließend drückte sie ihr eine erbsengroße Kugel in die Ohrmuschel. »Damit gebe ich dir Anweisungen. Ich selbst werde nicht anwesend sein. Niemand von uns ist das. Aber wir sehen und hören dich. Du wirst ganz allein sein, bis du das Symbol vollenden kannst oder wir den Versuch beenden. Verstanden?«

Isabell antwortete nicht. Sie starrte zur Decke hoch.

Sekunden später verspürte sie den Stich der Nadel in ihren Arm. Sie erwartete Schmerz, doch er kam nicht, stattdessen hörte sie, wie Nadja und El Gato den Raum verließen.

Wieder fiel die Tür ins Schloss. Isabell war nun vollkommen allein, und sie fragte sich, was der Grund war. Bisher hatte alles lediglich in ihrer Vorstellung stattgefunden – sollte sich daran etwas ändern? Würde es so gefährlich werden, dass keiner mit ihr in dieser Zelle bleiben wollte? Aber wieso war sie dann hilflos ans Bett gefesselt? Sie lag hier wie eine Opfergabe.

Ihre Überlegungen wurden von einem Geräusch unterbrochen. Mit einem leisen Surren glitt eine der Wände ihres Gefängnisses zur Seite und gab den Blick frei auf einen großen Raum dahinter, der im Halbdunkel lag. War das real? Oder war Nadja schon in ihren Kopf eingedrungen, und das gehörte bereits zu einer Illusion? Ihr fiel die Tarnung durch Speicherkristalle ein. Vielleicht war diese Wand nie vorhanden gewesen. Angestrengt versuchte sie, etwas zu erkennen.

Täuschte sie sich, oder waren dort Schatten, die sich bewegten? Ihr wurde eiskalt, und ihr Herz begann zu rasen. Etwas war dort, und es war riesig! Ein massiger, monströser Körper entstieg der Dunkelheit und schob sich langsam auf sie zu. Es war ein Ungeheuer aus einem jener Albträume, aus dem man schweißgebadet erwacht, doch dieses hier war so echt wie die Monster aus ihrer Kindheit, und es war deutlich größer. Sehr viel größer. Lautlos pirschte es sich näher heran, die gelben Echsenaugen flackerten tückisch, und eine lange schwarze Zunge leckte sich über das lippenlose Maul. Isabell zerrte an ihren Lederfesseln, sie schnitten ihr in die Haut, doch sie gaben nicht nach.

Welches verdammte Experiment lief hier ab? War etwas außer Kontrolle geraten? Dieses Ding hier war real, und auf einmal wusste sie, dass sie einen Savathan vor sich hatte. Er würde sich nicht mit ihrer Energie begnügen, sondern sie töten. Und nun ergaben die Worte von vorhin Sinn. *Was, wenn du sie nicht rechtzeitig rausholen kannst?*

Ihre Gedanken rasten. Musste sie erst das Symbol vollenden?

Gingen ihre Entführer wirklich dieses Risiko ein? Sie versuchte, genügend Konzentration aufzubringen, um es in ihrem Geist entstehen zu lassen, aber das Zeichen widersetzte sich, wollte einfach nicht die perfekte Form annehmen.

Der Savathan ließ sich Zeit, doch kam er immer näher, Isabell roch bereits seine Ausdünstungen. Ihr drehte sich fast der Magen um und ihr Körper verkrampfte sich, bis sie haltlos zitterte.

Ich werde hier sterben, wenn sie nicht abbrechen.

»Ich kann es nicht«, krächzte sie mit versagender Stimme in die Stille hinein, aber Nadja reagierte nicht. »Hört mich jemand? Ich kann es einfach nicht.«

Das Monster hatte sie erreicht und beugte sich über sie. Es öffnete weit den Schlund, ein schwarzes Loch mit rasiermesserscharfen Zähnen und einer dicken, zuckenden Zunge. Isabells Sicht verschwamm, ihr Herz raste. Sie war kurz davor, zu kollabieren.

Luan, dachte sie.

Der Savathan blies ihr seinen nach Verwesung stinkenden Atem ins Gesicht, Isabell wollte sich abwenden, doch konnte sie nicht anders, als wie gebannt auf den aufgerissenen Rachen zu starren. Auf einmal bäumte sich das Monster mit einem grässlichen Brüllen auf und wich ein Stück zurück. Isabell erkannte eine klaffende Wunde in seiner Seite, aus der schwarzes Blut wie klebriges Pech quoll.

»Endlich mal einer, der nicht mein Shirt verätzt«, sagte Luan und bohrte Amaras in den Hals des Ungeheuers.

Sprachlos sah Isabell auf Luan. Er war tatsächlich gekommen!

»Niemand kann einen Savathan töten«, erklang plötzlich Nadjas Stimme in Isabells Kopf, und in diesem Augenblick fuhr das Monster herum.

Seine Klauen waren lang wie Säbel, es hieb damit nach Luan, der sich im letzten Moment zur Seite warf. Er rollte sich ab, kam sofort auf die Beine und riss Amaras nach oben. Doch der Savathan war trotz seiner Masse überirdisch schnell und bereits über ihm, und dann war es für Isabell, als ob jemand einen dunklen Schleier über die Szene gebreitet hätte. Sie erkannte nichts mehr, hörte nur noch das grauenvolle Gebrüll des Untiers.

»Beende es«, forderte Nadja. »Gib uns das Quantrém. Du hast wenig Zeit.«

Isabell versuchte es. Sie zitterte vor Anspannung, es musste gelingen, dieses Symbol zu vollenden!

»Ich kann nicht«, wimmerte sie. »Es will einfach nicht! Bitte, holen Sie Luan da raus, bitte! Ich versuche es ja! So oft Sie wollen! Ich brauche Zeit!«

»Konzentriere dich. Du bist kurz davor.«

Isabell strengte sich an. Sie mühte sich, ihren Geist zu zwingen, doch das Zeichen widerstand hartnäckig, es war fast, als wehrte es sich gegen ihre Versuche. Sie vernahm einen Aufschrei und wusste, dass der Savathan Luan erwischt hatte.

»Tue es endlich«, verlangte Nadja eindringlich. »Es ist deine Schuld, wenn er stirbt.«

Deine Schuld. Die Worte trafen sie mitten ins Herz. In ihren Ohren rauschte es, steigerte sich zu einem unerträglich lauten hohen Ton, und ein gleißend heller Blitz schoss durch ihren Schädel. Sie rang nach Atem.

»Abbruch«, hörte sie eine Stimme sagen. Dann kippte ihre Welt ins Nichts.

10

Isabell erwachte am ganzen Körper zitternd. Sie registrierte am Rande, dass sie auf der Pritsche ihrer Zelle lag, aber sie konnte nur panisch an Luan denken. *Was war geschehen? Lebte er noch?* Es war niemand da, den sie hätte fragen können, man hatte sie allein gelassen.

»Hört mich jemand?«, rief sie. Ihre Stimme war kaum mehr als ein leises Krächzen, und sie erhielt keine Antwort. Man hatte ihr die Fesseln abgenommen, doch es führte ein dünner Schlauch aus ihrer Handvene zu einem Tropf, außerdem hatte man sie verkabelt wie bei einem EKG. Sie versuchte, sich aufzusetzen, sank aber kraftlos aufs Bett zurück. *Sie hatte versagt.* In ihrem Kopf wirbelten die Gedanken. War dies alles nur ein weiterer Versuch gewesen? *Wir erhöhen den Druck*, hatte Nadja gesagt. Das hatten sie wirklich.

Bitte, lass ihn nicht tot sein, flehte sie stumm. Falls Luan nicht mehr am Leben war, war ihr alles egal, sollten sie mit ihr machen, was sie wollten.

»Was ist passiert?«, schrie sie so laut sie konnte.

Wieder kam keine Antwort. Isabell riss mit zitternden Fingern die auf die Haut geklebten Elektroden von ihrer Brust und zog die Nadel aus dem Handrücken. Blut sickerte heraus und tropfte auf ihr Shirt, und sie presste das Mullpolster gegen die Einstichstelle. Sie überlegte. Es musste einen Grund geben, dass niemand antwortete. Gehörte dies zu einem neuen Experiment? Sie tastete nach dem Kommunikator in ihrem Ohr. Er war entfernt worden. Wieder versuchte sie, in die sitzende Position zu gelangen. Ihr wurde entsetzlich schwindlig, doch diesmal klappte es.

Bewusst langsam atmete sie ein und aus, schwang ihre Beine aus dem Bett und stellte sich vorsichtig auf. Mit der Zeit ließ das Schwindelgefühl nach und sie bewegte sich Schritt für Schritt auf die Tür zu. Ihre Finger umfassten die Klinke und drückten sie nieder, doch die Tür ließ sich nicht öffnen. Obwohl sie nicht ernsthaft mit einer unversperrten Tür gerechnet hatte, trieb ihr die Enttäuschung Tränen in die Augen und sie schluckte ein Aufschluchzen hinunter. Es galt jetzt, die Nerven zu behalten, irgendwie musste sie herauszufinden, was mit Luan geschehen war. Sie erinnerte sich, das Schaben eines Riegels vernommen zu haben – wie konnte sie den von innen erreichen? Sie überprüfte den Türspalt, doch dieser war so eng, dass sie mit Sicherheit nichts hätte dazwischenschieben können. Was, wenn Nadja allein zurückkommen würde? Hätte sie eine Chance, sie zu überwältigen? Ihr Blick fiel auf den Infusionsständer neben ihrem Bett, der aus Stahlrohren bestand …

Das Geräusch nahender Schritte ließ sie zusammenfahren, und da wurde auch schon kratzend der Riegel zurückgeschoben. Isabell machte einen Satz zur Seite, um hinter die sich öffnende Tür zu gelangen. Ohne nachzudenken warf sie sich mit aller Kraft dagegen, und sie hörte einen dumpfen Schlag und ein Aufstöhnen aus einer männlichen Kehle. Sie versuchte nach draußen zu schlüpfen, aber eine kräftige Hand packte sie und hielt sie eisern fest. Wie wild trat sie um sich und biss zu.

»Isabell! Hör doch auf, ich bin es!«, zischte der Mann.

Die Stimme brachte sie zur Besinnung und sie hielt erschrocken inne. »Jonas?«

Der Jaskier gab sie frei und rieb sich den Arm, auf dem der Abdruck ihrer Zähne erkennbar war. Betreten starrte Isabell darauf.

»Mach bloß keinen Lärm und komm mit!«, knurrte er.

»Aber …«

»Still! Später«, gebot er ihr und wandte sich um.

Isabell folgte ihm wortlos, obwohl ihr die Frage nach Luan auf der Seele brannte. Trotz seiner Verletzungen war der Jaskier erstaunlich schnell, sie hatte Mühe, sein Tempo zu halten. Ganz in der Nähe ertönten laute Schreie mehrerer Männer und Geräusche, die sie nicht recht einschätzen konnte. Unbeirrt führte Jonas sie durch das Gangsystem. Plötzlich blieb er so abrupt stehen, dass Isabell fast in ihn hineingerannt wäre. Er lauschte angespannt, dann legte er den Finger an die Lippen und blickte sie eindringlich an. Isabell nickte. Von da an bewegten sie sich langsamer vorwärts und Isabell bemühte sich, ebenfalls so leise aufzutreten wie er.

Sie gelangten in einen alten, verwahrlost wirkenden Teil, der offensichtlich kaum benutzt wurde, denn von den rissigen Betonwänden tropfte Wasser und in den Ecken lag Unrat. Manche der Deckenleuchten waren ausgefallen und nicht erneuert worden, und mit der Zeit spendete nur in größeren Abständen eine vereinzelte Lampe Licht.

»Dort hinein!« Er zog Isabell mit sich in eine finstere Nische.

»Was ist mit Luan?«, wisperte sie.

»Willst du damit sagen, er ist hier?«, fragte Jonas im ebenso gedämpften Tonfall zurück. Er klang überrascht.

»Ich … habe ihn gesehen. Er hat mich vor einem Savathan gerettet.«

»Allein gegen einen Savathan? Unmöglich. Er hätte dich nicht retten können.«

»Ich weiß nicht, ob er …« Isabells Stimme brach. Sie lehnte sich an die Wand und ließ sich in die Hocke gleiten, weil ihre Beine nachgaben.

»Ich bezweifle, dass er hier ist, vermutlich war das nichts als eine Illusion. Denk nicht drüber nach, zuallererst konzentrieren wir uns auf unsere Flucht.«

Isabell nickte wieder, obwohl Jonas es wahrscheinlich nicht sehen konnte. Sie war zu keiner weiteren Antwort fähig. Immerhin schöpfte sie aus seiner Reaktion ein wenig Hoffnung, vielleicht war wirklich nichts von dem Geschehen real gewesen.

»Weiter«, drängte Jonas plötzlich. Sein feines Gehör musste etwas wahrgenommen haben, was ihr entgangen war. Isabell rappelte sich auf und fühlte seinen Griff an ihrem Arm. Immer tiefer führte der Jaskier sie in die Dunkelheit hinein. Bald wurde der Boden unebener, und so vorsichtig sie die Füße auch setzte, sie erkannte absolut nicht mehr, wohin sie trat. Sie stieß gegen einen losen Stein, und mit einem dumpfen Poltern kollerte er vorwärts. Der Lärm durchschnitt die Stille, und Isabells Puls schoss nach oben. Jonas zog sie weiter, bog dann abrupt ab und presste sie hinter der Abzweigung gegen die raue Felswand. Wenig später vernahm sie Schritte. Erst verhallten sie wieder und Isabell hoffte, die Verfolger hätten einen anderen Weg eingeschlagen, doch Jonas packte sie am Arm und drückte ihn kurz als Mahnung, sich vollkommen still zu verhalten. Sie lauschte mit wild pochendem Herzen. Was hatte er gehört? Der Jaskier war verletzt und vermutlich unbewaffnet, ihre Chancen standen also schlecht. Kampflos aufgeben jedoch kam nicht infrage. Isabell ging in die Knie, um den Boden nach einem passenden Stein abzutasten, und wurde fündig. Entschlossen richtete sie sich wieder auf.

Sie meinte, ein Rascheln zu vernehmen und hob die Faust. Es blieb ihr nur, sich auf ihr Gehör zu verlassen, sie hielt den Atem an und konzentrierte sich auf den richtigen Moment. Plötzlich packte jemand ihr Handgelenk und eine Hand legte sich auf ihren Mund.

»Ich würde das lassen«, sagte eine leise Stimme dicht an ihrem Ohr, die sie unter Tausenden wiedererkannt hätte.

Isabell keuchte auf, vor Schreck wäre ihr fast die improvisierte Waffe entglitten.

»Ihr rennt ihnen direkt in die Arme, sie sind ganz nah«, raunte Luan. Er ließ sie los und nahm ihr den Stein ab. Isabell riss die Augen auf, doch konnte sie Luan in der Rabenschwärze nur erahnen. Dafür spürte sie ihn umso deutlicher, denn er zog sie eng an sich und hielt sie fest. Sie fühlte seine Lippen ihre Stirn streifen, und das gab ihr den Rest. Tränen schossen ihr in die Augen und sie musste gegen das Schluchzen ankämpfen, das ihre Kehle hochstieg. Diesmal war er real! Er war tatsächlich gekommen, und auf einmal wusste sie, alles würde gut werden.

Jonas räusperte sich vernehmlich, woraufhin Luan Isabell freigab und seine Finger mit ihren verschränkte. Ziemlich benommen ließ sie sich von ihm durch die Finsternis führen, ihr Gehirn hatte immer noch Mühe, das Geschehene zu verarbeiten und ihren Sinnen zu trauen, doch die Wärme seiner Hand zeigte ihr, er war wahrhaftig da.

»Hier entlang«, wies Jonas sie an, und sie änderten die Richtung. Vereinzelt erhellten nun wieder Deckenlampen ihren Weg, worüber Isabell einerseits froh war, andererseits verstärkte die Helligkeit das Gefühl, jeden Moment entdeckt zu werden.

»Wir müssen die Labore umgehen und uns mehr links halten«, warf Luan ein.

»Genau das hab ich vor.«

Sie hasteten durch einen nicht enden wollenden Gang, der keinerlei Abzweigungen oder Nischen aufwies. Isabell kam sich vor wie eine Maus in der Falle. Auf einmal stoppte Jonas.

»Treffer!«, stieß er erleichtert aus. »Der Zugang zu einem der Luftschächte.« Er packte ein verbeultes Abdeckgitter, das in Kopfhöhe in die Wand eingelassen war. Das Metall war so von Rost zerfressen, dass es sich ohne großen Kraftaufwand mit einem einzigen Ruck entfernen ließ. »Wenn es auch nicht so aussieht, man passt durch.« Er grinste ein wenig angespannt. »Ich hab es kürzlich getestet.«

Isabell fühlte, wie ihr Mund trocken wurde. Entsetzt starrte sie auf das kreisrunde, pechschwarze Loch.

»Klappt nur, solange man keine Panik wegen der Enge bekommt«, wandte Luan ein.

Jonas sah ihn irritiert an. »Laut Profil dürfte deine Kleine damit keine Probleme mehr haben.« Sein Blick wanderte zu Isabell. »Oder doch? Wir können jetzt nicht zurück.«

Isabell kämpfte gegen die aufsteigende Panikattacke an. »Ich versuche es«, brachte sie heraus.

»Tust du nicht«, entschied Luan. »Du würdest da drin kollabieren. Wir folgen einfach weiter dem Gang.«

»Das ist riskant!«, warnte Jonas.

»Jep. Beeilen wir uns.«

Sie hasteten weiter, und zu Isabells Furcht gesellte sich ein schlechtes Gewissen. Sie brachte alle in Gefahr wegen ihrer dummen Angstzustände.

Bei der nächsten Abzweigung bog Jonas nach rechts ab, doch Luan folgte ihm nicht.

»Falsche Richtung«, stellte er fest.

Jonas drehte sich zu ihm um. »Du täuschst dich.«

»Ich täusche mich nicht.«

Isabell sah ratlos von einem zum anderen. Luans Miene war finster, doch Jonas ließ sich nicht beirren.

»Diesmal schon«, widersprach er geduldig. »Die Richtung ist korrekt.«

»Nicht für Isabell und mich. Für dich ist sie es, da du uns unbedingt zu den Drakiern führen willst.«

Jonas starrte ihn entgeistert an. »Du stehst unglaublich unter Strom, daher will ich diese sonderbare Anschuldigung vergessen. – Warte, du kannst dich gleich davon überzeugen, dass ich euch richtig führe.« Jonas griff in seine Hosentasche. Er stutzte.

»Suchst du das da?«, fragte Luan. Er zog einen Gegenstand heraus, und Isabell erkannte den Knauf eines jener seltenen Schwerter.

»Seit wann bist du unter die Taschendiebe gegangen?«

»Seitdem ich dir misstraue. Und das tue ich schon eine ganze Weile, ich hatte nur gehofft, ich hätte mich geirrt. Weil ich dich für meinen Freund hielt und nicht für einen Verräter.«

»Verrat? Wie kannst du so etwas auch nur denken, sie haben mich gefoltert, …«

»Hör auf mit der Scharade«, unterbrach Luan ihn im scharfen Ton. Er klang angewidert. »Und bleib genau dort stehen, wo du jetzt bist. Ich will deine Hände sehen.«

Jonas hob wie zur Beschwichtigung die Hände. Sein Gesicht spiegelte Fassungslosigkeit wider.

Isabell war restlos verunsichert. Sie hatte mitbekommen, wie übel man Jonas zugerichtet hatte. Aber falls Luan richtig lag, war der Jaskier einfach nur ein raffinierter Schauspieler.

»Denk nach!«, beschwor ihn Jonas. »Warum wohl sollte ich Isabell aus ihrer Zelle befreit haben?«

»Um deine Tarnung aufrechtzuerhalten. Du hast gemerkt, dass ich mich schon fast zu ihr durchgeschlagen hatte, also hast du versucht, sie fortzuschaffen. So war es kein Risiko für dich, falls ich euch einhole. Du wusstest außerdem, dass der Albtraum bei Isabell wieder die Klaustrophobie ausgelöst hat, und genau deshalb hast du diesen Gang gewählt. Isabell kann nicht durch den Schacht, und so bringst du alle in Stellung wie Schachfiguren. Du willst, dass sie uns schnappen. – Wann hast du dich entschlossen, überzulaufen? Als du ihr Profil sahst? Du wolltest das Quantrém öffnen, und dir war jedes Mittel recht. – Und jetzt leg dich flach auf den Bauch, Hände und Füße ausgestreckt.«

Jede überraschte Verletztheit verschwand aus Jonas' Miene und er gehorchte. Luan zog Kabelbinder aus der Hosentasche und zurrte sie ihm um die Handgelenke. Er lauschte in den vor ihnen liegenden Gang hinein.

»Mitkommen. Langsam. Und ohne Lärm.«

Jonas setzte sich gehorsam in Bewegung und Isabell fiel auf, dass Luan ihn trotz der Fesseln auf Abstand zu ihr hielt.

»Du hast keine Ahnung, mein Junge, welche Chancen das Quantrém bietet.«

»Ach ja? Ruhm, Reichtum, Ehre? Der Klassiker also, weswegen man zu Abschaum wird und seine Freunde verrät? – Und seine Familie«, fügte er bitter hinzu. »Denn das warst du für mich.«

»Du bist immer noch wie ein Sohn für mich.«

Luan schnaubte verächtlich. »Spar es dir, bitte.«

Jonas nickte bedächtig und ein seltsames Lächeln erschien auf seinen Lippen. »Ich hab es dir immer gesagt. Man kann sich niemals sicher fühlen. Aber ganz so, wie du denkst, ist es trotzdem nicht gewesen. Ich kenne Nadja seit langem. Sie kam auf mich zu, als sie hörte, dass ich Isabells Fall übernommen hatte. Mir war klar, wenn jemand Isabell knacken kann, dann sie. Zu spät erfuhr ich, dass sie inzwischen für die Drakier arbeitet und ich musste mich entscheiden – auffliegen oder kooperieren.«

»Die Entscheidung fiel dir sicher schwer.«

Jonas schob das Kinn vor. »Was war es?«

»Du hast dich erkundigt, was ich heute noch vorhabe, als ich mit Isabell den Hubschrauber nehmen wollte. Dein Interesse war seltsam, privat hast du mich so etwas noch nie gefragt. Und deine Körpersprache hat mir verraten, dass du nervös bist … du hast mir beigebracht, auf Nuancen zu achten. Da hab ich angefangen, über das Offensichtliche nachzudenken. Ich hatte es anfangs nicht gesehen, weil ich es nicht sehen wollte. Als du Isabell beschattet hast, konnte sie angeblich nie Kier in Tarnung erkennen. Ich fand es immer unwahrscheinlich, dass ich der Erste war, bei dem es anfing. Dabei hatte sie den Albtraum Wochen früher gehabt, du musstest es also bemerkt haben. Du wolltest mich glauben lassen, dass Isabell in ihrem Elternhaus nachts von Drakiern besucht wurde. Eine absurde Vorstellung, dass ihr Vater so nachlässig gewesen sein soll. Es ist also zu dem Albtraum gekommen, als Isabell unter deinem Schutz stand, und das wäre dir niemals versehentlich passiert. Du warst außerdem einer der wenigen, die Zugang zu Isabells Geheimprofil hatten. Und du warst der Einzige, der überhaupt eine Ahnung hätte haben können, dass unser Sicheres Haus existiert.«

Jonas nickte wieder. »Es ist mein Job, alles zu wissen. Ich kenne dich besser als du dich selbst. Zugegeben – dieses Mal war es eng. Es war extrem mühsam, dieses Haus zu finden.« Es klang so selbstzufrieden, dass Isabell ganz übel wurde. War er auch noch stolz darauf, Luan erfolgreich hintergangen zu haben? Dieser Verrat musste Luan unglaublich schmerzen. Eine plötzliche Erkenntnis durchzuckte sie.

»Es war gelogen!«, platzte sie heraus. »Dass ich mich Nadja nicht widersetzen darf, weil es mir schadet. Nadja hat Sie geschickt, als sie merkte, dass sie bei mir nicht weiterkommt!«

Jonas' Antwort war ein herablassendes Lächeln, sodass es Isabell in den Fingern juckte, ihm das Grinsen aus dem Gesicht zu schlagen.

Luan sah ihn aus schmalen Augen an. »Wie fühlt man sich so als mieser Lakai? Ich geh mal davon aus, Isabells Fähigkeiten mit dem Albtraum anzuschieben war die Idee dieser Verrückten aus Chimera.«

»Unsere Zusammenarbeit war äußerst fruchtbringend.«

»Die Drakier schickten den Boten in Isabells Wohnung, um sich ein eindeutiges Bild von ihr zu machen. Sie hatten keine Ahnung von deinem Zusammenstoß, bei dem du angeblich schwer verletzt wurdest.«

»Wurde ich auch.«

»Nur bist du inzwischen viel fitter, als du mir glauben machen wolltest.«

Jonas nickte, und Isabell meinte, so etwas wie Anerkennung in seiner Miene zu entdecken.

»Wer war es?«, fragte Luan plötzlich. »Jemand von unseren Leuten kam dir auf die Schliche und du musstest ihn deshalb ausschalten.«

»Es ist jetzt genug.« Jonas' Gesicht verschloss sich.

»Vermisst wird seit diesem Zeitpunkt David Roth«, fuhr Luan leise fort. »Er war seit zwei Jahren verheiratet, seine Frau ist schwanger.«

»Unser Job ist nicht ohne Risiko.«

»Dafür sollte ich dich töten.«

»Wir wissen beide, dass du das nicht kannst«, antwortete Jonas gelassen. »Wieso siehst du es nicht so: Hinter dem Quantrém liegen unendliche Möglichkeiten. Was ist ein Leben gegen das von vielen?«

»Hör auf, mir wird übel. Die Drakier würden es ausbeuten, bis nichts mehr übrig ist.«

»Die Energiequellen sind quasi unerschöpflich. Da ist etwas Kollateralschaden verkraftbar. Du reagierst nur so empfindlich, weil du dir einbildest, dieses Mädchen zu lieben. Ich kenne dich, du tust es nicht.«

Isabell hatte Luan nie so wütend und gleichzeitig so eiskalt gesehen. »Wir verlassen dich hier«, sagte er und blieb vor einer weiteren Abzweigung stehen.

Auf Jonas' Gesicht erschien ein sardonisches Grinsen. »Wohl kaum.«

In diesem Augenblick explodierten die Enden der beiden Tunnel vor ihnen. Sie standen lichterloh in Flammen, und Luan fuhr herum, um Isabell in den Gang zurückzuziehen, aus dem sie gekommen waren. Doch aus diesem stürmten in großer Anzahl Drakier heran, eine einzige wogende Masse. Die schwarzen Gasmasken im Gesicht verliehen ihnen ein gespenstisches Aussehen. Etwas flog auf sie zu, klapperte über den Boden und blieb rauchend liegen. Ein beißender Geruch stieg Isabell in die Nase. Luan wies sie mit einer Geste an, die Luft anzuhalten und sah ihr einen kurzen Moment lang in die Augen.

»Vertrau mir.«

Er riss sie mit sich, versetzte Jonas einen Schlag mit der Handkante, als dieser sich ihnen in den Weg stellte, und dann waren sie an ihm vorbei. Isabell sah sich nicht um, sie tat, wie ihr geheißen, sie hielt die Luft an und rannte neben Luan her. Ihr Verstand wollte aussetzen, als sie erkannte, was er vorhatte. Sie jagten auf die Wand aus Feuer und Rauch zu, sie spürte die sengende Hitze. Es war unmöglich, dass sie heil hindurchkamen, sie würden verbrennen. Ihre Lungen wollten Atem schöpfen, doch sie gestattete es sich nicht.

Vertrau mir.

Sie begriff nicht, wieso Luan das tat, nicht einmal er konnte schnell genug durch eine Wand aus Feuer laufen, und erst recht nicht mit ihr zusammen, die ihn mit ihrer Langsamkeit behinderte. Ein paar Schritte waren sie entfernt, und schon zog er sie mitten hinein. Abwehrend hob sie eine Hand vor ihr Gesicht, als die Flammen über ihr zusammenschlugen, und ihr Herz setzte aus. Sie fühlte die heißen Feuerzungen an ihr lecken, und dann konnte sie nicht mehr. Sie atmete, erwartete, dass die Hitze ihre Lungen versengte, wunderte sich, dass sie keinerlei Schmerz verspürte. Ihr Körper müsste vor Pein vergehen. Dann waren sie hindurch. Vollkommen überrascht starrte sie Luan an und rang nach Luft.

»Tut mir leid, war keine Zeit zum Erklären«, stieß er hervor. »Es konnte nicht echt sein, sie hätten damit ihren kompletten Bau abgefackelt … Weiter!«

Isabell mühte sich, mit ihm Schritt zu halten. Ihr war klar, um die Verfolger abzuschütteln, durften sie diese auf keinen Fall in Sichtweite herankommen lassen. Zweimal bogen sie ab, doch das reichte nicht, sie brauchten irgendein Versteck. Sie hörte Luans Atem rasselnd gehen und warf ihm einen Seitenblick zu. Erschrocken erkannte sie, dass etwas mit ihm nicht stimmte, er hatte Schweißperlen auf der Stirn und presste den Mund wie unter großer Anstrengung zusammen. Er würde nicht lange durchhalten! Verzweifelt suchte sie eine Lösung, da entdeckte sie an der Wand einen Zugang zu einem Luftschacht, dessen Abdeckgitter verrostet am Boden lag.

»Da rein!«, keuchte sie. Sie fürchtete schon, dass Luan nicht darauf eingehen würde, doch er stoppte. Entsetzt sah sie, dass er taumelte und sich kurz an der Wand abstützte. »Du zuerst«, forderte sie ihn auf. Sie hoffte inständig, dass er überhaupt in der Lage war, zu der sich in Kopfhöhe befindlichen Luke zu klettern.

Luan ignorierte ihre Hilfe, er zog sich mit einem leisen Ächzen hoch und das dunkle Loch verschluckte ihn. Isabell mühte sich ab, an der mit Moosen überzogenen Wand Halt zu finden, schließlich erreichte sie die Öffnung und schob sich bäuchlings hinein. Schon hörte sie das Geräusch eiliger Schritte. Hatten die Drakier sie verschwinden sehen? Sie erwartete, dass jemand ihre Füße packte und herauszog, doch nichts dergleichen geschah und sie kroch vorwärts.

Die Enge schien sie zu erdrücken. Anfangs war es noch möglich, sich auf Knien fortzubewegen, aber dann musste sie sich wie eine Schlange durch die pechschwarze Finsternis schieben. Das Gefühl, lebendig unter Tonnen von Gestein begraben zu sein, wurde übermächtig, sie zitterte am ganzen Leib und begann zu hyperventilieren.

Ich muss für ihn durchhalten. Ich muss einfach. Ihretwegen war Luan in dieser Gefahr und er war verletzt. Sie durfte jetzt nicht versagen. *Es ist nicht zu eng, du kannst atmen.* Sie sagte es sich wie ein Mantra und zwang sich, stetig hinter Luan herzurobben. Er bewegte sich ungewöhnlich langsam und sie betete, er möge nicht zusammenbrechen. Wie sollte sie ihn da jemals herausbekommen?

Isabell hatte keine Ahnung, wie lange sie sich durch diesen Schacht quälte. Ihr eigener, viel zu schneller Herzschlag dröhnte ihr in den Ohren und sie kämpfte gegen den Drang an hysterisch loszuschreien. Irgendwann erkannte sie einen Lichtschimmer und endlich gelangte Luan ans Ende der Röhre und glitt nach draußen. Sie kroch hektisch hinterher und ließ sich kopfüber in die Tiefe fallen. Er fing ihren Sturz ab, und sie landeten beide auf dem harten Betonboden eines Raumes, durch den über eine Deckenscheibe Tageslicht drang. Isabell fand sich halb auf Luan liegend vor, und erst da wurde sie sich ihrer Dummheit bewusst.

»Hab ich dir wehgetan?«, fragte sie entsetzt und rollte sich von ihm herunter.

»Alles gut.« Er versuchte sich aufzurappeln und schien dabei noch etwas bemerken zu wollen, doch dann sackte er plötzlich in sich zusammen.

»Was ist mit dir?«, stieß sie hervor. Er war erschreckend bleich und seine Lider flatterten.

»Geht gleich wieder … kurz … ausruhen …« Er hockte minutenlang benommen am Boden und Isabell verging fast vor Sorge. »Irgendwas hat mich erwischt«, sagte er schließlich. »Hier.« Er führte seine Hand hinter den Rücken in die Gegend der Niere und schob das Shirt ein Stückchen hoch. »Guck mal nach. Dürfte aber nicht viel zu sehen sein.«

Isabell kniete sich hinter ihn und inspizierte die Stelle. »Da ist eine winzige Verletzung, sie blutet so gut wie gar nicht. Du hast recht, mehr erkenne ich nicht.«

»Ziemlich sicher eine Kralle. Drei Millimeter. Sieht aus wie eine Spinne. Du musst sie rausschneiden, möglichst schnell.«

»Aber ich kann doch nicht einfach … ich seh nicht mal, wo das Ding steckt!«

»Normalerweise nicht tief, so ein oder zwei Zentimeter unter der Haut.«

»In Ordnung«, erwiderte sie gedehnt. »Mit …?«

»Mit dem hier.« Luan ließ ein dünnes Messer aufschnappen und drückte es ihr in die Hand. »Keine Angst, sie müsste gut rausgehen. Berühre sie bloß nicht, das wäre, als würdest du in Säure fassen.«

Isabell schluckte. »Verstanden«, flüsterte sie. Er musste ziemliche Schmerzen haben, doch er zeigte es nicht. Sie setzte mit zitternden Fingern das Messer an und stach die Klinge ins Fleisch. »Es tut mir so leid!«

Luan blieb völlig reglos, er zuckte nicht einmal. Blut trat aus der Wunde und rann über ihre Finger, sie konnte nichts erkennen, alles war rot. *Nicht darüber nachdenken!* Doch gleich danach fiel etwas metallisch klappernd zu Boden und Isabell gab dem spinnenförmigen Ding mit der Klinge einen Schubs. Es schlitterte etliche Meter über den Beton und hinterließ dabei eine feine Blutspur.

»Gut gemacht«, murmelte Luan. Er klang restlos erschöpft. »Still jetzt noch die Blutung mit dem Shirt.«

Isabell half ihm, es sich über den Kopf zu ziehen. Er beobachtete, wie sie es zerriss und ihm notdürftig einen Verband anlegte.

»Gabriel hat recht. Ich sollte wirklich aufhören, Armani zur Arbeit anzuziehen.«

»Was?«

Ein Mundwinkel verzog sich zu einem angedeuteten Lächeln. »Nicht wichtig.«

»War dieses Ding lebensgefährlich?«

»Ja. Sobald es sich festgekrallt hat, gibt es ein starkes Gift ins Blut ab.«

Noch im Nachhinein durchlief es Isabell eiskalt.

»Aber jetzt ist es ja draußen«, fuhr Luan fort. »Den Rest erledigen die Selbstheilungskräfte. Und Ruhe. Rede mit mir, ich sollte besser nicht einschlafen.«

»Was ist mit dem Gift in deiner Blutbahn? Kann es dich immer noch umbringen?«, fragte Isabell mit einer Stimme, dünn wie brüchiges Glas.

»Nein.«

Sie kannte ihn inzwischen so gut, dass sie einen bestimmten Unterton heraushörte.

»Du lügst mich an, nicht? Du weißt, wie ich darüber denke. Ich hasse Lügen. Ich hatte so gehofft, du tust es nicht mehr.«

Luan schien mit sich zu ringen. »Ja. Es ist gefährlich.«

»Gibt es irgendetwas, das ich tun kann?«, wisperte Isabell.

»Immer noch das Gleiche wie vorhin. Mich wachhalten. Mein Organismus schaltet sonst zu sehr runter und ich wache vielleicht nicht mehr auf.«

»Hast du noch Schmerzen?«

»Wird langsam besser.«

»Und du bist in diesem Zustand durch diese Röhre gekrochen und hast mich aufgefangen«, ächzte Isabell.

Luan grinste matt. »Du lässt eben keine Gelegenheit aus, auf mir herumzuliegen. Ohne das würde mir direkt was fehlen.«

»Es … es muss doch etwas geben, das hilft, dieses Gift rauszubekommen. Soll ich etwas zu trinken für dich suchen?«

»Bleib einfach da.«

Isabell zermarterte sich das Gehirn, und auf einmal kam ihr ein Gedanke. Sie fühlte unfassbare Erleichterung, und gleichzeitig traf der Schock sie wie eine Abrissbirne.

»Was hast du?«, fragte Luan.

»Die Lösung.« Die Angst ließ ihre Stimme fast brechen, und sie bemühte sich um einen festen Klang. »Es ist so einfach.« *Und so entsetzlich schwer.* »Du musst nur von meiner Lebensenergie nehmen. Es ist doch so, oder?«

»Das ist völlig verrückt!« Die Fassungslosigkeit war ihm deutlich ins Gesicht geschrieben.

»Aber es würde funktionieren? Du hast mir mal gesagt, wenn du verletzt bist, musst du gegen den Drang ankämpfen, Menschen die Energie zu nehmen. Ich hab mir das gemerkt.«

»Ja, es stimmt«, sagte er unwirsch. »Aber es kommt absolut nicht infrage.«

»Also wärst du dazu in der Lage. Und es würde dir helfen.«

»Isabell, lass das. Du weißt nicht, was es mich grad kostet, es nicht zu tun. Ja, ich will deine Energie. Nein, ich werde es nicht tun.«

»Aber …«

»Es strengt mich an, mit dir darüber zu diskutieren. Ich überlebe auch so. Themenwechsel.«

Er rutschte näher zur Wand, um sich mit dem Rücken dagegenzulehnen. Dann schloss er müde die Augen.

»Luan«, wisperte Isabell. Es machte ihr unglaublich Angst, ihn so elend zu sehen, und sie wusste, dass sie gar keine Wahl hatte.

Sie kroch auf ihn zu, und dann schwang sie ein Bein über ihn, sodass seine Hüften sich zwischen ihren Knien befanden, und legte ihre Hand auf sein Herz.

Luan riss die Augen auf. »Was wird das? Lapdance ist grundsätzlich scharf, aber der Zeitpunkt ist falsch.«

»Sei kein Idiot! Du weißt genau, was ich will. Bitte, Luan. Lass es uns einfach machen, ich steh das durch.«

»Isabell, auch wenn du grad die Steilvorlage für Zweideutigkeiten lieferst – *geh sofort runter von mir.«* Aufgebracht packte er ihre Schultern, doch als sie sich vorbeugte, schob er sie nicht weg.

»Es ist meine Entscheidung. Du musst nichts weiter tun, als deinen Mund auf meinen zu legen. Ein bisschen wie bei einem Kuss, du …«

»Die Technik ist mir durchaus vertraut. Es nützt nichts. Hör auf, mich zu provozieren.«

Isabell nahm ihren Mut zusammen und berührte seinen Mund mit dem ihren. Er ignorierte es, presste die Lippen aufeinander, und sie begann frustriert, kleine Küsse auf seinen Mund zu hauchen. Vermutlich war das die falsche Taktik, und sie nicht besonders gut darin, denn er weigerte sich immer noch.

»Lass mich nicht so betteln«, wisperte sie. Sie wusste, dass ihre Wangen glühten, vielleicht auch aus Scham über die Zurückweisung. Ihr Herz schlug bis zum Hals, sie war nicht sicher, ob aus Angst, oder weil es ihr gerade überdeutlich bewusst wurde, dass sie ihn küsste. Obwohl er so unwillig reagierte, waren seine Lippen weich und unglaublich verlockend.

Er stoppte sie, indem er zwei Finger auf ihren Mund legte. »Niemals tue ich dir das an. Nie, Isabell.«

»Du tust mir noch viel mehr an, wenn du stirbst.« Sie zog seine Hand weg und strich mit der Zungenspitze über seinen Mund. Luan stöhnte auf, ein heiserer Laut, der tief aus seiner Kehle kam. Auf einmal umfing er ihren Nacken und öffnete für sie die Lippen. Einen Moment lang empfand sie nichts als Panik. Gleich würde er ihre Energie aus ihr heraussaugen, und sie bereitete sich auf den Schmerz vor. Doch er tat es nicht. Stattdessen fing Luan an, sie zu küssen. Sie hatte nicht mit dem Hunger gerechnet, mit dem er das tat. Und sie hatte nicht damit gerechnet, wie sehr es ihr gefiel. Eine unbekannte Empfindung erwachte in ihr, heiß und süß zugleich. Ihr Körper wurde weich und nachgiebig, und sie drängte sich mit einem tiefen Seufzer an ihn. Sie nahm jedes Detail seines Körpers wahr, jeden angespannten Muskel, jede Sehne, das Gefühl von Seide, als ihre Finger durch sein rabenschwarzes Haar glitten. Luan strich mit einer Hand langsam über ihren Rücken, eine Berührung, die sie bis ins Mark erschauern ließ.

Das hier lief gründlich schief, sie hatte es nie beabsichtigt, aber ihr Körper interessierte sich nicht für Vernunft. Seine Reaktion hatte sie völlig überrumpelt, sie wusste, dass sie nicht die Kraft hatte, sich von Luan zu lösen. Er fing an, seine Lippen ihren Kiefer entlangwandern zu lassen, zog eine glühende Spur bis zu ihrem Ohr. Sie barg ihr Gesicht an der zarten Haut seiner Halsbeuge und atmete tief seinen Duft ein. Es war eine herbe, berauschende Note, aufregend und dennoch vertraut. Hitze stieg in ihr hoch, sie versuchte, ihm noch näher zu kommen, presste sich tiefer in seinen Schoß und strich mit der Hand über seine Rippen bis zur Muskulatur seines harten, flachen Bauchs über dem Bund der Jeans. Auf einmal fühlte sie, dass er ihr Handgelenk umklammerte. Sie hielt inne.

»Isabell, du bist eine Lügnerin«, sagte er.

Sie blinzelte verwirrt.

»Wieso fällt es dir so schwer, es dir einzugestehen.« Sein Blick war so intensiv, dass Isabell fast schwindlig wurde. »Ist es wirklich so schrecklich, sich in mich zu verlieben?«

»Ich … ich will das aber nicht«, flüsterte sie. Sie konnte nicht verhindern, dass ihre Stimme zitterte.

Er betrachtete sie mit glühenden Augen. »Dazu dürfte es zu spät sein. Oder wie soll ich das eben deuten?«

»Vergiss das am besten wieder, ja?«

Forschend sah er sie an. »Wovor hast du solche Angst?«

Sie blieb ihm die Antwort schuldig.

»Ich kann es dir sagen.« Sein Tonfall war sanft und voller Mitgefühl. »Die Menschen, die du am meisten geliebt hast, haben dich verlassen. Deine Mutter und dein Vater. Es war keine Absicht, aber es ist so geschehen. Wenn das einem Kind passiert, hat das Auswirkungen auf sein weiteres Leben. Du kannst nicht mehr einfach so vertrauen. Du denkst, ich verlasse dich genauso. Und du hast sogar Grund zu denken, dass ich das tue. Aber es stimmt nicht. Ich habe mein Leben lang auf dich gewartet, auf das Mädchen, das ich lieben kann. Ich werde dich nicht aufgeben.«

Isabell nickte langsam. »Ich – ich habe verstanden.«

»Wirst du darüber nachdenken?«, fragte er eindringlich.

Wieder nickte sie.

»Mehr will ich nicht von dir. Zumindest nicht für den Moment.«

»In Ordnung.« Sie hatte Mühe, einen klaren Gedanken zu fassen. »Wie – wie geht es dir inzwischen? Ich meine, wegen des Gifts.«

Er hatte seinen Kopf erschöpft gegen die Wand sinken lassen, doch ein zuversichtliches Lächeln umspielte seine Lippen. »Deine Behandlung hat recht gut angeschlagen. Ich bin hellwach.«

Isabell stöhnte leise auf. Es war ihr immer noch peinlich, zu was sie sich hatte hinreißen lassen.

»Wie lange dauert es, bis das Gift aus dir draußen ist?«, wollte sie wissen.

»Einige Zeit, aber in einer halben Stunde dürfte man mir nicht mehr viel anmerken …« Er unterbrach sich und horchte. »… bloß haben wir die nicht.«

»Was hörst du?«

»Jemand kommt …« Nein, nicht jemand«, verbesserte er sich. »*Etwas.*« Isabell sprang auf und streckte ihm die Hand hin, um ihm aufzuhelfen. Mühsam kam er auf die Füße und fischte dann ein kleines Gerät aus der Hosentasche. Er tippte kurz darauf und betrachtete mit irritierter Miene die Anzeige.

»Was ist los?«, wollte sie wissen.

»Wir müssen weiter.« Mehr erklärte er nicht, und sie scheute sich nachzufragen.

Sie durchquerten den Raum und Luan öffnete die nächste Tür. Ein Korridor lag vor ihnen, der sich kaum von den anderen Gängen dieses Bunkers unterschied, allerdings fiel durch vereinzelte kleine Oberlichter an der Decke spärliches Tageslicht.

Besorgt beobachtete Isabell, wie Luan sich vorwärtsschleppte. Seine Bewegungen waren schwerfällig und hatten rein gar nichts mehr von der üblichen tänzerischen Anmut. Sie mussten ein Versteck finden, und das dringend.

Am Ende des Ganges erreichten sie eine schmale, baufällige Treppe, die nicht nach oben, sondern noch tiefer in die Eingeweide der Erde führte. Isabell warf Luan einen verunsicherten Blick zu. Er nickte nur und sie stiegen hinab in die Dunkelheit. Isabell tastete sich vorwärts.

»Wo sind wir?«, wisperte sie. Sie hatte den Eindruck, sich immer weiter von einem möglichen Ausgang zu entfernen.

»Uralte Katakomben, ein ziemliches Labyrinth«, war die Antwort. »Aber irgendwo muss es eine Verbindung zu einem Tunnel der U-Bahn geben, ich hab vorhin Pläne dazu entdeckt.«

»U-Bahn?« Isabell glaubte sich verhört zu haben.

»Von der Endstation aus führt ein geheimer Zugang in ihren Stützpunkt. Wir befinden uns ganz nah dran, in einem unbenutzten Teilstück. – Warte!«

Isabell stand regungslos. Sie lauschte, doch vernahm sie lediglich ihren eigenen aufgeregten Atem.

»Kommt jemand?«, wisperte sie.

»Er muss uns erst mal finden.«

»Von wem sprichst du?«

»Einem Savathan. Zumindest denke ich das. Der Aufspürer hat merkwürdige Werte angezeigt. Kann aber auch an dem vielen Beton und dem Gestein hier drunten liegen.«

Isabell stöhnte. »Du hast nicht den Hauch einer Chance gegen einen Savathan.«

»Man hat immer eine Chance.«

»Nicht, wenn du noch so schwach bist.« Sie ließ ihre Worte nachklingen. Luan schwieg.

»Entscheide dich«, flüsterte sie schließlich. »Ich gebe lieber meine Energie dir, als dass ich ihnen in die Hände falle. Sie werden mich quälen, bis nichts mehr von mir übrig ist. Ich … ich bin dir nicht böse, wenn es schlimm für mich wird. Du rettest mich ja damit. Zumindest vielleicht.«

»Du weißt nicht, was du verlangst.«

»Eine Chance«, sagte Isabell.

Luan schwieg. Sie versuchte, eine Reaktion wahrzunehmen, doch war es viel zu dunkel, um etwas zu erkennen. Plötzlich legten sich seine Hände mit leichtem Druck auf ihre Schultern.

»Hasse mich nicht.« Seine Finger streiften zart ihre Wange.

Sie nahm seinen warmen Atem wahr, bevor er seinen Mund auf ihren legte.

Sie öffnete ohne zu zögern die Lippen, und dann fühlte sie die lockende Bewegung seiner Zunge. Es war anders als mit Tom, aber das lag vielleicht daran, dass der nicht die Absicht gehabt hatte, sie zu küssen. Sie versteifte sich, wartete, dass etwas Schreckliches geschah, etwas, das entsetzlich weh tat und sie an den Rand des Wahnsinns trieb. Luan unterbrach kurz den Kuss, wisperte ihr beruhigende Worte in dieser Sprache zu, die sie nicht verstand, und sie entspannte sich ein wenig. Dann küsste er sie wieder, diesmal leidenschaftlicher. Isabell hörte auf zu denken, sie erwartete nichts mehr, ließ es einfach nur geschehen. Er zog sie mit sich zu Boden und sie spürte sein Gewicht auf ihrem Körper. Einen Augenblick lang stieg eine dunkle Erinnerung in ihr hoch, und die Panik war wieder da, doch dann konzentrierte sie sich auf Luan. Zögernd ließ sie die Hände über seinen nackten Rücken wandern und strich über seine Rippen. Seine Haut fühlte sich an wie Seide. Als er sich auf ihr bewegte, schlang sie instinktiv die Beine um seine Hüften. Er stöhnte in ihren Mund und sog vorsichtig ein. Isabells Herzschlag setzte aus. Sie nahm wahr, wie Energie aus ihr strömte, es war eine sonderbare Erfahrung, und zum ersten Mal empfand sie Schmerz. Doch er tangierte sie kaum, sie fühlte sich wie in Watte gepackt, so, als würde sie schweben. Sie wurde unendlich müde. Träge fuhren ihre Hände über Luans Körper, schließlich ließ sie kraftlos die Arme sinken und glitt ins Vergessen.

Das Erste, was sie hörte, war ihr Name. Luan wisperte ihn, eindringlich und besorgt. Sie lagen zusammen auf dem Boden und er hielt sie im Arm, den Kopf an seine Brust gebettet.

»Hat es funktioniert?«, fragte sie benommen.

»Ja. War es sehr schlimm?« Luan hatte die Taschenlampe seines Handys aktiviert, und in dessen Schein erkannte sie deutlich, wie angespannt seine Miene war.

»Gar nicht.«

Er gab einen ungläubigen Laut von sich.

»Es war wirklich nicht schlimm, ich denke, das lag an dir.«

»Das musst du mir später erklären. Kannst du aufstehen?« Er streckte ihr die Hand hin, und sie ließ sich auf die Beine ziehen.

»Ich trage dich«, entschied er und nahm sie hoch. Er ignorierte ihre Proteste und lief los. Im Grunde war Isabell dankbar dafür, sie war todmüde und ihr Kopf fühlte sich leer an. Sie starrte auf die Wände und merkte, wie sie allmählich wegdriftete. Irgendwann schreckte sie verwirrt auf.

»Du solltest mich nicht tragen!«

»Du läufst im Schlaf zu langsam«, kommentierte Luan und setzte sie ab. »Sicher, dass du fit bist? Es macht mir nichts aus.«

»Danke, aber es geht schon.« Mit Beinen wie Pudding machte sie sich auf den Weg, doch nach ein paar Minuten kam ihr Kreislauf in Schwung, und es wurde besser.

»Hast du ihn nochmal gehört?« Sie vermied bewusst die korrekte Bezeichnung, so als wäre die Gefahr dann weniger groß.

»Er gibt sich keine Mühe, leise zu sein.«

Isabell stöhnte auf und verfiel dann ins Schweigen. Plötzlich packte Luan sie am Arm, und sie schrak nervös zusammen.

»Hier rein!«

Erst jetzt bemerkte Isabell die in eine Nische eingelassene Eisentür. Sie war unverschlossen, und sie schlüpften hindurch. Mit einem klagenden Laut ließ sich der wuchtige Riegel vorschieben. Sie befanden sich nun in einem breiten Tunnel, Isabell wollte schon weiterhetzen, als Luan sie zurückhielt.

»Sinnlos«, sagte er. »Verzieh dich in die Ecke da drüben und halt den Kopf unten.«

Isabell nickte, sie brachte vor Entsetzen keinen Ton heraus und stolperte auf eine Ausbuchtung in der Wand zu. Dort kauerte sie sich in den tiefen Schatten.

Luan legte das Handy in einiger Entfernung zu ihr ab, sodass das Licht sie nicht erreichte.

»Amaras«, rief er sein Schwert auf, und es antwortete mit einem hellen Strahlen. Luan machte sich bereit. Und da hörte sie es auch. Es war ein schauriger Ton, der anschwoll und wieder verebbte, und keiner Kehle eines natürlichen Wesens entstammen konnte. Etwas kratzte wie mit scharfen Krallen gegen das Eisen der Tür und verursachte ihr Gänsehaut. Einen kurzen Moment lang gab sie sich der Hoffnung hin, die verriegelte Tür wäre stark genug, dem Monster den Zugang zu verwehren. Doch auf einmal drang ein schwarzer Rauchfaden unter dem Türspalt hindurch. Gebannt starrte sie darauf. Noch mehr dieser Substanz quoll durch die Ritzen, etwas wie Finger streiften am Riegel entlang, und die Tür flog auf. Der Rauch erfüllte innerhalb weniger Sekunden den Raum. Er verdichtete sich und formierte sich zu einem übermannshohen Wesen, das wirkte, als sei es Dantes Inferno entsprungen. Es roch nach Verwesung und faulendem Fleisch, und nun erkannte sie flackernde rote Augen, die auf Luan gerichtet waren.

»Ich kenne dich«, sagte Luan, und aus ihm sprach blanker Hass. »*Du* bist es gewesen. Ich habe lange nach dir gesucht.«

Der Savathan gab ein schnarrendes Geräusch von sich, das entfernt an Lachen erinnerte. Dann begann er, mit heiserer Stimme zu sprechen. »Und mich gefunden. Oder ich dich. Es spielt letztlich keine Rolle, du wirst ebenso sterben wie sie damals, und ich werde dich zerfetzen und deine Eingeweide über dem Boden verteilen.«

»Das haben schon einige vor dir versucht«, erwiderte Luan kalt. »Wer hat dich zu dem hier gemacht? Du bist eine Monstrosität, die es nicht geben dürfte. Und ich denke, deine Zeit ist abgelaufen.«

Abgrundtiefe Bosheit spiegelte sich auf der Fratze des Savathans wider.

»Deine Eltern haben genauso gedacht, und zum Schluss lagen sie um ihr Leben bettelnd in ihrem Blut.«

Isabell keuchte auf.

»Du lügst. Solche wie du lügen immer.«

Das Monster gab ein freudloses Kichern von sich, das Isabell durch Mark und Bein fuhr.

»Woher willst du das wissen? Du kennst keine anderen. Ich bin der Einzige. Ich bin schon lange da, und ich werde lange nach dir da sein.«

»Das werden wir gleich sehen«, sagte Luan und stieß sein Schwert mit einer blitzschnellen Bewegung vorwärts. Es traf den Savathan mitten in die Brust, doch wurde dessen Körper an dieser Stelle einfach zu Rauch, der sich teilte, und der Hieb ging ins Leere. Sofort setzte Luan nach, in einem Wirbel von Licht brachte er mehrere Treffer an, die vermutlich jeden anderen Gegner in Stücke geschnitten hätten.

»Deine Schnelligkeit nützt dir nichts, kleiner Jäger.« Die Stimme des Monsters triefte vor Hohn. »Du kannst das Mädchen nicht schützen.« Er spie die Worte aus. *»Genug der Spiele.«*

Dunkelheit hüllte Luan ein, und Isabell konnte nichts mehr erkennen. Eine Stichflamme schoss an die Decke des Tunnels, und fast gleichzeitig warf Luan sich rückwärts und gelangte so außerhalb der Reichweite des Savathans, der ein infernalisches Brüllen ausstieß. Isabell starrte auf Amaras. Das Schwert brannte lichterloh in einer weißen Flamme, so gleißend hell, dass sie den Blick abwenden musste.

Luan bewegte sich mit katzenhafter Anmut vorwärts, wich einer Krallenhand aus, die aus dem Zentrum der Rauchsäule schnellte und nach ihm hieb, und drang auf den Savathan ein. Isabell vernahm ein wütendes Heulen aus dessen Kehle, und wieder verdichtete sich die Schwärze um Luan.

Nichts hielt sie mehr in ihrem Versteck als stiller Zuschauer, ihre Füße reagierten schneller als ihr Verstand. Sie trugen sie zu Luan, bevor sie sich des Irrsinns bewusst wurde, sich freiwillig in die Nähe des Ungeheuers zu begeben. In dem durchdringenden Qualm war es unmöglich, die Kämpfenden zu unterscheiden, und die Finsternis vertiefte sich noch. Sie hatte keine Idee, auf welche Weise sie Luan beistehen konnte, ihr Gehirn war wie leergefegt. Erneut zischte eine gewaltige Flamme wie eine riesige

Fackel in die Höhe, beißender Rauch drang in ihre Lungen, und sie krümmte sich in einem Hustenanfall.

Luan löste sich aus dem Dunkel, er bewegte sich ungewohnt schwerfällig, und Isabell fühlte vor Schreck das Blut aus ihren Wangen weichen. Er entdeckte sie und starrte sie mit einem Ausdruck stummen Entsetzens an. Der Savathan bäumte sich auf, er holte weit aus, um seine Klauen in Luans Körper zu treiben. Luan hechtete zur Seite, und das Monster verfehlte ihn knapp. Mühsam kam er auf die Füße, zu langsam, um noch einmal auszuweichen.

»Das Quantrém«, schrie er ihr zu. »Du kannst es!«

Hoch richtete der Savathan sich hinter ihm auf. Isabell überlegte nicht. Ihre Gedanken galten Luan, und dass sie das Quantrém für ihn erschaffen musste. Ein schimmerndes Zeichen entstand wie von selbst in ihrem Kopf, und dann las sie Fassungslosigkeit in Luans Augen. Mit einem Satz war er bei ihr und riss sie mit sich. Sie erkannte im Fallen, dass er sie durch ein kreisrundes Tor stieß, das aus silbrigen Linien gezogen in der Luft zitterte.

Es war, als hätte die Welt mit einem Ruck angehalten. Alles versank in Stille, sie stürzte durch ein Universum von Sternen mit Luan an ihrer Seite. Ihre Finger versuchten instinktiv, nach etwas zu fassen, um den Sturz abzumildern. Dann war es vorbei, und sie fand sich auf dem Rücken liegend in einer Landschaft wieder, die ähnlich der irdischen war. Sie wirkte still und friedlich und besaß Farben von ungewöhnlicher Leuchtkraft. Vorsichtig schöpfte sie Atem. Neben ihr rappelte Luan sich auf und half ihr auf die Füße. In grenzenlosem Erstaunen sah sie ihn an.

»Was habe ich getan?«, fragte sie.

»Du hast uns gerettet«, erwiderte Luan. »Vor dem da.« Er deutete auf das kreisrunde Quantrém mit den silbrigen Zeichen am Rand, das immer noch in der Luft verharrte. Sie konnten in seine Mitte blicken, so als würde man durch die ruhige Oberfläche eines Sees in die Tiefe schauen. Wie durch mattes Glas erkannten sie auf der anderen Seite den Savathan, fast gänzlich in Rauch und Finsternis gehüllt.

»Er sieht uns nicht«, flüsterte Isabell. »Und er kann uns nicht hinterher, oder?« Bei dem Gedanken daran durchlief sie ein Schauer.

»Nein, kann er nicht. Sonst hätte er es längst getan. – Isabell, weißt du eigentlich, was du zustande gebracht hast? Wie viele tausend Jahre unser Volk hieran gescheitert ist? Und jetzt stehen wir beide hier. Als Erste. Ein Mensch und ein Kier.«

Isabell nickte ein wenig beklommen. »Ehrlich gesagt, bin ich grad hauptsächlich froh, dass wir nicht mehr dort drüben sind«, gestand sie. Dann deutete sie auf Luans Oberschenkel, wo ein blutiger Riss in der Jeans zu sehen war. »Er hat dich verletzt!«

»Nicht tragisch.«

»Wir sollten es auswaschen. Falls es hier Wasser gibt.« Sie sah sich zum ersten Mal bewusst um. Es wirkte, als hätte ein Maler in allen erdenklichen Farben eine exotische Dschungellandschaft mit einer üppigen Blumenwiese vermischt. Ihr Blick fiel wieder auf das Quantrém.

»Luan … es schwindet!«

»Lass es los«, antwortete Luan. »Du hast es noch in deinen Gedanken. Du kannst es nicht dauerhaft aufrechterhalten.«

»Aber wie kommen wir zurück?«

»Dorthin gar nicht, schätze ich«, erwiderte Luan. »Ich lege auch gar keinen Wert darauf. Du wirst es neu öffnen.«

»Wenn ich es kann«, murmelte sie verunsichert. »Ich weiß nicht mal, wie ich das hier hinbekommen habe.«

»Was hast du anders gemacht?«

»Das ist es ja. Nichts.«

»An was hast du gedacht?«

»An dich.« Sie fühlte, wie sie errötete.

»Gute Entscheidung.« Luan grinste. Dann wurde er plötzlich ernst. »Ich glaube, ich weiß, was der Schlüssel ist. Lass uns mal umschauen, ich muss in Ruhe nachdenken. Und ich will endlich rausfinden, ob hier tatsächlich diese sagenhaften Energiequellen schlummern. Bis jetzt finde ich jede Menge Blümchen.«

Isabell nickte. Sie dachte an das, was sie vorhin erfahren hatte. Er hatte nie Genaueres über den Tod seiner Eltern erzählt, und sie ahnte, wie ihn die Vergangenheit quälte.

Sie liefen auf einem weichen Teppich aus frischem Moos, das eine intensiv grüne Färbung aufwies. Manche der Pflänzchen erblühten blau, um kurz danach die winzigen Kelche sofort wieder zu schließen. Sie erreichten den nahen Waldrand, wo hohe Bäume in den Himmel zu ragen schienen. Sie standen in sattem Grün, hatten aber massenhaft Laub abgeworfen, das den Boden in einer dichten Schicht bedeckte. Auf den Stämmen der Bäume wucherten riesige Pilze, die ihre Sporen in Wolken freigaben, und blühende Kletterpflanzen rankten sich in die Wipfel. Stirnrunzelnd betrachtet Luan den Urwald.

»Es ist ein Kreislauf«, sagte er plötzlich. »Ein ziemlich schneller, erkennst du das? Die Blumen blühen auf und verlieren die Blätter, genau wie das Laub. Und dann zersetzt es sich und neue Triebe entstehen. Schau. Der da war grad noch nicht da gewesen.« Er zeigte auf einen Keimling, der sich neugierig aus der Laubschicht schob.

»Meinst du, die Zeit hier vergeht schneller?«, fragte Isabell mit einem unguten Gefühl im Magen. »Dann sollten wir umgehend verschwinden.«

Es war eine grauenvolle Vorstellung. Alle daheim würden alt sein oder tot …

»Ich habe darüber gelesen. Diese Geschwindigkeit wird als eine der Möglichkeiten beschrieben, was man hinter dem Quantrém vermutet. Demnach wäre es nicht die Zeit. Es ist einfach der Kreislauf, ohne den auch die Kristalle nicht funktionieren.« Er zog eine Grimasse. »Ich kann dir nicht versprechen, ob diese Theorie stimmt.«

»Ich möchte trotzdem lieber bald zurück. Wir können es testen und wieder herkommen.«

»Gib mir eine Stunde«, sagte Luan. Das dürfte schlimmstenfalls ein paar Monate ausmachen, wenn deine Befürchtungen stimmen.«

»Also gut. Das da drüben sieht übrigens aus wie ein See.«

Wenig später standen sie vor der glitzernden azurblauen Fläche mitten im Urwald.

»Ist das wirklich Wasser?«, fragte Isabell zweifelnd.

»Warte …« Luan holte ein stabförmiges kleines Gerät heraus, ähnlich dem, das sie schon einmal bei ihm gesehen hatte. Er tippte etwas ein und wartete. »Jep. Minimale Abweichungen, die egal sind.« Er steckte den Stab in seine Hosentasche zurück und kniete sich nieder, um die Hände einzutauchen. Nachdem er sich den Schmutz abgespült hatte, formte er eine Schüssel mit der Hand und trank. »Schmeckt auch wie Wasser«, stellte er fest, streifte die Schuhe von den Füßen, und fing an, die Jeans auszuziehen. Er sah Isabell an und entdeckte wohl etwas in ihrer Miene, das ihn kurz innehalten ließ. »Um die Wunde zu versorgen«, erläuterte er. »Wir haben nur eine Stunde, nicht, dass du auf dumme Gedanken kommst.«

Isabell biss sich auf die Lippen. Sie behielt die Kleidung an und wusch sich so gut es ging, dann nahm sie einen vorsichtigen Schluck aus dem See. Das Wasser schmeckte köstlich und sie stillte ihren Durst. Als sie aufsah, watete Luan gerade aus dem Wasser. Er war nass wie ein Otter, kleine Rinnsale liefen aus seinem rabenschwarzen Haar, in das die Sonne glitzernde Reflexe zauberte. Und er trug nichts als die enganliegenden Shorts.

»Du starrst«, sagte er.

»Auf deine Wunde«, erklärte Isabel schnell. »Das sieht … gut aus.«

Luan ließ eine Augenbraue nach oben wandern. Er schlüpfte wieder in Jeans und Schuhe. Isabell zog es vor, den See zu betrachten. Sie wusste, wie gut sein Körper sich auf ihr anfühlte, und das war etwas, an das sie jetzt besser nicht denken sollte. Kräftige Arme schlossen sich von hinten um ihren Oberkörper.

»Komm besser weiter«, raunte er in ihr Ohr. »Sonst sind wirklich noch alle alt und grau, wenn wir heimkommen.«

Sie liefen tiefer in den Urwald hinein, und Isabell bemerkte, dass Luans Hand ab und zu nach Amaras tastete. Sie sah ihn verunsichert an.

»Nur eine Gewohnheit. Ich kann nicht ausschließen, dass sich hier irgendein zu großgeratenes fieses Viehzeug rumtreibt. Allerdings glaube ich es nicht, bisher haben wir nur Pflanzen gesehen.

Und solche Lebewesen wie diese fluffigen Brummer, die sie bestäuben. Es passt zum Kreislauf.« Er stupste eine morsche Wurzel an, die unter seinem Fuß zerbröselte. Darunter wurden winzige Eier sichtbar, aus denen nach und nach Tierchen schlüpften, die aufflogen und sich anderen anschlossen. Einige sanken zu Boden und lösten sich auf.

Kurz darauf wichen die Bäume zurück und gaben den Blick frei auf eine Landschaft, deren Schönheit Isabell den Atem verschlug. Ein türkisfarbener Wasserfall ergoss sich in einen See, auf dem schneeweiße Blüten schwammen. Das Ufer des Sees glitzerte, als lägen dort unzählige Diamanten, und auch die Bäume funkelten in der Sonne.

Luan stutzte, und dann blieb er völlig perplex stehen. »Was da so glitzert, sind keine Pflanzen. Das sind Kristalle!«

Sie liefen darauf zu. Es war wie ein Märchenwald aus buntem Glas. Die Kristalle überzogen die Bäume wie Flechten, die größeren saßen exotischen Blumen gleich im Geäst. Ein zufrieden klingendes, leises Summen ging von ihnen aus, als würden sie miteinander kommunizieren. Luan ließ die Finger über einen der kristallüberzogenen Äste gleiten.

»Es ist unglaublich. Hier stecken Energievorräte für hunderte von Welten. Und wir haben es nun in der Hand, ob wir unsere damit versorgen.«

Isabell streckte zögernd den Arm aus. Ihr Finger verharrte über einem funkelnden blauen Gebilde, das an eine bizarre Blüte erinnerte. Zaghaft berührte sie es.

»Es ist so wunderschön, ein kleines Kunstwerk. Und es ist viel wärmer, als man es von einem Kristall erwarten würde.« Fasziniert strich sie über darüber. »Ich habe mir nie Gedanken gemacht, welche Auswirkungen es für die Erde haben könnte, wenn ich das Quantrém wirklich öffne.«

»Wie denn auch? Du warst erst mal mit Überleben beschäftigt.«

»Diese Welt mit all ihren Vorräten … das ist eine ziemliche Verantwortung. Es sind schon Kriege wegen viel weniger geführt worden.«

»Ist mir bewusst.«

»Und jetzt?«, fragte Isabell. »Was wirst du tun? Es verheimlichen?«

»Das können wir nicht, wir haben einen Zeugen. Den sehr missmutigen großen Kerl mit dem Rauchproblem. Wir müssen uns also genau überlegen, wem wir was erzählen.«

»Wieso hast du ihn als Monstrosität bezeichnet, die es nicht geben dürfte?«

»Weil etwas an ihm verändert wurde. Normalerweise sind das pure Killermaschinen und nur von ihrem Instinkt gesteuert. Die sind nicht in der Lage, sich in ihre ursprüngliche Gestalt zurückzuverwandeln. Er kann das, ich weiß das sehr genau. – Ist ne Zeitlang her.«

»Tut mir leid«, flüsterte Isabell. Sie hatte sofort begriffen, was Luan meinte. Es hatte etwas mit dem Tod seiner Eltern zu tun, aber jetzt war ganz bestimmt nicht der Zeitpunkt, um daran zu rühren. »Hast du schon eine Theorie, wieso das Quantrém plötzlich funktioniert hat?«, fragte sie.

»Allerdings. Sie haben mit allem Möglichen versucht, dich zum Malen zu bringen, nicht wahr?«

»Oh ja.« Isabell dachte schaudernd an Nadja zurück. »Sie waren der Meinung, ich male immer in Situationen, die für mich eine besondere emotionale Bedeutung haben. Also erhöhten sie den Druck. So hat Nadja das genannt.«

Luan legte seinen Arm um ihre Schulter. Ein Gefühl der Geborgenheit durchströmte sie und sie lehnte den Kopf an seine Brust.

»Was fühlst du?«

»Du willst eine Zehn in der Bewertung? Ich glaube, du kommst ihr heute recht nahe.«

Luan lachte. Er fuhr mit den Fingerspitzen zart über ihr Schlüsselbein und löste damit ein angenehmes Kribbeln aus. Isabell schmiegte sich in seinen Arm und genoss seine Nähe.

»Ich werde noch öfters eine Zehn bekommen«, flüsterte er. »Aber das meinte ich jetzt nicht.«

»Angeber«, murmelte Isabell.

»Die Lösung ist so einfach«, fuhr er fort. »Du hast immer dann gemalt, wenn du dich mit jemandem verbunden fühltest. Der Erste war Navarra, der dich heilte. Er hat es bei dir ausgelöst. Du hast es mir selbst erzählt: *Er hat mir die Hand an die Wange gelegt und seltsame Worte gesprochen. Plötzlich war der Schmerz fort. Auf einmal wusste ich, dass er sich etwas wünscht. Und dann habe ich angefangen, für ihn zu malen.*

Navarra wollte das Quantrém für seine todkranke Enkelin öffnen können. In Chimera hast du nie gemalt, denn dort haben sie dich nur gequält. Du hast es erst wieder zu Hause für deinen Vater getan, der es verschwieg, weil er dich schützen wollte. Und später hast du es für mich gemacht. Diejenigen, die das Quantrém zu diesem Energiesystem schufen, haben die Benutzung des Schlüssels bewusst an etwas gebunden:

Das Quantrém öffnet sich nur, wenn zwei Spezies sich einig sind. Mensch und Kier. Du und ich.«

Isabell ließ seine Worte nachklingen. Er hatte recht. Es war die einzig mögliche Erklärung. Und tatsächlich fühlte sie sich mit Luan verbunden, wie sie es noch nie bei jemand anders empfunden hatte.

»Ich gäbe etwas darum, deine Gedanken zu erfahren«, sagte er leise.

»Das mit der Verbindung … es stimmt genau.«

»Ah. Dazu würde mich interessieren: Würdest du mich immer noch Mia überlassen?«

»M– *Was?* Du hast gelauscht!«

»Unfreiwillig zugehört, die Tür hatte nicht richtig geschlossen. Du weißt schon, gutes Gehör. Nebst ein, zwei anderen bemerkenswerten Vorzügen.«

Isabell starrte ihn peinlich berührt an.

»Du könntest mir jetzt einfach die Wahrheit sagen. Du bist schließlich diejenige, die ständig so drauf rumreitet.«

»Ich sage … immer die Wahrheit. Na ja, fast. Ich hab ein einziges Mal gelogen. – Aber da hab ich auch mich selbst angelogen.«

»Ich weiß.«

Luan sah sie auf eine Art an, die ihr Herz außer Takt brachte und sie suchte nach Worten. »Ich … ich dachte, etwas in mir wäre damals für immer zerbrochen. Und dann hatte ich auf einmal Gefühle für dich, die mir Angst gemacht haben. Sie … sind vielschichtiger, als ich mir eingestehen wollte.« Sie stockte.

»Sag es einfach«, flüsterte Luan mit einer Stimme, die wie dunkler Samt über ihre Haut glitt. Er nahm ihre Hand und rieb mit dem Daumen sacht über ihren Puls. Sie erschauerte bis in die Zehenspitzen. »Du … lenkst mich ab.«

»Ich dachte, so ist es leichter für dich.«

»Vielleicht sollte ich es dir einfach zeigen. Kurz und präzise.« Sie drehte sich zu ihm, umfasste mit einer Hand seinen Hinterkopf und zog sein Gesicht näher zu ihrem, bis sie seine Lippen mit ihrem Mund berühren konnte.

Luan reagierte sofort. Während er sie stürmisch packte und an sich presste, glitt seine Zunge in ihren Mund, und er küsste sie leidenschaftlich. Seine Finger schoben sich unter den Saum ihres Shirts und wanderten zielstrebig über ihre nackte Haut. Isabell keuchte leise auf. Sie war knapp davor, die Beherrschung zu verlieren, doch schaffte sie es gerade so, sich von Luan zu lösen. Sie zog ihr Shirt nach unten.

»Für eine Demonstration muss das genügen. Jetzt lass uns nach Hause gehen. Die Stunde ist um.« Sie atmete tief durch. »Ich hoffe, ich bekomme es hin.«

Luans Augen glitzerten. Einen Moment lang dachte sie, er würde sich nicht mit einem kurzen Kuss zufriedengeben, aber dann schaltete er um. »Es hat sich einmal geöffnet, es wird sich wieder öffnen.«

»Und woher weiß das Quantrém, wohin wir wollen? Bisher war es klar. Wir wollten immer nur hierher.«

»Ich habe eine Vermutung … Der Savathan war so lange sichtbar, wie du ihn in den Gedanken hattest. Wir denken beide an den gleichen Ort, wir sollten ihn uns gut vorstellen können, und du konzentrierst dich auf das Symbol. Wo wärst du jetzt gern mit mir?« Er grinste frech, und Isabell grinste zurück.

»Verstehe. In der Küche deiner Villa zum Beispiel.«

»Ernsthaft? Du möchtest unsere für die Geschichte der Erde vielleicht wichtigste Entdeckung in einer Küche beenden?«

»Würde dir das Schlafzimmer besser gefallen?«

»Viel besser.«

»Klingt menschheitsgeschichtlich betrachtet auch gleich um Längen passender.«

»Ich mochte deine Demonstration. Allerdings kann ich dir die Villa grad nicht bieten, sie ist nicht sicher genug. Als du mit deinen Eltern vor ein paar Jahren in Venedig warst … Welche Plätze sind bei dir hängengeblieben? Entweder sehr belebte oder einsame?«

»Venedig!« Isabell überlegte kurz. »Wir waren in diesem versteckten, kleinen Park in der Nähe des Dogenpalasts zum Picknicken. Er liegt gleich am Fährterminal San Marco.«

»Der Giardini Reali, gute Wahl. Dann los. Das heißt …« Er ließ seinen Blick über die Kristalle schweifen. »Einer davon muss mit.«

Isabell sah ihn zweifelnd an.

»Hältst du das für eine gute Idee?«

»Jäger. Beute. Nach Hause. So einfach ist das.«

»Sollten wir nicht besser eine Höhle anpeilen?«, fragte Isabell scheinheilig.

»Dir ist klar, dass du da so schnell nicht wieder rauskommst?« Er fing eine ihrer Haarsträhnen und zwirbelte sie sanft zwischen zwei Fingern. Das Glitzern in dem klaren Blau seiner Augen ließ keine Zweifel daran, an was er dachte.

»Luan!« Die Umgebungstemperatur schien eindeutig gestiegen zu sein. Er zog eine Braue nach oben.

»Doch etwas Bequemeres?«

»Ähm, ja. Zurück zu deiner Beute, Höhlenmann: Du hast gesagt, das hier ist ein Kreislauf. Vielleicht … mag diese Welt es nicht so gern, wenn man etwas entfernt. – Das hat sich jetzt dämlich angehört.«

»Nein, das nicht. Ich verstehe, was du meinst. Aber ich will so ein Ding haben, schon als Beweis für den Boss. Es gibt Tausende davon, eines fällt kaum auf. Warte …« Luan griff wahllos an den nächsten Kristallbaum, und mit einem lauten Knackgeräusch brach ein ellenbogenlanges Stück ab. Der Kristall verblasste augenblicklich, und gleichzeitig setzte kurz das Summen aus, als wären die Kristalle in Schockstarre gefallen.

»Was war das …?« Isabell sah ihn fragend an.

»Ich weiß nicht. Das Geräusch hat sich verändert, hörst du das?«

»Nein. Oder doch … Es vibriert höher und schneller als vorher, kann das sein? Wie ein aufgeregter Bienenschwarm. Und der Kristall ist immer noch farblos.«

»War wohl doch keine gute Idee …« Plötzlich ließ Luan den Kristall fallen und fasste sich an die Schläfe. »Dieses Summen – es ist in meinem Kopf.« Er blickte sie an. Isabell wurde starr vor Schreck.

»Deine Augen – mit ihnen stimmt etwas nicht! Es sieht aus, als würden Blitze hindurchzucken. Sie leuchten richtig! Tut es weh?«

Luan schüttelte den Kopf. »Das nicht. Es ist bloß ein ziemlich übles Gefühl. Ich lass das verdammte Ding hier und wir verschwinden.«

»Gut«, flüsterte Isabell. »Wie besprochen.«

Sie fassten sich an der Hand, und Isabell ließ das Quantrém entstehen. Es war tatsächlich ganz einfach gewesen. Es zitterte silbrig in der Luft und sie schritten hindurch.

Lieber Leser,

dieses Buch ist vielleicht mein persönlichstes und ganz sicher mein schwierigstes.

Es begann vor einigen Jahren mit der Challenge eines Verlages. Ich wollte nie zu einem Verlag und habe nur teilgenommen, weil es mich herauszufinden reizte, ob ich in fünf Tagen ein komplettes Kapitel schreiben und einen gesamten Plot erstellen kann.

Meine Freundin Isabell (und ja, die Protagonistin ist nach ihr benannt) hat mich überredet, den Text auch einzureichen.

In der Aufgabenstellung ging es darum, dass eine Neunzehnjährige in den Ferien ihre übernatürlichen Fähigkeiten entdeckt.

Ich hatte keine Lust auf Superwoman und entschied mich dafür, dass meine Protagonistin einfach nur die Fähigkeit hat, Dinge zu sehen, die sie als Mensch eigentlich nicht sehen kann. Ich selbst bin als Halbwaise aufgewachsen, und auch Isabell ist ein Waisenkind. Sie verfolgt den gleichen Traum wie ich damals und will an die Kunstakademie. Ich hatte mich für ein Grafikdesign-Studium an der FH entschieden und Malen ist nach wie vor meine Leidenschaft.

Mich hat der Gedanke fasziniert, dass Isabell ein Bild malt, das sie nie vervollständigen kann, weil immer ein Stückchen Leinwand weiß bleibt. Erst in einer Notsituation sollte sie dazu in der Lage sein. Leider hat das so nicht funktioniert. Sie hätte dazu zum Gemälde zurückgemusst, denn keiner kann in rasender Geschwindigkeit ein Ölbild malen oder ständig die Leinwand mit sich herumschleppen. So musste ich mich von meiner Idee verabschieden und das Bild in ein Symbol verändern. Und weil ich Isabell nicht nur hilflos rumstehen lassen wollte, während die Jungs ihr Ding durchziehen, sollte sie eine eigene Gabe entwickeln.

Da ich normalerweise eher in einem mittelalterlichen Setting schreibe, mussten meine Protagonisten mit Schwertern kämpfen, aus praktischen Gründen habe ich ihnen keine Eisenklinge, sondern die unauffällige Variante in die Hand gedrückt. Ich hoffe, es hat dabei keiner an Star Wars gedacht, so hatte ich mir die Schwerter nicht vorgestellt – außerdem bin ich eher der Star Trek Fan.

Der Verlag lud mich zu einem Gespräch zur Frankfurter Buchmesse ein – wie sich hinterher herausstellte ausgerechnet an dem Tag, an dem eine meiner Töchter ihren Masterabschlussfeier in Biologie feierte und als Einzige eine Rede halten sollte.

Ich hatte bereits zugesagt, nach Frankfurt zu fahren und habe mich dort überreden lassen, mindestens zwei Bücher über den Verlag herauszubringen.

Während des Schreibprozesses verunglückten innerhalb von zwei Monaten unabhängig voneinander mein Mann und meine beiden Kinder, verbunden mit Krankenhausaufenthalten und teilweise mehrfachen Operationen. Dass sie alle wieder gesund sind, ist im Grunde ein Wunder.

Ich war erst einmal nicht mehr fähig zu schreiben, und der Verlag bot mir netterweise an, die Bücher aus dem Veröffentlichungsplan zu nehmen. Ich bat schließlich um Auflösung des Vertrags und ließ dieses Buch für eine längere Zeit ruhen.

Zwischendurch schrieb ich »Der Prinz der Feen«, aber irgendwann wollte ich das Angefangene zu Ende bringen.

Das hier ist draus geworden.

Ich hoffe, es hat dir gefallen.

Alles Liebe

Es wird übrigens bald einen zweiten und abschließenden Band geben.

Wenn du märchenhafte Fantasy magst, habe ich hier noch etwas für dich:

Der Prinz der Feen

Ein Winter, der ewig währt …
Ein Mädchen, das den Feenkönig überzeugen will,
den Fluch des Winters aufzuheben …

Seit sie sich erinnern kann, lebt Tia in einem Königreich, in dem der Winter niemals vergeht. Sie ist überzeugt, dass die Feen die Schuld daran tragen und setzt alles daran, den Feenkönig ausfindig zu machen.
Er soll den Fluch des Winters von dem Land nehmen.
Im Wald findet sie in dem jungen Feenmann Cyprian endlich eine Spur.
Doch dessen Hilfe ist nicht umsonst …

NEWSLETTER

Du kannst gern meinen Newsletter bestellen, dann erfährst du gleich als Erster, wann ein neues Buch von mir herauskommt, wie das Cover aussehen wird etc.

Du findest ihn auf meinem Blog:
gabywohlrab.blogspot.com

Kontakt aufnehmen kannst du über Facebook, Instagram und diese Email-Adresse:
verlagvierraben@aol.com

Printed in Poland
by Amazon Fulfillment
Poland Sp. z o.o., Wrocław

93561672R00169